KB006444

모산 마을

금강

⑪

금강

도시의 그늘

제4부

한만수 대하장편소설

11

글누림

## | 일러두기 |

1. **언어** : 충청북도 영동은 남으로는 경상북도 김천, 남서쪽으로는 전라북도 무주와 접해있다. 그래서 이 지역의 언어는 경북 사투리와 전라도 사투리가 혼용되어 있는 특징을 갖고 있다. 세월이 흐르면서 이 지역의 언어도 요즈음은 표준어에 가깝게 변화되어 가고 있지만, 리얼리즘을 살리기 위해 50~60년대는 토속적 사투리를 그대로 살렸다.
2. **시대사** : 한국 근·현대사를 사실 그대로 재현하여 주요 사건과 주요 인물을 그려냈다.
3. **물가** : 당시의 물가를 고증하여 실제적으로 적용했다.
4. **지리** : 지역과 지명은 있는 그대로 드러냈다.
5. **문화 및 풍속** : 시대적 흐름에 따라 변화하는 문화 및 풍속을 사실대로 묘사했다.

## 차
## 례

제4부

도시의 그늘

# 열외자들

엎드려 취침!
어디선가 아련하게 지시가 떨어지면 후들거리는 몸을 눕혔다.
뒤로 취침!
엎드려 있으면 잠이 미친 듯이 쏟아졌다.
그러나 눈을 감기도 전에 또 다른 지시가 떨어졌다.


큰길에서부터 이어지는 옷 가게며, 쌀집, 약국, 반찬 가게, 복덕방, 슈퍼, 식당 등이 다닥다닥 붙어 있는 골목 가운데 2층 건물이 '명지만화' 방이다. 1층은 선미네 분식 센터라는 간판이 붙어 있고, 2층으로 올라가는 복도에는 신간 만화 포스터가 줄지어 붙어 있다.

만홧가게 안이 훤히 보이는 유리창 문을 열고 들어가면 버스 정류소처럼 쿠션이 있는 긴 소파가 다섯 칸 정도 줄지어 있다. 살림방으로 들어가는 방 앞에는 김수애가 지키고 앉아 있는 책상과 전화, 손님들에게 팔 음료수 등이 들어 있는 냉장고가 있다. 나머지 벽에는 출입문을 제외하고 두 면에는 이천여 권의 만화가 빼곡히 꽂혀 있는 서가가 있다. 한 면에는 무협지가 꽂혀 있다.

큰길 건너편에는 명지대학교가 있다. 골목 입구에 있는 액세서리 전문점 벽 모퉁이에는 '명지만화 300m'라는 입간판이 붙어 있다. 만화방을 찾는 손님들은 주로 명지대학교 학생들과 근처의 명지실업전문학교 학생, 연가국민학교 학생들이다.

이 층 옥상에는 조립식으로 지은 승철의 작업실이 있다. 승철은 특별한 볼일이 없는 한 외출하지 않고 하루 종일 옥상에서 시간을 보냈다. 외출할 때도 멀리 갈 필요가 없었다. 명지대학교 근처에 화방이 많아서 만화를 그리는 데 필요한 펜이라든지, 잉크나 지우개며 도화지 같은 것을 구하기가 쉽다.

그는 요즘 방학기 만화가가 선데이서울에 연재했던 『애사당 홍도』를 필사하고 있는 중이다. 방학기의 그림은 우선 선이 굵고, 어딘지 모르게 애잔한 슬픔을 품고 있는 것 같아서 좋았다.

승철은 책상 앞에 앉아서 만화를 그리는 동안은 무념무상일 정도로 아무것도 생각나지 않았다. 오직 얼굴을 그리고, 몸뚱이를 그리고 팔과 발의 동작이 살아 있는 사람처럼 느껴질 정도로 그려야 한다는 집념 속으로 빠져들었다. 만화를 그리는 집념 속에 깊숙이 빠져들기 위해서 항상 라디오를 틀어 놓았다. 그래야 바깥에서 생선이나, 채소를 리어카나 삼륜차에 싣고 다니며 확성기로 떠드는 소리를 막을 수 있기 때문이다.

"점심 먹어야죠?"

라디오에서는 두 시 뉴스가 흘러나오고 있었다. 제11대 대통령 후보로 전두환 국보위 상임 위원장이 폭넓게 추대되고 있다는 내용이다. 미국의 주요 일간지들이 새 역사 창도자 전두환 장군을 한국인이 가장 선호하는 대통령 후보감이라고 소개했다는 뉴스다. 월스트리트 저널지는 지금까지 전두환 장군이 이룩한 과업 대부분이 국민의 지지를 얻었다고 전했다. 7월 중 국보위가 9천 명의 부패 공무원을 숙청했고, 1만 7천 명의 깡패를 체포했다는 뉴스가 나오고 있었지만 승철은 그림을 그리는 데 열중해 있느라, 라디오에서 나오는 아나운서의 목소리가 들리지 않았다. 연필로 밑그림을 그린, 홍도가 춤을 추는 그림에 펜으로 덧칠을 하고 있는데 방문이 열렸다. 시선을 돌려 보니 김수애가 웃으며 서 있다.

"벌써 점심때여?"

"벌써라니요. 지금 두 신데……."

김수애는 길게 기지개를 하며 일어서는 승철의 방으로 들어갔다. 책상 밑으로 버려진 그림 파지들을 주워서 쓰레기통에 버렸다.

"분식 센터에서 집세 가지고 왔어?"

아래층 분식 센터에서 보증금 오백만 원에 월 삼십만 원씩 세를 받고 있다. 벌써 삼 개월째 집세가 밀려 있는 상황이다. 승철이 오늘은 어떤 일이 있더라도 결판을 내겠다고 생각하며 물었다.

"한 달 치만 가져왔어. 두 달 치는 이달 안으로 주겠대요"

김수애가 승철의 책상 위도 대충 정리하며 대답했다.

"한꺼번에 오늘 주기로 약속하지 않았나?"

분식 센터는 골목 안에 있지만 장사가 제법 되는 편이다. 아르바이트생 한 명과 설거지하는 아줌마를 두고 있을 정도다. 승철은 분식 센터 여주인이 고의적으로 월세를 미루고 있다는 생각에 날 선 목소리로 물으며 밖으로 나갔다.

"사정이 좀 있는 모양이에요"

김수애가 밖으로 따라 나오며 말했다.

"사정?"

승철은 햇살에 눈이 부셨다. 길게 기른 머리는 여자들처럼 질끈 묶었다. 수염은 텁수룩하고 얼굴은 창백하도록 희었다. 눈이 부셔서 팔로 눈을 가리며 길게 심호흡을 했다.

"남자가 도박을 하는 모양이에요."

승철이 가볍게 팔운동을 하기 시작했다. 김수애는 옥상에 있는 들마루에 걸터앉아서 행복한 미소를 지으며 팔운동을 하는 승철을 지켜봤다.

"도박?"

"파친코라는 거 있잖아요. 관광호텔 같은 데 있는 오락실에 다닌대요."

"그래서 얼굴 보기가 힘들구먼."

승철은 관광호텔이나 종로 뒷골목에 있는 오락실을 가 본 적이 있었다. 슬롯머신이라 부르는 게임기에 코인을 넣고 바(BAR)를 나란히 세 개 맞추거나, 세븐(7), 혹은 수박이나 오렌지 같은 것을 나란히 맞추면 점수가 나오는 게임이다. 최고 점수는 세 개의 바가 나란히 중앙에 오는 것이다. 이것을 일명 '쓰리바'라고 하는데, 쓰리바를 맞추게 되면 오락실에 따라서 최하 팔십만 원에서 백오십만 원의 배당금을 주지만, 쓰리바가 나올 확률은 거의 희박하다. 분식 센터 주인도 월세를 미룰 정도라면 꽤 많은 돈을 갖다 바쳤을 것이라고 생각했다.

"너무 걱정하지 마세요. 일단 일 개월 치라도 받았으니 약속을 지킬 거예요. 작품은 언제부터 그릴 거예요?"

승철이 가볍게 운동을 끝내고 돌아섰다. 김수애가 들고 있던 수건으로 승철의 얼굴이며 목의 땀을 닦아 주었다.

"작품은 당장 오늘부터 시작해도 자신 있구먼. 하지만 스토리가 있어야 하잖아. 그래서 열심히 책을 보기는 하지만 머리에 잘 안 들어와."

승철은 만화가로 살아갈 줄 알았다면 학교 다닐 때 부지런히 독서를 해 두는 건데, 라는 말을 목 안으로 삼키며 계단을 내려갔다.

"외국 동화 같은 것에서 스토리를 따오면 되지 않을까?"

"방학기 선생님처럼 극화를 그리고 싶어. 앞으로는 만화보다 극화가 판치는 세상이 온다고 믿거든."

2층에 있는 살림방은 만홧가게를 통해서 들어가게 되어 있다. 승철이 앞장서서 문을 열었다. 가게 안에는 대여섯 명의 대학생이며 고등학생들이 앉아서 만화를 보고 있다. 그들은 문이 열리는 소리에 고개를 들었다가 이내 만화를 보기 시작한다.

"극화는 만화하고 또 다른 거예요?"

승철이 곧장 살림방 안으로 들어갔다. 김수애가 방으로 따라 들어가며 물었다.

"만화는 말 그대로 만화고, 극화는 만화이기는 하지만 소설적인 요소가 들어가 있는 작품을 말하는 거여. 동물이 말을 하고, 우주선이 하늘에서 내려오는 그런 만화가 아니라는 거지. 난 극화를 그리고 싶어."

"서둘지 말고, 천천히 생각해 보면 분명히 좋은 스토리가 생각날 거라고 믿어요."

사람은 환경에 따라서 바뀐다는 말이 있다. 김수애는 승철이 하루가 다르게 변하고 있는 것을 느낄 수 있었다. 승철에게서 예전의 반항아 같은 기질은 볼 수 없었다. 자신이 좋아하는 일을 마음 놓고 한다는 즐거움이나 자부심이 있어서 그런지 어딘지 모르게 범상한 기운이 풍기는 남자로 변해 가고 있는 것 같아서 가슴이 뿌듯했다.

"내가 좀 도와줄까?"

살림방은 두 칸이다. 기름보일러를 때는 방이라서 겨울에도 어떤 방이든 사용할 수 있다. 윗방에는 아파트처럼 싱크대가 설치되어 있어서 주방 겸 식당으로 이용한다. 밥상에는 이미 점심이 차려져 있었다. 김수애가 가스레인지 위에 있는 갈치 찌개 냄비를 들었다. 승철이 그것을 받아서 밥상에 내려놓았다.

"갈치가 싱싱해서 두 마리 샀어요. 맛이 어떨지 모르겠네……."

김수애가 자글자글 지진 갈치 살을 젓가락으로 떼어서 승철의 밥 위에 올려놓는다.

"힘들면, 아르바이트 학생을 구하는 게 어때?"

김수애는 임신 4개월째다. 헐렁한 원피스를 입고 있어서 겉으로는 표시가 나지 않지만 홀몸이 아니라는 생각에 승철이 물었다.

"아직 괜찮아요. 힘든 일을 하는 것도 아니잖아요. 빨래는 세탁기가 해 주지, 밥은 전기밥통이 해 주고, 사랑은 우리 낭군이 해 주고, 내가 세상에서 제일 편하고 행복한 여잔데요 뭐……."

"세탁기가 있으니까 좋잖여. 그런데 왜 그동안 그렇게 못 사게 말렸어?"

"이삼만 원 하는 것도 아니고, 우리가 대단한 부잣집도 아닌데 십사만 원씩이나 하는 세탁기를 사는 건 낭비잖아요. 빨래가 많은 것도 아니고 ……. 하지만 선배 말대로 세탁기를 잘 샀다는 생각이 들어요. 여기 무슨 부엌이나 마당이 있는 것도 아니고, 빨래를 하려면 옥상에 올라가서 했잖아요. 지금은 얼마나 편한지 몰라요. 그냥 스위치만 누르면 저절로 빨래가 되니까. 옛날 사람들은 어떻게 살았는지 몰라……."

"옛날에도 잘사는 집 여자들은 빨래를 안 했잖아. 조선 시대에는 하인이 있었고, 요즘은 식모가 있으니까 힘들여 가며 빨래할 필요가 없지."

"그럼, 모산에 계시는 어머님도 빨래를 안 하셨겠네요?"

김수애는 승철이 집을 나올 줄 알았다면 멀리서나마 승철의 고향 집을 보고 올걸, 하는 생각이 자주 들었다. 회한이 서린 눈빛으로 승철을 바라보며 물었다.

"내가 어릴 때는 점순이라는 심부름하는 여자가 있었구먼. 하지만 빨래는 항상 엄마가 했어."

"어머, 왜 직접 빨래를 하셨어요?"

"어릴 때는 물어본 적도 없었지만, 지금 생각해 보니까 가족들이 입는 옷을 남한테 맡길 수 없다는 게 엄마 생각이었던 거 같아."

승철은 문득 들례의 얼굴이 떠올랐다. 들례가 빨래하고 있는 모습을 본 적이 없었다. 항상 춘임이가 수돗가 앞에 앉아서 빨래를 했다. 춘임이 빨래하는 모습을 생각하다가 이내 마음속으로 소스라치게 놀랐다. 어린 시절을 생각하면 당연히 들례보다는 옥천댁을 먼저 떠올렸어야 한다는 생각이 들어서였다.

"훌륭하신 분이군요……."

김수애는 어머님을 하루라도 빨리 보고 싶네요, 라는 말을 하려다 슬그머니 입을 다물고 갈치 살을 발라서 승철의 밥 위에 올려놓았다.

"내가 가게 보고 있을 테니까 좀 쉬어."

승철이 수저를 밥상 위에 내려놓으며 말했다.

"그럼, 설거지 끝내고 서방님하고 데이트 좀 해 볼까요?"

"가게 안에서?"

"가게 안에서면 어때요. 난 선배하고 같이 앉아 있을 때가 제일 좋더라."

승철은 김수애의 말을 기분 좋게 받아들이며 가게로 나갔다. 가게 안에 새로 들어온 손님은 없었다. 손님들이 만화를 보고 소파에 내려놓고 간 것들을 들어서 원래 있던 자리에 꽂기 시작했다.

신간 코너에는 요즘 인기를 얻고 있는 길창덕이 그린 성인 만화『순악질 여사』가 꽂혀 있었다. 성인 만화는 일반 만화와 다르게 대여료가 백 원씩이다. 순악질 여사를 빼서 책상 앞으로 가 앉았다.

연탄보일러를 교체하는 작업은 어렵지 않았다. 금이 간 토관을 망치로 두들겨 깨서 빼낸 다음에 새 토관을 집어넣었다. 산에서 마대 자루에 담아 가지고 온 황토를 반죽해서 토관과 구덩이 사이를 메웠다. 내친김에 부뚜막 깨진 곳도 황토로 채우고, 건재상에서 시멘트를 한 되 사다가 위를 발랐다.

"원래 토수 기술을 배웠남?"

손기문이 연탄보일러를 교체하는 동안 뒷모도를 하고 있던 강찬복이 물었다.

"아뉴, 눈썰미로 하는 거쥬, 뭐. 이만하믄 올겨울에는 따시게 보낼 수 있겠네유."

손기문은 흙손에 물을 묻혀서 부뚜막의 시멘트를 다시 한 번 발랐다. 반질반질 윤기가 나도록 바르고 나니까 직업적인 토수가 한 것 정도는 아니지만 보기 흉하지는 않았다.

"손 씻으세요."

강찬복의 늦둥이 딸인 강순녀가 세숫대아에 물을 받아서 부엌 앞에 내놓았다.

"고맙구만유."

손기문은 괜히 얼굴이 붉어지는 것을 느끼며 건재상에서 빌려 온 흙손이며, 망치 등을 시멘트 포대에 챙겼다.

"손만 씻어서 되겠나? 아주 등목을 하지 그랴. 내가 물 붜 줄 모양잉께 여기 와서 엎드려."

"그러는 것이 좋겠네요. 제가 물 부어 드릴 테니 엎드리세요."

강순녀가 바가지를 들고 부엌 구석에 있는 수도 앞으로 갔다.

"괘, 괜찮은데……."

손기문은 강순녀를 바라봤다. 한눈에 반할 정도로 예쁜 얼굴은 아니지만 오목조목한 생김새가 밉지는 않다. 고생을 많이 해서 그런지 바가지를 들고 있는 손가락이 30대 여자치고는 두툼하고 굵어 보인다.

"어여, 엎드려. 동생 같은데 뭐."

강찬복이 금방이라도 손기문의 옷을 벗겨 버릴 기세로 말했다.

"부끄러워서 그러는 거예요? 나는 하나도 안 부끄러우니까 어서 벗고 엎드리세요."

"어허! 제우 연탄보일러 하나 갈아 준 거 뿐인데 오늘 호강하네유……."

손기문은 강순녀까지 재촉을 하는 통에 못 이기는 체하고 티셔츠를 홀렁 벗어 버렸다. 수도 앞에 엎드려서 숨을 죽였다. 강순녀가 세숫대야를 수도꼭지 밑에 놓고 수도꼭지를 틀었다. 바가지로 물을 퍼서 등에 천천히 부었다.

"으! 차가와."

8월의 해질녘이라서 바깥 기온은 연일 삼십 도를 웃돌고 있다. 수돗물도 미지근하다. 그런데도 등에 와 닿는 물의 감촉은 깜짝 놀랄 정도로 차가웠다. 손기문이 몸을 움찔거리며 비명을 질렀다.

"대장님도 엄살 피실 줄 아시네요. 하나도 안 차가운데……."

"그건, 니가 몰라서 하는 말여. 원래 등목을 하믄 깜짝 놀랠 정도로 차가운 벱여. 이왕 물을 뷔 주는 김에 비누칠도 해 줘라. 난 짜장면이래도 시켜 놓고 올 모양잉게."

강찬복은 손기문과 딸의 모습이 마치 부부처럼 보여서 기분이 좋았다. 흐뭇한 얼굴로 바라보고 있다가 부엌을 나갔다.

"대장님, 비누칠도 해 드릴까요?"

"해, 해 주면 좋쥬."

손기문은 태어나서 여자가 등목을 해 주는 것은 처음이다. 비누칠까지 해 준다니까 이게 꿈인가 싶을 정도로 황홀해서 말이 떨려 나왔다.

"말까지 떨리는 걸 보니 참말로 물이 차가운 모양이네……."

"그, 그기 아니고 여자가 등목을 해 주는 것은 첨이거든유. 너무 좋아서……."

"어머! 정말이세요?"

강순녀가 손기문의 들판 같은 등에 비누칠을 하다 믿어지지 않는 표정으로 물었다.

"그람, 참말이지. 머 할라고 그짓말을 하겄슈."

"대장님, 알고 보니 순정파시다. 어휴, 이 때 좀 봐. 목욕탕에는 안 가세요?"

"참말로 때가 많쥬? 나 혼자 산다믄 자주 가겠지만 대원들하고 같이 가면 돈이 많이 들어유. 그래서 한 달에 두 번은 대원들하고 단체로 목욕탕에 가거든유."

"그럼, 빨리 결혼을 하셔야겠다. 애인은 있으시죠?"

강순녀는 바가지로 물을 퍼서 비누 거품을 닦아 냈다. 씻기 전보다 광이 나는 피부에 있는 물기를 손바닥으로 밀어냈다.

"누가 나 같은 놈하고 연애를 할라고 하겠슈."

"대장님이 어때서 그래요? 아버지가 그러시는데 착한 일을 많이 하신다면서요. 그래서 모범구민상 같은 것도 받으셨다고 그러시데요. 그래서 이 동네 사람들은 재건대원들을 동네 사람들처럼 생각하신다면서요?"

강순녀는 수건으로 물기를 닦은 다음에 목욕탕의 때밀이처럼 다 됐다는 표시로 딱 소리가 나도록 등을 때렸다.

"아야!"

"알고 보니 대장님은 순 엄살쟁이네요."

강순녀는 웃음을 참으며 수건을 손기문에게 내밀었다.

"사실은 안 아파유. 여자한테 첨 맞아 봤는데 기분이 짜릿하도록 좋네유."

"그럼 또 때려 줄까요?"

"아, 아뉴. 담에 때려 줘유."

"다음 언제요?"

손기문은 수건을 강순녀에게 건네주며 얼굴을 바라봤다. 등을 밀어주었다는 친밀감 때문인지 오랫동안 봐 왔던 여자처럼 느껴졌다.

주제 파악이라는 것을 해야 하는 겨.

강순녀는 가난한 집에서 홀아버지와 함께 살기는 하지만 엄연히 근본이 있는 여자다. 고아원에서 호적을 만들어 준 것이 근본의 전부인 자신 같은 남자는 동정의 대상에 불과하다는 생각이 들어서 얼른 시선을 돌렸다.

"아버지가, 중국집에 가셨으니까 저녁 드시고 가셔요."

"아뉴. 머 대단한 일을 했다고 즈녁을 은어먹고 가유. 제우 보일러 토관 갈아 주고, 부뚜막 깨진 데 쎄멘트 발라 준 것이 전분데……."

손기문은 어림도 없는 말 하지 말라는 표정으로 손사래를 치며 부엌을 나갔다. 부엌 밖은 곧바로 골목이다.

"워딜 갈라고?"

강찬복이 막 부엌 앞에 도착해서 손기문 앞을 가로막았다. 그의 뒤에는 배달 가방을 든 소년 배달꾼이 서 있었다.

"다 끝났응께 집에 갈라고유."

"가긴 워딜가. 짜장면하고 군만두 갖고 오는데 같이 먹고 가야지."

"아녀유. 지가 사 주지는 못할망정 영감님 돈을 축낼 수는 읎슈."

"내가 암만 읎이 살아도 대장님 짜장면 한 그릇 사 줄 돈은 있구먼. 그라고 우리 순녀가 요새는 직장을 댕기잖여. 지난주에 월급을 칠만 원이나 타 왔구먼. 돈 걱정하지 말고 어여 들어가. 응?"

강찬복이 양손으로 손기문을 부엌 안으로 밀면서 말했다.

"그람, 지가 짜장면 값하고 군만두 값을 낼께유. 여기 얼매유?"

손기문이 주머니에 손을 넣으며 배달꾼에게 물었다.

"돈 계산했는데유?"

"내가 계산할 팅게 얼매냐고 묻잖여?"

손기문이 주머니에서 만 원짜리를 꺼내며 물었다.

"짜장면 세 그릇 천오십 원에 군만두가 오백팔십 원······."

"허어, 내가 계산했응게 어여 먹기나 하자구."

강찬복은 손기문의 돈을 받아서 그의 주머니에 집어넣고, 배달원에게 어서 짜장면을 방에 들여 놓으라고 재촉했다.

"그람 담에는 제가 순녀 씨하고 영감님하고 한번 모실께유."

"그려, 그때는 그때고 어여 먹자구."

강찬복은 손기문의 손을 잡고 방으로 들어갔다.

"소주 갖고 갈까요?"

강순녀가 부엌에서 물었다.

"암만, 어여 갖고 와."

"허어, 제우 연탄보일러 한 개 놔 주고 나서 황제처름 대접을 받는 것 같아서 민망해 죽겠구먼유."

손기문은 말과 다르게 강찬복과 강순녀와 함께 방에 오붓이 앉아서 짜장면을 먹으려니까 재건대 대원들과 같이 먹을 때와 다르게 기분이 묘했다. 그 기분은 철이 든 이후 단 한 번도 경험해 보지 못한 가슴으로 만 느낄 수 있는 따스한 기분이었다.

"혀, 형님······. 시방 막사에 들어가믄 큰일 나유."

손기문이 저녁을 먹은 후에 기분이 좋아서 휘파람을 낮게 불면서 걸어가고 있을 때였다. 콩새가 어둠속에 숨어 있다가 불쑥 나타나서 긴장한 얼굴로 빠르게 말했다. 함석으로 얼기설기 울타리를 쳐 놓은 고물상 안에는 천막 대신 영동고물상처럼 미군들이 사용하는 퀸셋 막사가 있다.

대원들이 합숙소 겸 사무실로 사용하는 곳이다.

"왜?"

"시방 종갑이 형하고 메뚜기 형하고 칠수 형을 순경들이 잡아갔어유. 형님도 잡아가겠다고 순경 두 명이 막사에서 기다리고 있단 말여."

"왜? 그놈들이 도둑질이라도 한 겨?"

"아녀. 순경들이 그라는데 시방 전국적으로 정화 운동이 벌어졌대유."

"정화 운동이 머여? 물을 정화시킨다는 거여?"

"그건 모르겠는데. 좌우지간 시방 막사에 가믄 절대로 안 돼. 형님까지 끌려가믄 우린 재건대는 끝장난단 말여."

콩새가 두려움에 떨며 손기문의 손을 잡고 골목 어두운 데로 끌고 갔다.

"종갑이하고 메뚜기하고 칠수는 건달들이 아니잖여. 술 먹고 행패를 부린 적도 읎어. 어여 지서로 가 보자."

손기문이 지서가 있는 쪽으로 걸으면서 도무지 이해가 되지 않는다는 표정으로 말했다.

"자, 잠깐만. 순경들이 잡으러 와 있는데 제 발로 지서에 가면 워틱해유. 지 발로 어항에 들어가는 물고기 꼴밲에 더 되겄슈? 그라지 말고 중간에 사람을 넣어 보는 것이 워뗘?"

"그려, 니 생각이 옳구먼. 근데, 누구한테 물어보지? 아녀 우리나라는 민주주의 국가라고 하잖여. 민주주의에서 죄 읎는 사람을 잡아가는 법은 읎응게. 한번 가 보자."

손기문은 대장의 입장으로 대원들이 억울하게 지서에 끌려갔는데, 붙잡힐 것이 두려워서 꽁무니를 뺄 수는 없다고 생각했다. 콩새가 새파랗게 질린 얼굴로 앞을 가로막았지만 지서 쪽으로 향했다.

"혀, 형님. 내일, 내일 가 보면 안 될까? 나 시방 무서워 죽겠단 말유. 아까 형님이 순경들 얼굴을 안 봐서 그렇지. 분위기가 엄청 살벌하단 말여……."

콩새가 손기문의 앞을 가로막고 동동걸음을 치며 안타까워했다.

"콩새 너는 내 걱정은 하지 말고 일단 막사에 가 있어. 막사에 무슨 일이 벌어지면 바로 지서로 와서 나한테 연락하란 말여. 어여 가."

멀리 지서가 보였다. 무슨 일인지 모르지만 지서 앞에 수십 명의 사람들이 모여서 웅성거리고 있다. 손기문은 무슨 일이 터졌을 것이라고 짐작했다. 만약 지서 안에 들어갔다가 억류되면 콩새 역시 같은 신세가 될 수 있을 것이라고 판단했다. 발걸음이 떨어지지 않는 모습으로 울상을 짓고 있는 콩새를 돌려보내고 지서 앞으로 성큼성큼 걸어갔다.

"무슨 일이 일어났슈?"

"아, 국보위에서 사회 정화 차원에서 건달들이나 깡패들을 죄다 잡아들이라는 명령이 떨어졌다는 거여."

손기문이 묻는 말에 누군가 숨죽인 목소리로 속삭였다.

"국보위가 뭐유?"

"이 사람 간첩 아녀? 지난 오월에 터진 광주사태 같은 것이 두 번 다시 생기면 안 된다고 그달 말일에 국보위가 생겼잖여. 최규하 대통령이 의장으로 있는 국가보위비상대책위원회를 말하는 거여."

"요새 비상시국인데 전두환 장군은 머하고 최규하 대통령이 그른 감투를 쓴데유?"

"이 사람 진짜로 정화 운동을 해야겄구먼. 아! 전두환 장군은 보안사

령관에 중앙정보부장 서리잖여. 그라고 국보위 상임 위원장잉께, 실질적인 권한이 있다고 봐야지."

"나, 봉천동 재건대장유. 무식해서 그런 것이 있다는 것은 모르고 살았슈. 대관절 그런 것이 언제 생겨났데유?"

"난 또 누구라고, 지난 오월 삼십일 일에 생겼잖여. 근데, 저 안에 재건대원들도 대여섯 명 있는 거 같은데?"

"세 명 붙들려 왔다고 하든데유?"

"아녀, 내가 볼 때 대여섯 명 되는 거 가텨. 나 몰라? 재건대 옆에서 슈퍼 하는 박 사장여."

슈퍼 박 사장이 손기문 옆으로 와서 얼굴을 보여줬다.

"아, 사장님이시구먼. 참말로 대여섯 명이란 말유?"

"그람, 내가 볼 때 죄다 착한 사람들인데 왜 붙들려 왔는지 모르겠구먼."

"내가 들어가서 물어보믄 알겠쥬. 암만 세상이 비상 계엄령 시대라고 하지만 죄 읎는 사람을 붙들어 가는 법은 없잖유……"

손기문은 종갑이와 메뚜기와 칠수 세 명만 끌려간 줄 알았다. 두 명이 더 있다는 박 사장의 말에 빨리 들어가서 사정을 확인해 봐야겠다는 생각에 사람들을 헤집고 앞으로 나갔다.

"재건대장, 잠깐만 나 좀 보세."

"통장님 아뉴?"

사람들 틈에서 누군가 손기문의 손목을 덥석 잡고 뒤로 끌었다. 손기문은 긴장한 얼굴로 시선을 돌렸다. 골목 청소니, 전단지 돌리는 것이니, 무슨 궐기대회나 행사 때 협조를 해 주고 있는 통장이었다.

"왜 그래유?"

통장 신수철은 손기문의 손목을 잡고 지서 앞에서 어느 정도 떨어진 어두운 골목 안으로 들어갔다.

"시방 재건대장 지서 안에 들어가면 못 나오게 되어 있어."

"왜유? 지가 먼 죄가 있다고?"

"죄가 있고 없고가 문제가 아녀. 내가 봉천동 정화위원이거든. 그래서 어젯밤에 봉천동 정화위원회 회의에 참석했는데 말여."

"정화위원회가 뭐유?"

"각 동마다 결성이 된 위원회여. 정화라는 말이 먼 말여? 드러운 물을 깨끗하게 하는 것이 정화잖여. 사회를 정화시키기 위하여 각 동마다, 결성이 되어 있고 그 위에는 영등포구 정화위원회가 있고, 그 위에는 서울시 정화위원회가 있어. 그렇게 전국적으로 결성이 된 위원회에서 동네 물을 흐리게 하는 건달들이며, 술 먹고 행패 부리는 사람이나, 전과자가 누구누구다 찍어주면 순경들이 붙들어 가기로 했단 말이지."

"그람, 우리 재건대원들도 정화위원님들이 찍어 줬단 말유?"

"에이, 사람을 어떻게 보고 그런 말을 하능 겨. 봉천동 사람치고 재건대원들이 동네를 위해 얼마나 열심히 봉사 활동을 하는지는 다 알고 있는 사실인데…… 그라고 만약 정화위원들이 재건대원들을 찍었으면 내가 이렇게 말을 할 수 있겠어?"

"하여튼 고마워유. 하지만 지서장님도 우리 재건대원들이 평소에 얼마나 열심히 살았는지 알고 계실 거잖유. 가서 사정을 해 주면 풀어줄 거유."

손기문은 사회정화위원회가 왜 생겼는지, 하는 일은 무엇인지 같은 것은 알 필요도 없고 궁금하지도 않았다.

"허어! 내 말대로 시방은 몸을 피하는 것이 좋아. 옛날 오일육 때도 전국에 있는 깡패들을 제주도로 끌고 가서 오일육 도로를 건설하는 데 동원시켰잖여. 그거 하고 비슷햐. 그랑께 내 말대로 오늘은 잠깐 몸을 피햐. 알겄지?"

"통장님의 충고는 참말로 고마워유. 하지만 대원들이 죄도 읎이 끌려가 있는데 대장이라는 놈이 도망을 가 버리면, 갸들이 누굴 믿고 따르겄슈."

손기문은 통장에게 정중하게 인사를 하고 곧바로 지서가 있는 것으로 향했다.

"허! 그렇게 말을 했는데도 사서 고생을 할라고 제 발로 걸어가는구먼……."

통장은 손기문의 의협심이 대단하다고 생각하면서도, 한편으로는 안타까워서 연신 혀를 찼다.

"형님!"

"대장님!"

손기문이 지서 안으로 들어서자 벤치에 앉아 있던 대원 다섯 명이 반가움에 눈물을 글썽이며 일어섰다. 그러나 한쪽 손에 수갑을 찬 채 벤치에 묶여 있어서 손기문에게 다가갈 수 없었다.

"주임님! 이게 어떻게 된 일입니까?"

파출소 안에는 낯익는 순경 몇 명과 주임이 있었다. 다른 서에서 온 것 같은 형사도 몇 명 있었다. 손기문이 주임을 향해 다가가며 물었다.

"김 차석, 나 볼일 보고 올 테니까 빨리 처리해."

주임은 손기문의 말에 대꾸도 하지 않고 쫓기듯 밖으로 나갔다. 명령을 받은 차석도 무슨 볼일이 있는 것처럼 지서 숙직실로 통하는 문을 열고 들어갔다. 다른 순경들이 약속이나 한 것처럼 형사들에게 눈짓을 보냈다.

"당신이 재건대장 손기문이란 사람인가?"

여름인데도 가죽 재킷을 입은 형사 한 명이 손기문에게 다가가서 물었다.

"예, 그런데유."

"잔소리 말고 손 내밀어 봐."

"왜유?"

"이 새끼 손 내밀라면 내밀지 먼 개소리가 많아."

가죽 재킷은 능숙하게 손기문의 오른팔을 잡아당겨서 오른손에 수갑을 채웠다. 손기문이 뿌리치려고 몸을 비틀자 다른 형사가 달려들어서 왼팔을 뒤로 꺾어 벽에 붙어 있는 벤치로 데려갔다.

"대관절 왜 이라는 거유? 민주주의 국가에서 죄도 읎는 사람을 이래도 되는 거유?"

"민주주의? 너 같은 벌어지 때문에 민주주의가 표류하고 있다는 것만 알아 둬."

손기문에게 수갑을 채운 가죽 재킷은 손기문을 힐끗 바라보고 나서 더 이상 대꾸할 가치가 없다는 얼굴로 전화기 앞으로 갔다.

"아! 오조 반장입니다. 여기 봉천동 지숍니다. 호송차 좀 보내 주시기 바랍니다."

"너희들 법에 걸릴 만한 짓 한 거 읎지?"

손기문이 가죽 재킷의 눈치를 살피며 옆에 앉아 있는 종갑이에게 물었다.

"형님, 우리 고물 정리하고 있다가 갑자기 끌려왔구먼. 메뚜기하고 칠수는 고물 정리 하느라고 오늘 아침부터 밖에 나간 적도 없어. 저 끝에 앉은 사람은 우리보다 더 햐. 고향이 춘천인데 술집에서 혼자 술 마시다가, 주인이 바가지를 턱없이 씌우길래 싸우다 왔다능 겨. 그 옆에 있는 아는 고등학교 삼 학년인데 담배 피우다 끌려왔다능 겨."

"입 닥치라고 했지?"

종갑이 억울해서 견딜 수가 없다는 얼굴로 손기문에게 속삭이고 있는데 형사가 다가왔다. 느닷없이 구둣발로 정강이를 차 버렸다.

"왜 때리는 거유! 잘못한 것이 있으면 법으로 해야 하는 거 아녀!"

종갑이 비명을 지르며 허리를 꺾었다. 손기문이 벌떡 일어서서 고함을 지르며 대들었다.

"이 새끼, 똥오줌 못 가리는 놈이구먼."

형사 두 명이 달려들어서 손기문의 복부를 내지르는가 하면, 어깨를 찍어 누르고 사정없이 주먹을 휘둘렀다.

"조용히 하는 것이 좋아. 요즘 세상이 어떻게 돌아가는지도 모르는 것이 깨춤을 추고 있구먼."

손기문이 얼굴에 피투성이가 되어 늘어지자 형사들은 씩씩거리며 제자리로 돌아갔다.

"혀, 형님 가만히 있어 봐. 경찰서로 가면 우리가 결백한 것이 밝혀질 거여."

메뚜기가 겁에 질린 얼굴로 손기문이 무자비하게 얻어터지는 광경을 바라보고 있다가 작은 목소리로 속삭였다.

"그려, 이 나라에도 법이 있다믄 경찰서에서는 풀어주겠지."

손기문은 입술이 터지고 눈에 멍이 들도록 얻어맞았지만 너무 억울하고 화가 치밀어 아프지가 않았다.

지서 앞에 도착한 차량은 경찰 호송차가 아니었다. 포장을 덮은 군용차가 도착했다. 차에서 내린 사람들도 순경이나 형사가 아닌 단독 무장을 한 군인들이다.

"이놈들입니까?"

철모에 병장 계급장을 붙인 군인이 형사들에게 물었다.

"모두 일곱 놈이라네."

재킷이 일곱 명의 명단이 적혀 있는 서류를 하사 앞에 내밀었다.

"지금부터 호명을 하면 즉시 대답한다."

하사가 벤치 앞으로 와서 한 사람씩 이름을 부르기 시작했다, 명단과 일치한다는 점을 확인하고 나서 부하들에게 눈짓을 보냈다.

트럭 안에는 이미 십여 명의 남자들이 양쪽 의자에 앉아 있었다. 손기문 일행은 수갑을 풀고 트럭에 올라탔다.

"지금부터 입을 뻥긋하는 놈은 골로 갈 줄 알면 틀림없을 거다."

트럭에는 네 명의 병사들이 올라탔다. 양쪽 코너에 한 명씩 앉았다. 병장이 소총의 노리쇠를 후퇴시켰다가 전진시키느라 철커덕 하는 소리가 컴컴한 적재함 포장 안에서 음산하게 울려 퍼졌다.

"어디로 가는 겁니까?"

중간에 앉은 누군가가 겁에 질린 목소리로 물었다.

"어떤 놈야?"

군용 손전등이 번쩍 켜지더니 목소리가 흘러나온 쪽을 환하게 비췄다.

"나, 난 중학교 선생이란 말이요. 아무 죄도 없이 끌려왔으니까 최소한 어디로……."

자신을 중학교 선생이라고 말한 남자는 안경을 쓰고 있었다. 손전등 불빛이 안경알에 반짝 빛나는 순간이었다. 군인의 군홧발이 불빛 안으로 올라가는가 했더니 가슴팍을 내갈겼다. 손전등 불빛이 바닥을 비추는 것과 중학교 선생이 의자 앞으로 고꾸라지는 것은 거의 동시였다. 다른 군인이 합세해서 중학교 선생을 군홧발로 짓밟기 시작했다.

"그만."

병장의 짤막한 명령이 끝나고 나서 군인들은 제자리로 돌아갔다. 어둠 속에서 중학교 선생이 간간이 흐느끼는 소리가 음산한 공포를 짧게 짧게 토막 냈지만 어느 누구 하나 동정하는 사람이 없었다.

호송차는 신호등이 있으면 잠깐 멈췄다가 이내 달리기 시작했다. 포장 부착한 틈새로 불빛이 이따금 새어 들어올 때마다 이곳이 아직은 서울이라는 것을 알 수 있었다. 군인 중 한 명이 어둠 속에서 부스럭거리며 찰칵, 하고 라이터 불빛을 밝혔다. 이내 라이터 불빛이 꺼지고 담뱃불이 빨간 점으로 천천히 오르내렸다. 더 이상 불빛이 포장 안으로 스며들어오지 않았다. 누구 하나 담배 좀 피워도 되겠냐고 묻는 사람이 없는 가운데 트럭은 비포장도로로 접어들었다.

손기문은 트럭이 어느 곳을 향해 가고 있는지 도무지 종잡을 수가 없었다. 바깥을 바라보고 싶어도 네 귀퉁이에는 총을 든 군인들이 앉아 있어서 살펴볼 수도 없었다. 한여름인데도 포장을 꽁꽁 동여 맨 트럭 안이 덥다는 것을 느낄 수도 없었다. 그런데도 손바닥이며 얼굴에서는 땀이 흐르고 있었다.

고아원에서 얼어 죽은 김병삼의 얼굴이 떠올랐다. 그해 겨울밤에도 지금처럼 캄캄한 밤이었다. 불이 꺼진 방 안에서 병삼이는 더 이상 이유 없이 맞으면서 살 수는 없다며, 이렇게 살 바에는 죽어 버리는 것이 낫다고 속삭였다.


"오늘 밤 결판을 내고 말 거여."

"도망가자. 도망가서 우리끼리 다리 밑에서 움막을 짓고 동냥을 하면서 살믄 되잖여."

손기문은 병삼이 혼자는 물론이고, 자신과 둘이 힘을 합해도 원생들의 왕처럼 군림하고 있는 규율 부원들과 대결할 수 없다는 걸 알고 있었다. 그중에서 규율 부원들의 대장이라 할 수 있는 철식이는 열여덟 살이나 먹은 덩치라서 감당할 수가 없었다. 차라리 도망을 치는 것이 낫다는 생각에 이불속을 더듬어 손을 잡고 말했다.

"내가 여기 오기 전에 청계천에서 거지 생활을 해 봐서 알아. 겨울에 동냥 댕겨 봐. 손발이 꽁꽁 어는 거는 얼매든지 참을 수 있구면. 돌덩이 같은 찬밥 덩어리도 읎어서 못 먹어. 철식이 새끼한테 본때를 보여 주믄 앞으로는 지덜 심심풀이처름 맞고 살지는 않을 껴."

"니가 철식이 승질 몰라서 하는 말여. 그 새끼는 승질나믄 완전히 미친놈이 되잖여."

"그런 놈은 세상 살 가치도 읎는 놈여. 내가 오늘 완전히 보내 버릴 팅게 너는 귀경만 햐."

"그라지 말고 오늘 밤 여기를 도망가자. 철식이가 읎어진다고 해도 딴 놈이 또 규율부 부장이 될 거여. 원장 아부지가 가만히 있을 거 가텨?"

"원장 아부지가 암만 설쳐 봐도 철식이 그 새끼만 읎으면 누가 대장을 하드래도 시방보다는 편할 껴. 그랑께 너는 모르는 척하고 있어. 내가 해결할 모양잉께."

손기문이 보기에 병삼의 결심을 흔들 수는 없을 것 같았다. 가슴이 두근거려서 잠을 이룰 수도 없었다. 어둠 속에서 철식이가 자는 쪽을 바라봤다. 철식이 자리는 난롯가라서 다른 아이들과 다르게 팬티와 러닝셔츠 차림으로 자고 있을 것이다. 문득 병삼이 모르게 철식이에게, 병삼이가 해칠 것이라고 일러 줄까, 하는 생각이 들었다. 그렇게 되면 병삼이는 얻어맞기는 하지만 적어도 크게 다치지는 않을 것 같았다.

아녀, 어쩌면 대호처럼 다리를 못 쓰게 될지도 모르잖여.

대호는 병삼이 못지않게 덩치가 컸다. 원래 규율부 부장이었다. 그러나 철식이가 몇 명과 짜고 집단으로 달려들었다. 단순히 집단 구타만 한 것이 아니다. 여러 명이 뭉쳐서 마구잡이로 짓밟는 틈에 철식이가 돌멩이로 정강이뼈를 으깨 버렸다. 나중에 직원들이 달려왔을 때는 누가 정강이뼈를 돌멩이로 찍었는지 밝혀내지 못했다. 원장도 원생들끼리 싸움이 나서 큰 부상을 입은 사실이 밖으로 알려지면 지원이 끊어질 것이 두려워서 입단속을 하는 것으로 끝냈다.

"누, 누구여!"

손기문은 언제 잠이 들었는지 기억나지 않았다. 눈이 아프도록 철식이가 있는 쪽을 노려보다가 어느 사이에 잠이 든 것 같았다. 어둠 속에서 누군가 부르짖는 소리에 눈을 떠 보니 옆자리에 누워 있어야 할 병삼의 자리가 허전했다. 철식이를 해하고 있을 것이라는 생각이 들면서 잠이 확 달아나 버렸다. 벌떡 일어나 앉으며 철식이를 바라봤다.

"부, 불 켜!"

"죽어! 너 같은 놈은 죽어야 햐."

"사, 살려 줘."

손기문은 어둠 속에서 비명을 지르고 악을 쓰는 소리가 섞여 들려오는 것을 들으며 일어났다. 누군가 불을 켜려고 전등 스위치가 있는 곳으로 가는 모습이 어렴풋하게 보였다. 그쪽으로 달려가서 전등스위치를 올리려는 원생의 뒷머리를 잡고 그대로 벽에 밀어 버렸다. 쿵 하는 소리와 함께 전등 스위치를 올리려는 원생이 맥없이 주저앉는 것 같았다.

"무, 무슨 소리여!"

"불 켜!"

"부, 불난 거야?"

"나 밟지마!"

원생들이 여기저기서 일어나 어둠 속에서 일어나거나 뛰어나가거나, 옆에 누운 친구를 밟는 소리가 섞여서 삽시간에 아수라장이 되어 버렸다. 손기문은 어둠 속에서 눈이 밝아지는 것을 느끼며 철식이 있는 곳으로 뛰어갔다. 누군가의 배를 밟아서 나동그라졌으나 이내 일어나서 철식이 옆으로 갔다.

"죽어! 죽어!"

잠을 자다가 느닷없이 기습을 당한 철식은 방바닥에 깔려 있었고 그 위에 병삼이 걸터앉아 있는 것이 어렴풋하게 보였다. 병삼은 철식의 얼굴을 정신없이 난타하고 있었다. 철식은 죽었는지 기절했는지 반응이 없었다. 더럭 겁이 났다.

"그만, 그만해!"

손기문이 병삼의 허리를 꽉 움켜잡고 끌어내리려고 힘을 썼다. 하지만 병삼은 다시 한번 주먹을 내지르고 나서야 일어섰다. 두려움 섞인 비명 소리와, 울음소리, 빨리 불을 키라고 아우성을 치는 소리가 뒤섞여 아수라장이 따로 없었다. 그 사이를 비집고 누워 있던 자리로 가서 앉자마자 문이 열리고, 누군가 들어오는가 했더니 불이 들어왔다.

"뭐야!"

방 안으로 뛰어든 사람은 오늘 숙직인 김 과장이다. 김 과장은 피투성이가 된 철식을 발견하는 순간 상황이 심각하게 돌아가고 있다는 것을 판단하고 다시 밖으로 뛰어나갔다. 이어서 고아원 전체에 불이 들어왔다. 누군가 고아원을 도망쳤을 때나, 한밤중에 원생들이 배고프다고 난동을 피울 때 등 비상시에만 발생하는 상황이다.

"전부 일어서 빤듯하게 줄 서."

김 과장은 다른 두 명의 직원과 몽둥이를 들고 뛰어 들어왔다. 피투성이가 되어 늘어져 있는 철식을 보고 무서워서 구석에 몰려 있던 원생들이 일제히 침상 양쪽으로 늘어섰다. 손기문은 철식을 바라봤다. 죽지는 않았는지 고통스럽게 신음 소리를 토해 내고 있었다. 코가 주저앉았는지 납작한 얼굴은 피투성이다. 규율 부원 두 명이 달라붙어서 피를 닦아 준다. 깨어나라고 얼굴을 토닥거려 준다. 피칠이 된 요를 다른 것으로 갈아 주는 등 부산하게 움직였다.

"누구야? 솔직히 자수하면 삼 일 굶는 벌로 끝낼 거야. 하지만 자수하지 않으면 전원 팬티 바람으로 마당에 집합하는 거다. 자수할 때까지 밖에서 동태가 되는 거야. 지금 밖에 몇 도지?"

"예, 과장님 영하 이십 돕니다. 옷을 벗고 십 분만 서 있으면 동태가 될 겁니다. 어떤 놈야! 어떤 놈이 철식이를 저 지경으로 만들어 놨어?"

김 과장 옆에 있던 직원이 위협을 주기 위해 몽둥이로 쾅 소리가 나도록 침상을 치고 호통을 쳤다.

"좋아, 한번 해 보자, 이거지…… 철식이를 돌보고 있는 규율 부원 두 명을 제외하고 전원 팬티 바람으로 마당에 집합한다. 선착순으로 뒤에서 다섯 명은 마당을 열 바퀴씩 돈다. 실시!"

김 과장의 지시가 떨어지자마자 가장 어린 일곱 살부터 가장 나이 많게는 열여덟 살인 원생들 30여 명이 서둘러 옷을 벗고 마당으로 뛰어나갔다.

마당에는 싸리나무로 온몸을 휘갈기는 것 같은 칼바람이 쉼 없이 불고 있었다. 누가 시키지 않았는데도 일렬로 늘어선 원생들은 조금이라도 추위를 막으려고 가능한 한 몸을 붙이고 섰다.

"스톱! 이 뒤로는 모두 마당을 열 바퀴 돈다!"

김 과장이 문 앞에 서 있다가 늦게 나오는 원생 다섯 명을 불러 세웠다. 모두 나이가 일고여덟 살 정도 된 어린 원생들이다.

"제가 그랬슈!"

건물에서 빠져나오는 창백한 불빛을 받으며 팬티만 입은 어린 원생들이 마당을 뛰기 시작할 때였다. 병삼이 손을 번쩍 들고 교단 앞으로 나갔다.

"이 새끼! 진작 자수할 것이지."

직원 한 명이 병삼이 앞으로 갔다. 고개가 홱 돌아가도록 따귀를 갈기고 나서 다른 원생들은 모두 숙소로 들어가라고 지시했다.

손기문은 병삼이 들어올 때까지 잠을 이루지 못했다. 여기저기서 감기에 걸린 원생들이 기침을 하는 소리가 새벽까지 끊이지 않았다. 아침 여섯 시 기상 벨이 울릴 때까지 뜬눈으로 새웠지만 병삼은 돌아오지 않았다.

"별로 오늘 아침은 굶는다."

남자 원생뿐만 아니고 여자 원생들까지 모두 아침 급식이 중지되었다. 아침 먹을 시간에는 모두 숙소 침상 양쪽에 무릎을 꿇고 앉아서 반성의 시간을 가졌다. 열 시쯤 반성의 시간이 끝나고 때늦은 아침 청소가 시작됐다.

"병삼이 얼어 죽었댜."

"누가 그랴?"

"어떤 아가 봤댜. 얼어 죽은 것을 가마니에 싸서 뒷산으로 올라가는 걸."

손기문은 허기를 이기려고 이가 시리도록 찬물을 먹고 있는데 누군가 옆에 와서 속삭였다. 똘똘이라는 별명만큼이나 똑똑하기로 소문난 아홉 살짜리 형수가 뒷산 쪽을 손가락으로 가리켰다.

"지금부터 영 점 오 초 안에 전원 하차한다."

손기문은 갑자가 포장이 양쪽으로 빠르게 젖혀지는 밖을 바라봤다. 무슨 막사 같은 것이 보이고 텐트가 줄지어 쳐져 있었다. 총을 겨눈 군인이 날카롭게 외치는 소리에 의자에 앉아 있던 사람들이 일어섰다.

"이 새끼들, 이거 정신 바짝 들도록 맞아야겠구먼!"

병장이 총을 거꾸로 치켜들었다. 개머리판으로 칠수의 어깨를 찍어버렸다. 칠수가 비명을 지르며 무릎을 꿇었다.

"이봐, 내리면 되잖아!"

손기문이 차에서 내리다 말고 칠수가 있는 곳으로 뛰어가며 소리쳤다.

"이 새끼는 또 뭐야!"

손기문 옆에 있던 군인이 개머리판으로 손기문의 등을 찍었다. 손기문이 비명을 지르며 엎어지자 기다렸다는 듯이 군홧발로 엉덩이를 차버렸다.

"자, 잘못했슈. 잘못했슈."

칠수가 벌떡 일어나서 손기문의 손을 잡아끌며 차에서 뛰어내렸다. 뛰어내린 곳은 무슨 부대의 연병장이다. 막사 앞에는 드문드문 불이 켜져 있었다. 어두컴컴한 연병장 여기저기서 먼저 끌려온 사람들이 기합을 받고 있었다.

"앞으로 굴러!"

"뒤로 굴러!"

"동작 봐라. 동작 봐. 여기가 니덜 안방인지 알아!"

군인들이 여기저기서 고함을 지르는 소리가 팔월의 밤하늘을 날카롭게 찢어 놓았다. 영문도 모르고 끌려온 사람들아 자욱한 흙먼지를 일으키며 군인들이 지시하는 대로 흙바닥에서 뒹굴었다.

"삼 열 종대로 맞춰 선다. 실시!"

손기문하고 같이 끌려온 남자들은 사방에서 들려오는 비명 소리에 얼어서 군인의 명령이 있기 전에 삼 열 종대로 맞춰 섰다.

"뭐야! 이 새끼들, 줄도 똑바로 못 서!"

일행은 누가 보더라도 반듯하게 줄을 맞춰 섰다. 그런데도 중간에 있는 군인이 총 개머리판으로 누군가를 찍었다.

"똑바로 못 서!"

어디선가 여섯 명의 군인들이 달려왔다. 그들은 모두 빨간색 모자와 빨간색 티셔츠를 입고 있었고 손에는 하나같이 짤막한 곤봉이 들려 있었다. 그것으로 눈에 보이는 대로 남자들을 후려갈기기 시작했다.

"야! 이 새꺄. 죽여, 죽여 보란 말여!"

손기문과 종갑이가 군인들에게 달려들었다. 기다렸다는 듯이 대여섯 명의 군인이 몰려들어서 손기문과 종갑이를 뭉개기 시작했다.

"똑바로 서. 여기가 어딘지 알아? 너 같은 놈들의 뇌를 몽둥이로 깨끗하게 털어서 새 것으로 갈아 끼우는 삼청교육대다. 지금부터 내가 하는 말을 따라 한다. 나는 개새끼다!"

"나, 나는 개, 새끼다."

"이 새끼들이 아직 정신을 못 차렸구먼, 족쳐!"

어깨에 내무반장 견장을 단 하사의 지시가 떨어지자 다시 한번 군인들이 우르르 달려들어서 마구잡이로 몽둥이며 개머리판을 휘두르기 시작했다.

"나는 쓰레기다!"

"나는 쓰레기다!"

어디선가 악에 받친 구호 소리가 아련하게 울려 퍼졌다. 또 다른 쪽에서는 "나는 인간이기를 포기한 개새끼다!"라는 구호가 퍼져 나왔다.

"복창한다. 나는 개새끼다!"

하사의 명령이 떨어지자마자 손기문이 속해 있는 무리에서도 같은 복창 소리가 밤하늘을 뚫었다.

참자, 참자. 여기서 무너지면 죽는 거여!

손기문은 봉천동 지서에서부터 시작해서 하도 많이 맞았더니 온몸이 아프지 않거나 쑤시지 않은 곳이 없었다. 그런 데다 쉴 새 없이 앞으로 구르고 뒤로 굴렀더니 온몸의 관절이 모두 와해되어 버린 것 같은 느낌이 들었다. 누웠다가 일어설 때는 다리가 후들거려서 서 있을 수가 없었다. 엎드려 취침! 어디선가 아련하게 지시가 떨어지면 후들거리는 몸을 눕혔다. 엎드려 있으면 잠이 미친 듯이 쏟아졌다. 뒤로 취침! 그러나 눈을 감기도 전에 또 다른 지시가 떨어졌다.

일행이 하나같이 흙먼지에 범벅이 되어서 눈만 빠끔해질 무렵이었다. 군인 두 명이 군복과 작은 자루 하나씩을 무작위로 모두에게 지급했다.

"지금부터 영 점 오 초 안에 입은 옷을 모두 벗는다. 팬티까지 모두 벗어서 옆에 개어 놓는다."

병장의 명령에 일행은 흙먼지와 땀으로 얼룩져 걸레가 되어 버린 옷을 모두 벗었다. 이어서 군복과 모자를 쓰라는 지시가 떨어졌다.

"지금부터 호명하는 대로 한 명씩 막사로 들어간다."

일행은 천막 내무반 앞에 일렬로 늘어섰다. 하사의 말이 끝나자마자 손기문은 드디어 지옥 같은 전입신고가 끝났다는 생각이 들면서 잊고 있었던 통증이 맹렬하게 되살아나는 것을 느꼈다.

하사가 한 명씩 호명하자 병사가 하얀 광목에 매직으로 번호를 쓴 천 조각을 두 개씩 나누어 주었다.

일개 소대가 잠을 잘 수 있는 천막 안에는 삼십 촉짜리 전등 두 개가

켜져 있었다. 지금 시간이 몇 시인지 알 수가 없었지만 천막 안에는 후
끈한 기온이 가득 차 있었다. 천막 안으로 들어간 사람들은 지시가 없었
는데도 천막 끝에서부터 차례로 늘어섰다.

"똑바로 서!"

하사와 함께 빨간 모자를 쓴 조교들이 들어왔다. 조교들이 양쪽으로
늘어선 사람들의 가운데 드문드문 섰다. 하나같이 번뜩이는 눈빛으로
조그마한 허점만 보이면 곤봉으로 내려치겠다는 표정으로 겁에 질려 있
는 사람들을 노려봤다.

"여기는 삼청교육대다. 여기에 입소한 순간부터 네놈들의 목숨 줄은
내무반장인 내가 쥐고 있다. 네놈들이 사회에서 무엇을 했든지 나는 알
필요도 없고, 네놈들도 잊어버려야 한다. 따라서 여기서는 이름도 없다.
내무반에 들어올 때 나누어 준 번호가 네놈들의 이름표이며 생명표다.
분명히 말하지만 네놈들이 여기로 끌려왔다는 건 아무도 모르고 오직
하나님만 알고 있다. 따라서 네놈들 중 몇 놈이 죽어도 아무도 모른다."

내무반장의 말이 끝나자마자 손기문과 같이 끌려온 고등학생이 흐느
껴 울기 시작했다.

"뭐야, 새꺄?"

고등학생 앞에 서 있던 조교가 지체 없이 곤봉으로 엉덩이를 후려갈
겼다. 고등학생이 비명을 지르며 앞으로 엎어졌다. 순간 내무반에 있던
이십여 명의 사람들이 이글거리는 눈빛으로 조교를 노려봤다. 그러나
조교와 시선이 마주치는 순간 슬그머니 전등불 쪽으로 시선을 돌렸다.

제26장

1
9
8
1
년

# 달려라 경운기야

황인술은 아무리 생각해도 이해할 수 없었다.
큰마누라는 밥이고,
첩은 양념이라고 이날 이때까지 맨밥만 먹고 살지는 않았다.
소주에 엉망으로 취해서도 거뜬히 두 탕은 뛰었는데
내가 벌써부터 이렇게 약해졌나 하는 생각이 들어서 입맛을 잃어버렸다.


희뿌연 안개를 뚫고 등구나무에 걸려 있는 앰프에서 새마을 노래가 흘러나오기 시작했다. 일찍 일어난 아낙네는 정지 안에서 불을 때다가 자신도 모르게 '새벽종이 울렸네, 새 아침이 밝았네, 우리 모두 일어나……'라며 노래를 따라 부르다가 매운 연기가 나오면 고개를 뒤로 돌리고 눈물을 닦았다.

노랫소리에 잠을 깬 남정네들은 뿌옇게 밝아 오는 문 앞에서 자리끼를 마시거나, 담배를 찾아서 입에 물고 오늘 하루는 또 뭐를 하며 때우냐며 하루 일정을 더듬어 본다.

짧은 겨울 해를 가장 효율적으로 보내는 방법으로 예전에는 가마니를 짜거나 새끼를 꼬는 부업이 있었다. 가마니 한 장을 짜면 삼백삼십 원이다. 그러나 통일벼를 심고 나서 벼의 길이가 월등하게 짧아지고 볏짚이 끈기가 없어서 가마니 짜기가 여간 힘든 것이 아니다. 통일벼 이전의 아키바레를 심었을 때는 하루 두 장은 너끈히 짰는데, 통일벼 짚단은 볏짚 가리는 데 시간 다 보내느라 하루 한 장 짜기고 힘이 든다.

오늘 누구 생일잔치가 있는 것도 아니고…….

한때는 겨울에 내기 화투를 많이 쳤다. 담배 내기, 성냥 내기부터 시작해서 막걸리 내기, 국수 내기 등 화투를 치다 보면 겨울 하루해가 짧아서 으레 밤 열두 시를 넘기기 일쑤다. 그마저 새마을운동이 시작되고 나서 전국적으로 화투 안 치는 동네 만들기에 모산도 앞장서서, 요즘에는 그 흔한 일 원짜리 내기 화투도 치지 않는다.

딴 동리 사람들은 겨울에 퇴깽이며 노루도 잘 잡아먹는다든데, 우리 동리 사람들은 죄다 절에 댕기는 사람들만 사는 것도 아니고, 양반들만 사는 통에 퇴깽이 사냥 가자는 이 한 명 읊고…….

장기팔은 딱히 할 일도 없이 새마을 노래에 잠이 번쩍 달아나 버린 뒤라서 담배만 피웠더니 속이 쓰렸다. 오늘 하루 또 어디 가서 시간을 보내냐, 요 궁리 저 궁리를 해 봐도 뾰족한 수가 나오지 않는다. 순배 영감 집에 가면 변쌍출이며 박평래가 와 있을 것이다. 시간 보내기는 좋은데 나이 어린 죄로 찬바람 맞으며 심부름을 다니는 것이 귀찮다.

시훈이 이놈은, 정신을 차렸는지. 좌우지간 그놈은 어릴 때부텀 그놈의 귀가 종이짝처럼 얇아서 탈여. 처가 동리 있는 놈이 여관 하자고 할 때 그렇게 말렸어도, 기어이 달려들더니 몽땅 사기당햐. 영동에서 제우 자리 잡능가 했드니, 통일주체국민회의 대의원인가 먼가 선거 나섰다가, 지 동상이며 처남까지 못살게 맨들더니, 강원도로 ㄲ질러 가서…….

시훈이 탄을 캐러 갔을 때는 독일에서처럼 목돈을 만들어 오겠다는 생각이었을 것이다. 하지만 목돈을 만들어 오기는커녕, 사북 사태 때 주동자로 오인 받아서 경찰들이며 보안 대원, 정보 부원들에게 얼마나 걸레가 되도록 맞았는지 경훈의 아내 오숙자처럼 정신을 놓을 때가 있다. 쌀가게에서 멀쩡히 앉아 있다가 군인 비슷한 복장을 입은 손님이 오면 파랗게 질려서 가겟방 안으로 숨어든다. 놀란 손님이 방문을 열면 꿩 새끼마냥 얼굴만 장롱 안에 처박고 벌벌 떨기도 하고, 잠을 자다 벌떡 일어나서 '앉아! 일어서!'를 몇 번이나 반복하고 있다가 깜짝 놀라 일어선 며느리가 진정을 시켜야 식은땀으로 목욕을 한 몰골로 잠이 든다.

자식들이 평래 형님처럼 많은 것도 아니고, 달랑 형제 둘뿐에 없는데 머가 이렇게 신경 쓸 일이 많댜.

가지 많은 나무에 바람 잘 날 없다는 말이 있다. 자식들이 많으면 어느 한 자식은 어미 가슴을 흔드는 자식이 있다는 말이다. 하지만 자식이 둘밖에 없는데도 잠을 안 자는 동안은 걱정을 가슴에 안고 산다. 시훈이 부부는 시훈이 문제지만, 경훈이 부부는 며느리가 문제다.

"암만해도 이상해유. 꼭 뭐에 홀린 사람처럼 손님이 와도 멍하니 하늘만 바라보고 있을 때가 있슈. 어쩔 때는 빵을 팔고 돈을 안 받을 때도 있는 거 가튜. 저녁에 계산을 해 보믄 돈이 많이 빈당께유."

재수가 좋으면 엎어져도 동전을 줍는 법이고, 재수가 나쁘면 뒤로 넘어져도 코가 깨진다. 경훈의 아내 오숙자는 공교롭게도 광주에서 그 사단이 날 때 친정에 갔다. 두 남동생들 옷을 사 주러 백화점에 갔다가 두 눈을 똑똑히 뜨고, 군인들한테 총 개머리판으로 맞아 죽는 두 동생을 봤다고 한다. 그 충격으로 정신이 오락가락해서 한때는 아들 영철이를 데리고 모산에 와서 지내기도 했다. 지금도 가끔 정신을 놓고 그림자처럼 행동할 때가 있어서 경훈이 혼자 자식을 키우다시피 하고 있다.

그려, 순배 형님 말씀처럼 이것도 업이겠지. 업여!

병원에 가서 물어보니까 시훈이나 오숙자의 병세는 피해망상증이라고 한다. 꾸준히 약을 복용하면 호전될 수도 있지만, 완치가 된다는 장담은 할 수 없다는 것이 의사의 진단이다. 세상을 살아가면서 한 집안에 정신병자가 두 명씩이나, 그것도 큰놈네는 남자가, 둘째네는 여자가 정신병을 앓기란 억지로 짜 맞추기도 힘들 것이다. 그래서 순배 영감한테 하소연했더니, 시훈이하고 둘째 며느리가 사고로 죽는 것보다는 낫지 않냐고 반문하는 통에 입을 다물고 말았다.

갑자기 삐익 하는 잡음이 새벽안개를 산산조각 내는가 했더니 "아! 아! 마이크 섬 중입니다!"라는 황인술의 목소리가 흘러나왔다.

"아! 모산 구장 황인술유. 밤새 안녕하셨슈. 딴기 아니고 오늘 학산 장 날이잖유. 장을 보러 갈 사람은 구장인 이 황인술이가 경운기로 뫼실 모 양잉게 금일 공 아홉 시까지 둥구나무로 나와 주시길 바랍니다."

젠장, 황인술이 모산 구장이라는 거 학산면 사람들이 다 알고 있을 꺼인데, 구장도 감투라고 되게 유세를 떠는구먼.

장기팔은 오늘 집에 있어 봤자, 특별하게 할 일도 없었다. 아내와 하루 종일 앉아 있어 봤자, 시훈이 때문에 훌쩍거리는 모습을 보고 있으면 이래저래 말을 섞지 않을 수가 없고 결국은 짜증만 날 것이다. 장에 나가면 누굴 만나도 막걸리 잔이며 점심을 같이 먹어 줄 사람을 만나게 될 것이다.

앰프에서는 새마을 노래가 끝나고 <잘살아 보세>가 흘러나오고 있었다. 황인술은 <잘살아 보세>가 끝날 때까지 기다렸다가 앰프를 끄고 새마을 회관을 나갔다.

"바깥사둔 오늘 장에 가유?"

"사둔도 장에 갈 텨?"

김춘섭이 변소에서 나와 물었다. 황인술은 김춘섭을 보는 순간 속을 짜르르 울리는 해장술 한 잔이 생각나서 정겹게 물었다.

"톱 좀 갈아야 하는데, 나갈 시간은 읎고 사둔이 좀 갈아다 줄래유?"

"먼 사무가 그리 바쁜데?"

"눈이 더 오기 전에 나무라도 한 짐 해다 놀라고 그래유."

"잘살아 보겠다는데 구장이 훼방을 놓으면 안 되지. 그람 이따 아홉 시까지 갖고 나와. 해장이나 한잔할까?"

"좋쥬."

김춘섭은 해장이라는 말이 입안에 군침이 도는 것을 느끼며 집으로 가려던 걸음을 해룡네 쪽으로 돌렸다.


황인술은 방학 중인 학산중학교 교문 앞에 경운기를 세웠다. 경운기에서 내린 사람들은 장기팔을 위시해서 윤길동의 아내 모리댁, 봉산댁, 떼보네 엄마, 해룡네와 몇몇 아낙네들이다.

"어채피 장에까지 오셨응께 즘심은 워디서 먹든 자실 거 아뉴. 즘심 드시고 세 시까지 여기로 와유. 올 때도 같이 왔응께 갈 때도 같이 가야지."

황인술은 손뼉을 쳐서 사람들의 시선을 집중시켰다. 식전에 마신 막걸리의 취기가 알맞게 도는 것을 느끼며 만약 3시 넘어서 오면 기다리지 않고 출발해 버리겠다는 겁까지 줬다.

황인술의 말이 끝나자 사람들은 장에다 낼 팥 두어 말이며, 봄에 비봉산에서 뜯어다 말린 고사리, 참깨 서너 되, 콩이며 좁쌀에, 수수 같은 것들이 많게는 한두 말, 적게는 서너 되씩 들어 있는 자루며 비닐봉지를 챙겨 들었다. 봉산댁은 참깨 서 되를 팔아서 전기세도 내고, 가을에 내지 못한 세금도 낼 생각이었다. 혹시 황인술이 무슨 말이라도 할지 모른다는 생각에 바쁜 것처럼 일찌감치 일행들보다 앞장서서 걸었다.

"이따 즘심때 태화루로 와. 딱 열두 시에 오지 말고 열한 시 반까지 오란 말여. 그때는 손님들이 읎을 시간잉게."

황인술이 지나가는 말처럼 빠르게 말하고 나서 장기팔이 가깝게 다가오기를 기다렸다.

"먼 볼일을 보시든, 목구녕부텀 축이고 가야 하는 거 아뉴. 술은 지가 살게유."

"존 말이지. 어여 가자구."

장기팔은 그렇지 않아도 누구하고 해장을 할까 고민 중이었다. 염색장수는 없어진 지 한참 됐고, 티밥쟁이하고 한잔하냐, 쌀장사를 하는 술탁보 박 씨하고 하냐, 무주나 금산 같은 데서 소를 사다가 집에서 바짝 살을 찌워 파는 소 장수 탁 씨는 아침 장사로 하루 일과를 끝내니까 그 사람하고 시간을 보낼까 궁리 중이었다. 황인술의 말에 마른침을 삼키면서 털레털레 따라갔다.

황인술은 태화루에서 장기팔하고 짬뽕 국물 안주에 막걸리 한 되를 마시고 곧장 면사무소로 갔다. 면사무소 안에는 톱밥 난로가 벌겋게 달아올라 있어서 훈훈했다. 겨울이라 담당 동네로 출장을 간 직원은 없다.

모두들 제자리에 앉아서 결산 준비에 바빴다.

"어이구, 모산 구장님이 어인 일로?"

산업계장이 된 강 계장이 황인술을 먼저 발견하고 창구 앞으로 걸어 나왔다.

"비료대 미수 얼매 떨어졌는지 쫌 알아보고, 명년 농자금은 은지 나오는지, 이것저것 물어볼 것이 있어서 일부러 나왔구먼."

"술 냄새 나는 걸 봉께 태화루에서 일찌감치 해장 한잔하셨구먼. 커피 한잔 하실래유?"

강 계장이 창구 안으로 들어오라고 손짓하고 나서 물었다.

"우리야, 공짜라믄 쥐약이라도 먹는 사람들 아닌가?"

황인술은 평소 부담 없이 말을 섞는 직원들에게 일일이 인사하면서 창구 안으로 들어갔다.

"아침에 우리 동리 태수가 그라는데 군인들이 정치를 하믄 나쁘다고 하든데 그기 먼 말여?"

강 계장이 일회용 컵에 커피를 두 잔 타 가지고 와서 책상 앞에 앉았다. 황인술이 옆자리에 앉으며 넌지시 물었다.

"우린 암것도 몰라유. 위에서 시키믄 시키는 대로 하는 게 공무원들이 잖유. 가만있어 보자, 모산 비료대가 워티게 됐나 비료 수급 대장이 워디 있드라……"

강 계장은 강 건너 불구경하는 목소리로 말하며 일어섰다. 책상 옆에 있는 서류함을 뒤적거리다가 서고로 향했다.

봉산댁은 장터 길목에 있는 보따리장수에게 깨가 들어 있는 보따리를 빼앗겼다.

"안 돼유, 그거 장터 안에 있는 식당에 갖다 주기로 한 거유."

"아따, 거기 가믄 더 받는 줄 알아유? 만약 내가 장터보다 단돈 십 원이라도 덜 주면 당장 물러 줄 팅게 한번 달아나 봐유."

보따리장수들은 장으로 가는 길목을 지키고 앉아 있다가 곡식을 팔러 오는 촌 동네 여자들에게 물건 값을 후려치거나, 저울눈을 속여서 곡식을 사는 장사치들이다. 그녀는 봉산댁의 의중은 물어보지도 않고 보따리에 있는 참깨를 자신의 자루에 쏟았다. 자루 안에는 또 다른 자루가 주머니처럼 매달려 있다. 곡식을 도로 쏟고 자루를 탈탈 털어도 주머니 안에 들어가 있는 곡식은 다만 몇 홉이라도 가로챌 수 있다.

"아니, 저울로 달라믄 그냥 보따리째 달지 아줌마 자루에다는 왜 넣는데유? 팔 께가 아니라고 하는데도 참말로 이상하구먼."

봉산댁은 참깨 가격을 알고 있었다. 요즘 참깨 가격이 좋아서 한 되에 사천오백사십 원이다. 석 되면 집에서 계산을 해 봤는데 만 삼천육백이십 원이다.

"몇 되나 되는데?"

척하면 삼천리다. 보따리장수는 봉산댁이 팔러 온 것이 참깨라는 걸 알아차렸다. 보따리를 펼쳐 놓고 한 되짜리 되에다 쏟았다. 손으로 쓸어 담아 보니 두 되는 되는데 석 되에서 두 홉 이상이 빠진다.

"시 되가 안 되느만."

"어려? 이상한데."

"머가 이상햐, 자루 탈탈 털었는데……."

보따리장수는 손바닥으로 탈탈 털어 보인 자루를 자루 더미 속으로 던졌다.

"아녀, 내가 집에서 분명히 상규네 집에서 되를 빌려다가 딱 시 되를 담아 왔는데……. 모산서 여기까지 들고나 왔다믄 들고 오는 동안 흘렸다 쳐. 경운기를 타고 왔는데 대관절 두 홉가량이 워디로 도망갔댜?"

봉산댁은 아무래도 보따리장수의 자루가 수상했다.

"이 아줌마, 아침부텀 사람 잡는구면. 그람 이 자루가 먹었다는 거여. 머여."

보따리장수가 화난 얼굴로 조금 전에 던져 놓은 자루 옆의 것을 갖고 왔다. 봉산댁이 보라는 얼굴로 자루를 후딱 뒤집어 까 보였다.

"참말로 이상햐……."

봉산댁은 자신의 눈을 믿을 수 없다는 얼굴로 자루를 만져 봤다. 아무리 주물럭거려 봐도 이상한 점이 보이지 않는다. 만약 자루 어디에 참깨가 숨겨져 있다면 물컹한 감촉이라도 있어야 하는데 헝겊만 허무하게 만져질 뿐이다.

"이 되는 정부에서 인정해 주는 규격 되여. 봐, 여기 케이에스마크라고 딱 찍혀 있잖여."

"난 케이에스마크가 먼지도 모르고, 나하고 상관도 읎슈, 참말로 귀신이 곡한다고 하드니 바로 이런 경우를 두고 하는 말이구면. 집에서는 내 눈으로 똑똑히 바라보고, 내 손으로 담아 왔는데……."

"이 아줌마 봐. 남 장사 안 되게 초장부터 초 치고 앉아 있네. 그람 내가 아줌마 깨를 어떻게 했다는 거여, 머여. 이 아줌마 생긴 것은 곱상하게 생겨 갖고설랑 멀쩡한 사람 간 빼 먹겠구면. 팔 텨 안 팔 텨? 아줌마가 안 판다믄 나도 안 살 텨. 오늘 깨 금이 한 되에 사천사백사십 원인데, 십 원 더 붙여 줄게. 이 엄동설한에 하루 종일 땅을 파 봐. 돈 십 원짜리 한 장 나오는가?"

"장에는 사천사백육십 원씩이라고 하든데?"

"그람, 거기 가서 팔든지."

보따리장수는 봉산댁이 한번 찔러보는 말이라는 생각에 피식 웃었다.

"이왕 짐 푼 거 십 원 손해 보는 셈 치고 팔지 머."

봉산댁은 그래도 십 원씩 더 받는다는 생각에 속이 쓰리기는 하지만 파는 것이 났다고 생각했다.

"장에 가서 물어봐. 오늘 깨 끔이 얼매나 되는지, 내가 다문 십 원이라도 더 줬으믄 더 줬지. 들 주지는 않았응께."

"고마워유."

봉산댁은 보따리장수가 선심 쓰는 얼굴로 내주는 돈을 받기는 했지만 두 눈 똑바로 뜨고 사기를 당한 것 같아서 기분은 안 좋았다. 그렇다고 땡감 씹은 얼굴로 돈을 받을 수는 없어서 고맙다는 말을 하기는 했지만 기분이 너무 찝찔했다.

장터 안에는 날씨가 추워서 장사꾼들이 많이 나오지 않았다. 생선전에는 꽁꽁 언 동태며, 얼음이 붙어 있는 고등어, 물오징어 등을 파는 장사꾼 두어 명이 나왔다. 풀빵 장수 앞에도 손님들이 없었다. 뚝 밑에 일렬로 서 있는 국수 가게에만 추위를 녹이려는 장사꾼들이 서넛씩 들락거렸다.

봉산댁은 여자들이 사용하는 머리빗이며 화장품이며 머리핀은 물론이고 온갖 장신구에서부터 조미료, 설탕, 밀가루, 염색약 등을 파는 잡화점에서 조미료와 참빗, 고무줄 등을 샀다. 농협 가서 밀린 세금이며 전기세를 내고 벽시계를 보니까 열한 시 반이다. 태화루에 슬슬 걸어가니까 황인술은 벌써 와 있었다.

"급햐!"

황인술은 담배를 피우고 있다가 문 안으로 들어서는 봉산댁을 낚아채듯 끌어당겨서 그대로 품에 안고 뒹굴었다.

"츠, 츤츤히."

"여가 뉘집 안방여, 츤츤히를 찾게?"

"바, 방딩이에 재떨이가 있구먼."

"그려, 얼른 요리 윙겨."

"이, 이렇게 급한 사람이 그동안 목석 보듯…… 으메 좋은 거."

"나보담 더 좋아하느만."

황인술은 치마를 벗길 시간이 없었다. 대충 걷어 올리고 고쟁이도 허벅지까지만 끌어 내리고 곧장 돌진했다. 새벽부터 술을 마셔서 그런지, 경운기를 몰고 오느라 힘을 빼서 그런지, 오늘따라 맘 따로 몸 따로 놀았다.

"오늘은 왜 이리 맥아리가 읎댜?"

"그, 글씨. 넘 긴장해서 이른가?"

황인술은 봉산댁이 재촉을 하니까 더 위축이 됐다.

"긴장할 기 따로 있지. 돈 닷 돈보고 보리밭에 갔다가 명주 속곳만 찢겼다고 하드니. 내가 꼭 그 짝이네. 빨리 심 좀 써 봐."

"아! 누군 여 위가 놀기 좋아서 이라고 있는 줄 알아? 암만해도 오늘은 안 되겄네. 거 참, 이상하구먼."

황인술은 봉산댁이 재촉하면 재촉할수록 그놈이 고개를 숙이는 통에 더 이상 견뎌 낼 수가 없었다. 멋쩍은 웃음을 지으며 일어나서 바지를 끌어 올리고 상 건너편에 앉았다.

"워디 아파유?"

봉산댁이 시방 누구 약 올리냐고 쏘아붙이고 싶은 걸 참으며 걱정스럽게 물었다.

"아픈 데는 읎는데, 갑자기 심을 못 쓰겄네. 우리 날이라도 읍내 여관에 한번 가세. 가서 초곤히 배꼽 좀 맞춰 봐야겄어."

"참말유?"

"내가 은제 빈말하는 거 봤남? 짜장면 시킬까? 짬뽕 시킬까?"

"짜장면도 좋고 짬뽕도 좋지만 탕수육으로 배 채우고 짜장면으로 입가심하는 것이 좋아유."

"그려, 그럼 쇠주도 한잔 하지 머."

황인술은 아무리 생각해도 이해할 수 없었다. 큰마누라는 밥이고, 첩은 양념이라고 이날 이때까지 맨밥만 먹고 살지는 않았다. 소주에 엉망으로 취해서도 거뜬히 두 탕은 뛰었는데 내가 벌써부터 이렇게 약해졌나 하는 생각이 들어서 입맛을 잃어버렸다.

"이 비싼 음식을 시켜 놓고 술만 마시믄 워쩌자는 거유?"

봉산댁은 황인술이 탕수육은 건드리지도 않고 단무지를 안주 삼아서 소주만 홀짝거리는 모습이 안돼 보였다. 탕수육을 젓가락으로 집어서 황인술의 입에 넣어 주었다.

"이따 짜장면이나 먹을 텨. 오늘 이상하게 입맛이 안 맞구먼. 몸살이 올라나?"

"그람, 이따 약방에 들러서 감기약 좀 조제해 갖고 가유. 요새 독감이 엄청 유행이라고 하든데……."

"그래야겄구먼. 그라고 말여. 우리 금순이가 땅 닷 마지기를 사 준다 드만."

"참말유?"

"그려, 금순이 즈들 부부끼리 상의를 해서 춘셉이하고 나하고 사이좋게 닷 마지기씩 사 준다능 겨."

"우짜믄 좋댜. 참말로 효녀 났구먼. 효녀 났어. 철용이 가도 사람 다시 봐야겄구먼. 원래 시집가믄 시댁 사람이잖유. 그런데도 처갓집을 어쩌면 그릏게 알뜰히 챙겨 준댜."

"아, 금순이가 미용실을 해서 돈을 잘 벌잖어. 지가 번 돈 친정 준다는데 철용이 아니라, 철용이 할애비가 온다고 해도 말릴 수 없는 거 아녀?"

"그거야, 구장님 생각이지. 철용이가 절대로 안 된다믄 워턱할 꺄?"

"그, 그런 벱은 읎어. 처갓집이 백 리 밖에 있는 것도 아니고 한동리 사람인데……."

"철용이네는 이발소 댕기는 철준이 올게 넘기기 전에 식 올려 준다고 하드니, 한시름 덜었구먼."

"철준이 식 올려 준댜?"

"사둔 되는 사람이 나보다 모르면 어쩐댜? 요새는 애 배 갖고 식 올리는 것이 유행인지, 철준이한테 시집올 색싯감도 임신했대유. 그랑께 음력으로 올 넘기기 전에 결혼을 서두른대유."

"아, 우리 광성이야 원래 즈 누나만 아니믄 벌써 장가를 가고도 남을 나이였잖어."

"하여튼 축하해유. 그람 돈 본 김에 우리 내일 읍내 여관 말고 대전

유성에 있는 온천에 가서 하룻밤 자고 오믄 워떠유?”

“동리 소문낼 일 있남?”

“아, 나야. 친정 간다는 소문내 놓고 아침 일찍 출발하고, 구장님은 즘심때 슬슬 나와서 대전역 워디서 만나믄 되잖유.”

“난중에 돈 많이 생기믄 아주 이 박 삼 일 가고, 날은 영동에서 만나서 뜨끈한 순댓국에 쇠주도 한 잔씩 하고 여관에서 뜨거운 물로 목욕이나 하자구. 내가 등 밀어 줄 모냥잉게.”

“참말로 돈 많이 생기믄 이 박 삼 일로 온천 가는 거유? 나는 이날 이때까지 온천물에 손 한번 담가보지 못했단 말유.”

“아, 작년 십이월 십이 일 국회의원 선거 있기 일주일 전에 이동하가 관광차 대절해서 유성온천에 보내 줬잖여.”

“그때는 설사병이 걸려서 뻐스를 못 타게 생겼는데 워티게 따라가유.”

“그랴. 그람 찬찬히 먹고 나와. 세 시까지는 중학교 앞으로 와야 항께 늦게 되믄 남은 거 싸 달라고 햐. 나 먼저 나가 볼 팅게.”

“짜장면은?”

“당최 입맛이 읎어서 못 먹겄구먼.”

황인술은 막걸리에 소주에, 탕수육까지 먹었더니 속이 더부룩해서 배가 고픈 줄도 몰랐다. 털털거리며 경운기를 몰고 가다가 짜장면 먹은 것을 다 토해 낼지도 모른다는 생각에 먼저 일어섰다.

중학교 앞에는 이미 몇몇이 나와 있었다. 바람을 피해 교문 뒤에 숨어 있거나, 길 건너 찐빵집 담벼락에 기대어 오돌오돌 떨고 있었다.

“다 왔슈?”

“시훈이 아부지하고 봉산댁하고 모리댁만 오믄 다 와유. 취 죽겠는데

이 양반들은 왜 이리 안 온댜."

"시간이 쫌 남았응게 세 시까지는 오겠쥬."

황인술은 얼큰하게 취기가 오르는 것을 느끼며 팔짱을 끼고 햇볕이 잘 드는 벽에 붙어 섰다.

"구장님 땅 사게 됐다면서유?"

떼보 엄마가 황인술 옆으로 와서 말을 걸었다.

"누가 그랴?"

"향숙이 어머가 그라든데유. 철용이네하고 닷 마지기씩 사게 됐다구."

"소문 한번 빠르구먼."

"그람, 오늘 같은 날 찐빵이라도 좀 돌려야 하는 거 아뉴."

"결국 찐빵 야기였구먼. 날도 추운데 빵집에 들어가서 먹어. 내가 돈 낼 모양잉게."

"어이구, 역시 우리 구장님이 최고랑께."

떼보 엄마의 말에 아낙네들이 교문 앞에 있는 아낙들까지 불러서 찐빵집 안으로 우르르 몰려갔다.

장기팔이며 봉산댁과 모리댁이 도착한 시간은 정확히 세 시다. 황인술은 빵집에 있는 아낙네들을 불러냈다. 빵 값을 계산하고 경운기를 빵집 앞으로 끌고 왔다.

"자, 출발해유."

황인술은 알딸딸한 기분으로 경운기를 몰기 시작했다.

"추웅게, 빨리 달려 봐유."

"하여튼 세상은 좋아졌구먼. 십 리 길을 가만히 앉아 있어도 댕기는 시대가 됐응게."

"구장님, 속도 좀 내 봐유."

"에이 참, 술 마시고 운전 빨리하믄 안 되는데."

황인술은 말과 다르게 경운기 속도를 올렸다. 맞불어 오는 바람에 얼굴이 바늘로 쿡쿡 찌르는 것처럼 따가웠다. 경운기가 그릿고개를 넘어서 내리막길로 내달릴 때는 얼굴이 얼얼할 뿐 춥다는 것도 느낄 수 없었다.

"구장 땅 사는 겨?"

장기팔이 경운기 적재함에 쪼그려 앉았다가 의자 등받이를 잡고 일어서서 황인술의 어깨를 툭툭 쳤다.

"머라구유?"

"이 아줌마들이 그라는데 구장 땅 사게 생겼다믄서?"

"뭐라구 그랬슈?"

황인술은 왱왱거리며 귀 곁을 스쳐 가는 바람 소리 때문에 장기팔이 무슨 말을 하는지 들리지가 않았다. 고개를 뒤로 돌리는 순간 돌멩이가 툭 튀며 미루나무를 때리는 것 같은 느낌이 들었다. 얼른 앞을 바라보니까 경운기 엔진이 빙그르 돌면서 미루나무 밑의 밭으로 돌진하는 것이 보였다.

"어어어어!"

황인술은 경운기 핸들을 돌리려고 안간힘을 썼지만 소용이 없었다. 적재함이 미루나무에 걸리면서 경운기가 추락하는 것은 간신히 면했다. 하지만 적재함에 탄 사람들이 비명 소리와 함께 밭으로 나가떨어지는 모습이 흐릿하게 보였다.

"아이고! 사람 잡네!"

"장수 할아부지 나 죽네."

"아이고 팔이야!"

"여, 여가 워디여!"

황인술은 다행히 밭으로 나가떨어지지는 않았다. 하지만 가슴팍으로 경운기 손잡이를 꽉 찔러 버려서 가슴이 깨지는 것 같았다. 비명 소리와 함께 엎드려 있다가 다다다다 소리를 내며 돌아가는 엔진 소리에 정신을 차렸다. 적재함에 탔던 사람들이 수확이 끝난 고추밭에 나동그라져 있는 모습이 보이는 순간 정신이 번쩍 들었다. 가슴이 깨어지는 것처럼 아팠지만 상처를 살펴볼 여유가 없었다. 얼른 경운기 엔진을 꺼 버렸다.

"사람 살려!"

"아이고 구장님!"

"내, 내 팔이 워티게 됐나벼."

"나, 난 다리가 뿌러졌는지 움직일 수가 읎슈."

경운기 엔진 돌아가는 소리가 꺼진 밭에는 바람 소리만 야멸차게 쌩쌩 불고 있었다. 사람들은 고추 밑동에 얼굴이 찔리거나, 얼음장 같은 밭고랑에 콧등을 찍어 커피를 흘리고 있거나 나동그라지고, 쪼그려 앉거나, 엎드리거나, 엉금엉금 기면서 고통을 호소했다.

"모산 구장 아뉴?"

개인택시 김 기사가 양산 손님을 태워 주고 갔다 오는 길에 황망한 모습으로 길바닥에 앉아 있는 황인술을 보고 멈췄다.

"기, 김 기사. 이 사람들 좀 얼른 벼, 병원으로 태워다 주게. 응? 채, 채비는 내가 낼 모양잉께. 아구구구! 아구구구! 나는 가슴 뼉다귀가 나갔나벼. 하지만 내 걱정은 말고 어여 저 사람들 좀 학산 의원에 태워다 주게."

"내가 볼 때 이 사람들 학산 의원에 가서는 안 되고 영동에 있는 정형외과에 가야 할 사람들 같은데유?"

"기, 김 기사 차 안에 무전기 있잖여. 삼거리에 택시 있을 거잖여. 어여 삼거리 가서 택시 좀 보냐."

황인술을 김 기사를 보는 순간 잠시 잊고 있었던 가슴의 통증이 살아났다. 숨을 쉴 때마다 가슴이 쪼개져 버리는 것처럼 통증이 밀려왔다.

"내 파, 팔이 워티게 된 거 가텨. 작년에는 다리가 뿌러지드니, 요번에는 팔이 뿌러졌나벼."

장기팔이 한쪽 팔을 늘어트리고 도로로 올라왔다. 김 기사가 얼른 그를 부축해서 택시 앞자리에 앉혔다. 다리를 절룩거리는 아낙네와, 얼굴을 사포로 밀어 버린 것처럼 빨갛게 피부가 벗겨진 아낙네 등을 택시에 태웠다.

"치, 치료비는 누가 낸다고 그래유?"

김 기사가 차를 출발시키기 전에 황인술에게 물었다.

"누, 누가 내긴 각자 내야지."

"혹시, 이 사람들한테 돈 받았슈?"

"도, 돈은 무슨 돈?"

"돈을 받았으면 구장님이 치료비를 죄다 부담해야 해유. 일당까지 말여유."

"난 일 원짜리 한 장 받은 거 읎어."

"그래도 치료비는 구장님이 부담해야 할 거인데……."

"왜 내가 부담을 하능 겨? 즈덜이 태워 달라고 해서 난 태워 준 죄뿎에 읊는데……."

황인술은 치료비를 부담해야 한다는 말에 벌컥 화를 냈더니 가슴이
쪼개져 버리는 것처럼 아팠다. 가슴을 두 손으로 짓누르면서 쪼그려 앉
았다. 여자 국 쏟고 거시기를 데도 유분수지, 절대 치료비는 내줄 수 없
다고 이를 악물었다.

"빨리 가, 내 팔이 뿌러졌나벼. 치료비야 구장이 운전을 했응께, 당연
히 구장이 내야지."

장기팔이 고통을 호소하며 운전사를 다그쳤다.

"그, 그려. 일단 내가 책음지는 걸로 하고 어여 병원으로 데려가."

황인술은 장기팔의 말에 또 화가 치솟아 올랐다. 하지만 화를 냈다가
는 가슴이 아플 것이라는 생각에 어금니를 깨물며 김 기사를 보냈다.

황인술이 다른 사람의 택시를 타고 중앙정형외과에 도착했다. 먼저
도착한 장기팔은 팔이 부러져서 깁스를 하고 누워서 링거를 맞고 있다.
다른 여자들도 모두 엑스레이를 찍고 환자복으로 일찌감치 갈아입고 병
실에 누워 있었다.

"아이고, 나 죽네. 이거 무슨 난리랴."

황인술은 택시 기사의 부축을 받지는 않았지만 도둑고양이처럼 발걸
음 소리도 나지 않을 만큼 살금살금 걸어서 의사 앞에 도착했다. 의사가
조그만 망치로 팔굼이며 무릎을 톡톡 쳐 보고 나서 가슴을 손바닥으로
톡톡 두들겼다.

"아! 아! 아파유."

"엑스레이부터 찍어 봐요."

의사가 표정 없는 얼굴로 간호원에게 눈짓만 보냈다.

"우리도 엑스레이 죄다 찍었슈."

얼굴을 돌덩이처럼 언 밭고랑에 갈아 버린 아낙네가 황인술에게 말했다.

"아니, 먼 놈의 병원이 코피 난 사람도 엑스레이, 마빡에 기스만 나도 엑스레이, 병원에 들어왔다 하믄 무조건 엑스레이를 찍는댜? 요새 새로 생긴 법인가?"

"원래, 경운기 사고가 나믄 백 프로 엑스레이를 찍어야 하는 거유."

간호사가 황인술의 볼멘소리를 무시해 버리고 엑스레이 실로 안내했다.

"해룡네는 워디가 아파서 엑스레이를 찍는댜?"

황인술이 엑스레이를 찍고 나오니까 해룡네가 기다리고 있었다. 다른 아낙네들과 다르게 해룡네는 옷에 흙먼지만 묻었지 얼굴이며 몸은 멀쩡해 보였다.

"아이구, 허리며 등짝, 엉덩이에 방딩이, 무릎하며 온몸 중에 안 아픈데가 읎슈."

"그려? 내가 볼 때는 멀쩡해 뵈이는데?"

"구장님이야말로 내가 볼 때는 멀쩡해 뵈이는데 멋 때문에 엑스레이를 찍었슈?"

해룡네가 어이없다는 얼굴로 황인술을 노려보고 나서 엑스레이 실 안으로 들어갔다.

"아! 해룡네가 내 속에 들어가 봉 겨. 난 시방 가슴이 뽀개지는 거 같아서 서 있을 심도 읎는 사람여."

"그람, 구장님은 내 속을 들어가 봉 규?"

"에이, 내가 말을 말아야지."

황인술은 화를 내니까 가슴에 또 통증이 밀려왔다. 숨을 크게 쉬지 않으려고 짧게 짧게 내쉬며 돌아섰다.

"구, 구장님은 괘, 괜찮아유?"

봉산댁이 간호원의 부축을 받으며 엑스레이 실 앞으로 걸어왔다.

"괘, 괜찮기는……. 봉산댁은 워디가 아픈 겨?"

황인술이 주변을 두리번거리고 나서 빠르게 물었다.

"허, 허리를 삔 거 가튜. 똑바로 서 있지를 못하겠슈."

"허! 여자는 허리가 중요한데, 왜 해필 허리를 다쳤댜?"

"아! 구장님이 맛만 보여 주고, 주지는 않았응께 다쳤쥬."

황인술은 봉산댁의 투정을 받아 줄 여유가 없었다. 어떻게 알고 왔는지 대기실에 광일네며, 김춘섭에 박태수, 순배 영감이 와서 서성거리고 있는 것이 보였기 때문이다.

"워티게 된 일유?"

광일네가 황인술을 발견하고 뛰는 걸음으로 다가와서 물었다.

"아, 당신은 워티게 된 일여?"

"학산 개인택시 김 기사한테 즌화가 왔슈. 경운기가 그릿고개에서 동네 사람들을 밭으로 쏟아 버렸다고."

"아, 뭘 타고 왔냐고 묻잖여?"

"뭘 타고 오긴유. 김 기사 택시 타고 왔지."

"이, 이놈이 아주 날 봉으로 생각하고 있나……. 여, 영감님 오셨슈."

황인술은 화를 내니까 또 가슴이 아팠다. 가슴을 부여잡고 벤치에 앉으려도 순배 영감이 가까이 다가오는 것을 보고 도로 일어섰다.

"김 기사한테 대충 들었구먼. 경운기는 김 기사가 도로 위에 올려놨드만. 대관절 워턱하다?"

"아, 글씨 그릿고개에서 내려오는데 시훈이 아부지가 자꾸 말을 걸길래, 무슨 말인가 하고 고개를 돌리다가……."

"저, 저런. 시훈이 아부지가 아니고, 기팔이 아부지가 말을 걸어도 내리빼기에서 한눈을 팔믄 된냐?"

순배 영감이 이런 변고를 봤나 하는 얼굴로 혀를 찼다.

"구장님까지 딱 열 명이 병원에 왔담서유?"

박태수가 엑스레이 실에서 나오는 해룡네를 곁눈질로 바라보며 물었다.

"그, 그런 거 가텨. 근데 말여. 태수 자네는 암만해도 영동 물을 먹어봤응께, 잘 알고 있을 팅께 한 마디 물어보세. 다친 사람들 치료비는 죄다 내가 물어 줘야 하능 겨?"

황인술은 가슴이 아파서 서 있을 수가 없었다. 가슴을 움켜잡고 벤치에 앉아서 박태수를 올려다봤다.

"글쎄유. 한동리 사는 사람들이 설마 치료비를 물어 달라고 하겠슈? 돈을 내고 탄 것도 아니고, 장에 가는 길에 태워준 건데……."

"내 말이 바로 그 말여. 내가 무슨 떼돈을 벌라고 태워 준 것이 아니잖여……. 아이구 어머! 승질을 냈드니, 가슴이 찢어지는 거 같구먼. 좌우지간 내가 무슨 담뱃값이나 막걸리 값에 보탤라고 돈이라도 걷었으믄 천하에 죽일 놈이 될 뻔했당께. 아! 글씨……. 아이구, 아부지 나 죽어유. 그 와중에 시훈이 아부지가 하는 말이 치료비는 구장이 물어야 한다고 하잖아……. 아이구, 나 죽네."

"시훈이 아부지 술 챘슈?"

광일네가 황인술의 가슴을 쓰다듬으며 물었다.

"술 채서 하는 말하고, 맑은 정신에 하는 말도 구분 못 할까?"

"허! 이거 문제가 엉뚱한 방향으로 흘러가는데, 기팔이가 얼매나 다쳤는지 모르겠지만 치료비를 물어 달라고 하믄, 천상 구장이 물어 줄 수뾔에 읎겠는데……."

순배 영감이 황인술 옆에 앉으며 무릎을 쳤다.

"사둔, 안될 말이지만 시훈이 아부지가 맘을 그렇게 먹고 있다믄 어느 정도는 생각을 하고 있어야 할 거 같은데유."

"아이구, 드러워. 아이구 드러워. 치료비 그까짓 거 얼매나 한데유? 우리가 당장 때꺼리가 읎어서 굶는 것도 아니고 시훈이 아부지가 증 그릏게 생각하믄 물어 줘유. 당신이 안 물어 준다고 하믄 내라도 물어 줄 모양잉께. 걱정 마시고 어여 의사 선생님한테나 가 봐유."

"아! 내가 의사한테 가 보고 싶다고 해서 가 보고 집에 가고 싶다고 해서 김 기사 불러서 갈 수 있는 상황여, 시방! 그라고 시훈이 아부지 치료비를 물어 주믄 딴 사람은 내비 둬유, 우리가 낼게유, 하고 손 내저을 거 가텨? 아이고 아부지……."

황인술은 광일네에게 주먹질을 해 보이다가 가슴의 통증 때문에 허리를 숙이며 비명을 질렀다.

"그, 그람…… 오, 온 동리 사람들 치료비를 다 물어 주믄 대관절 얼매랴. 하, 한 사람당 마, 만 원씩만 잡아도, 얼매여……."

광일네는 황인술의 말에 하얗게 질린 얼굴로 벤치에 털썩 주저앉았다. 엑스레이 실 문이 열리고 해룡네가 오만상을 찡그리면서 걸어오는

모습이 보였다. 그 모습이 마치 돈! 돈! 돈! 하면서 걸어오고 있는 것처
럼 보여서 숨이 막힐 지경이었다.

# 대망의 길

나한테 야당을 하란 말여?
야당이믄 워뎌유? 당 대표에, 당수가 되는 건데?
매제는 정치를 안 해봤응게 야당이 얼매나 설움 받는 당인지 몰라.
야당은 영원한 이 중대여.
일 중대도 아니고 이 중대란 말여.

창문에서 빠져 나오는 초저녁의 창백한 불빛이 골목을 희미하게 밝히
고 있었다. 그 불빛 안으로 얼음을 품은 바람이 쉴 새 없이 불었다. 그
창문 안에는 오늘 오전에 삼청교육대에서 출소한 손기문과 대원들, 강
찬복 부녀와 경훈이며 철용이 술상을 가운데 두고 앉아 있었다.

방 안에는 언제부터인지 침묵이 감돌고 있었다. 강찬복은 말없이 술
잔을 비우고 안주로 차려 놓은 김치를 먹을 생각은 안 하고 빈 술잔을
물끄러미 바라보고 있다. 옆에 앉아 있는 경훈이 두 손으로 소주병을 들
어서 잔을 채웠다.

"어쨌든 돌아왔잖아요……."

강순녀가 누구에게라고 할 것 없이 낙엽이 바스러지는 목소리로 말하

고 손기문을 바라본다. 눈은 십 리나 들어갔는지 퀭하다. 겨울에 얼마나 고생을 했는지 입술은 다 부르터 있고 콧등과 귓불은 얼어서 빨갛다. 삼청교육대에 끌려가기 전에만 해도 얼굴에 제법 살이 있었는데 바짝 말라서 몸무게가 십 킬로 정도는 빠져 보여서 가슴이 너무 아파 손기문의 품에 안겨 울고 싶었다.

참말로 엄청 고생했구면.

철용은 손기문을 슬쩍 바라보고 나서 고개를 숙였다. 이내 고개를 들고 메뚜기를 바라본다. 삼청교육대에서 얼마나 고생을 했는지 피골이 상접하다. 햇볕에 시커멓게 그을린 얼굴에 살이 없어서 광대뼈에 달불은 살이 반질반질하다. 그런 눈에서 눈물이 쉴 새 없이 흐르고 있지만 찡그리거나 소리를 내지 않는다. 마치 눈물은 그의 감정과 별개로 흐르고 있어서 그가 울고 있는지, 그냥 눈물만 흐르고 있는지 혼란스러울 정도였다.

손기문이 말없이 술잔을 들었다. 술을 홀짝 비우고 나서 젓가락을 들었다. 김치를 먹으려다 말고 그냥 상 위에 젓가락을 내려놓았다.

"내가 못난 탓여. 내가 못났응께 그 지옥 같은 곳에서……."

"대장님, 콩새한테 다 들었슈. 대장님은 그날 다른 곳으로 피했으면 삼청교육대에 안 끌려갔을 거라고 콩새가 말하데유."

칠수가 울음을 머금은 목소리로 말하고 나서 술잔을 콱 움켜잡았다. 아무도 없는 산속이나 바닷가에 혼자 있다면 속이 터지도록 목 놓아 울고 싶었다. 울음을 억지로 참고 있으니까 가슴이 터져 나가 버릴 것 같아서 술잔을 움켜잡고 있는 손이 부르르 떨렸다.

"내가 암만 말려도 소용이 읎드라고 대원들이 죄 읎이 끌려갔는데 대장이 비겁하게 숨을 수는 없다며 기어이 제 발로 걸어 들어가드니……. 내가 더 말렸어야 했는데…….”

구석에 앉아 있던 콩새가 손기문이 삼청교육대로 끌려간 것이 자신 탓이라는 얼굴로 말을 잇지 못하고 고개를 꺾었다.

“그래도 옛날 육이오 때보담은 들하지. 그때는 서로 죽였잖어. 친구의 아버지를 죽이고, 서로 생각하는 것이 다르다고 친구가 친구를 죽였잖 여. 하지만 다들 살아왔잖여. 어쨌든 목숨은…….”

“그때는 빨갱이들이 사람을 죽였다고 하데유. 하지만 거기는 군인들 이 민간인들을 죽였슈. 거기서 알게 된 어뜬 선생이 그라는데 군인들한 테 대들다가 맞아 죽은 사람도 있다고 들었슈. 밤중에 군인들이 산에 갔 다가 개 묻듯 묻어 버렸대유.”

“형님, 그 지서장 새끼를 죽여 버려야 하는 거 아뉴?”

메뚜기가 강찬복의 말을 끊고 살의가 번뜩이는 눈빛으로 손기문을 바 라보며 이를 바드득 갈았다.

“아저씨하고 여기 장 사장하고 나하고 지서장을 만나 봤구먼. 따지고 보믄 그 사람도 피해자여. 상부에서 우리 동리에서 무조건 열 명을 보내 라는 명령이 떨어졌다능 겨…….”

“그 사람도 잘못했다고 울드만. 당장 오늘 중으로 열 명을 차출해서 보내라는 명령 탓에 재건대원들을 보내기는 했지만 너무 미안하고 죄를 진 거 같아서 몇 날 며칠을 잠도 못 잤댜.”

손기문이 스스로 술잔을 채우며 말하고 있는데 강찬복이 말을 이어받 았다.

“아저씨가 앞장서서 동리 사람들한테 청원서에 주소하고 이름이며 주

69

민등록번호를 쓰고 지장을 찍었잖여. 한 삼백 명은 찍었을 겨. 그걸 들고 나하고 여기 철용이하고 아저씨하고 지서에 찾아갔잖여. 철용이가 지서에 들어가자마자 대뜸 지서장 멱살을 움켜잡고, 갈고리로 눈깔을 빼 버리겠다고 울부짖었잖여. 딴 데도 아니고 지서 안에서 지서장 멱살을 붙잡고 그 난리를 피워도 말여. 순경들도 지들이 지은 죄가 있어서 그런지 누구 하나 말리지 못하고 벌벌 떨면서 귀경만 하고 있드래니까. 나하고 아저씨가 아녔으믄 참말로 지서장 그날 큰일 날 뻔했구먼."

경훈이 길게 한숨을 쉬고 나서 나직한 목소리로 말했다.

"세상을 잘못 안고 태어나서 그러려니 할 수밖에 읎어. 지서장도 인간이고, 그 삼청교육대에서 자네들한테 몹쓸 짓을 한 군인들도 집에 가면 죄다 귀한 자식일 거잖여. 나라의 대통령이 하는 일인데 설마 국민들 못 살게 굴라는 정책은 아닐 거잖여."

"아버지는 말씀을 왜 그런 식으로 하셔요. 삼청교육대가 사회에서 잘못을 저지른 사람들을 교육시켜서 새사람으로 만들어 내보내는 곳이라면, 그런 사람들을 붙들어 갔어야 되는 거잖아요. 그런데 당장 술만 먹으면 개망나니가 돼서, 자기 부인을 개 패듯 패고, 혼자 장사하는 아줌마들만 찾아댕김서 술주정하는 진선통닭의 이 사장은 멀쩡히 돌아다니고 있잖아요. 그리고 우리 집 들어오는 골목에서 두 번째 집 지하 방에 세 들어 사는 젊은이들은 깡패들인데, 주인이 내보내고 싶어도 무서워서 참고 있다잖아요. 벌써 방세도 일 년씩이나 못 받고 있는데 잘만 살고 있잖아요. 그런 사람을 붙잡아 가야지. 대장님처럼 지역에 봉사 활동도 많이 하고, 없는 살림에 해가 바뀔 때마다 어르신들에게 선물도 하시는 착한 분을 왜 붙잡아 가요? 제가 생각할 때 이건 잘못돼도 엄청 잘못

됐다고 생각해요."

"우리하고 같이 끌려간 사람 중에 고등학생도 있었구먼. 저녁 먹고 골목에서 담배 피우고 있는데 순경들이 잠깐 물어볼 말이 있으니까 지서까지 같이 가자고 해서 끌려왔다는 거여."

강순녀가 하는 말을 가만히 듣고 있던 메뚜기가 볼멘 목소리로 말했다.

"그 학생은 일주일 만에 집으로 왔댜. 그 집안에 보안대에 근무하는 군인이 있다드만. 계급이 상사랴. 근데 경찰서장도 꼼짝 못 한다고 하드만. 그 사람이 빽을 써서 일주일 만에 집으로 왔다고 하드만."

강찬복이 할 말 없다는 얼굴로 묵묵히 술잔을 비웠다. 경훈이 얼른 잔을 채워 주고 말했다.

"워녕 그려. 끌려온 사람 중에 빽이 있는 사람들은 거의 일주일 안에 다 풀려났어. 내 옆에 있던 사람은 부산에서 진짜로 깡패 짓을 하면서 먹고 살았댜. 근데 돈이 많아서 부산에 있는 무슨 호텔 나이트클럽이 지꺼라고 하데. 그 사람은 등에 용 문신이 있고, 배에는 호랑이 문신이 있드만. 우리 소대에 문신 있는 사람이 그 사람 말고 두 명이 더 있는데 조교들도 문신을 한 사람 앞에서는 설설 기드라고 그 사람도 무슨 빽을 썼는지, 덩치가 이따만 사람들이 검은색 차를 몰고 와서 모시고 가는 걸 내가 직접 봤구먼. 만만한 것이 뭐라고 돈 읎고, 빽 읎고 기운 읎는 사람들만 개고생 한 거지."

칠수가 양팔을 벌려 보이며 기가 막힌다는 얼굴로 말했다.

"허! 깡패들을 정화한다는 부대에서 깡패들이 판을 치고 있다는 것이 말이나 되는 거여? 형은 워티게 생각햐?"

철용이 주먹을 부르르 떨다 못해 갈고리를 흔들면서 경훈에게 물었다.

"그, 그건 말여."

경훈은 철용이 갑자기 묻는 말에 법보다 주먹이 가깝다는 말을 어떻게 설명해야 할지 생각나지 않아 더듬거렸다.

"어렵게 생각할 필요 읎어. 내가 힘이 있든지, 내가 힘이 읎으면 힘 있는 사람하고 붙어서 살면 되는 거여."

손기문의 말이 일행에게는 무슨 철학적인 말로 들려서 서로를 놀란 얼굴로 바라봤다.

"무슨 말인고 하믄 내가 깡패가 되든지, 깡패하고 빌붙어 살아야 된다는 거여. 그릏지만 깡패는 될 수 읎잖어. 그래서 새마을운동 회원이 되든지, 조기 축구 회원이 되든지 사회적으로 이름을 낼 수 있는 활동을 해야 한다능 겨."

"형님, 우리처름 지역을 위해 봉사 활동을 많이 하는 사람들이 워딨어. 정월이믄 해마다 불쌍한 사람들에게 쌀이며 밀가루나 라면을 나누어 주지. 한 달에 두 번씩 동네 대청소를 하고 있잖어. 그기 바로 사회 활동 아녀?"

종갑이가 이해할 수 없다는 얼굴로 손기문에게 물었다.

"지서장이 하는 말은 재건대 이름으로 하믄 별 효과가 읎다는 거여. 왜냐하믄 재건대에 대한 인식이 워낙 안 좋아서 대청소를 해 봤자, 지덜이 찔리는 것이 있응께 저라나 보다, 라고 색안경을 쓰고 본다는 거지. 하지만 새마을회 이름으로 청소를 한다거나, 조기 축구회 이름으로 하믄 효과가 크다는 거지. 지역구 국회의원들도 자주 협찬을 해 준다는 거여. 그래서 내가 물어봤구먼. 봉사라는 것이 자랑을 할라고 하는 것이 아니고, 맘에서 우러나와서 하는 걸로 알고 있다. 우리가 정월에 불쌍한 노인네들에게 쌀이며 밀가루하고 라면이며 하이타이 같은 걸 나눠 주는 것도 다 이유가 있다. 우리 재건대원들은 부모가 없거나, 부모한테 효도를 못 해 본 사람들이 많다. 그래서 선물을 주는 것이고, 청소를 하는 것도 다 이유가 있다. 우리가 길바닥에서 모은 쓰레기로 먹고사는 사람들이라서, 그 고마움에 청소도 하고 고물도 줍는 거다. 그라믄 된 거 아니냐. 그렇게 말했슈."

"대장님이 정말로 그렇게 말했단 말이에요? 다른 사람도 아니고 지서장님 앞에서?"

강순녀가 감동하는 눈빛으로 손기문을 바라보며 물었다.

"허, 시방 하는 말을 들어 봉께 대장님이 그렇게 말을 한 모양이구먼. 그랑께, 지서장이 뭐랴?"

강찬복은 그다음 말이 궁금했다. 마른입을 쩝쩝 다시며 재촉했다.

"아무리 사회에 봉사를 하고 좋은 일을 하더라도, 그 일을 누가 하느냐에 따라서 사회 인식이 천지차이라는 거여. 가령 국회의원이 지역사회에 장학금으로 백만 원을 내놓는 것은 신문에 크게 날 일이지만, 재건대장이 일 년 동안 십만 원을 모아서 동네에 어려운 분들에게 쌀을 사 준 것은 신문에 날 일이 아니라는 거유."

"내 상식으로는 국회의원에게 백만 원은 암것도 아니지만, 재건대장에게 십만 원은 뼈를 깎을 만큼 고생해서 번 돈이잖여. 그람 외려 재건대장이 신문에 나야 되는 거 아닌가?"

손기문이 하는 말을 가만히 듣고 있던 철용이 도무지 이해가 되지 않는다는 얼굴로 반문했다.

"원래 돈 있는 사람들은 돈 읎는 사람 알기를 개 같이 알잖여. 그랑께 국회의원이 백만 원씩이나 기부를 하는 것은 대단한 일이고, 읎는 사람들찌리는 콩 한 쪼가리라도 노와 먹는 습성이 있잖여. 그랑께 십만 원 정도는 충분히 기부할 수 있다고 생각하는 거겠지."

강찬복이 점잖게 결론을 지었다.

"아저씨 말은 얼른 이해가 되지 않구먼유. 한 가지 분명한 것은 사회 단체에 가입해서 활동을 해야 삼청교육대 같은 곳에 두 번 다시 끌려가지 않는다는 점유. 그래서 저도 대원들하고 죄다 새마을회에 가입할 생각유."

"나쁠 것도 읎겠네. 아니, 외려 어채피 봉사 활동을 할 바에는 새마을 회에 가입해서 하는 것이 더 낫겠구먼. 그라고 재건대는 워틱할 껴? 손형이 삼청교육대에 들어가 있는 동안 콩새를 제외한 다른 대원들은 죄다 도망갔다고 하든데. 앞으로 워티게 먹고살 껴? 아까 말 들어 봉께 지서장이 취직을 시켜준다는 말은 들었지만, 당장 날부터 출근을 하는 건 아니잖아."

"우리 고물상에 와서 일하면 어뗘? 일거리가 풍족할 만큼 있는 건 아니지만 적어도 끼니 걱정은 안 해도 되잖여."

경훈의 말이 끝나자마자 철용이 손기문과 대원들을 번갈아 보며 말했다.

"장 사장하고 철용이 말은 고맙지만 말여, 고물하고는 인연을 끊을 참여. 재건대도 더 이상 안 할 참여. 취직을 하든지 장사를 하든지 둘 중에 하나를 할 생각여. 삼청교육대에서 사 개월 동안 고생 고생하며 확실하게 느낀 점은 재건대원으로서는 뭣이든 해서는 안 된다는 거여. 그중에서 고물상은 더 안 된다는 거여. 우리가 암만 정직하게 고물을 주워 모아서 팔아도, 딴 사람들은 워디서 훔쳐다 파는 것으로 생각한다는 거여. 내 말 무슨 뜻인지 알겄어?"

손기문이 종갑이와 메뚜기며 칠수를 차례로 바라보며 말했다.

"장사를 할라믄 돈이 있어야 하잖여. 지서장은 형님을 취직시켜 준다고 했지만 워딜 취직시켜 줄 거 가텨? 양복 입고 사무실에 앉아 사무를 보는 사무직은 분명히 힘들 껴. 기술 있어? 형님 말대로 재건대원 출신한테 경비를 시키겄어? 그 사람들은 고양이한테 생선을 맡기지 않는다는 거지."

메뚜기가 말을 끝내고 나서 내 말이 틀렸냐는 얼굴로 대원들과 종갑이를 바라봤다.

"내가 할 말은 아니지만 말여. 대장님 생각대로 장사를 하든, 워디 월급을 받는 데 취직을 해야 제대로 사람대접 받고 살 수 있을 거 같구면."

"저! 이 자리에서 제가 이런 말을 할 자격은 없지만요……."

콩새의 말이 끝나자마자 강순녀가 어렵게 입을 열고 손기문의 눈치를 살폈다.

"괜찮응게 야기해 봐유. 먼 말이 하고 싶은데유?"

"저는 솔직히 대장님이 재건대를 하든 뭣을 하든지 다 좋아요. 하지만 똑같이 착한 일을 할 바에는 재건대 이름으로 하는 것보다는 새마을 회원 이름으로 하는 것이 좋다고 봐요. 또 재건대 이름으로 고물상을 하는 것보다는, 새마을 회원이 장사를 하는 게 좋다고 봐요. 그래서 하는 말인데요. 장사를 한다면 나한테 좋은 계획이 있어요. 채소 장사를 하는 거예요. 채소 장사는 가게 터하고 중고 트럭만 있으면 당장 시작할 수 있어요."

강순녀가 말을 하고 나서 긴장한 얼굴로 손기문을 바라봤다. 손기문의 얼굴에 호기심이 번지는 것을 보고 만족한 얼굴로 웃으며 강찬복에게 시선을 돌렸다.

"여섯 명이 채소 가게를 한단 말여?"

경훈이 이해할 수 없다는 얼굴로 물었다.

"내가 알고 있는 사람 중에 순전히 채소 장사만 해서 빌딩을 산 사람이 있어요. 용산 청과물 시장에서 새벽에 채소를 사다가 동네에 있는 소매상에 넘기고 남은 것은 동네에서 도매금으로 팔면 돈을 많이 벌 수 있대요. 열심히 노력만 하면 하루에 돈 십만 원은 우습게 번대요."

"하루에 십만 원?"

철용이 놀란 얼굴로 어깨를 으쓱거렸다.

"워티게 하믄 하루에 십만 원씩이나 벌 수 있슈?"

종갑이 입맛을 다시며 강순녀에게 물었다.

"열무 한 단에 백 원씩만 남기고 팔아도 열 단이면 천 원이에요. 백 단이면 만 원이고 일 톤 포터 트럭에 열무를 몇 단이나 실을 수 있다고 생각해요? 팔고 남은 것은 동네에서 오십 원씩만 남기고 파는 거예요. 완전 떨이로……."

"내가 생각할 때는 여섯 명이 단합만 하믄 금방 자리 잡을 수 있겄구먼. 근데 운전은 누가 하지? 운전할 줄 아는 사람이 있나?"

강찬복이 손기문을 바라보며 물었다.

"우, 운전은 제가 할 줄 알아유. 면허증만 따믄 서울 시내도 돌아댕길 수 있슈."

칠수가 빈 술잔을 움켜잡고 흥분한 얼굴로 말했다.

"좋아, 그람 가게는 막사 빈 것이 있응께 거기다 차리면 되는 거잖여. 그람 차를 사야겄구먼. 요새 중고차 한 대에 얼매씩이나 하지?"

손기문은 재건대를 떠나서 자립할 수 있다는 사실만으로도 흥분될 지경이다. 그 기틀을 다지는 데 강순녀가 씨앗을 뿌려 주고 있다고 생각하니까 그녀가 다시 보였다. 사랑이 듬뿍 담긴 시선으로 강순녀를 바라보며 물었다.

"포터 트럭 일 톤짜리는 팔십 년 형이면 삼백오십만 원에 살 수 있대요. 칠십구년 형은 이백오십만 원에 살 수 있다고 하니까. 우선 칠십구년 형으로 시작하는 거예요."

강순녀가 손기문의 눈 안으로 빨려 들어가기라도 하는 것처럼 그윽한 시선으로 바라보며 말했다.

"장사 밑천이 부족하다믄 우리가 얼매 정도는 투자할 수 있을 거여."

"투자를 하다니?"

경훈이 하는 말에 손기문이 반문했다.

"일종의 동업이지. 철용아, 니 생각은 어뗘?"

"동업은 시훈이 형 하나로 충분하다는 생각이 드는데?"

철용이 지금 무슨 말을 하고 있느냐는 얼굴로 경훈을 바라봤다.

"우, 우린 동업을 잘하고 있잖여."

경훈은 자신도 모르게 손기문을 바라봤다. 손기문의 고향이 보은 어디라는 것, 재건대 대장으로 동네를 위해 열심히 봉사 활동을 하고 있다는 것 정도만 알고 있다. 정신이 번쩍 드는 것을 느끼면서도 철용에게 시선을 돌리며 애매하게 웃었다.

"내 생각에는 동업을 하는 것보담은 돈을 좀 융통해 주는 것이 좋을 거 같구먼."

철용이 경훈에게 한 손을 들어 보이고 나서 손기문을 바라봤다.

"그러는 것이 좋을 거 같아요. 제가 생각해 볼 때 두 분은 고향도 같고, 형제처럼 지내기 때문에 동업이 가능하지만……."

"자, 잠깐! 나도 말을 좀 해야 하잖유."

손기문이 강순녀의 말을 끊고 시선을 잡아끌었다.

"형님, 우리도 중고차 한 대 살 정도의 돈은 있잖유?"

종갑이 손기문의 눈치를 살피며 물었다.

"내가 하고 싶은 말이 바로 그 말여. 철용이 니 말은 고맙지만 말여. 우리도 채소 가게 차릴 정도의 돈은 있구먼."

손기문이 자신의 가슴을 주먹으로 두들기며 자랑스럽게 말했다.

"경리는 제가 보는 거예요. 저 이래 봬도 중학교는 나왔거든요."

"당연하쥬. 순녀 씨가 읎으믄 우리끼리 못 해 먹어유."

"그랴, 우리 암만 장사를 잘해도 계산을 잘못하믄 말짱 도루묵여. 암, 도루묵이고 말고……."

강찬복은 손기문이 딸을 예사롭지 않게 바라보고 있다는 것을 아는 순간 가슴속에 쌓여 있던 고민이 깨끗하게 사라져 가는 기분이 들었다. 손기문의 근본이 어떤지는 알 필요도 없다. 손기문 정도의 생활력이면 늘그막에 난 늦둥이 딸 순녀를 행복하게 해 줄 것 같았다. 더구나 그는 부모가 없으니 여생 동안 자식처럼 의지하며 살 수 있을 것 같아 덩실 덩실 춤이라도 추고 싶었다.


이동하의 선거 사무실에는 밤이 깊어 갈수록 지지자들이 불빛을 보고 달려드는 불나방처럼 모여들었다. 넓은 사무실 안에는 백여 명의 지지자들이 술을 마시거나 웃고 떠들면서 선거 결과가 나오기를 기다렸다. 모산에서 온 황인술이며 김춘섭과 박태수도 한 자리를 차지하고 앉아서 돼지머리 누른 것이며, 오징어에 땅콩 같은 것을 안주로 소주잔을 기울이고 있었다. 사무실 문 쪽에는 기관장들이며 지지자들이 보낸 당선 축하 화환이 십여 개 서 있다.

"태수 자네는 알란지 모르지만 민심이라는 것이 있어. 내가 볼 때 영동군 민심은 의원님한테 쏠린 것이 틀림없어. 그렇지 않으면 사람들이 이렇게 많이 모여들 리는 읎지. 암, 내가 장담하지."

"그랑께, 사둔 말씀은 요번에는 의원님이 틀림읎이 당선이 될 거다. 이 말씀유?"

"김춘섭이 빈 소주잔을 박태수에게 내밀며 물었다.

"당연하지. 아까 내가 윤석중 선거 사무실에 가 봤거든. 거긴 종갓집 맏며느리 야간도주한 집처름 썰렁하기 짝이 읎드랑께."

박태수는 황인술이 자신만만하게 하는 말을 흘려들으며 주변을 천천히 훑어보았다. 모두들 무슨 잔칫집에 와 있는 것처럼 웃고 떠들며 술을 마시고 있다. 문득 이번 국회의원 선거에서는 어떤 일이 있더라도 이동하를 찍으면 안 된다는 진규의 말이 생각났다.

"야가 시방 무슨 말을 하고 있는 거여. 딴 동리 사람 만나면 의원님 찍어주라고 선동은 못 할망정, 무슨 말을 하고 있는 거여?"

박평래는 너무 놀라서 행여 누가 진규의 말을 들을까, 얼른 문밖의 동정을 살폈다. 상규네가 가당치도 않다는 표정으로 말했다.

"우리가 국회의원을 왜 뽑는 거유?"

"그걸 우리가 워티게 알어? 나라에서 국회의원 선거날을 맨들어 놓고, 누구누구를 찍으라고 항게. 선거 날마다 빼트리지 않고 선거를 하는 거지……."

박평래가 여전히 바깥 동정에 귀를 기울이며 말 같지도 않은 말 하지 말라는 표정을 지었다.

"아부지도 참, 국회의원들이 하는 일이 법을 맨드는 일이잖유. 우리가 죄다 모여서 법을 맨들 수는 없웅께, 우리를 대표로 해서 우리가 필요한 법을 맨들어 달라고 선거를 하는 거잖유."

박태수가 말을 하고 나서 내 말이 맞느냐는 표정으로 진규를 바라봤다.

"아부지가 잘 알고 계시네유. 맞아유. 국회라는 데가 법을 만드는 기관유. 그 국회에서 법을 만드는 사람이 국회의원유. 국회의원이 잘못된 법을 만들면 국민들이 큰 피해를 보고, 나중에는 나라가 망할 수도 있슈. 그래서 국회의원 선거 때는 아무나 찍지 말고, 이 사람이 우리 지역민들이 진짜로 필요한 법을 만들어 줄 수 있고, 나라를 위해서 일을 할 수 있는 사람인지 꼭 알아보고 선거를 해야 한다는 거유."

"그람, 진규 니 말은 의원님이 나라를 망하게 하는 국회의원이라는 거여?"

"애비, 너는 먼 말을 그렇게 함부러 하는 거여. 의원님이 머가 답답해서 나라를 망하게 하실 분여. 외려 빨갱이라믄 치를 떠시는 분이잖어.

그라고 진규 니가 박사 공부를 할 만큼 똑똑하다는 건, 이 동리 사람뿐이 아니고 학산면 사람치고 모르는 사람들이 읎다는 거는 잘 알고 있다. 하지만 사람의 도리라는 것이 있는 거여. 옛날에 들은 말인데, 어떤 돈 많은 사람이 가마니에 돼지 죽은 것을 싸서 어깨에 짊어지고 평소에 술도 사 주고, 옷도 사 줌서 친하게 지내는 친구들을 찾아갔다능 겨. '내가 사람을 죽였다네, 좀 도와줄 수 읎겄나?'하고 부탁을 했댜. 그란데 그동안은 너 없이는 죽고 못 산다고 하던 사람들이 죄다 고개를 흔들며 마당에 들어서지도 못하게 했다능 겨. 하지만 너무 가난하게 사는 친구라 평소 친하게 지내지도 않았던 친구는, 얼른 그 친구를 마당 안으로 데리고 가면서, 내가 워티게 도와주믄 좋겄냐고 묻더라 이거여…….."

"할아부지 그건 책에도 나오는 이야긴데, 진정한 친구는 가장 어려울 때도 도움을 주는 친구라는 그런 이야기잖아유. 국회의원도 진짜로 국민들의 어려운 곳을 긁어 줄 수 있는 사람을 찍어야 한다는 뜻에서 이동하 의원은 찍어서는 안 된다는 거유."

"진규야, 이 어머는 제우 글자만 읽고 쓸 정도밖에 못 되는구먼. 할아부지 말씀은 우리가 어려울 때 도움을 주신 의원님의 은혜를 잊어버려서는 안 된다는 거여. 그랑께, 너는 딴 사람을 찍든 말든 할아부지나 할머니, 아부지하고 나한테는 의원님을 찍어서는 안 된다는 말을 하면 안 되는 거여. 그랑께, 그런 야기는 더 이상 하지 말아. 알겄지?"

박평래의 얼굴에 노기가 서리는 것을 본 상규네가 진규에게 눈치를 보내면서 다짐을 받았다.

그려, 진규 말이 맞는 말일 거여. 자가 아무런 생각 읎이 하는 말은 아닐 테지.

박태수는 겉으로는 이동하를 찍겠다고 말했지만 내심으로는 이번 선거에서 윤석중을 찍어야겠다고 생각했다.

"애비, 너도 의원님을 찍었지?"

"그라믄유."

"그려, 딴 식구들은 몰라도 우린 의원님을 찍어야 하는 겨."

투표를 하고 나오자, 먼저 투표를 끝낸 박평래가 물었다. 천연덕스럽게 거짓말을 했지만 마음은 편하지가 않았다.

"세상 살아가는 방법도 가지 가지여."

"먼 말을 하고 싶어서?"

박태수는 김춘섭이 혼잣말로 중얼거리는 말에 쓴웃음을 짓고 있다가 시선을 돌렸다.

"우리 같은 사람은 죽어라 땅을 파서 농사를 져야 먹고살잖여. 어뜬 사람은 장사를 해서 먹고살고, 광일이처름 공무원으로 월급 받아 먹고사는 사람도 있고, 장에서 튀밥을 튀겨서 먹고사는 사람이 있는가 하믄, 바다에서 괴기를 잡아 먹고사는 어부도 있잖여. 하지만 국회의원들은 입만 가지고 먹고 살잖여. 말만 잘하믄 표가 모이게 되는 거이고, 일단 당선만 되믄 잘 먹고 잘살잖여. 국회의원들이 언지 일하는 거 봤남? 바다에서 괴기 잡은 거 봤남?"

"사둔은 하나만 말고 둘은 모르는구먼. 아! 국회의원이 될라믄 이것이 있어야 하잖여. 이거."

황인술이 손가락으로 동그라미를 그려 보이며 답답하다는 표정을 지었다.

"하긴, 요새 세상에 공짜가 워딨어. 다믄 막걸리 한 잔이라도 읃어먹어야 표를 주지……."

김춘섭은 할 말이 없다는 표정으로 땅콩을 문질러 껍질을 까서 입안에 톡 털어 넣었다.

"화환이 또 들어오는구먼."

하중태는 변소에 갔다가 오는 길에 꽃집 주인이 화환을 들고 들어오는 것을 보고 가까이 갔다.

"경찰서장님이 보낸 화환유. 영수증에 싸인 좀 해 줘유."

하중태는 경찰서장이 화환을 보낼 정도라면 당선이 된 것이나 같다는 생각에 떨리는 마음으로 영수증에 싸인을 해 줬다.

"경찰서장도 당선 축하 화환을 보냈습니다."

"참말여?"

이동하는 선거 결과를 지켜보기 위하여 옥천에서 온 정영일과 군청의 총무과장을 마지막으로 정년퇴직한 임상천과 함께 술을 마시고 있었다. 하중태가 싱글벙글 웃으며 들어와서 하는 말에 고개를 번쩍 들었다.

"처남, 경찰서장님이 화환을 보냈다면 당선된 것이나 마찬가지 아니겠슈?"

임상천이 오징어 다리를 찢어서 질겅질겅 씹으며 회심의 미소를 지었다.

"저도 그렇게 생각합니다. 지금 개표율이 칠십 프로 진행되고 있는데 민주정의당의 최철구와는 오천 표 이상 차이가 나고 한국국민당의 윤석중과는 만 표 이상 차이가 납니다."

하중태가 임상천 옆에 앉아서 스스로 맥주를 자기 잔에 따르고 나서 말했다.

"윤석중 같은 애송이는 감히 상대가 안 되지. 즈 애비가 늙은 사람들한테 동정표를 많이 읃어서 국회의원질을 해 먹었지만, 석중이 그 자식은 아직 정치에 정 짜도 모르는 놈이잖여."

이동하는 이번에 당선이 되면 군수 놈부터 혼쭐을 내 주리라 생각하며 소리 없이 웃었다.

"대관절 요번에는 당이 및 개나 되는 거여. 민주정의당, 민주한국당, 민주사회당, 한국국민당, 민권당, 원일민립당, 신정당, 안민당, 사회당, 한국기민당, 통일민족당, 민주농민당……. 총 열두 개 당이구먼. 처남도 요번에 당선이 되시믄 당 하나 만들어서. 당수 노릇 좀 하시쥬?"

정영일이 신문에 난 당 이름을 손가락으로 하나하나 짚으며 읽고 나서 농담이라는 표정으로 말했다.

"나한테 계속 야당을 하란 말여?"

"야당이믄 워뗘유? 당 대표에, 당수가 되는 건데."

"매제는 정치를 안 해봤응께 야당이 얼매나 설움을 받는 당인지 몰라. 야당은 영원한 이 중대여. 일 중대도 아니고 이 중대란 말여."

이동하는 요즘 가끔 뒷골이 땡길 때가 많아서 오늘은 특별히 맥주만 마시니까 취하지가 않았다. 인터폰을 눌러서 송미향에게 소주를 가져오라고 지시했다.

"의원님, 제 생각에는 당선되셨다고 무조건 민주정의당에 입당하면 다음이 문젭니다. 기회를 봐서 적당한 핑곗거리를 만드신 후에 입당을 하셔야……."

하중태가 조심스럽게 말하고 있는데 이동하가 그만 말하라며 손을 흔들었다. 송미향이 소주를 들고 왔다. 그녀에게 술을 따르라는 표정으로 빈 술잔을 손가락으로 가리켰다. 송미향이 소주를 따르는 모습을 지켜보며 하중태에게 말했다.

"내 나이가 올게 및 살인지 알고 있는지 모르겠구먼."

"예순일곱으로 알고 있습니다만……."

"전반기는 심들겠지만, 하반기에는 국회 부의장이라도 해야 되지 않겠어?"

이동하는 술잔을 들었다. 소주의 투명한 색을 바라보다가 잘게 웃으며 정영일과 임상천을 번갈아 바라봤다.

"돈! 돈이 있어야 국회 부의장도 하고 상임위원회 위원장이라도 해 먹을 거 아녀. 상임위원회 배정이 끝나믄 죽도 밥도 안 되는 거여. 국회 회관에서 당선증을 받는 즉시 기자들을 모아 놓고 회견을 할 생각이여. 그랑께 날 서울에 올라가기 전까지 원고를 작성해 놔. 내가 미리 생각해 둔 것이 있는데 참고를 햐."

하중태가 서둘러 메모 준비를 했다. 이동하는 소주잔을 천천히 비우고 나서 오징어 몸통을 들었다. 옆에 앉아 있던 임상천이 얼른 오징어를 받아서 쭉쭉 찢어서 쟁반에 내려놓았다.

"의원님 말씀을 듣고 생각해 보니까, 기자회견은 빠를수록 좋다는 판단이 드는군요. 생각하고 계신 말씀이 무엇인지?"

"딴 거는 하 상무가 알아서 잘 쓰겠지만 말여. 이 말 한마디만은 반드시 써 줘."

"말씀만 하십시오."

이동하가 비장한 표정으로 하는 말에 신문을 뒤적거리고 있던 정영일이 고개를 들었다. 임상천도 오징어 다리를 씹다 말고 이동하를 바라봤다. 하중태가 침을 꿀꺽 삼키고 말했다.

"기자회견 첫머리에다 피를 토하는 심정으로 민주정의당에 입당하겠습니다, 라는 말을 꼭 집어넣게."

"의원님, 죄송하지만 피를 토하는 심정으로 민주정의당에 입당한다고 하면…… 자칫 억울하게 민주정의당에 입당하는 걸로 들을 수도 있지 않을까요?"

하중태가 이동하는 바라보지 않고 옥천중학교 국어 선생을 하다 정년 퇴직한 정영일을 바라봤다.

"자네 귀에도 이상하게 들리는가? 내 솔직한 심정을 말한 건데?"

이동하는 예비군의 날 기념식장에서 통일주체국민회의 대의원보다 못한 대접을 받았던 것하며, 군청에 들어갔을 때 과장들이 거만하게 손을 내밀던 때를 생각하면 피를 토하고 싶을 정도가 아니라 가슴이 터져 나가 버릴 정도였다.

이동하가 소주 기운이 얼굴에 벌겋게 달아오르는 것을 느끼며 정영일에게 물었다.

"내 생각도 하 상무님과 같은데…… 처남, 첫머리를 그렇게 쓰지 마시고 영동, 옥천, 보은 지역구의 획기적인 발전을 위하여 이 한 몸 희생한다는 쪽이 나을 거 가튜."

"그런가?"

"예. 대학생들이 무슨 데모를 하는 것도 아니고, 노동자들이 공장 문을 닫고 데모를 하는 것도 아니잖유. 그동안 공무원들한테 무시당한 걸 생각하시믄 피를 토할 정도가 아니라, 가슴이 찢어질 정도지만 즘잖은 국회의사당에서 과격한 말은 가능한 사용하지 않는 것이 좋을 거 가튜."

"그람, 츰에는 이 사람 말한 것처럼 시작하게. 그 대신 중간이나 마지막 어디에다 이 말은 꼭 집어넣게. 여기 서 있는 이동하는 순전히 영동 사람으로 뜻한 바가 있어서 민주정의당에 입당하지만 말여, 영동을 사랑하는 맘은 손톱맨치도 변동이 읎다는 식의 말을 꼭 집어넣게. 그래야 나를 찍어 준 사람들이 들 서운할 거 잖여."

"알겠습니다. 오직 남부 삼군의 발전을 위해 불가피하게 민주정의당에 입당할 수밖에 없다는 요지로 기자회견문을 작성하겠습니다."

"자, 잠깐만!"

이동하는 느긋한 표정으로 텔레비전을 바라보다 깜짝 놀라며 일어섰다. 선거 개표 방송 중에 성동구에서 출마한 원갑룡 의원이 당선 확정이라는 자막이 막 흘러 나가고 있었다.

"원 의원님도 이번에 당선이 되셨구먼⋯⋯. 하 상무, 내 책상 위에 있는 명함철에서 원갑룡 의원님 즌화번호 좀 찾아 봐. 자네들은 내 술잔 빈 것도 안 뵈이나? 자네는 내 술잔에 술 좀 채우고, 자네는 얼릉 군청에 나가 있는 여도환한테 즌화 좀 넣어 봐. 보은하고 옥천도 즌화를 너서 시방 현재 및 표나 앞서 가고 있는지 확인 좀 해 봐."

이동하는 갑자기 바빠졌다. 정영일에게 술잔을 내밀면서 임상천에게는 전화기를 턱으로 가리켰다.

"전화해 보나마나 당선되신 것은 기정사실일 텐데유 머."

임상천은 말과 다르게 이동하 앞에 있는 전화기를 자기 앞으로 끌어당겼다. 요즘은 영동도 교환을 통하지 않고 자동으로 연결이 된다. 선거 개표는 군청 강당에서 하고 있다. 개표소에 있는 전화기 번호를 누르려고 하는데 먼저 벨이 울린다.

"아! 여보세유!"

이동하가 얼른 수화기를 가로채서 들었다.

"의원님, 시방 영동은 팔십오 프로 개표했슈. 남은 십오 프로가 죄다 딴 후보한테 가드래도 당선이 확실해유. 그래서 윤석중 측하고 최철구 운동원들은 맥 빠진 얼굴로 천장만 바라보고 있슈. 옥천하고 보은은 개표가 끝났다고 시방 그쪽 사무장들하고 지지자들이 영동으로 출발한대유."

이동하는 여도환의 흥분한 목소리를 듣는 순간 가슴이 벌렁벌렁 뛰면서 기쁨의 눈물이 눈가에 맺혔다.

"옥천하고 보은은 결과가 어떻댜?"

"두 군데 모두 민주정의당 최철구가 일 등인데, 의원님하고 표 차가 천 표 이내래유. 하지만 영동에서 최철구하고 칠천 표 이상 차이가 낭께, 남은 표 상관읎이 당선이 확실해유."

"뭐래유?"

정영일이 술잔을 이동하 앞으로 옮겨 놓으며 빠르게 물었다. 원갑룡의 명함을 찾던 하중태도 고개를 번쩍 들고 이동하의 입을 바라봤다. 이동하에게 수화기를 뺏긴 임상천은 침을 꿀꺽 삼키며 테이블을 양손으로 짚고 이동하 앞으로 얼굴을 바짝 내밀었다.

"옥천하고 보은은 내가 확실하게 이겼다. 그쪽 선거 사무장하고 운동원들이 시방 영동으로 오고 있댜. 영동은 개표할 것이 십오 프로 남았는데 말여……."

"그런데유?"

임상천이 다시 침을 삼키며 반문했다.

"십오 프로 남은 거 까보나 마나 내, 내가 당선이 됐다능 겨."

이동하는 눈물을 글썽이며 말하고 나서 눈을 감았다. 눈물이 삐져나오는 것을 느끼며 소파 등받이에 머리를 기댔다.

"의원님, 원 의원님 명함 찾았습니다."

"난, 멀 좀 생각할 것이 있응게. 자네들은 밖에 나가 보게."

이동하가 눈을 뜨지 않고 말하자 임상천이 얼른 일어났다. 손가락을 세워 입 가운데에 대고 말하지 말라는 표정을 지으며 밖으로 나가자고 했다.

"만세!"

"이동하 국회의원님 만세!"

"영동군 만세!"

이동하는 사무실 밖에서 천장이 들썩이도록 들려오는 지지자들의 함성에 고개를 숙이고 소리 없이 흐느껴 울기 시작했다.

아부지! 아부지! 아부지의 하나밖에 읎는 아들 동하가, 드디어 사선 국회의원이 됐슈. 이 모든 것이 아부지가 저승에서 저를 인도해 주시기 때문이라는 것을 알고 있슈. 두고 보셔유. 두고 보셔유. 우리 집안이 대한민국에서 젤 잘나가는 집안이 될 거유. 애자 남편은 청와대에 근무하고 있슈. 승우는 사법연수원을 졸업하믄 판사나 검사가 될 거유. 말자는 박사 학위를 받고 대학교에서 강의를 하고 있슈. 영자는 대학에서 연구원으로 근무하고 있슈. 승철이…… 그 자식은 차라리 읎는 기 나유. 그 자식이 읎으믄 우리 집안은 흠이 하나도 읎는데, 그놈의 새끼 땜시 옥에 티가 쪼맨한 것이 하나 붙어 있네유. 아부지 참말로 감사합니다…….

이동하는 소식을 모르는 승철의 얼굴이 떠오르니까 분노가 치밀면서 눈물이 마르는 것을 느꼈다. 이병호한테 감사의 기도를 하다 말고 눈을 번쩍 뜨고 술잔을 들었다. 한 잔을 달게 마시고 다시 빈 잔을 채우고 있는데 노크 소리와 함께 문이 열렸다.

"머여?"

이동하는 송미향을 보는 순간 나이에 걸맞지 않게 총각처럼 욕정이 무섭도록 치밀어 오르는 것을 느꼈다. 손짓으로 문을 닫고 이쪽으로 오라고 손짓했다.

"군수님하고 경찰서장님이 축하 인사드리겠다고……"

송미향이 자신도 모르게 밖의 동정을 살피고 문을 닫았다. 찰칵 소리가 나도록 문을 잠그고 나서 이동하 옆으로 갔다.

"수고했구먼."

이동하는 송미향의 스커트 안으로 갑자기 손을 쓱 집어넣었다. 송미향이 터져 나오려는 숨소리를 참으려고 손바닥으로 입을 틀어막았다. 거의 동시에 송미향의 팬티 속으로 손을 집어넣었다.

"의, 의원님……"

이동하는 송미향의 배에 얼굴을 묻고 부르르 몸을 떤 후에야 손을 뺐다.

"의, 의원님……. 저도 서울로 데리고 가는 거죠?"

송미향이 양손으로 이동하의 머리를 껴안고 빠르게 속삭였다.

"여기 좀 치우고, 맥주 좀 새로 갖고 와."

이동하는 금방 욕정이 사라지는 것을 느끼며 손을 뺐다. 송미향의 엉덩이를 툭툭 두들겨 주고 나서 소파에 비스듬히 누웠다.

"저, 꼭 서울로 데리고 가 주세요."

송미향이 소주병이며 맥주병, 안주 접시를 챙겨 들고 열에 들뜬 표정으로 속삭였다.

"찬찬히 연구 좀 해 보자구. 소문이 나믄 안 좋잖여……. 나가서 군수하고 경찰서장하고 들어오라고 햐."

이동하는 당선증도 받지 않았는데 송미향이 초를 치고 있다는 생각에 귀찮다는 표정으로 눈을 감았다.

저걸 괜히 건드렸구먼…….

국회의원을 안 할 때는 시간이 많았다. 시간이 많으니까 송미향이 좀 예뻐 보이기도 하고, 때로는 욕정을 자극해서 수시로 대전에 나가서 즐겼다. 하지만 사정이 달라졌다. 서울 가면 젊고 아름다운 여자들이 손만 뻗으면 다가온다. 대한민국의 국회의원이 시골구석의 이혼녀와 놀아나는 것은 수치라고 생각했다. 점점 거리를 두다가 제풀에 나가떨어지도록 유도하는 것이 현명한 처세일 것 같았다.

아녀, 저거시 들례처럼 안 떨어져 나가믄 워짜지. 그년처럼 흑산도에 데리고 가서 팔아먹을 수도 없고 사람 환장하겠구먼…….

송미향을 품에 안았을 때는 세상이 요지경 같았지만 더 이상 만나서는 안 된다고 생각했다. 계속 만나다가는 뒤끝이 안 좋아질 것 같았다.

"의원님, 축하드립니다."

"저는 이번에는 꼭 당선이 되실 것으로 알고 있었습니다."

송미향이 나가고 나서 군수와 경찰서장이 연이어 인사를 하면서 들어왔다.

"아이고, 두 분이 열심히 밀어줘서 된 걸로 알고 있슈. 참말로 감사드려유."

이동하는 군수와 경찰서장이 부임해 온지 얼마 되지 않은 신임이라는 점에 지극히 실망하며 건성으로 그들의 손을 잡아 주었다.

"솔직히, 윤석중 그 사람은 영동 사람도 아니잖습니까. 경기도 어디 살다가 즈 아버지한테 지역구를 물려받으면서 주소를 여기로 욍겼잖습니까. 그라고 최철구 그 사람도 서울에서 내내 사다가 무슨 배짱으로 영동에서 출마를 했는지 모르겠습니다."

"최철구 그 사람은 중앙당에서 찍은 사람이잖유. 이번 선거가 값진 것은 바로 그 점에 있슈. 한마디로 민주정의당 사람들이 이동하를 우습게 봤다는 증거 아니겠슈."

이동하가 가소롭다는 얼굴로 웃으며 말했다.

"윤석중이 황간에다 무슨 공장을 세워서 영동 사람들을 삼백 명이나 취직시켜 주었다고 큰소리쳤었는데, 그것도 물 건너갔겠죠?"

경찰서장이 은근한 목소리로 군수를 바라보며 물었다.

"공장은 세운다고 합디다. 담 선거를 위해서 투자하는 셈 치고 공장을 세워 봤자 앞으로 사 년 후 아닙니까. 약발이 없다는 거죠. 그렇다고 다음 선거 때에 맞춰서 공장을 건립하면, 취직할라고 기다리고 있는 사람들이 가만히 있겠습니까. 당선이 되든 안 되든 올해 안에 공장을 짓겠다고 선거 연설할 때마다 단골 메뉴로 써먹었는데……. 의원님 담배 피시겠습니까?"

군수가 벌떡 일어나서 담뱃갑을 내밀었다.

"그까짓 삼백 명 갖고 유세 떨 것도 읎슈. 두고 봐유. 나는 천 명 정도 인원이 필요한 공장을 유치시킬 생각유."

이동하가 앉은 자세로 손만 뻗어서 담배 한 개비를 빼며 코웃음을 쳤다.

"그람 방직공장 같은 것을 유치시킬 생각이십니까?"

경찰서장도 군수가 내미는 담배를 한 개비 뺐다.

"방직공장은 거의 여자들만 쓰잖유. 난 타이아 공장이나 무슨 자동차 부품을 만드는 회사 같은 걸 생각하고 있슈. 즉 미래 지향적인 회사를 유치하겠다는 거유. 왜 그런 계획을 갖고 있냐 하믄, 방직공장 같은 거는 단순 작업이라서 앞으로는 큰 발전을 기대할 수가 읎슈. 하지만 앞으로 살기가 편해지면 자동차 산업이 눈에 띄게 발전할 거유. 자동차에 꼭 필요한 타이아나 자동자 부품 같은 것은 정밀기술을 요구하는 사업이기 땜시 앞으로 을매든지 발전할 수가 있다는 거쥬. 츰에는 천 명만 쓰다가 나중에는 이천 명도 쓰고 삼천 명도 쓸 수 있는 희망적인 산업체라는 거쥬."

"역시 의원님은 대단하십니다. 윤석중 같은 애송이가 감히 의원님처럼 어마어마한 계획을 세울 수 있겠습니까?"

군수가 얼른 이동하의 담배에 불을 붙여 주었다.

"저는 처음부터 윤석중 그 사람은 안 된다고 봤습니다. 하여튼, 의원님이 도와주시지 않으면 영동은 발전할 수가 없습니다. 보은하고 옥천도 신경을 쓰셔야겠지만 영동에 각별히 신경 좀 써 주십시오. 솔직히 그동안 국회의원이 옥천에서 나와 영동이 차별 대우를 받은 게 사실 아닙니까?"

"군수님, 이동하가 뉘요. 사선 의원이요 사선이면 상임 위원장 자리 하나는 차지할 수 있다 이거유."

"의원님, 상임 위원장 자리는 정당에서 차지하게 되어 있는 것 아닙니까?"

경찰서장은 말없이 고개만 끄덕거렸다. 군수가 고개를 갸웃거리며 조심스럽게 물었다.

"그래서 내일 국회에서 당선증을 받는 즉시 민주정의당에 입당할 생각유. 순전히 대의를 위해서 소의를 희생하는 꼴이 되는 식이지만, 나를 믿고 국회로 보내 주신 지지자들이 잘 사는 지역을 맨드는 것이 내가 해야 할 일이 아니겠습니까."

이동하는 생각나는 대로 말하기는 했지만 과연 말을 잘했는지, 앞뒤가 맞는 말을 했는지 혼란스럽기는 했지만 대체적으로 만족했다.

이 인간이, 무소속으로 당선하자마자 정의당에 입당한다면 지지자들을 뭘로 보는 거야?

경찰서장은 너무 기가 막혀서 말이 나오지 않았다. 담배를 피우다 말고 군수를 바라봤다.

"아이구, 생각 잘하셨습니다. 그렇지 않아도 제가 조심스럽게 말씀드리려고 했습니다. 지역의 발전을 위해서는 당연히 민주정의당에 입당하셔야 합니다. 솔직히 이런 말씀을 드리기는 뭐하지만, 무소속은 끈 떨어진 갓 신세 아닙니까? 언제 어디서 무슨 바람이 불어올지 모르는 살벌한 정치판에서 살아나려면 갓끈이 튼튼해야 합니다."

"역시, 군수님은 제 말을 잘 알아듣고 계시는구먼. 국회의원이라는 갓을 임기 내까지 잘 쓰고 있을라면 정당이라는 크나큰 둥지가 있어야 하는 거는 자명한 사실유. 츰에는 지가 정의당에 입당하겠다고 기자회견을 하믄 지지자들이 다소 실망할 수도 있을 거라고 생각해유. 하지만 저한테 표를 준 사람들이 지가 이뻐서 표를 줬슈? 아니믄, 저한테 잘 보여서 무슨 부탁이라도 할라고 표를 줬슈? 아니잖유. 순전히 다른 후보들보다는 제가 지역의 발전에 앞장설 사람으로 뵈이니께 표를 준 거잖유."

"그러니까, 의원님의 말씀은 좌로 가나 우로 가나 서울 가는 것은 같은데 이왕이면 고속도로로 가시겠다, 이 말씀이시군요."

경찰서장은 군수가 입에 발린 말로 이동하의 호감을 사고 있는데 멀뚱멀뚱 구경만 하고 있을 수가 없었다. 이제야 이해했다는 얼굴로 고개를 끄덕이며 말했다.

"그렇쥬. 바로 그거유. 어채피 서울은 가야 하는데, 왜 힘들게 돌아가유? 고속도로가 있는데?"

이동하는 기자회견문을 작성할 때 하중태에게 말해서 요 부분도 꼭 집어넣어야겠다고 생각하며 회심의 미소를 지었다.

"의원님 영동도 선거가 끝났슈. 총 오만 이천사백사십사 표에서……."

"야, 이 사람아. 당선이 됐으면 된 거지. 난중에 보고해도 됭께 일절로 끝냐."

이동하는 벌떡 일어섰다. 개선장군처럼 서 있는 여도환을 꽉 끌어안아 주고 나서 거칠게 사무실 문을 열고 나갔다.

"만세!"

"이동하 국회의원님 축하해유."

"이동하 국회의원님 만만세!"

이동하가 사무실에서 나오자 술을 마시거나, 잡담을 하고 있거나, 꾸벅꾸벅 졸고 있거나, 신문을 뒤적거리고 있거나, 텔레비전을 보고 있던 지지자들이 약속이나 한 것처럼 일어나서 박수를 치기 시작했다.

"의원님 축하합니다."

송미향이 준비해 둔 꽃다발을 이동하 목에 걸어 주었다. 여자 선거운
동원들도 우르르 몰려가서 꽃다발을 안겨 주었다.

"이럴 때 사모님이 계셨으면 참 좋겠는데유……."

여도환도 꽃다발을 준비해 두었다가 이동하에게 안기며 감격의 눈물
을 흘렸다.

"그 사람은 모산만 좋아하지, 정치는 안 좋아하는 사람여. 아이구 구
장님도 여태까지 계셨구면."

이동하가 다른 지지자들 틈을 비집고 나오는 황인술에게 악수하려고
손을 내밀었다.

"의원님, 모산 사람들을 대표해서 진심으로 축하드려유. 참말로 축하
드려유. 모산 사람들이 죄다 자랑스럽게 생각할 거유. 하늘에 계신 면장
님도 엄청 기뻐할 것이라고 믿구만유."

황인술은 악수 대신 넙죽 엎드려 절을 했다. 다른 지지자들이 깜짝 놀
란 얼굴로 서로의 얼굴을 바라보며 '저 친구, 돈 거 아냐.'라는 눈짓을
주고받든 말든 절을 하고 일어서서 두 손으로 이동하의 손을 넙죽 잡고
흔들었다.

"역시 구장님이 내 맘을 잘 알고 계시네유……."

이동하는 이병호를 거론하는 순간 울컥 슬픔이 밀려오는 것을 느끼며
박태수와 김춘섭과 연이어 악수했다.

"하 상무 잠깐만."

이동하는 다른 지지자들은 몰라도 모산에서 온 동네 사람들은 그냥
보낼 수 없다고 생각했다. 뒤를 따르고 있는 하중태에게 모산 사람 세
명에게 만 원씩 들려 보내라고 지시했다.

"잠깐 나 좀 봅시다."

하중태가 황인술의 등을 가볍게 껴안고 밖으로 자연스럽게 나갔다. 김춘섭과 박태수도 고개를 갸웃거리며 따라 나갔다.

"아이구, 이런 걸 받을라고 시방까지 기다린 기 아뉴. 우린 진심으로 축하해 주고 싶어서……."

"그람은유. 이런 돈 안 받아도 돼유."

하중태가 무조건 만 원짜리 한 장씩을 사이좋게 나누어 줬다. 얼떨결에 돈을 받아 쥔 황인술에 이어서 김춘섭이 놀란 얼굴로 한마디 했다.

"의원님이 특별히 생각해서 동리 사람들이라고 주시는 돈잉께 그냥 겟주머니에 넣어둬."

박태수가 김춘섭이 하중태에게 내미는 돈을 앗아서 그의 주머니에 넣어 주었다.

"택시를 타고 갈라믄 돈이 있어야잖아요."

하중태는 마치 자기 돈을 주는 것처럼 선심 쓰는 얼굴로 싱긋 웃으며 사무실 안으로 들어갔다.

세 명은 잠시 말을 잃어버리고 거리를 바라봤다. 이동하 선거 사무실 근처에 있는 선술집이며 식당의 불은 환하게 켜져 있다. 좀 더 먼 곳에 있는 식당은 불이 꺼져 있다. 가까운 선술집에서 와하하 하고 웃는 소리가 3월의 찬바람을 타고 들려오고 있다.

"구장님, 광일이 진급할 때가 됐슈?"

박태수가 한참 만에 생각났다는 얼굴로 황인술에게 속삭였다.

"광일이가 군청으로 들어간 지 얼매나 됐는지 알아? 그런데 아직도 주사여. 나는 잘 모르지만 지 말로는 계장으로 진급할 때가 되긴 됐지만 빽이 읎댜."

황인술이 천천히 걸으면서 다른 사람 이야기를 전해 주는 목소리로 말했다.

"그래서, 남부끄러운 줄도 모르고 영동군에서 난다 긴다 하는 사람들이 죄다 모여 있는 자리에서 넙죽 절을 하신거유?"

"시방 이 사둔이 하는 말이 먼 말여?"

김춘섭이 볼멘 목소리로 묻는 말에 황인술이 박태수를 바라보고 물었다.

"무슨 말을 하는지는 잘 모르겄슈. 하지만 늦어도 낼 열 시쯤에는 영동군 전역에 두 가지 소문이 확실하게 날 거 가튜. 이동하 국회의원님이 요번 삼월 이십오 일 선거에 당선되셨다는 것 하나하고……."

박태수가 지팡이를 짚고 조심스럽게 걸으면서 말했다.

"또 하나는?"

황인술이 이번에는 김춘섭을 바라보며 물었다.

"모산 구장님이 그 많은 사람들이 보는 앞에서 정월 초하루에 세배를 하는 것처름 넙죽 절을 했다는 거하고유."

"사람 참 싱겁기는, 딴 동리 사람들이 그렇게 절을 했다믄 실성했다는 말을 듣겄지. 하지만 모산 구장이 모산 사람들을 대표해서 절을 했응께 장하다고 생각하겄지."

"그기 장해유? 구장 체면이 있지?"

김춘섭이 어이없다는 얼굴로 물었다.

"사둔은 하나만 알고 둘은 몰라. 명색이 모산 구장이라는 사람이 체면이고 머고, 다 깎아내리고 그 많은 사람들 앞에서 절을 했응께, 다믄 돈만 원이라도 은어 왔잖여.”

황인술은 한 무리의 손님들이 막 나가는 순댓국집 앞에서 걸음을 멈
췄다. 주머니에 돈은 있겠다, 어차피 이 시간에 택시를 타지 않는 이상
여관 신세를 질 수밖에 없다. 돈을 거둬서 술이나 더 마셔야겠다는 생각
에 빙긋 웃었다.

“그람 돈 만 원 은을라고?”

“돈 생각은 애초부터 안 했구먼. 오늘이 의원님한테 어떤 날여?”

황인술은 빙긋빙긋 웃으며 순댓국집 안으로 들어갔다.

“그야, 잠을 못 잘 정도로 신나는 날이겠쥬. 그거하고 구장님이 절을
한 거하고 먼 상관이 있슈.”

박태수는 자연스럽게 황인술을 따라 순댓국집 안으로 들어갔다. 그러
고 보니 정미소 다닐 때는 자주 먹던 순댓국을 먹어 본 지도 오래됐다
는 생각이 들었다.

# 울며 겨자 먹기

내가 은제 시훈이 아부지하고 아웅다웅 살았다고 그랴.
집에서 둔너 있는데 춘셉이가 막걸리를 낸다는 말을 듣고 낭께,
나도 치료비만 아니었다면 막걸리 두 말이 아니라
돼지라도 한 마리 잡았을 낀데 하는 생각에 들어서
울컥하는 맘에 뛰어 내려온 것뿐여.


대전 교도소의 육중한 철문 앞에서 흙먼지가 풀썩 일어났다. 오늘 석방되는 출소자들을 기다리는 사람들은 하나같이 표정이 없는 얼굴로 철문을 응시하고 있거나, 먼 하늘을 바라보고 있기도 하고, 돌 위에 목석처럼 앉아서 땅바닥을 응시하고 있기도 했다.

"인숙이 너는 계속 야학을 할 생각이냐?"

인숙은 팔짱을 끼고 작은 돌 때문에 똑바로 줄기를 세우지 못하고 옆으로 허리를 휘고 서 있는 패랭이꽃을 응시하고 있었다. 강훈구와 동기생인 홍기철이 등 뒤에서 묻는 말에 천천히 돌아섰다.

"구로공단에 있는 유엔전자라는 회사가 있어요……. 공원들이 삼백명 정도 되는 중소업체래유……."

"그런데?"

오늘 석방 시간은 10시 정각이다. 홍기철이 두부가 든 비닐봉지를 오른손에서 왼손으로 바꿔 들며 인숙을 바라봤다.

"반딧불 야학에 입학한 조미자라는 학생인데 스물세 살유. 열다섯 살에 그 회사 조립 일 부에 취직했대유. 팔 년 정도 근무했다고 하데유. 충남 당진이 고향인 학생인데……."

인숙은 패랭이 꽃 앞에 쪼그려 앉았다. 손가락 끝으로 패랭이꽃을 톡 건드리고 나서 일어났다.

"순전히 지가 벌어서 오빠를 대학 졸업시켰다고 하데유. 남동생은 시방 대학교 일 학년이고……. 부모님한테 송아지도 사 주기 위해 하루 평균 열다섯 시간 동안 전자 부품을 조립했대유. 법정 근로 시간인 여덟 시간에서 거의 두 배 가까이 초과해 근무했다고 볼 수 있죠. 그것도 꽃다운 열다섯 나이서부터 팔 년 동안……."

"그 학생이 다치기라도 한 거여?"

"근로기준법에 의거하면 잔업 시간은 통상 임금의 일 점 오 배를 주게 되어 있잖아유. 근데 잔업 수당을 안 줄라고, 하루 통상 두 시간씩을 장비 점검 시간으로 쳐서 잔업 수당을 안 줬대유. 일요일에 출근하면 이틀 치를 줘야 하는데 하루 반 치만 쳐 주고, 근무시간에는 화장실 가는 시간을 정해 놔서 오전에 십 분, 오후에 십 분씩 두 번밖에 안 줬다는 거유. 그래서 노동조합을 결성하려고 하다 걸렸대유……."

인숙은 굳게 닫혀 있는 녹슨 철문을 바라봤다. 강훈구에게 면회를 왔다가 갈 때마다 언제 저 철문이 열리고 강훈구가 당당히 걸어 나오나, 하며 안타까운 시선으로 바라보던 문이다.

"결국 원하지 않는 부서에 발령이 나고, 나중에는 잔업을 안 시키고, 월급이 절반으로 줄어들게 되니까 회사를 그만두게 되는, 그런 케이스 인가?"

"원래, 공장 일이라는 것이 잔업을 안 하면 월급 갖고는 못 살게 되어 있잖아유. 기숙사에서도 쫓겨나게 방을 은어서 댕길 수밖에 읎잖유. 내가 참말로 참을 수 읎는 것은 부속품을 붙이는 펀치라는 기계에 손등이 찍혀서 구멍이 났는데도 치료비는커녕 더 이상 일을 할 수 없다는 핑계를 붙여 쫓아냈다는 점유. 남자도 아닌 여자가 오른 손바닥 가운데를 관통당했어요. 그냥 관통만 당한 것이 아니라 신경이 손상돼서 가운데손가락하고 두 번째 손가락이 활처럼 휘었다는 거유. 시집도 안 갔슈. 인제 제우 스물세 살유. 배운 것도 부족하고, 집이 부자도 아녀유……."

인숙은 마치 조미자가 그렇게 된 것이 홍기철 탓이라도 되는 것처럼 흥분한 얼굴로 빠르게 속삭이다가 슬그머니 입을 다물었다.

"네 마음 이해할 수 있어. 하지만 말여. 노동운동을 하면서 흥분하면 백 프로 지게 되어 있어. 주먹싸움을 할 때도 마구잡이로 주먹을 휘두르는 것보다는, 냉정한 이성으로 상대방의 허점이 어딘지 판단하며 싸우는 게 승산 있어. 특히 노동운동을 하면서 흥분하면 백 프로 사주에게 당하게 되어 있구먼."

홍기철은 인숙의 기분을 알 것 같다는 표정으로 그녀의 등을 다독거려 주고 나서 부드럽게 말했다.

"진짜로 불쌍한 것은 착취를 당하며 살고 있으면서도 자신이 착취당한다는 사실을 모르고 사는 사람들이라고 생각해유."

인숙은 문득 둥구나무 밑에서 가을바람을 맞고 있는 박태수의 모습이 생각났다. 소매가 긴 옷을 입을 때는 팔이 없는 소매가 바람에 날릴까 봐 주머니에 넣고 다닌다. 축 늘어지거나 휘어진 옷소매를 바라보면 실체가 없는 영혼만 존재하는 것처럼 보여서 가슴이 뻥 뚫어지는 것처럼 아프다.

"그 사람들에게 자신이 지금 착취당하고 있다는 것을 알려 주는 사람이 없다는 게 불행이지. 착취당하고 있다는 사실을 스스로 알게 해 줄 교육기관도 없는 현실이고……."

"맞아유. 선배 말을 듣고 봉께, 내가 앞으로 뭐를 해야 하는지 명확하게 생각이 났네유."

인숙은 막연하게나마 사용주에게 억압당하고 착취당하는 근로자들을 위해서 일하고 싶다는 생각을 늘 하고 있었다. 하지만 뚜렷한 목표가 생각나지 않아서 망설이고 있었다. 홍기철의 말을 듣고 나니까 가야 할 길의 그림이 확연하게 그려지는 것 같았다.

"어떤 일을 하고 싶은데? 민식이처럼 계속 야학을 할 생각야? 훈구는 야학을 계속해서 학교를 세우는 것이 꿈이라고 하든데……."

"강 선배는 제삼자 개입혐의로 저 안에 들어가서 맘이 바뀌었슈. 그게 뭔지는 지금 묻지 마셔유. 정확하게 계획이 스면 그때 내가 먼저 말해 줄 팅께유……."

검은색 고급 승용차 세 대가 천천히 다가오고 있었다. 인숙은 말꼬리를 흐리며 교도소 앞으로 오고 있는 승용차를 바라봤다.

"무슨 재벌을 배웅 나왔나?"

홍기철도 혼잣말로 중얼거리며 승용차를 바라봤다.

교도소 앞에 도착한 검은색 승용차는 모두 외제차다. 현대에서 완성

차 부품을 수입해서 조립해 파는 포드의 그라나다로 대당 가격이 이천만 원이 넘는다. 승용차 문이 열리고 무슨 회사의 간부로 보이는 중년 남자들이 서너 명씩 내린다. 선도 차에서 내린 남자가 무어라고 지시를 하자 그들은 일렬로 줄을 서서 철문을 지켜봤다.

정각 열 시가 되자 육중한 철문에 달려 있는 쪽문이 열렸다. 머리를 깎은 30대 초반의 남자가 5월 말인데도 겨울 외투를 입고 나왔다. 자신을 기다리고 있을 사람이 아무도 없다는 것을 알고나 있는 것처럼 배웅 나온 사람들을 바라보지도 않고 곧장 똑바로 걸었다. 그 뒤를 이어서 머리를 짧게 깎은 사람들이 줄줄이 나오기 시작했다.

"회장님 나오십니다."

그라나다에서 내린 남자가 짧으면서도 정중하게 말했다. 말이 떨어지자마자 줄지어 서 있던 중년 남자들은 일제히 허리가 꺾어지도록 인사를 했다.

"회장님 고생 많으셨습니다."

"회장님, 석방을 축하드립니다."

그들의 인사를 받은 키가 작고 배가 불룩하게 튀어나온 50대 중반의 남자가 말했다.

"회사는 별일 없나?"

"회장님이 지시하신 대로 깔끔하게 정리했습니다. 폐업 신고 한 후에 노조 하는 놈들은 모두 잘라 버리고, 오 전무 앞으로 다시 등기를 냈습니다."

"위원장 놈이랑, 사무국장은?"

"회사에 손해를 끼친 죄로 현재 저 안에 있습니다. 삼 년 동안은 햇볕을 못 볼 것이니, 걱정 마시고 어서 차에 오르십시오."

인숙은 그들이 주변 시선에 거리낌 없이 주고받는 말에 너무 어이가 없어서 홍기철을 바라봤다.

"저기, 훈구가 나온다. 얼굴이 홀쭉하네……."

홍기철이 그들에게 관여하지 말라는 얼굴로 눈짓을 보내고 나서 철문 쪽으로 시선을 돌렸다. 막 쪽문으로 나오는 강훈구를 발견하고 양손을 흔들어 보였다.

"인숙이도 나왔네."

"선배!"

인숙은 뼈만 앙상하게 남은 강훈구를 보는 순간 눈물이 왈칵 쏟아졌다. 반가움에 못 이겨 강훈구를 껴안는 홍기철과 다르게 눈물을 보이지 않으려고 뒤돌아섰다.

"공부 많이 했나?"

"수양 많이 했지. 내가 수양하는 동안 대한민국은 잘 지키고 있었나?"

"두부 먹어라."

"안 먹을란다."

"생두부를 먹어야, 두 번 다시는 콩밥을 안 먹는다니까 어서 먹어라."

"안 먹는다니까."

"선배, 저 더 이상 면회 안 올 거유. 그랑께 어여 먹어유."

홍기철과 강훈구가 가벼운 실랑이를 하고 있을 때였다. 인숙이 눈물이 맺힌 얼굴로 홍기철이 들고 있는 생두부를 빼앗아서 강훈구의 입에 밀어 넣었다.

"이제 됐냐! 울보야?"

강훈구가 인숙이 들고 있는 두부를 빼앗아서 볼이 터져 나가도록 한
입 베어 먹고 나서 물었다.

"아픈 데는 없어유?"

인숙이 손수건을 꺼내 강훈구의 입술이며 얼굴에 묻어 있는 두부 찌
꺼기를 닦아주며 물었다.

"도인이 아픈 거 봤냐?"

강훈구가 햇볕을 보지 않아서 하얗게 뜬 얼굴로 인숙을 바라보며 활
짝 웃었다.

"그래, 수고했다. 우선 지긋지긋한 이 앞을 떠나서 어디론가 가자."

홍기철이 강훈구와 어깨동무를 하며 말했다.

"제가 택시를 잡을게유."

재소자들이 출소하는 시간을 알고 있는 택시들이 속속 들어오고 있었
다. 여기저기서 출소자들에게 생두부를 먹이고, 실랑이를 하고 있었다.
인숙이도 단 일 초라도 빨리 교도소 앞을 벗어나고 싶어서 택시가 있는
쪽으로 빠르게 걸었다.

"어머니한테 먼저 들러야 하는 거 아냐?"

택시 앞자리에 탄 홍기철이 룸미러로 강훈구를 바라봤다.

"어머니는 내가 거기 들어갔었다는 거 모르고 계셔. 맞지?"

"예, 제가 가끔 옥천에 있는 강 선배 집에 찾아갔었슈. 시방 외국에서
공부하고 있다고 말씀드리니께 엄청 좋아하시더라구유."

인숙이 자신도 모르게 강훈구의 손을 더듬어 잡으며 말했다. 손을 잡
는 순간 강훈구가 기다렸다는 듯이 지그시 힘을 주었다.

"어째 그놈들이 어머님한테 찾아가지 않았을까?"

택시가 갑자기 출발했다. 홍기철이 흔들리는 상체를 바로잡으며 물었다.

"잘못도 없는데 형사들이 뒤를 캐고 다니는 통에 외국으로 유학을 떠났다고 했슈."

"그건 누구 생각야?"

홍기철이 웃으며 물었다.

"내가 그랬지. 책임지고 어머니를 안심시켜 달라고 말야. 그랬더니 기대 이상으로 안심을 시켜 드렸더군."

강훈구가 부드러운 시선으로 인숙을 바라보며 말했다. 인숙은 대꾸를 하지 않고 강훈구의 어깨에 머리를 기댔다.

그들이 도착한 곳은 도마동에 있는 반딧불 야학이다.

지하로 들어가는 통로 벽에는 "강훈구 선생님의 석방을 축하드립니다."라고 종이에다 붓으로 직접 쓴 글이 붙어 있었다.

"석방을 축하한다는 말을 보니까 눈물이 나는데?"

강훈구가 계단을 내려가기 전에 인숙을 바라보며 어깨를 으쓱거렸다.

"선배를 애타게 기다리시는 분들이 학교에 꽉 찼을 거유."

인숙이 감격에 찬 눈빛으로 말했다.

"내가 먼저 들어가서 팡파르를 준비하지……."

홍기철이 빠르게 계단을 내려가는 것을 본 강훈구가 계단을 내려가려는 인숙의 손을 잡아끌었다.

"왜유?"

"내가 저 안에서 며칠 동안 곰곰이 생각해 봤는데, 인숙이가 오늘 저녁은 꼭 나하고 같이 있어야겠다."

"왜유?"

"그건 이따 둘이만 남게 되믄 야기해 줄게."

"그래유. 그람……."

인숙은 강훈구가 원하는 것이라면 뭐든지 해 줄 수 있다는 표정을 지으며 고개를 끄덕이고 계단을 내려가기 시작했다.

강훈구는 인숙과 지하실 문을 열고 들어갔다. 아직 오전인데도 창문이 없는 지하실은 불을 켜 놓지 않아서 캄캄했다. 위층에서 내려오는 햇볕에 문 쪽만 겨우 희미하게 보일 뿐이었다.

"뭐여?"

"글쎄유?"

인숙은 강훈구가 묻는 말에 천연덕스럽게 아무것도 모른다는 표정을 지으며 문을 닫았다. 순간 갑자기 암흑 속에 갇혀 버린 것처럼 시야가 온통 까맣게 물들어 버렸다.

강훈구가 영문을 알 수 없다는 표정으로 옆을 더듬어 인숙의 손을 잡았다. 인숙이 기다렸다는 듯이 옆으로 바짝 붙어 서며 강훈구의 허리를 휘어 감았다. 순간 앙상한 갈비뼈가 팔로 전해 졌다. 눈물이 핑 돌아서 얼른 눈물을 닦았다.

"스승의 은혜는 하늘 같아서/ 우러러 볼수록 높아만 지네/ 참되거라 바르거라 가르쳐 주신/ 스승의 마음은 어버이시다……."

어둠 속에서 수십여 명이 부르는 스승의 노래가 조용하게 흘러나오기 시작했다. 강훈구는 3년 동안 갇혀 지내던 뼈가 시릴 정도의 정신적인 고통들이 봄볕에 눈 녹듯이 사라져 가는 것을 느끼며 눈물을 흘렸다.

"축하합니다, 선생님!"

"선생님!"

"축하해요, 선생님!"

"선생님 참말로 보고 싶었슈."

팟 소리와 함께 불이 들어왔다. 순간 문 앞을 에워싸고 있던 삼십여 명의 학생들이 강훈구와 인숙을 향하여 일제히 달려들었다. 둘을 삼중 사중으로 껴안고 엉엉 소리 내어 울기 시작했다.

학생들과 강훈구가 서로 부둥켜안고 감격의 해후를 맞이하는 순간에 인숙은 그들에게서 빠져나왔다. 만사를 제쳐 두고 기다리고 있던 십여 명의 선생들과 함께 교실에 차려 놓은 축하연을 빠르게 준비했다. 축하연이라고 해 봤자, 떡집에서 맞춘 절편에, 과자 부스러기, 음료가 전부였지만 선생들의 얼굴에는 스스로 생일상을 차리는 소년 소녀들의 얼굴처럼 설렘과 기쁨이 번져 있었다.


박평래 부부가 살고 있는 상규의 집 안방은 박태수 집 안방에 비교하면 거의 두 배 정도 넓었다. 박태수 집 안방은 박평래 부부를 비롯하여 온 가족이 모여 앉아 있으면 서로 얼굴을 마주 바라봐야 할 정도이다. 상규네 집 안방은 형광등을 단 데다 광장처럼 넓어서 거리를 두고 자유스럽게 앉아 있을 수 있었다.

저녁상을 물리고 상규의 아내 이옥순이 설거지를 하고 있었다. 청산댁은 아랫목을 차지하고 누워서 텔레비전을 보고 있다. 그 옆에 앉아 있는 기준이, 기수 형제는 텔레비전을 건성으로 보며, 마징가 Z와 테권 V 로봇 장난감을 가지고 놀고 있었다.

텔레비전에서는 드라마 <달동네>가 방영되고 있었다. 노주현, 장미

희가 주인공인 <달동네>는 상규네도 즐겨 보는 드라마다. 어느 때는 하루 종일 힘들게 일해서 눈꺼풀이 천근만근처럼 무거워져서 꾸벅꾸벅 졸면서도 텔레비전 앞에 앉아 있기도 한다.

"그랑께, 구장이 하는 말은 한 집에서 한 명씩 가는 것이 아니고, 온 집안 식구가 다 가도 상관읎다는 말인 거여?"

박평래는 청산댁과 다르게 뉴스 이외에는 텔레비전을 보지 않는다. 뒷문 앞에서 방문을 삐죽이 열어 놓고 담배를 피우던 박평래가 박태수에게 물었다.

"아, 척하믄 삼천리라고, 동리 통틀어서 한 집에 이 대 이상 사는 집이 우리 집하고 의원님댁뿐에 더 있슈? 의원님댁은 큰마님하고 쩍은 마님 둘이 상께 그릏다 치고 우리 집에는 삼 대가 살고 있응께, 구장이 하는 말이 우리 집을 두고 하는 말인개비구먼."

박태수가 뭐라고 말을 하려고 박평래 앞으로 앉았다. 그 틈에 청산댁이 잔소리하는 말투로 툭 던지고 나서 돌아누웠다.

"어머 말씀대로유. 아부지도 가시고 저도 같이 가자는 말 가튜."

"나는 왜 빼놓는 거여?"

청산댁이 발딱 일어나 앉으며 박태수를 노려봤다.

"아, 꼭 똥인지 된장인지 찍어 먹어 봐야 알겄남? 남자들찌리 가야 되는 겅께, 여자들은 같이 가자는 말을 안 하는 거잖여."

박평래가 재떨이에 담배를 떨면서 청산댁을 향해 삿대질을 하며 말했다.

"어머님도 서울 귀경 안 하셨잖유. 이 참에 아버님하고 같이 댕겨오셔유."

청산댁 옆에 앉아 있던 상규네가 드라마를 보고 있다가 웃는 얼굴로 고개를 돌리고 청산댁의 등을 쓰다듬어 주며 말했다.

"할머 그람 되시겄네. 할머 서울 귀경 안 해 보셨잖여. 그랑께 할아부지하고 아부지하고 같이 댕겨 와유. 면사무소에도 공문이 왔는데 말여, 좌우지간 국풍팔십일에는 없는 것이 없드만. 팔도 명산물 시장에는 전국 각 도에서 유명한 특산물은 다 나온다능 겨. 그리고 '팔도 미락정'이라는 것이 있는데 거기서는 춘천막국수며, 충무김밥에, 남한산성 막걸리며 전국에서 맛있는 음식은 다 나온댜. 그뿐인 줄 아셔유? 우리나라 가수들 중에 유명한 가수들은 죄다 나온대유. 첫날에는 조용필과 위대한 탄생이 촛불이라는 노래하고 창밖의 여자를 부른댜. 개그맨 서세원이 나와서 학다리 춤도 추고, 송창식, 김태곤, 유심초 같은 가수도 나온다드만. 둘째 날은 신중현과 뮤직파워가 나오는데……."

"텔레비에서 봉께, 봉산탈춤이며, 줄타기 같은 민속놀이도 많이 하드만……."

상규가 하는 말을 유심히 듣고 있던 박태수도 점잖게 한마디 했다.

"내가 세상을 살믄 얼매나 산다고, 그 존 귀경을 못 가게 한댜. 당신이 못 가게 하믄 진규한테 즌화를 해서 보내 달라고 할 모양잉께. 그릏게 알고 있으믄 틀림읎을 끼구먼."

"돈이 문제가 아녀, 이 맹추야. 남자들찌리 가는데 당신 혼자 끼어서 워티게 간다능 겨. 그리고 귀경을 할라믄 하루에 다 못 본댜."

박평래가 답답하다는 얼굴로 자신의 가슴을 주먹으로 치며 침을 튀겼다.

"이달 이십팔 일부텀, 다음 달 초하루까지 닷세 동안 한다잖유. 하루만 갔다가 맛만 보고 오시믄 되잖유. 딴 분들도 그렇게 생각하고 계실거유. 그랑께 애비하고 같이 귀경하고 오셔유. 채비하고 쓰실 돈은 지가 준비해 드릴 모양잉께."

"하여튼 저 푼수는 서울에 일하러 간다믄 워디까지 내뺄 인간이, 귀경 간다니까 그 좋아하는 연속극도 안 보고 어린아마냥 떼를 쓰고 있구먼."

박평래는 상규네의 말에 더 이상 할 말이 없다는 얼굴로 일어섰다.

"감자 찌고 있는데 워딜 가실라구유?"

이옥순이 정지에서 설거지를 끝내고 물 묻은 손을 치마에 닦으며 방으로 들어왔다. 방바닥에 앉으며 장난감을 가지고 노는 기준이와 기수 형제를 공부하라며 자기네 방으로 보냈다.

"난 됐응께. 느 할머나 줘라."

박평래는 밖으로 나가려다 걸음을 멈추고 좋아서 웃고 있는 청산댁을 못마땅한 눈빛으로 바라보고 나서 돌아섰다.

5월 중순인데도 밤 날씨가 한여름 날씨 못지않게 더웠다. 박평래는 변소에 들렀다가 뒷짐을 지고 마당을 나섰다. 천천히 골목을 걸어 나가서 둥구나무거리를 바라봤다. 새마을 회관 옆에 서 있는 가로등 불빛에 너럭바위에 앉아 있는 몇몇의 얼굴이 보인다. 순배영감과 변쌍출이며 장기팔도 나와 있다.

"날씨가 오뉴월 날씨네……."

"글씨말여, 올개는 얼매나 더울란지 벌써부터 찌는구먼."

박평래가 혼잣말로 중얼거리는 말에 변쌍출이 거들었다.

"팔봉이 어머도 서울 귀경 간댜?"

박평래가 순배영감과 장기팔 사이에 끼어 앉으며 화가 나서 통통 부은 얼굴로 물었다.

"팔봉이한테?"

"아니, 국풍팔십일인가 먼가 하는 여의도에서 하는 잔치에 말여."

"거길 왜 가?"

"날망집은?"

"그 사람이 왜 거길 가유?"

장기팔이 박평래와 한 뼘 정도 떨어져 앉으며 퉁명스럽게 반문했다.

"태수 에미가 서울 귀경 간다?"

순배 영감이 박평래가 화내는 이유를 알 것 같다는 표정으로 물었다.

"워티게 알았슈?"

"엔간하면 데리고 가. 구장이 그라는데 우리나라가 생기고 나서 젤 큰 행사라는 거여. 전국 팔도에서 유명하다는 음식이며, 풍물놀이는 죄다 모인다드만. 먹고사는 것이 힘들다믄 모를까. 돈 걱정은 안하고 사는 집이잖여."

순배 영감이 박평래가 묻는 말에는 대답하지 않고 느긋한 목소리로 말했다.

"그릏지 않아도 며느리가 차비며 먹을 것을 사 먹으라고 돈을 줄 팅게 태수하고 스이 댕겨오라고 하데유. 하지만 딴 집 여자들이 같이 간다믄 몰라도, 저 혼자 따라나선다능 기 말이나 되능 거유? 챙피하게……."

박평래는 황인술하고 윤길동이 털레털레 걸어 내려오는 모습을 바라보며 슬그머니 말을 흐렸다.

"그런데 왜 안 하던 행사를 하는지 모르겠구먼. 안직도 촌에는 끼니를 굶는 사람들이 파다한데 말여. 돈 있는 사람들 돈 잔치를 하자는 것은 아닐 텐데 말여……"

장기팔은 시훈을 생각하면 서울 쪽은 바라보기도 싫었다. 사북에 있는 탄광에 취직했던 시훈은 사북사태 때 경찰서에 끌려가서 얼마나 맞았는지 지금도 사람 구실을 못 하고 있다. 혼자 살고 있는 순배 영감까지 구경을 간다는데 혼자만 안 가면, 나중에 국풍 81 이야기가 나올 때마다 꿰다 놓은 보릿자루 꼴이 될 것이다. 그래서 구경을 간다고 황인술에게 신청해 놓기는 했지만 마음은 편하지 않아서 말이 삐딱하게 흘러나왔다.

"그건, 시훈이 아부지가 모르고 하시는 말씀이셔. 시방은 세상이 바뀌었슈. 구장단 회의에서 면장님이 그라시는데 시방은 태평성대래유. 옛날로 치자믄 태종인가 하는 임금 때부터 성종인가 하는 임금 시대를 태평성대라고 하는데, 시방이 그런 시대라는 규."

황인술은 말을 하고 생각해 보니 제법 유식하게 역사를 거론한 것 같아서 자랑스럽게 어깨를 활짝 피며 괜히 고개를 갸웃거렸다.

"형님, 구장이 말하는 태평성대라는 것이 머유?"

장기팔이 황인술이 말하는 동안 못마땅한 표정을 짓고 있다가 순배 영감에게 물었다.

"글씨, 내가 생각할 때는 태평성대라는 말이 나라에 큰 변이 읎이, 태평하게 지내는 세월을 말하는 거 같은데?"

장기팔이 갑자기 묻는 통에 순배 영감은 고개를 갸웃거리며 말꼬리를 흐렸다.

"에이, 내가 생각해 볼 때는 그 말이 아닌 거 갸텨. 대통령을 옛날로 치자믄 임금하고 머가 틀려. 그라고 대통령 부인은 왕비나 마찬가지잖여. 왕비하고 임금이 총 맞아 죽었는데 먼 놈의 태평시대유. 더구나 대통령은 바로 밑에 있는 부하한테 총을 맞았잖유. 내가 딴 나라 사정은 잘 몰라서 뭐라고 말을 못 하겠지만 말유. 아마 대통령이 바로 밑에 부하 총에 죽은 나라는 우리나라뻭에 읎을 뀨."

"허, 태수 아부지는 영감님이 하시는 말씀을 이상한 쪽으로 해석하고 계시네. 옛날 야기를 왜 해유. 옛날은 옛날이고 시방은 시방이잖유. 지가 드리는 말씀은 시방이 태평성대라는 뜻이잖유."

김춘섭이 가로등 앞에서 멈췄다. 가로등을 바라보며 고개를 갸웃거리다가 걸어온다. 황인술이 김춘섭을 바라보던 시선을 거두고 답답하다는 표정으로 말했다.

"요새 대통령은 워티게 생겼댜? 요새는 대통령을 직접 뽑지 않응께 대통령이 워티게 생겼는지도 모르겠구먼."

변쌍출은 말을 하고 나서 목젖이 보이도록 하품을 했다.

"사둔어른, 가로등 다마 안에 벌거지가 들어간 것츠름 시커먼 거는 머유?"

김춘섭이 슬슬 걸어와서 황인술에게 물었다.

"다마가 오래돼서 그릏잖여. 가로등 다마는 면사무소에서 갈아 주는지, 한전에서 갈아 주는지 낼 알아봐야겠구먼. 하여튼 옛날은 어쨌는가 모르겠지만, 요새는 살 만하잖유. 텔레비전도 요새는 칼라로 나와유. 칼라가 먼지 아셔유?"

황인술이 집에 텔레비전이 있는 윤길동을 바라보다 박평래에게 물었다.

"츠, 사람을 등신으로 아나. 아! 학산이나 양산에서 하는 영화가 두 가지 있잖여. 옛날에 보든 영화는 색깔이 없는데 요새 영화는 죄다 총천연색이잖여. 우리 상규가 그라는데 카, 칼 먼가 하는 방송이 총천연색 방송을 말하는 거랴. 우리가 텔레비에 나오믄 이 옷하며 얼굴 색깔이 똑같이 나온다드만."

"그람 칼라 방송이 나오는 나라는 잘사는 나라라는 점도 알고 계시겠네유?"

"요새가 옛날보담 살기가 난 거는 사실이지. 구장은 워티게 사는지 나한테 말을 안 항께 잘 몰라도 우리 집은 돈 걱정 안 하고 살고 있잖여."

박평래는 말을 하고 나서 아무 말도 안 했다는 얼굴로 해룡네 집을 바라보는 척했다.

"허! 사둔 이랄 때는 내가 뭐라고 대답을 해야 멍청한 놈이 아니라는 말을 듣는 겨?"

"틀린 말은 아니네유. 사둔어른이 태수 아부지한테 우린 워티게 살고 있다고 보고를 하지 않응께 알 도리가 없으시잖유."

김춘섭이 터져 나오려는 웃음을 참으며 대답했다.

"내가 시방 묻는 말이 그기 아니잖여…… 에이, 내가 말을 말아야지."

"구장님 날 우리 동리서 및 명이나 가는 거유?"

윤길동이 황인술에게 그만하라는 눈짓을 보내고 나서 장기판 옆에 앉으며 물었다.

"얼추 열 명은 되는 거 가텨. 날 아침에 방송을 하믄 확실히 알겄지."

"하룻밤 자고 오는 거여? 아니믄 댕일치기 하는 거여?"

순배 영감이 담배를 꺼내서 입에 물며 물었다.

"팔봉이 아부지는 어디 여인숙 같은 데를 정해 놓고 한 이틀 귀경을 하자고 그러시네유. 지 생각도 그러네유. 요새 논에 일할 것도 별로 읎는 데다, 동리 사람들찌리 단체로 서울 귀경 가는 것도 즘이잖아유."

"우리 팔봉이가 여관비는 대 준댜. 그라고 저녁도 한 끼 낸다고 하드만. 그랑께 일 박 이 일로 가는 것이 좋다고 보는데, 형님들 생각은 워뜌?"

변쌍출이 이제나 저제나 그 이야기가 안 나오나 잔뜩 기대를 하고 있다가 대수롭지 않다는 얼굴로 점잖게 말했다.

"내 이럴 줄 알았당께."

박평래는 일 박 이 일로 가면 우려하던 대로 청산댁이 문제라는 생각에 상규네 집 쪽을 바라보며 인상을 썼다.

"태수 아부지는 당일치기 하고 싶으시믄 그날 저녁에 내려오셔유. 행사를 하는 여의도에서 영등포역까지 댕기는 뻐스가 숱하게 많대유. 시간도 얼매 걸리지 않는다고 하드만. 지가 영등포역까지 배웅은 못 해 드리지만, 뻐스는 태워 줄 모양잉께유."

황인술이 차갑도록 냉정하게 말했다.

"태수 애비가 일 박 이 일로 간다고 승질을 내는 것이 아녀. 안사람이 같이 귀경을 간다고 함께 쏭질을 내는 모양이구먼."

"태수 어머도 같이 가신다구유?"

황인술이 뜻밖이라는 얼굴로 순배 영감에게 물었다.

"그려. 태수 처가 이 사람하고, 즈 어머하고 시 명이 갈 수 있도록 차비며 그날 쓸 돈을 준다고 한 모냥여."

"그람 승질 내실 필요도 읎구먼 머. 귀경할 때는 같이 돌아댕기다가, 여관에 도착해서는 방 하나 따로 잡아서 주무시게 하시믄 되잖아유."

"팔봉이가 그 돈도 낼란지 모르겄네유."

황인술이 윤길동의 말에 변쌍출을 바라보며 물었다.

"아따, 여관비가 을매나 된다고, 그 돈은 안 내겄어? 아여! 걱정 말고 제수씨도 델고 가. 제수씨가 간다믄 나도 팔봉이 어머한테 같이 가자고 할 모양잉게."

"워딜 가는데유?"

해룡네가 슬슬 걸어와서 변쌍출에게 물었다.

"날 아침에 서울 여의도에서 하는 국풍팔십일인가 하는 그 잔치 말하는 겨. 왜? 해룡네도 갈라고?"

변쌍출 대신 김춘섭이 물었다.

"거길 청산댁 형님하고, 하 보살님이 가신다는 거유?"

해룡네가 은근히 관심이 간다는 얼굴로 물었다.

"그려. 해룡네도 같이 가고 싶으면 가."

변쌍출이 내가 인심을 쓰겄다는 표정으로 말했다.

"날 아침에 갔다가 저녁에는 몇 시에 내려오는데유?"

"날 아침에 갔다가 모리 오는 걸로 시방 가닥을 잡고 있는 중여."

"으매, 그람 서울서 하룻밤을 잔다는 야기유?"

"그람 영동 내려와서 하룻밤 자고 담 날 다시 올라갈까?"

황인술이 같잖다는 얼굴로 피식 웃으며 고개를 돌렸다.

"그람 나도 가야겄구먼. 내 팔자에 은제 서울 귀경 하겄슈. 우리 해룡이가 서울로 살림집을…… 아녀, 내가 시방 이러고 있을 때가 아니구먼. 우리 며느리하고 해룡이도 델고 올라가야겄구먼."

해룡네가 말을 하다 말고 해룡이 부부가 살고 있는 순배 영감 집을 바라봤다. 손뼉을 딱 소리가 나도록 치더니 이내 촐랑거리는 걸음으로 걷기 시작했다.


　이튿날 아침을 먹기 전이다. 둥구나무거리에는 동네 사람들이 거의 다 모였다. 서울 구경을 갈 사람들은 새 옷을 입거나, 깨끗하게 빤 옷을 입었다. 구경을 나온 사람은 일할 때 집에서 입는 옷차림이다.
　"해룡네가 국풍팔십일인가 하는 그걸 귀경 가는 모양이지?"
　광일네가 별일도 다 있다는 얼굴로 해룡네를 바라봤다. 손바닥만 한 국화꽃이 드문드문 그려져 있는 한복을 입은 모습이 어딘가 나들이를 가거나 영동 같은 곳으로 볼일을 보러 갈 것처럼 보였다.
　"우리 며느리하고 해룡이도 같이 가유."
　해룡네 말에 광일네가 할 말을 잃어버렸다는 얼굴로 뒷걸음을 쳤다.
　"워딜?"
　봉산댁이 가까이 다가와서 물었다.
　"워딜 가긴. 서울 여의도에서 한다는 국풍팔십일이지. 우리 며느리하고 해룡이 저기 오는구먼."
　해룡네가 봉산댁 같은 것하고는 상대하기 싫다는 얼굴로 치마를 홱 감아올렸다. 안성댁의 손을 잡고 골목에서 나오는 해룡이를 보고 빨리 오라며 손짓을 했다.
　"해룡네가 미쳤나? 남정네들만 가는데 먼 배짱으로 따라간다?"
　봉산댁이 기가 막힌다는 얼굴로 중얼거렸다.
　"그기 아닌 거 같은데?"
　광일네가 청산댁이 연분홍색 한복을 입고 나오는 모습을 보고 봉산댁의 옆구리를 찔렀다.

"상규 할머도 귀경 가시는가? 어머! 저기 하 보살도 서울 귀경 가는 모양인데?"

"가만있어 봐. 광일이 아부지 워디 있어?"

광일네는 자기가 한가하게 해룡네 흉보고 있을 때가 아니라는 것을 알았다. 황인술을 찾아 두리번거렸다.

"저기 경운기 닦고 계시잖유."

봉산댁은 광일네가 왜 갑자기 황인술을 찾는지 이유를 알 것 같았다. 걸레로 경운기를 닦고 있는 황인술을 손짓했다. 광일네가 빠른 걸음으로 황인술이 있는 곳으로 걸어가자 그 뒤를 따라갔다.

"오늘 여자들도 같이 가는 거유?"

"아니."

황인술은 광일네를 바라보지도 않고 경운기 몸체를 계속 닦는 척했다.

"해룡네가 그라는데 따라간다고 하든데유?"

"해룡네하고, 태수 어머하고 팔봉이 어머만 따라가기로 했구먼."

황인술은 먼지가 잔뜩 묻은 걸레를 털어 내기 위해서 허리를 폈다. 비로소 고개를 돌려서 봉산댁과 광일네를 바라봤다.

"허! 그 사람들은 여자가 아뉴?"

"시방 먼 야기를 하고 싶은 겨?"

황인술은 봉산댁이 바라보고 있어서 화를 낼 수 없었다. 상대할 가치가 없다는 표정으로 돌아서서 걸레를 길게 늘어뜨린 채 경운기 엔진에 대고 먼지를 털기 시작했다.

"아! 여자들도 가기로 했으믄 나한테도 야기를 해 줬어야 하잖유. 그람 나도 서울 귀경을 간다고 했을 거 아뉴. 이왕 올라간 김에 금순이가 워티게 사는지 들여다보기도 하고……"

"원측은 남자들찌리만 가기로 한 겨. 근데 엊저녁에 둥구나무거리에서 으런들하고 이런저런 야기 끝에 태수 어머하고 팔봉이 어머도 따라붙기로 했단 말여."

"해룡네는유?"

"해룡네도 마치맞게 그 자리에 있었응께 같이 가기로 한 거지."

황인술은 걸레를 착착 접어서 의자 밑에 있는 연장통을 열고 그 안에 집어넣었다.

"그람 난도 따라붙어야겠구먼. 이런 옷차림으로 갈 수는 읎고, 얼른 집에 가서 옷 갈아입고 와야지."

광일네가 휑하니 언덕길로 뛰어 올라가기 시작했다.

"구장님, 난도 서울 귀경하고 싶구먼."

봉산댁이 광일네가 멀어지기를 기다렸다가 주변 눈치를 살피며 귓속말로 속삭였다.

"아! 몰라. 갈라믄 빨리 옷 갈아입고 오든지 말든지……"

황인술은 차마 거절은 못 하고 화를 내며 너럭바위 앞으로 걸어갔다.

"서울 귀경 갈 분들은 요 앞으로 모여 봐유."

황인술이 너럭바위에 올라서서 하는 말에 순배 영감이며 변쌍출이며 서울 갈 사람들이 모여들었다.

"에, 지가 솔직히 더 이상 경운기에 동리 사람들을 태우면 우리 아부지 자식이 아니고 개자식이라고 생각하기로 결심을 했었슈. 경운기를 안 몰고 가믄 천상 택시를 타야 하잖유. 택시를 대절하믄 저도 편하고 타고 가는 사람들도 편하게 갈 수가 있잖유. 하지만 동리 사람들 형편 죄다 뻔히 알면서 학산에서 택시를 대절할 수는 읎더라구유. 그래서 부득이 경운기로 학산까지 모시기로 했슈. 그 대신 만에 하나…… 그럴 리야 읎지만…… 참말로 그럴 리야 읎겠지만 말유. 사고라도 날 때는 일체 치료비를 안 물어 주기로 했슈. 제가 식전부터 이런 말을 하면, 구장 저 새끼 식전부텀 재수 읎는 말만 골라서 한다고 욕하는 분도 있을 뀨. 하지만 내 입장이 돼 보믄 그런 말이 쏙 들어갈 것이라고 믿습니다. 그래서 드리는 말씀인데유. 만에 하나 사고가 나게 되드라도 치료비 물려 받을 생각이 있으신 분은 절대로 경운기에 타지 말길 바랍니다. 여기 계신 사람들을 모두 증인으로 생각하고, 서울 가실 분은 빨리 경운기에 탑승하시기 바랍니다.”

황인술의 말이 끝나자 침묵이 내려앉았다. 서울 갈 준비를 하고 나온 사람들은 서로를 바라보며 경운기를 탈 것인가, 말 것인가 고민하는 표정을 지었다. 배웅을 나왔거나, 누구누구가 팔자 좋게 서울로 놀러 가는지 구경 나온 사람들은 팔짱을 끼고 빙긋빙긋 웃고 있었다.

“어여 가.”

순배 영감이 지팡이를 짚으며 경운기가 있는 곳으로 갔다. 그 뒤를 김춘섭이며 윤길동이 따랐다.

“그람, 출발해유.”

경운기 적재함에는 빈자리가 없을 정도로 꽉 찼다. 황인술은 봉산댁과 광일네가 내려오기 전에 빨리 출발해야 된다는 생각에 서둘러 의자에 앉았다. 시동을 걸고 출발하면서 무심코 언덕길을 바라봤다. 광일네하고 봉산댁이 약속이나 한 것처럼 허둥지둥 뛰어 내려오고 있다.

"자, 잠깐만유! 잠깐만!"

"구장, 경운기 세워. 구장 식구하고 봉산댁도 같이 갈라고 하는 거 가 터."

황인술은 못 들은 척 기어를 변동시켰다. 하지만 박평래가 어깨를 잡아당기며 하는 말에 경운기를 세울 수밖에 없었다.

"내, 내가 내동 따, 따라간다고 했는데 그새 잊어버렸었나보네……."

광일네는 사람들 보는 앞에서 자신을 두고 출발하려는 황인술에게 뭐라고 말을 할 수가 없었다. 숨이 차서 헤헤 웃으며 너스레를 떨었지만 속에서는 화가 나서 불이 날 지경이었다.

좌우지간 시방은 내가 말을 안 할 터. 서울 가서 금순이를 만나서 즈 아버지가 어떤 인간이라는 걸 죄다 말해 줄 모양잉께.

마음속으로 뽀드득 이를 갈며 서울 가면 어디 두고 보자는 생각으로 황인술을 노려보며 경운기에 올라탔다.

"잘 갔다 와유!"

"서울 갔다 오면서 맛있는 거 좀 많이 사 갖고 와유."

"기차 발통이 고무로 됐는지 쇠로 됐는지 꼭 확인하고 와유!"

경운기가 출발하자 배웅을 나왔던 동네 사람들이 한마디씩 하며 손을 흔들어 주었다. 경운기 적재함에 빼곡하게 앉은 사람들도 둥구나무거리에 서 있는 사람들에게 양손을 흔들며 답례를 했다.

일행은 황인술의 인솔로 영동역에 도착했다. 모두들 어미 닭을 쫓아다니는 병아리처럼 황인술을 졸졸 따라서 대합실 안으로 들어갔다. 황인술은 일단 차비와 밥을 사 먹고, 술 마실 돈으로 일 인당 칠천 원씩 걸었다.

"내가 기차 시간하고 차비가 얼맨지 알아볼 팅게 딴 데 가지 말고 요 자리에 꼭 서 있어유. 특히 해룡이 너는 니 식구 손 꼭 잡고 요 자리에 서 있어. 딴 데로 가믄 난 책임 못 지니께."

황인술은 해룡이한테는 특별히 당부를 하고 매표구 앞으로 갔다. 기차는 삼십 분 후에 출발하는 것이 있는데 좌석이 하나도 없었다.

"오늘부터 서울 여의도에서 국풍팔십일을 하잖유. 시방 거길 귀경 가느라 전국이 들썩들썩해유. 내 생각에는 서서 갈라믄 고생 좀 할 뀨."

"노인 분이 세 분 있는데, 딴 사람은 입석으로 가드래도 세 장만 워티게 안 될까유?"

황인술이 구석에 옹기종기 서 있는 모산 사람들을 흘낏 바라보고 나서 사정했다.

"뒤에 사람 기다리고 있으니까 어서 비키세요."

매표원은 대꾸도 안 하고 어서 물러가라며 손을 내저었다.

"젠장, 면장님은 어뜬 일이 있드래도 꼭 귀경은 가라고 독촉만 할 줄 알았지. 좌석표를 안 주믄 워티게 가라는 거여."

"좌석 읎데유?"

황인술이 투덜거리는 말에 뒤에서 줄 서 있던 40대 남자가 물었다.

"시방 국풍팔십일 땜시 전국이 들썩들썩한대유. 표가 있을 리 읎쥬……."

"허! 우리 동리 사람은 서른 명이나 가는데 큰일 났구먼."

황인술은 서른 명이라는 말에 조금은 기분이 풀리는 것 같았다.

"이거 참 큰일 났구먼. 좌석표가 한 장도 읎대유."

황인술이 일행이 있는 곳으로 가서 뒷머리를 긁적이며 난감하다는 표정을 지었다.

"사둔어른, 특급이 읎다는 거유? 완행이 읎다는 거유?"

"그걸 안 물어봤구먼. 완행은 대여섯 시간이 걸링께 특급으로 끊어야겠지?"

"당연하쥬. 귀경 가면서 기차에서 반나절을 보낼 수는 읎잖유."

김춘섭은 황인술을 따라서 매표구 앞으로 갔다. 매표구 앞에는 십여 명이 줄을 서서 차례를 기다리고 있었다. 맨 뒤에 붙어서 기차 시간표를 확인했다.

"지 생각에 우등은 있을 뀨. 우등은 두 시간 삼십 분 정도밖에 안 걸려유. 그걸 타고 가쥬."

"채비가 천 원 이상 차이가 나는데 사람들이 머라고 안 할까?"

"기차가 우등밖에 읎다고 하믄 워쩔 뀨."

"그래도 너무 비싸. 천 원이믄 순배 영감 같은 이한테는 큰돈인데……."

황인술은 김춘섭의 말이 일리가 있다고 생각하면서도 두루마기에 중절모를 쓰고 있는 순배 영감을 바라봤다.

"표가 읎대유?"

박태수가 궁금하다는 표정으로 다가가서 황인술에게 물었다.

"안직 몰라. 사둔 말로는 특급 좌석이 읎으믄 우등을 끊자는 거여. 사람들한테는 기차가 우등밖에 읎다고 하믄 별수 읎이 끊자고 할 거잖여."

"가만있어 봐유. 구장님, 의원님한테 즌화 한 통 해 봐유. 동리 사람들이 국풍팔십일에 귀경 가는데 좌석이 읎다고 하믄, 영동 역장한테 즌화

한 통만 해도 금방 좌석이 생길 팅게.”

박태수가 황인술의 옷자락을 잡아당겨서 구석으로 가며 속삭였다.

“그런 수가 있었구먼. 자네는 그런 수를 워티게 알았댜?”

황인술이 주머니를 뒤져서 공중전화를 걸 때 사용할 십 원짜리를 챙기며 물었다.

“방앗간에 근무할 때 직원들이 급한 일로 서울이나 부산 갈 일이 생기면 몇 번 부탁을 한 적이 있슈. 즌화번호를 알켜 줄께유.”

박태수는 이동하의 회사와 선거 사무실 전화번호를 황인술에게 알려 줬다.

“그렇구먼. 의원님이 영동에 계셔야 할 텐데……”

황인술은 혼잣말로 중얼거리며 대합실 밖으로 나갔다. 변쌍출과 박평래가 느티나무 밑 벤치에 앉아서 담배를 피우고 있다. 공중전화는 대합실 앞에 있었다. 이동하는 마침 회사에 있었다.

황인술은 간단하게 시방 동리 사람들이 서울 여의도에서 열리는 국풍 팔십일에 구경 가려고 하는데 순배 영감이며 박평래, 변쌍출처럼 나이 많으신 분을 모실 좌석이 없다고 했다. 어떻게 손 좀 써 달라고 부탁했다.

“구장님도 참말로 답답하시구먼. 요새 공짜가 워딨슈? 내가 역장한테 즌화를 해 놓을 모양잉께, 표 파는 데 가서 있어유. 표를 살 때는 천 원짜리 두 장은 더 내야 할 거유. 그 사람들 담배라도 사 피게 말유.”

전화를 받은 이동하는 호탕하게 웃으며 속 시원하게 말해 주고 나서 전화를 끊었다.

“뭐래유?”

김춘섭하고 박태수가 궁금하다는 얼굴로 황인술에게 물었다.

"의원님이 그라시는데 표 파는 사람한테 한 삼천 원을 쥐어 줘야 한다고 하든데?"

"그래도, 좌석으로 갈 수 있다믄 그쪽이 낫잖유. 어채피 돈을 거둬서 공동으로 사용해야 항께, 구장님이 나중에 경비에서 까면 되잖아유."

박태수가 당연하다는 얼굴로 황인술의 말을 거들었다.

"우리야 이해할 수 있지만 으런들이 가만히 있을까?"

황인술이 '너무 적게 챙겼나, 한 이천 원 더 챙길걸.'이라고 생각하며 김춘섭을 바라봤다.

"아, 경비에서 쓰는 건데 뭐라고 말씀하시겠슈. 그런 걱정은 하지 말고 얼른 표나 끊어유……."

"그려, 그람 내가 표 끊어 가지고 갈 모양잉께. 자네들은 기차 안에서 먹을 쇠주하고 찐 계란이나 빵 같은 것이나 좀 사와."

황인술은 자기 돈으로 선심이라도 쓰는 것처럼 기분 좋게 오천 원짜리를 내줬다. 박태수와 김춘섭이 멀어져 가는 모습을 보고 콧노래를 부르며 일행에게서 거둔 돈 중에 천 원을 빼서 다른 주머니에 넣었다.

# 외로운 사람들

은영이 아빠가 외박을 하거나,
계속 늦게 들어오는 날이면 다른 여자하고 뒹구는 꿈을 꿀 때도 있어요.
그런 날은 정말 하루가 너무 길어요.
어느 때는 이러다 내가 미쳐 버리는 것은 아닐까
하는 생각이 들 때도 있다니까요.

아파트 베란다 밖으로 보이는 하늘은 잔뜩 어둡게 내려앉았다. 애자는 하늘을 바라보던 시선을 내려서 마당을 바라봤다. 가방을 멘 성찬이 203호 은영이와 무엇이 즐거운지 신이 난 몸짓으로 몸을 흔들며 걸어가고 있다. 오후에 수업이 끝나기 전에 비가 오면 마중을 나가야 할 것이다. 지금 불러서 우산을 가져가게 할까 하는 생각이 들었으나 이내 고개를 흔들었다. 남아도는 것이 시간이다. 비가 내리면 성찬이와 함께 우산을 쓰고 빗속을 걷는 것도 낭만일 것 같았다.

주방의 식탁 위에는 아침 먹은 반찬이며 그릇 등이 그대로 있었다. 성찬이 방으로 들어가서 침대에 있는 헝클어진 이불을 반듯하게 펴 놓고 베개를 제자리에 놓았다. 방 안에 어지럽게 널려 있는 로봇 장난감들을 모아서 장난감 통에 넣었다. 책상 위에 흐트러져 있는 노트며 책들을 책꽂이에 꽂았다. 책꽂이 위 벽에는 고현수와 함께 찍은 사진이 붙어 있다. 초등학교 입학식 때 운동장에서 성찬을 가운데 세우고 찍은 사진이다. 불과 몇 년 전에 찍은 사진인데도 얼굴이 지금보다 훨씬 젊어 보였다.

저 얼굴이 내 얼굴일까?

애자는 사진을 한참 동안 바라본다. 입학식 날 바람이 많이 불었다. 머리카락이 날리는 것을 손으로 누르고 있는 사진 속의 얼굴이 오늘따라 낯설게 보였다. 사진을 바라보던 시선을 거두고 밖으로 나갔다. 안방으로 들어가서 경대 앞에 앉았다. 경대의 먼지를 닦아 내고 거울 안으로 투영되는 얼굴을 가만히 바라보기 시작했다.

손바닥으로 오른쪽 뺨을 가만히 문질러 본다. 아직은 탄력이 있다. 오른쪽으로 고개를 돌려서 왼쪽 뺨을 거울로 바라보며 문질러 본다. 손가락 끝에 힘을 주고 지그시 눌러 본다. 바람이 적당하게 빠진 풍선처럼 안으로 들어갔다가 이내 팽팽해진다. 고현수와 언제 알몸으로 사랑을 나누었는지는 정확히 기억나지 않았지만 세월이 꽤 지난 것은 분명하다는 생각이 들었다.

그래, 부부가 다 그런 거지. 언제나 청춘처럼 살아갈 수는 없잖아…….

고현수와는 오랜 기간 동안 연애를 하지 않았다. 결혼하자는 약속을 하고 몸을 섞은 것도 아니다. 어느 날 엉망으로 술에 취한 고현수를 간호해 주다가 엉겁결에 품에 안기고 말았다. 사랑한다는 말도 그때 처음 들었다.

나를 사랑해서 결혼했을까?

애자는 결혼하고 나서는, 아니 처음 고현수에게 몸을 주던 날 이외는 고현수에게 사랑한다는 말을 들어 본 적이 없었던 것 같았다. 그 점에 대해서 단 한 번도 불만을 느껴 본 적이 없었다. 비가 부슬부슬 내리거나, 낙엽이 휘날리거나, 눈이 소리 없이 소복하게 쌓이는 날은 고현수에게 사랑한다는 말을 듣고 싶기는 했다. 하지만 고현수는 원래 성격이 내성적이라서 표현을 안 할 것이라고 생각하며 이내 잊어버렸다. 하지만 곰곰이 생각해 보니까 고현수가 자신을 사랑하지 않을지도 모른다는 생각이 들었다.

아냐, 사랑하지 않는 여자와 결혼할 리는 없어. 서울대학교까지 나온 분이, 뭐가 부족해서 사랑하지도 않는 여자와 결혼을 하겠어. 그렇지 않을 거야.

마음은 고현수를 의심하면 안 된다고 부르짖고 있는데 눈물이 났다. 흐르는 눈물을 손가락 끝으로 가만히 만져 본다. 몹시 뜨겁다. 성찬이는 학교를 갔고, 고현수는 오늘도 열한 시가 넘어야 퇴근할 것이다. 그도 아니면 열 시쯤에 오늘 들어가지 못할 것이라는 전화를 할지도 모른다. 아무도 없는 집 안에서 아침부터 거울을 바라보며 울고 있는 모습에 너무 자존심이 상해서 일어섰다.

애자는 성찬의 방을 청소해야겠다고 생각하며 베란다에 세워 둔 청소기를 끌고 왔다. 그러나 성찬의 방으로 가지 않았다. 청소기를 소파 앞에 세워 놓고 커피를 끓였다. 커피잔을 들고 텔레비전 리모컨을 찾아 들었다.

텔레비전 화면에서는 88올림픽이 서울에서 개최하게 되었다는 뉴스가 나오고 있었다.

'40억 지구인의 대축제 올림픽이 서울에서 열립니다. 어젯밤 11시 45

분 바덴바덴에서 열린 IOC 총회에서 88년 하계 올림픽 개최지 표결의 결과 일본 나고야를 52 대 27의 압도적 표차로 누르고 올림픽 개최권을 획득, 서울 하늘에도 오륜 성화가 뜨겁게 타오르게 될 예정입니다. 한국은 올림픽을 유치함으로써 세계 속의 한국으로 국위를 드높여 세계 일등국 대열에 뛰어오르게 됐습니다. 그럼 서독의 조용한 휴양도시 바덴바덴에 나가 있는 김영국 특파원에게 마이크를 넘기겠습니다.'

화면이 바뀌고 박영수 서울시장이 두 손을 번쩍 들어 환호하는 장면이 나왔다. 그 옆에 앉아 있는 현대의 정주영 회장도 얼굴 가득 웃음을 담고 앞줄의 일본 나고야 유치단을 바라보고 있다.

'1988년도 올림픽은 서울에서 개최키로 결정했습니다. 사마란치 IOC 위원장이 어젯밤 11시 45분 서울 올림픽 개최를 발표함으로써 서울은 세계 올림픽 사상 열여섯 번째, 아시아에서는 두 번째로 올림픽 개최국이 되었습니다. 사마란치 위원장이 여섯 명의 감표 위원들로부터 비밀 투표 결과를 적은 종이쪽지를 받아 쥐고, 서울 선정을 발표하는 순간 쿠르하우스 2층 회의실 모인 여섯 명의 한국 대표단들이 서로 얼싸안고 감격의 함성을 질렀습니다. 발표 직후 박영수 서울시장 조상호 KOC 위원장, 정주영 유치추진위원장, 최만립 KOC 명예 총무 등이 회의실 단상으로 올라가 88년도 올림픽 개최에 관한 IOC 측과 계약서에 서명함으로써 모든 공식 절차를 끝냈습니다.'

애자는 표정 없는 시선으로 텔레비전을 바라보다가 채널을 TBC로 옮겼다. TBC에서도 MBC에서도 같은 방송이 진행되고 있는 것을 보고 전원 스위치를 눌러 버렸다.

팔십팔 년도면 내가 몇 살이지? 마흔 일곱 살이잖아……. 허! 내 인생이 도대체 어디 있는 거야. 이애자는 어디에 있는 거냐구?

애자는 올림픽이 다가오는 것이 끔찍했다. 고현수의 욕심은 점점 커져서 최소한 1급 공무원은 되어야 성공한 것이라고 생각하는 것 같은 눈치다. 고현수의 꿈이 이루어지면 좋겠지만 영원히 이루어질 수 없는 꿈이기도 할 것이다. 그 사이에 나는 할머니가 될 것이라는 생각이 들어서 화가 났다.

리모컨으로 KBS, TBC, MBC 순서로 누르다가 이내 꺼 버렸다. 탤런트 최불암이 표지 인물로 나온 『여원(女苑)』이란 여성 잡지가 눈에 띈다.

「특집 남편을 이렇게 사랑하라! · 수기(手記) 단비를 기다리는 목마른 대지 · 결별에서 몰고 온 첫사랑의 고백 · 3년의 깊은 잠에서 새롭게 태어나서」

눈에 띄는 대로 목차를 읽다가 무작정 책을 펼쳤다. '여성론: 남자를 외롭게 만드는 여자'라는 페이지다. 글자가 눈에 들어오지 않는다. 활자가 흐릿하게 보이는가 했더니 눈물 한 방울이 책 위에 뚝 떨어진다.

무얼하지…….

애자는 잡지도 읽기가 싫었다. 잡지를 옆으로 던져 놓고 마시던 커피를 응접 테이블 위에 올려놓고 눈을 감는 순간 눈물이 삐져나오는 것을 느꼈다. 머릿속이 텅 비어 버릴 것처럼 아무것도 생각나지 않았다. 목이 메도록 슬프지 않은데도 자꾸 눈물이 났다. 울지 않으려고 소파에 길게 누워서 천장을 바라봤다. 천장에 매달린 샹들리에에 매달린 구슬 줄이 철사처럼 미동도 하지 않는다. 시선을 구석에 있는 장식장으로 돌린다. 몇 병의 양주 병과 백자가 보인다. 문득 술을 마시고 싶은 생각이 들었으나 눈을 감았다.

"어머, 언니가 웬일이세요?"

종로에 있는 아버지 집이다. 봄볕이 너무 좋아서 춘임이와 함께 마당에서 해바라기하고 있는데 백인경이 불쑥 들어섰다.

"현수 씨 만나러 왔는데?"

"우리 그이는 출근했는데요?"

"우리 그이라니?"

"어머! 언니는 내가 오빠하고 결혼한 거 모르시나요?"

"현수 씨는 나하고 결혼했는데 무슨 말이야? 퇴근하고 우리 집으로 온다구. 오늘은 의원님한테 과외비 받아 오겠다며 여기서 만나기로 했는데?"

"어머머, 언니도 우리 결혼식 날 와서 사진 찍으셨잖아요. 앨범에 그 사진도 있는데?"

"춘임 씨, 정말 애자 씨가 현수 씨하고 결혼한 거 맞나요?"

백인경이 믿을 수 없다는 얼굴로 춘임에게 시선을 돌렸다.

"글씨유? 츰 듣는 말인데유? 아가씨 결혼하셨나유?"

"다들 왜 이래? 나 미치는 꼴 보려고 일부러 짜고 이러는 거야! 나가, 꼴 보기 싫으니까 나가라구!"

애자는 꿈속에서조차 이건 꿈이라고 생각하면서도 백인경과 춘임을 대문 밖으로 몰아냈다. 골목 안에는 아무도 없었다. 백인경과 춘임의 모습도 보이지 않았다. 멀리서 고현수가 술에 취했는지 비틀비틀 걸어오고 있는 모습이 보일 뿐이다.

"여보!"

애자는 눈물이 왈칵 쏟아졌다. 고현수가 진실을 말해 줄 것이라고 생각하며 달렸다. 하지만 고현수는 다가오지 않았다. 들은 척도 안 하고 옆으로 난 골목으로 들어갔다. 그 골목 안에는 백인경의 집이 있을 것이라는 생각이 들었다. 목이 바짝 마르는 것을 느끼며 혼신의 힘을 다해 뛰었지만 앞으로 나가지지가 않았다. 발바닥이 아파서 밑을 바라보니까 맨발이다.

그래, 발바닥이 아파서 뛰어갈 수가 없는 거야. 운동화를 신고 뛰어가야겠어……

고개를 돌려 보니 마침 누구의 운동환지 모르지만 깨끗하게 빤 운동화 한 켤레가 있었다. 그것을 신었다. 발에 딱 맞았다. 이제 뛰어야지 하고 한 발을 내딛는 순간 신발이 벗겨졌다. 자세히 보니 운동화는 깨끗하게 빤 것이 아니다. 얼룩이 져 있고 떨어져서 헝겊이 너덜너덜하다. 무슨 구정물에 넣었다가 뺀 것처럼 시커먼 물이 운동화 안에 고여 있기도 하다. 그래도 운동화를 신지 않으면 뛰어 갈 수 없다는 절박한 생각에 주저앉았다. 발을 운동화에 끼려고 하는데 어디선가 요란하게 자전거 벨 소리가 들려왔다. 뒤를 돌아다보니 배달부가 빨간색 자전거를 타고 요란하게 벨을 울리며 달려오고 있었다.

"자! 잠깐만요!"

애자는 자전거를 피하려고 무릎걸음으로 허둥거렸다. 요란하게 귀를 울리던 자전거 벨 소리가 조금씩 멀어져 가더니 아득하게 먼 곳에서 들려왔다.

애자는 전화벨이 울리는 소리에 눈을 떴다. 소파에 누워 있다가 깜박 잠이 들었다는 것을 알았다. 베란다 밖으로는 잠이 든 사이에 가랑비가 소리 없이 내리고 있었다. 베란다 유리에 닿은 빗줄기가 눈물처럼 번들거리며 흘러내리는 것을 바라보았다. 전화기는 울음을 그치지 않고 요란하게 몸을 떨었다.

애자는 악몽을 꾸었다고 생각하며 수화기를 들었다. 수화기 저 안쪽에서 203호에 사는 박순자의 반가운 목소리가 들려왔다.

"애자 씨? 저 순자예요. 박순자."

"아, 예, 깜박 잠이 들었었나 봐요 근데?"

애자는 주방 식탁을 바라봤다. 아침 먹은 상을 아직까지 치우지 않았다고 생각하며 귀를 기울였다.

"지금 비 오고 있는 거 보이죠?"

"예, 잠이 든 사이에 비가 오기 시작했나 봐요."

"언제부터 잤는지 모르지만 지금 열한 시잖아요. 오늘 은영이하고 성찬이 수업 일곱 시간 하는 날이잖아요. 고소한 부침에 소주 한잔 어때요?"

"부침이라뇨?"

"파전말이에요 조갯살에 물오징어를 잘게 썰어 놓고 계란 송송 풀어서 골파로 지진 파전에 소주 어때요? 지금 준비 다 해 놨거든요. 애자 씨 온다면 굽기 시작할게요."

"그럼, 순자 씨 솜씨 좀 볼까요?"

애자는 대학 다닐 때 동기들과 통나무집에서 동동주와 먹었던 파전이 생각나면서 입안에 군침이 돌았다.

설거지하고 나가야겠지?

135

아파트 밖으로 나가는 것도 아니다. 집에서 입고 있던 옷에 얇은 재킷만 걸치면 그만이다. 손지갑 안에 열쇠를 넣으면서 현관 앞으로 가는데 주방 식탁이 시선을 잡아 끈다. 얼른 설거지를 하고 나갈까 하는 생각이 들었으나 203호에 갔다고 와서 해도 괜찮다고 생각하며 밖으로 나갔다.

"어젯밤에 늦게까지 뭘 하셨길래 오전부터 낮잠을 자요?"

애자가 203호 차임벨을 누르자 박순자가 문을 열어 주며 물었다.

"성찬이 아빠 퇴근할 때까지 텔레비전 봤어요"

"나하고 똑같네요. 우리 은영이 아빠도 정확하게 열두 시 오 분 전에 집에 도착했어요. 그것도 엉망으로 취해서 옷도 벗지 않고 거실 소파에서 잤어요. 아침에 배달된 우유만 한 컵 마시고 출근했는데 은행에 가서 뭣 좀 먹었는지 모르겠어요."

"성찬이 아빠는 아침은 꼭 챙겨 먹는 편이세요. 텔레비전을 새로 샀네요? 컬러텔레비전인가요?"

애자가 식탁이 있는 곳으로 가다가 거실에 있는 텔레비전을 바라보며 물었다.

"전에 흑백텔레비전도 이십 인치짜리라서 불편한 건 없었어요. 근데 거래처에서 수요자금융 실적을 올려 달라고 사정하는 통에 할 수 없이 샀대요."

"이십 인치처럼 보이는데요? 근데 수요자금융이 뭐예요?"

"월부지 뭐예요. 대리점에서 텔레비전을 사면, 은행에서 그만큼 대리점에 선불로 지급하고 은행에 매월 월부로 갚아 나가는 거예요. 저게 이십 인치짜린데 삼십구만 칠천팔백 원 줬대요. 이 년 동안 한 달에 만 육천오백칠십오 원씩 갚아 나가야 하는 거래요."

"텔레비전 한 대 가격이 백팔십 리터 냉장고보다 십오만 원이나 더 비싸네요."

"그래도 요즘 집집마다 컬러텔레비전을 들여놓는 통에 대리점에 물건이 바닥났다잖아요."

박순자는 애자가 오는 동안 파전을 구워 놓았다. 애자가 식탁 의자에 앉자마자 냉장고에서 소주병을 꺼내왔다.

"술은 마실수록 느는 거 같아요. 전에는 반 병도 간신히 마셨는데 요즘은 한 병 마셔도 끄떡없다니까요."

"은영이 아빠가 뭐라고 안 해요?"

애자가 박순자의 말을 이해할 수 있다는 얼굴로 술잔을 받으며 물었다.

"맑은 정신으로 퇴근해야 마누라가 술을 마셨는지, 멀쩡한 얼굴로 앉아 있는지 알 거잖아요. 에이그, 어떻게 보면 은영이 아빠가 불쌍해요. 자기도 인간인데 허구한 날 꼭지가 돌도록 술을 마시고 싶겠어요? 퇴근 후에는 일찍 퇴근해서 마누라가 해 주는 밥 먹고, 하나밖에 없는 딸내미 재롱떠는 것도 보고 싶겠죠."

박순자는 의자에 달랑 올라앉아서 무릎을 세우고 애자가 따라 주는 술을 받으며 한숨 섞인 푸념을 늘어놓았다.

"우리 성찬이 아빠도 사정은 같아요. 하지만 저는 본인 의지도 중요하다고 생각해요. 승진이야 일 년 좀 늦게 하면 어때요? 다른 사람보다 몇 배 열심히 일해서 일찍 승진하는 것만큼이나 똑같이 일하고 똑같이 승진하는 것도 좋다고 생각해요. 근데 아까 제가 잠깐 잠이 들었다고 했잖아요."

애자가 파전을 젓가락으로 찢다 말고 갑자기 생각났다는 얼굴로 목소리를 줄였다.

"낮잠을 자다가 돼지꿈이라고 꿨나요?"

박순자가 애자의 빈 잔에 술을 채워 주며 호기심이 깃든 목소리로 물었다.

"저는 꿈을 잘 안 꾸는 편인데, 아까 참말로 희한한 꿈을 꿨어요. 글쎄……."

애자는 막상 꿈 이야기를 하려니까 민망했다. 뜸을 들이면서 박순자의 눈치를 살폈다.

"꿈속에서 애자 씨가 바람이라도 났나요? 얼굴을 보니까 꼭 그런 꿈을 꾼 거 같은데요?"

"순자 씨가 몰라서 그런 말을 하는 모양인데 전 솔직히 바람피울 용기도 없는 여자예요. 대학교 다닐 때는 남자 친구들도 참 많았는데……. 결혼하고 나서는 완전히 남편만 바라보고 사는 망부석이 되어 버렸다니까요."

"그럼 성찬이 아빠가 바람을 피웠나요?"

박순자가 오직 애자가 꾼 꿈 이야기가 궁금하다는 얼굴로 물었다.

"꿈 이야기를 해야 하나 모르겠네요. 너무 민망한 꿈이라서……."

"오라, 애자 씨가 아파트 베란다에서 옷을 벗고 있는데 다른 남자가 엿보기라도 했나 보다."

박순자가 슬쩍 애자를 자극하고 나서 다음 이야기를 기다렸다.

"사실은, 우리 성찬이 아빠가 저하고 결혼 전에 다른 여자를 사랑하고 있었거든요."

애자는 박순자가 엉뚱한 추리를 하는 통에 자신도 모르게 꿈 이야기를 하기 시작했다.

"어머! 그럼 삼각관계?"

박순자가 짧게 손뼉을 치며 입술을 핥았다.

"삼각관계는 아니었어요. 저는 성찬이 아빠가 그분하고 결혼할 것이라고 믿고 있었거든요. 게다가 처음 성찬이 아빠를 봤을 때 저는 고등학생이었어요."

"어머, 애자 씨 첫사랑이 성찬이 아빠 사랑을 깨트렸나보다……."

"결국 그렇게 되기는 했지만 제가 원해서 그런 것은 절대 아니에요. 성찬이 아빠가 갑자기 마음이 변한 거 같아요. 그렇지 않으면 그 여자가 성찬이 아빠를 버렸거나 둘 중에 하나예요. 맞다, 지금 생각해 보니 그 언니가 성찬이 아빠를 버린 것 같아요. 왜 그런 생각이 드냐면, 제가 결혼할 때 축하해 주러 왔었거든요. 사진도 같이 찍었다니까요……."

"잠깐, 잠깐……. 그러니까 애자 씨도 성찬이 아빠가 사랑하고 있던 여자 분을 알고 있다는 거예요? 지금 스토리가 그렇게 흘러가고 있는 거 같은데요?"

"알고 있어요. 그냥 알고 있는 정도가 아니에요. 성찬이 아빠보다 먼저 알고 있었어요. 제가 중학교 다닐 때 알던 분이니까요."

"애자 씨 결혼식 때 그분이 축하해 주러 오실 만하군요. 성찬이 아빠를 떠나서 순수하게 애자 씨를 위해서 오셨을 수도 있잖아요. 아까 꿈에서 그분을 보시기라도 한 거예요?"

"어떻게 알았어요?"

"여자의 직감이라는 것이 있잖아요. 애자 씨만 알고 있어요. 우리 아파트 바로 위에 있는 삼백삼 호에 동우 엄마라는 분이 살고 있었거든요 남편은 큰 건설 회사 과장으로 사우디아라비아에 파견 나가서 근무하고 있어요 근데 동우 엄마가 춤바람이 나서 그동안 동우 아빠가 보내준 월급하며, 아파트까지 모두 팔아서 제비족에게 바치고 지금은 어디 사는지 소식도 모른다잖아요 근데 실은 동우 엄마가 다른 남자를 만나러 다닌다는 사실을 나는 진작부터 알고 있었어요 바로 위층에 사니까 한밤중에는 목욕탕에서 샤워하는 소리가 들리잖아요 근데, 남편도 없는 여자가 동우가 자는 밤이면 꼭 샤워를 하고 외출을 하는 거예요 그리고 새벽에 통금 끊어지고 나서 도둑고양이처럼 살금살금 들어오는 거예요. 집에 들어와서 그냥 잠을 자면 몇 시에 들어왔는지 제가 알 턱이 있나요 근데 또 샤워를 하는 거예요 여자가 밤에 나가기 전에 샤워를 하고, 새벽에 들어와서 샤워를 왜 하겠어요? 생각만 해 보면 알조 아닌가요?”

“요즘 남편이 외국 나가 있는 집 여자들이 춤바람이 나서 파탄 나는 경우가 많다잖아요”

“우리 동네에도 시장에 카바레가 있는 거 모르시죠?”

“카바레라면 남자하고 여자하고 껴안고 춤추는 데 말인가요? 시장에 그런 간판이 있는 거 못 봤는데요?”

“간판이 없으니까 못 봤죠 시장에서 제일 큰 한양슈퍼 있잖아요 그 지하가 카바레래요 그래서 가정집 여자들이 슈퍼 간다고 해 놓고, 한양 슈퍼 지하를 통해 카바레에 가 가지고 딴 남자 품에 안겨 실컷 춤추고는 시치미 뚝 떼고 나와서 시장을 본다잖아요 그럼 누가 알겠어요 다들 슈퍼 갔다 오는 줄 알지.”

“순자 씨도 갔다 왔나 보다. 표정을 보니까.”

"어머! 은영이 아빠가 은행에 다니는 거 알 만한 사람 다 알고 있는데 제가 거길 왜 가요 종로 쪽이나 용산 쪽에 가면 카바레가 얼마나 많은데."

"그럼 용산 쪽이나 종로 쪽에 있는 카바레에 다니는 거예요?"

애자가 웃음을 참으며 물었다.

"가, 가 보기는요. 옛날에 같이 은행에 다니는 친구가 자기는 궁금하지만 혼자서는 무서워서 못 가니까, 구경 한번 해 보자고 사정하는 통에 딱 한 번 가 봤을 뿐이에요. 애자 씨 꿈속에서 만난 그 여자 분이 뭐래요?"

박순자가 진땀을 빼다가 슬그머니 화살을 애자 쪽으로 돌렸다.

"종로에 아버지 집이 있거든요. 서울에 올라오시면 생활하시는 그런 집이에요. 글쎄, 제가 거기서 밥하는 언니하고 같이 있는데 그 언니가 대문을 열고 불쑥 들어오잖아요……."

"어머, 종로에도 집이 있나요? 아버님이 사업을 하세요?"

박순자가 애자의 말을 끊으며 물었다.

"아버지가 정치 활동을 하고 계시거든요. 그러시려면 서울에서 생활하실 때가 많으시잖아요."

"정치 활동을 하신다면 국회의원이시겠네요?"

박순자는 애자의 정체에 대해서 알면 알수록 대단하다고 생각하며 물었다.

"올해 또 당선되셨으니까 총 사선 의원이에요. 하지만 아버지가 정치 활동을 하시는 거하고 저하고는 상관없잖아요. 중요한 것은 그 여자가 그 집에 들어와서 성찬이 아빠하고 자기하고 결혼을 했다는 거예요. 더

기가 막힌 것은 제가 그 꿈을 꾸면서 이건 꿈이라는 생각이 드는 거예요. 결국 개꿈으로 끝나기는 했지만 아무튼 기분은 우울했어요."

애자가 소주병을 들었다. 소주병이 비었다는 것을 알고 그냥 내려놓았다. 박순자가 얼른 냉장고에서 소주를 꺼내서 내밀었다.

"요즘 너무 외로워서 그런 꿈을 꾸는 거예요. 저도 가끔 그런 꿈을 꿔요. 은영이 아빠가 외박을 하거나, 계속 늦게 들어오는 날이면 다른 여자하고 뒹구는 꿈을 꿀 때도 있어요. 그런 날은 정말 하루가 너무 길어요. 어느 때는 이러다 내가 미쳐 버리는 것은 아닐까, 하는 생각이 들 때도 있다니까요."

박순자는 쓸쓸하게 웃으며 무릎에 팔을 얹은 자세로 자신의 잔에 술을 따랐다.

"저는 오늘 처음으로 그런 꿈을 꿨어요……."

애자는 나도 남편의 생활에 변화가 없는 한 그런 꿈을 계속 꾸게 될 것 같다는 말은 자존심이 상해서 할 수 없었다.

"텔레비전에서 보니까. 요즘 주부들이 우울증에 많이 걸린다잖아요. 남편들은 일하느라 정신없고, 주부들은 집 안에만 박혀 있다 보니까 도대체 내가 왜 사는 건가, 하는 생각이 들면서 우울증에 걸린다는 거예요."

"저도 그래요. 이번에 막내 동생이 사법 고시에 합격해서 지금 연수원에 들어가 있거든요. 거기에다 바로 밑에 여동생은 박사 학위를 받고 지금 대학교에서 강의를 하고 있어요. 물론 전임 교수는 아니지만 적어도 저처럼 살고 있지는 않잖아요. 그 밑에 여동생도 박사 논문이 통과되면 강의를 할 수 있대요. 그런데 저는 뭐예요? 하루 종일 집에서 청소나 하고, 빨래나 하고 남편 오기를 기다리거나 하는……."

애자는 자존심 때문에 울지 않겠다고 생각했다. 하지만 말을 하다 보니까 자신도 모르게 너무 한심하게 세월을 보내고 있다는 생각이 들어서 눈물이 나왔다. 얼른 닦고 나서 어색하게 웃으며 술잔을 들고 다시 입을 열었다.

"무언가를 해야겠어요. 대학원에 들어가서 공부를 하든지, 뭐라도 하지 않으면 질식해서 순자 씨 말처럼 미쳐 버릴지도 모르겠어요."

"그래도 이렇게 가슴에 맺혀 있는 생각들을 털어 내니까 조금은 시원해지는 기분이 들지 않나요?"

박순자는 눈물을 흘리며 동정 어린 시선으로 고개를 끄덕끄덕하다가 천천히 눈물을 닦으며 말했다.

"그런 거 같아요. 비가 점점 많이 오는 거 같네요. 이따 애들 학교에 마중 나갈 때 같이 나갈래요?"

"그래요. 여기서 점심 먹고 있다가 같이 나가요. 그런 의미에서 한 병 더 할까요?"

"술을 너무 많이 마시면 애들한테 마중 나갈 수가 없잖아요."

"학교 끝나려면 세 시는 되어야 하잖아요. 그 안에 다 깨겠죠."

"하긴 그 안에 비도 그칠 수 있겠네요."

애자는 오늘따라 박순자가 오랜 친구처럼 정겹게 다가오는 것을 느끼며 마른 웃음을 지었다.

"좋은 수가 있어요. 성찬이 아빠한테 차를 한 대 사 달라고 하세요. 그럼 둘이 우울할 때 교외로 바람 쐬러 나갈 수 있잖아요. 오늘처럼 비오는 날은 같이 마중 나가도 좋잖아요."

"그거 좋은 생각이네요."

애자는 고현수에게 부탁해서 안 되더라도 이동하에게 말하면 두말하지 않고 승용차를 사 줄 것이라는 생각에 오랜만에 밝게 웃었다.


타작을 끝낸 진논에는 청둥오리들이 내려앉고, 건논에는 바람이 불 때마다 지푸라기들이 회오리쳐 푸른 하늘로 올라갔다가 흔적도 없이 사라져 버린다. 김춘섭과 박태수, 윤길동은 웅덩이를 퍼서 미꾸라지며, 붕어에 뱀장어를 양동이로 반 양동이나 잡았다. 그것을 들고 도랑으로 가서 일일이 손질한 다음, 김춘섭의 집으로 갔다.

"어른들도 오시라고 햐. 막걸리는 내가 두어 말 낼 모양잉께."

김춘섭은 철용이 부부가 송금해 준 돈으로 논을 다섯 마지기 살 때 받은 대출금을 갚아 버렸다. 면장댁의 논에 농사를 질 때는 타작하고 나서 이것 떼고, 저것 떼고 하다 보면 겨울을 날까 말까 할 정도의 나락만 남았다. 올해는 농협에 낼 돈도 없으니까 바라만 봐도 배가 불렀다. 김춘섭은 손질한 고기가 들어 있는 양동이를 부엌 안에 들여놓으며 박태수에게 말했다.

"어죽을 끓이믄 동리 잔치를 해도 되겠구먼."

"지대로 된 어죽을 끓일라면 태수 자네 처를 불러야 하잖여."

윤길동은 철용이 부부가 내려오면 잘 수 있도록 새로 지은 바깥채의 방문턱에 앉았다.

"그려, 내가 상규 어머 오라고 할 팅께 길동이 형이 방송햐. 회관에서 어죽을 대접할 팅께, 어죽 드시고 싶은 분은 회관으로 오시라고 말여."

"알았구먼."

길동은 박태수의 말에 일어섰다. 김춘섭이 장작을 한 아름 안고 정지로 들어가는 뒷모습을 바라보며 새마을 회관 앞으로 갔다.

"둠벙에서 미꾸라지하고 붕어 잡아 왔슈. 노시다가 이따 어죽 한 그릇씩 잡수고 가셔유."

따뜻하게 보일러를 틀어 놓은 방 안에는 순배 영감과 박평래, 변쌍출, 장기팔과 노파 몇몇이 누워 있거나, 벽에 기대어 나른한 표정으로 조근조근 대화를 나누고 있었다. 윤길동은 그들에게 가볍게 인사하고 나서 앰프 앞으로 갔다. 황인술이 하는 것을 옆에서 수시로 지켜봐서 능숙하게 전원 스위치를 올리고 볼륨을 조종했다.

"아, 저 윤길동유. 다름이 아니라, 둠벙에서 미꾸라지와 붕어하고 뱀장어 같은 걸 잡아 왔슈. 시방 김춘섭 씨 집에서 어죽을 끓이고 있슈. 김춘섭 씨가 특별히 막걸리를 두 말 내기로 했슈. 그랑께 오늘 저녁은 드시지 말고 회관에 와서 드시길 바랍니다. 다시 한번 말씀드리겠슈. 오늘 회관에서 어죽을 대접해 드릴 팅께, 별일 없으신 분은 회관으로 왕림해 주시길 바랍니다. 이상 윤길동이가 말씀드렸슈."

"허, 춘셉이가 머 존 일이 있길래 막걸리를 두 말씩이나 낸댜."

순배 영감이 벽에 기대어 가물가물 졸다가 말했다.

"땅 사서 츰으로 타작했다고 한턱 낼라고 하능개비구먼."

박평래가 앰프를 끄고 돌아서는 윤길동을 바라보며 말했다.

"그런개뷰."

윤길동이 쑥스럽다는 표정으로 대답했다.

"땅을 닷 마지기나 샀으면서 제우 막걸리 두 말로 때울라믄 되나. 요새 쌀 막걸리 한 말에 제우 천오백 원이잖여. 두 말 해야 제우 삼천 원이잖여."

"나는 요새 나이가 들어서 그런지 막걸리는 당최 배가 불러서 한 잔 이상 못 마시겄어. 나만 그런 기 아녀. 학산 장에 가 보면 나만 한 늙은 이들도 죄다 소주를 찾드만. 소주는 반 병만 마셔도 기분이 넉넉해질 만큼 좋잖여."

변쌍출이 침을 삼키며 하는 말에 박평래가 기분 좋은 얼굴로 거들었다.

"그람, 소주도 좀 갖고 오라고 하쥬. 소주 드시고 싶은 분은 소주 드시고, 막걸리 드시고 싶은 분은 막걸리 드시고……."

윤길동의 말이 끝나기도 전에 회관 문이 거칠게 열렸다. 방 안에 있는 사람들이 모두 놀란 얼굴로 문을 바라봤다. 황인술이 방송을 듣자마자 단숨에 뛰어 내려왔는지 포수의 총에 설맞은 멧돼지처럼 씩씩거리며 서 있다.

"구장 왜 저랴?"

사람들은 모두 놀란 얼굴로 서로를 바라볼 뿐 말을 하지 않았다. 장기팔이 침묵을 깨고 윤길동을 바라보았다.

"글쎄유? 구장님, 집에 먼 일 있슈?"

윤길동이 고개를 갸웃거리다가 황인술 앞으로 가서 조용히 물었다.

"내 이럴 줄 알았다니께. 시훈이 아부지 참말로 저하고 한번 해보자는 거유?"

황인술이 회관 안으로 들어갈 생각도 안 하고 장기팔을 노려보았다.

"시방 구장이 나한테 머라고 말했슈?"

장기팔이 어이없다는 표정을 짓고 있다가 변쌍출에게 물었다.

"글씨?"

변쌍출도 황인술이 왜 성난 멧돼지처럼 씩씩거리는지 이유를 알 수 없었다. 당신은 아느냐는 얼굴로 박평래를 바라봤다.

"아여, 구장. 먼 일이 있는지 거기 서서 똥 매려운 강아지마냥 낑낑거리지 말고 일루 들어와서 찬찬히 말해 봐. 서로 모르는 사이도 아니고, 이 방에 있는 사람이 구장을 모르는 것도 아니잖여."

변쌍출도 대답을 안 하자, 장기팔이 빈정거리는 목소리로 말했다.

"또, 똥 매려운 강아지? 시훈이 아부지 눈에는 내가 그래도 명색이 모산 구장인데, 골목에 돌아댕기는 강아지루뿐에 안 뵈이는 거유."

황인술이 신발을 벗고 회관 안으로 들어왔다. 문을 거칠게 닫고 나서 성큼성큼 걸어서 책상 앞에 있는 의자에 앉아서 장기팔을 노려봤다.

"구장님, 대관절 뭣 때문에 그릏게 승질이 났슈? 거두절미하지 말고 선은 이릏고, 후는 이릏다. 그래서 승질이 난다. 그기 순서 아뉴?"

윤길동은 황인술이 아무리 구장이지만 나이 많은 장기팔에게 너무 한다는 생각이 들었다. 무엇인가 곡절이 있을 것이라는 생각에 차분한 목소리로 말했다.

"그라고, 길동이 자네도 그라능 기 아녀. 정, 구장이 하고 싶으면 시훈이 아부지 등 뒤에 숨어서 조종만 하지 말고 나한테 화끈하게 말햐. 나도 새마을지도자가 되고 싶고, 구장도 되고 싶다고 말여. 구장님은 오랫동안 동리를 위해서 고생하셨으니까, 인제 쉴 때도 되지 않았냐. 그릏게 후배들한테 물려주고 인제부터라도……."

"구장님 시방 먼 말을 하고 있는 거유? 내가 은제 구장이 되고 싶다고……."

윤길동이 황당하다는 얼굴로 순배 영감이며 박평래를 바라봤다.

"아하! 인제야 구장이 왜 서울역에서 두 눈 똑똑히 뜨고 사기를 당했을 때처럼, 지 승질을 못 참아서 날뛰는 줄 알겠구면. 구장, 이왕 말 나온 김에 길동이한테 구장 자리 물려줘. 구장질을 너무 오래 하다 봉께, 똥오줌 못 가리고 대나가나 엉뚱한 말을 하고 있잖여."

"내, 내가 은제 서울역에서 두 눈 똑바로 뜨고 사기를 당했다고?"

"자네 안사람이 떠들고 댕깅게 우리도 알았지. 자네를 따라서 서울에 올라간 것도 아닌데, 우리가 어떻게 알았겄어?"

"좌우지간 길동이 자네도 그라는 기 아녀. 난 그래도 자네를 친동생처럼 남달리 봤었는데, 이런 식으로 뒤통수를 치는 기 아녀."

황인술은 광일네에게 서울역 앞에서 네다바이 당한 사실을 절대로 비밀로 붙이라고 신신당부했었다. 온 동네 사람들이 모두 알고 있는데 자신만 아무도 모르고 있는 줄 착각했다고 생각하니까 분통이 터졌다. 장기팔한테는 할 말이 없어서 윤길동에게 화살을 돌렸다.

"구장님, 참말로 오늘 이상하네. 아! 평소 나한테 서운한 기 있었다믄 말해 봐유. 구장님이야말로 저하고 하루 이틀 알고 지내는 사이가 아니잖유. 머가 서운한지 톡 깨놓고 말해 봐유."

윤길동이 더 이상 참을 수 없다는 얼굴로 황인술 앞으로 가서 말했다.

"내 참! 사람 여럿이 사람 한 명 등신 만드는 거 아무것도 아니라고 하드니. 그 말이 딱 맞는 말이구면."

황인술이 코웃음을 치며 고개를 돌렸다.

"아여! 구장, 시방 먼 말을 그렇게 함부러 하능 겨. 여러 사람이라니? 우리가 구장한테 머라고 했다고 싸잡아서 욕을 하는 거여?"

박평래가 눈을 부릅뜨고 따져 물었다.

"내가 볼 때도 구장이 멋 땜시 승질을 내는지 모르겄지만 실수하고 있는 것 같구먼. 아여, 머가 그리 서운한지 자초지종을 말해 봐. 그래야 잘잘못을 따질 것은 따지고, 사과할 일이 있으믄 사과하고, 그 반대로 사과 받을 일이 있으믄 사과 받고 할 거 아녀."

순배 영감이 벽에 기대어 두 다리를 쭉 뻗고 상황을 지켜보다가 양반다리를 하고 앉으며 물었다.

"참말로, 내가 내 명에 못 살겄구먼. 아! 길동이가 아까 방송하는 거, 딴 데서 들으신 것도 아니고 이 방에 계셨으면서 시방 그런 말씀을 하시는 거유?"

"방송으로 구장 욕이라도 했다는 거여?"

황인술이 도리어 따져 묻자 변쌍출이 이해할 수 없다는 얼굴로 박평래를 바라봤다.

"아! 구장이라는 사람이 학산이나 영동으로 회의를 갔거나 볼일 보러 간 것도 아니잖유. 집에서 두 눈 똑바로 뜨고 앉아 있는데도, 어죽을 드실 분은 회관으로 오시라고 방송을 한다는 것이 말이나 된다고 보는 거유? 나 모르게 상의해서 길동이를 구장으로 앉혀 보겄다고 시방 시험해 보는 거 아니냐, 이거유?"

"어허! 구장 시방 술 췄나?"

장기팔이 황인술이 왜 화를 내는지 이유를 알겠다는 표정으로 물었다.

"술은 누가 최유. 오늘은 해룡네 집 쪽으로 바라보지도 않았는데……."

"그람, 회관에 있는 마이크로 방송을 할라믄 꼭 자네가 해야 된다는 법이라도 있는가? 면사무소에서 그런 지침이라도 내려왔는감? 그것도 아니믄 춘섭이며 길동이가 둠벙 퍼서 고기 잡아 동리 사람들한테 어죽 대접을 할라믄 먼저 자네한테 결재라도 맡아야 하능 겨?"

"내 참, 자꾸 애먼 데로 말을 돌리니께 사람 환장하겄구먼. 아! 시훈이 아부지가 구장을 개비해야 한다느니, 왜 구장이 새마을지도자까지 같이 하고 있느냐느니, 모산 동리는 황인술 혼자만 구장하라는 법이 있느냐 느니, 그런 말을 평소에 자꾸 하시잖아유. 그런 판국에 길동이가 느닷없 이 방송을 항께. 지가 그런 생각을 안 하겄슈?"

"구장님, 지는 구장하고 싶은 생각 웂슈. 그리고, 시훈이 아부지가 저 한테 구장 한번 해 보라고 말씀하신 적도 웂슈. 시방 일은 순전히 구장 님 혼자 판단하고 혼자 승질을 낸 거 같네유. 그렁께 으런들한테 죄송하 게 됐다고 사과를 드리셔유. 그리고 이따 어죽 끓여서 한잔함서 시방까 지 있었던 일은 다 잊어뻐려유."

윤길동은 황인술이 무턱대고 자신을 몰아붙였던 것을 생각하면 말을 섞고 싶지도 않았다. 하지만 황인술 말대로 형 아우 하고 지내는 사이에 그까짓 일로 목소리를 높여서는 좋을 것이 없다는 생각에 조용하게 말 했다.

"어려! 길동이 자네 시방 병 주고 약 주는 거여?"

황인술이 의자에서 벌떡 일어서며 금방이라도 윤길동의 멱살을 움켜 잡을 것 같은 기세로 물었다.

"이봐, 구장. 내가 볼 때는 길동이 말이 맞구먼. 난도 기팔이한테 길동 이 구장 세우자는 말은 들어 본 적도 웂고, 여기 태수 애비나 팔봉이 애 비도 마찬가질 껴. 그렁께 이쯤 하고 끝냐. 맨날 눈만 뜨면 보는 사람들 찌리 암것도 아닌 일 갖고 서로 얼굴 붉혀서 머가 좋겄나?"

순배 영감은 점잖게 말하고 나서 다시 등을 벽에 기대며 두 다리를 뻗고, 무릎을 주무르기 시작했다.

"눈만 뜨면 보는 사람들끼리, 돈을 받고 태워 준 것도 아니고 순전히 내 돈으로 기름 넣어서, 내가 힘써 감서 학산까지 태워 갔다가 오는 길에 사고가 났다고 해서 치료비를 물어 달라고 해유?"

"내가 자네 잘못도 없는데 치료비를 물어 달라고 한 거여? 혼자 경운기를 모는 것도 아니고, 구장이라는 사람이 동리 사람들을 잔뜩 태우고 가는 길인데도 술 냄새를 폭폭 풍기면서 운전한 것이 잘한 일여? 당장 학산 삼거리 가서 길 막고 물어봐. 명색이 구장이라는 사람이 술에 취해서 동리 사람들을 태우고 가다가 사고가 났다믄 머라고 말하나."

"아! 시훈이 아부지 말대로 삼거리에 길을 막고 지나가는 사람들한테 죄다 물어봐유. 명색이 구장이라는 놈이 술에 취해서 경운기를 몰라고 하는데, 그 경운기에 타는 것이 좋은지 안 타는 것이 좋은지."

순배 영감이며 변쌍출, 박평래에게는 장기팔과 황인술이 주고받는 말다툼이 처음은 아니었다. 장기팔이 부러진 팔 때문에 병원에서 몇 개월 동안 입원해 있다가, 통원 치료를 받으면서 이미 한차례 다툰 터라 새롭지도 않았다. 저러다 나중에는 치료비 문제까지 나올 테지, 하는 얼굴로 길게 하품을 하거나 새끼손가락으로 귀지를 파내기도 했다. 노파들은 장기팔하고 황인술이 입에 게거품을 물던 말던 작은 목소리로 모산 동리 인심이 변했다는 둥 예전에는 저만한 일로 핏대 세우는 일이 없었다는 둥 비평을 하고 있었다.

"아! 우리야 구장이 타라고 했응게 탄 거지. 구장이 타지 말라고 했는데도 제발 한 번만 태워 주세유, 사정함서 탄 거여?"

"그람, 명색이 구장이라는 사람이 동리 사람들이 십 리 길을 걸어올 것이 뻔한데도, 나 혼자 편하자고 경운기를 탈탈 끌고 오란 말유? 더구나 혼자 타고 오나, 동리 사람들을 태우고 오나 기름 타는 것은 매한가진데?"

"내 말은 술을 마시고 태울 생각을 했으믄 만약에 사고가 나드래도 내가 책음을 지겄다, 그런 각오를 하고 있었을 거라 이거여. 똑똑한 구장이 그 정도도 생각 안 하고 우릴 태운 것은 아니라 이거여. 그라고 내가 및 번이나 똑같은 말을 했지만 왜 나만 보믄 못 잡아먹어서 으르렁거리는 거여. 내가 그릏게 만만하게 뵈는 거여?"

장기팔은 시훈이가 통일주체국민회의 대의원이었다면 황인술이 자신을 지금처럼 만만하게 보지는 않을 것이라는 생각이 들었다. 황인술이 군청에 다니는 광일이 빽을 믿고 저 지랄로 큰소리치고 있을 것이라는 생각에 분하면서도 차마 주먹은 흔들어 보일 수가 없어서 양볼을 부르르 떨며 물었다.

"지가 언지 시훈이 아부지를 만만하게 봤슈? 시훈이 아부지가 경운기 사고 나던 날, 바로 그 자리에서 개인택시 김 기사한테 젤 먼저 말했잖유. 치료비는 구장이 부담해야 한다고 선동하는 통에, 다른 사람들도 치료비는 당연히 구장이 내야 된다고 생각하게 된 거잖유."

"그날 나 혼자 있었으믄 영락읎이 나만 나쁜 놈 되겄구먼. 아! 내가 은제 그랬남? 김 기사가 하는 말 못 들었어? 차비를 받았냐, 차비를 받았으믄 백 프로 구장님이 치료비를 물어 줘야 한다. 하지만 차비를 안 받았어도 원측은 운전한 사람이 치료비를 물어 줘야 하는 거라고 분명히 말했잖여."

"아! 팔은 안으로 굽고, 게도 가재 편이라는 말 못 들어 봤슈? 설령 암 것도 모르는 김 기사가 헛소리를 지껄였어도 동리 어른인 시훈이 아부지가 그건 도리가 아니다. 우리가 구장 신세를 졌응께, 치료비는 우리가 내는 것이 옳다. 그렇게 말을 했어야 되는 거 아닌가유? 영감님 지 말이 틀렸슈?"

황인술이 장기팔하고는 백날 말해 봐야 소용없다는 얼굴로 길게 하품을 하고 있는 순배 영감을 바라봤다.

"그랑께, 구장 말은 시방이라도 구장이 물어 줬던 치료비를 게워 내라 이거여?"

"그기 아니고, 시방 지가 드린 말씀이 맞는 말인지, 틀린 말인지 그것만 심판해 줘유."

"그, 그게 말여."

강 건너 불구경하고 있던, 그것도 꺼져 가는 불을 구경하고 있던 순배 영감이 앗 뜨거워, 하는 얼굴로 자세를 바로잡았다. 황인술의 편을 들어 주었다가는 장기팔이 불같이 일어설 것이고, 장기팔의 편을 들어 주었다가는 황인술이 길길이 날뛸 것 같아서 더듬거리며 둘을 번갈아 바라봤다.

"말이야 바른 말이지만 나 혼자만 치료비를 달라고 했남? 해룡네는 손톱 한 개 뿌러지지 않았는데도 일주일 동안이나 병원에서 둔너 있었 잖여. 그런데도 치료비를 안 주믄 경찰에 고소를 하느니, 재판을 거느니 별 생쑈를 다 했잖여. 또 떼보 어머도 다치기는 했지만 한 달 동안 입원할 정도로 많이 다친 것은 아니잖여. 다치기로 치자믄 내가 최고여. 내가 젤 오랫동안 병원에 댕겼잖여. 그랑께 치료비도 젤 많이 나올 수벡에 읊었잖여. 솔직히 까놓고 말해서, 내 승질에 떼보 어머처럼 밤이면 밤마다 병원 옥상에 올라가서 고기 꿔 먹을 정도로 다쳤으믄 그까짓 치료비는 구장한테 손 안 벌려. 형님, 제 말이 틀렸슈?"

장기팔이 언제 나한테 불똥이 튈지 모른다는 얼굴로 딴전을 피고 있는 변쌍출에게 물었다.

"트, 틀리긴. 원래 자네야 누구한테 막걸리 한 잔 은어 마셨으믄. 담에는 어떤 일이 있드래도 자네가 내는 승질이잖여."

"어려? 치료비가 얼매나 들었는지 알아유? 우리 금순이가 땅 닷 마지기 사라고 송금해 준 돈 백만 원 중에서 팔십만 원 돈이 치료비로 들어갔슈. 시방 한 되에 백오십 원짜리 막걸리 야기를 하고 있는 것이 아니잖유."

"그랑께, 구장님이 원하는 것이 뭐유? 구장님 말대로 구장을 갈아 치우자는 거유? 아니믄 치료비를 되돌려 달라는 거유? 야기를 자꾸 빙빙 돌리지 말고 똑 뿌러지게 말해 봐유. 한두 번도 아니고 쪼맨한 동리에서 자꾸 이런 식으로 빙빙 돌려서 말을 하믄, 동리 분위기만 나빠진단 말유."

윤길동이 책상에 기대어 서서 팔짱을 끼고 관망만 하고 있다가 끼어들었다.

"허! 이제야 본심이 나오는구먼. 그려, 대통령도 바뀌었응께 구장도 바꿔 보지 머. 길동이 니 생각에는 구장이 하는 일이 새벽에 새마을 노래나 틀어 주고, 비료대며 공과금이나 걷고, 실실 놀러나 댕기는 것츠름 보이는 모양이구먼."

황인술은 윤길동이 거두절미하고 노골적으로 결론을 요구하자 찔끔

했다. 그러나 동네 어른들이 보는 앞에서 꼬리를 내렸다가는 정말로 구장을 갈아 치울지 모른다는 생각에 코웃음을 치며 비아냥거렸다.

"츠, 대통령은 아무나 되나. 우리나라에서는 군인이 대통령이 될라믄 최소한도로 별 네 개짜리 대장은 돼야 자격이 있는 거여."

황인술이 하는 말을 못마땅하게 듣고 있던 장기팔이 말을 돌렸다.

"내가 알기루는 별은 대통령이 달아 주는 거랴. 나도 자시하게 모르는데 말여. 우리 진규가 그라데. 전두환은 원래 소장 출신인데 작년 십이월에 지 맘대로 육군 참모 총장을 잡아 처넣고, 올개 초 중장으로 진급을 하더니, 그새 일 년도 못 참고 팔월에는 별 네 개짜리 대장으로 진급한 다음에 전역을 하고 대통령이 됐다고 말여. 그건 불법이라는 거여. 다른 나라에서는 그런 일이 절대로 일어날 수 읎고, 우리나라에서만 박정희 대통령 담에 전두환 대통령이 두 번째로 그랬다능 겨."

"좌우지간 태수 애비는 잘난 손자 둬서 아는 것이 많아서 좋겄어. 아는 것이 많으믄 장 배가 고프다는데. 배 안 고픈지 모르겄어. 아! 대통령이야 누가 되면 워뗘? 옛말처름 임금은 하늘이 내린다고 군인이 됐든, 최규하 대통령처름 국무총리를 하다 됐든 조상을 잘 둬서 조상 탓에 대통령이 된 거잖여. 우리 같은 사람이 모여 앉아서 백날 대통령을 잘 뽑았니, 못 뽑았니 타령을 해 봤자 말짱 소용읎어. 우리는 똑똑한 구장만 있으믄 되능 겨. 그래야 다른 동리보다, 농자금을 한 푼이라도 더 타와도 타 오고, 새마을운동 할 때 시멘트를 한 포라도 더 타올 거잖여."

"팔봉이 아부지 말이 백번 맞는 말유. 아무리 쩍은 동리지만, 구장은 구장이잖유. 구장이란 사람이……"

변쌍출이 하는 말을 흐뭇한 얼굴로 듣고 있던 장기팔이 황인술에게 다시 시비를 걸려고 할 때였다. 윤길동이 큼! 잔기침을 하며 장기팔의 말을 끊으며 끼어들었다.

"나도 구장님 서운한 맘 알고 있슈. 춘셉이하고 똑같은 돈을 받았는데 춘셉이는 그 돈으로 땅을 사고, 구장님은 치료비로 날려 버렸응께 속상한 일로 치자믄 원통하고 분하기 짝이 읎겠쥬. 더구나 남도 아니고 사둔이 한 동리에 살고 있응께, 얼매나 속이 상하겠슈. 구장 맘을 내가 모르는 것은 아뉴. 나뿐만 아니라 이 동리 사람들 중에 해룡이하고, 해룡네만 빼놓고는 죄다 알고 있을 뀨. 하지만 워틱해유. 구장님이 암만 속 태워도 치료비 도로 내줄 사람 읎슈. 하지만 구장님이 가만히 계시믄 겉으로는 내색하지 않아도 맘속으로는 전부 다 고마워하고 있을 뀨. 그랑께 이쯤에서 끝내고 옛날처름 동리를 위해서 봉사하신다는 맘으로 살아유."

"그려, 내가 하고 싶은 말을 길동이가 속 션하게 했구먼. 구장, 그쯤만 하고 끝냐. 아, 막말로 이 동리서 구장만큼 동리를 위해서 일할 사람 읎다는 거, 당사자인 구장이 더 잘 알고 있잖여."

순배 영감은 윤길동이 말하는 동안 계속 황인술을 지켜봤다. 황인술이 괜히 이쪽저쪽으로 시선을 돌리며 민망해하는 것을 보고 점잖게 말했다. 이어서 장기팔에게 한마디 하라고 눈짓을 보냈다.

"난도 한마디 하겠는데. 내가 좀 서운하게 한 점이 있다믄 구장이 이해햐. 솔직히 그냥 억하심정에 구장을 개비하자는 말을 및 번 하기는 했지만 내 속맘은 그기 아니라는 점만 알아 줬으믄 좋겠구먼."

"구장님, 시훈이 아부지도 한 말씀 하셨응께. 구장님도 한 말씀 하셔유. 존기 존 거라고, 쪼맨한 동리 살면서 맨날 아웅다웅 살 수는 읎잖유."

"내가 은제 시훈이 아부지하고 아웅다웅 살았다고 그랴. 집에서 둔너 있는데 춘셉이 사둔이 막걸리를 낸다는 말을 듣고 낭께, 나도 치료비만 아니었다면 막걸리 두 말이 아니라. 돼지라도 한 마리 잡았을 낀데 하는 생각이 들어서 울컥하는 맘에 뛰어 내려온 것뿐여."

"아따, 나는 이날 이때까지 살았어도 구장님 속이 이렇게 좁은 줄 몰랐구먼. 아! 구장님은 군수님 상을 두 번씩이나 탔잖유. 그라고 큰아들 군청에 댕기고 있겄다, 딸내미 돈 잘 벌겄다. 그릏다고 당장 때꺼리가 읎는 집안도 아니고 외려 사둔이 막걸리 산다고 했응께, 축하하는 의미로 두어 말 더 사서 동리 잔치나 하는 것이 안 좋아유?"

"그릏지 않아도 사둔이 땅 산 턱을 내는데 내가 가만히 있으믄 되겄어. 나도 두어 말 사야지. 아녀, 그럴 것이 아니라. 아싸리 스 말 사서 닷 말 채우지 머."

황인술은 울어야 할지 웃어야 할지 분간이 가지 않았다. 이런 경우를 혹 떼러 왔다가 혹 붙이고 간다고 하는 걸까. 그 옛날 광일이 정식 공무원이 되고, 군수 상 받은 기념으로 동네잔치를 하던 날 느닷없이 불려가서 빨갱이 취급을 받으며 도지 논을 빼앗겼을 때보다 더 분했다. 이병호는 동네 사람 모두가 인정해 주는 흡혈귀 같은 놈이라 미친개한테 물린 셈 치면 그만이다. 하지만 수족처럼 부려 먹던 윤길동이며, 만만하기 이를 데 없던 장기팔한테 공개 석상에서 망신을 당하고 나니까 두 놈한테 번갈아 가면서 귀싸대기를 맞은 것처럼 억울하고 분하기 짝이 없었다. 하지만 반박할 명분이 없었다. 명분이 없어서 내색을 할 수가 없었다. 이럴 때는 미친 척 허허실실 방법으로 나갈 수밖에 없다는 생각에 분노를 짓눌러 참으로 정신 나간 사람처럼 실실 웃었다.

제27장

1
9
8
2
년

# 사춘기

표시 안 나게 입술에다 살짝 루주 같은 것도 바른대유.
제가 볼 때는 안 바른 거처럼 보이는데,
가 말로는 즈 언니가 표시 안 나게 발라 주는 기술이 있대유.
그래서 그런지 모르지만 남학생들이 가를 엄청 좋아해유.
근데유, 어머니.

숯불갈비를 파는 식당의 홀에는 손님이 한 명도 없었다. 방에서만 가끔 와하하하 하는 웃음소리가 흘러나왔다. 주인은 홀을 비워 두고 주방 안에서 종업원과 함께 설거지를 하고 있었다.

"설거지 다 끝나기 전에 방 손님들이 갈까유?"

50대의 여자 종업원이 젊은 남자 주인에게 물었다.

"방 손님 걱정하지 말고 아줌마는 시계가 열 시를 땡 치면 집에 가요 방에 있는 상은 내일 출근해서 치울 생각하고"

"설거지 거리를 남겨 두고 퇴근하면 영 찝찝해서 잠이 안 오는데……"

"그렇다고 한창 재미있게 먹고 있는 손님들을 내쫓을 수는 없잖아요"

"내가 볼 때는 고기는 더 이상 안 들어갈 것 같던데……."

"여기, 갈비 삼 인분만 더 넣어 주고, 쐬주도 두 병 더 줘."

종업원의 말이 끝나기 무섭게 방문이 열리면서 짱구가 고개를 내밀고 손가락 두 개를 펼쳐 보였다.

"고기 또 들어가는데?"

주인은 종업원 얼굴이 무안해지도록 싱긋 웃으며 냉장고 앞으로 갔다. 숙성을 시켜 놓은 갈비 삼 인분을 접시에 담고 소주 두 병을 꺼냈다. 그것을 들고 방문 앞으로 갔다.

"우리 너무 늦게까지 있는 거 아뇨?"

경훈이 방문이 열리는 소리에 고개를 돌렸다. 주인이 소주와 갈비 접시를 들고 들어왔다. 취기에 얼굴이 빨갛게 달아오른 얼굴로 물었다.

"아따, 통행금지도 없는데 뭔 걱정이십니까? 밤새도록 마셔도 상관없습니다. 술 마시다 자고 가도 괜찮구요."

지난 1월 5일부터 전국적으로 통행금지가 없어졌다. 주인은 통행금지가 없어진 덕 좀 보자는 생각에 기분 좋게 말했다.

"우린 이불이 필요하지만 이 두 사람은 이불이 필요 없슈."

짝눈이 옆에 앉아 있는 꺽다리와 봉숙이를 가리키며 웃었다.

"아! 두 분이?"

주인이 무슨 말을 하는지 알겠다는 얼굴로 엄지와 검지를 붙였다 뗐다를 반복하며 한쪽 어깨를 으쓱거렸다.

"맞아유, 둘이 살림 차릴 거유."

철용이 젓가락 끝을 맞추기 위해 상에 탁탁 치면서 말했다.

"그럼, 오늘 축하 파티 해 주시는 겁니까?"

"축하 파티라고도 할 수 있나?"

짱구가 장난스러운 눈빛으로 껑다리에게 물었다.

"오늘 머리카락 나고 제일 기분 존 날유. 참말로 기분 베리굿이랑께."

껑다리가 자신도 모르게 옆자리에 앉아 있는 봉숙의 손을 잡아서 번쩍 들어 보이며 말했다.

"그럼, 제가 가만히 있을 수가 없네요. 서비스 소주 한잔 올리겠습니다."

"형님, 슬슬 집에 갈 시간도 됐응께 얼른 마무리하시죠."

주인이 손을 번쩍 쳐들어 보이고 나갔다. 짝눈이 익은 고기를 철용의 앞 접시에 올려놓았다. 한입에 먹기 좋게 가위로 자르는 모습을 지켜보던 철용이 경훈을 바라봤다.

"그려, 일단 매듭을 짓고 술을 더 마시든지 하자."

경훈이 술잔을 비워 버리고 김치 조각을 씹어 먹으며 잔기침을 했다.

"큰형님, 본론을 말씀하기 전에 둘째 조카는 언제 보게 되는 거유. 겁나게 빨리 보고 싶네유."

경훈이 막 입을 열라고 하는데 껑다리가 물었다.

"짜식, 여자 꼬시는 재주는 있으면서 그것도 몰라. 아들이믄 영철이처럼 큰형님을 닮았을 거이고, 딸이믄 형수님을 닮게 되어 있어. 제 말이 틀렸습니까. 큰형님?"

짱구가 경훈의 빈 잔을 채우며 물었다.

"난, 아들이든지 딸이든지 죄다 집사람 닮았으믄 좋겠어. 그래야 착하게 세상을 살지."

경훈의 아내는 출산을 오 개월 앞두고 있다. 그러나 요즘은 강원도에

163

있는 기도원에 가서 생활하고 있어서 빵집에는 종업원만 두고 있는 상황이다. 경훈은 무심코 착하게 세상을 살아야 한다는 말을 하고 나서 갑자기 기분이 서늘해지는 것을 느꼈다. 시훈이 출소하고 난 다음 날 칼을 들고 서상철이 운영하는 양곡 상회를 털던 때가 바로 어제 일처럼 선명하게 떠올랐다.

"아따, 우리나라에서 형만큼 착하게 사는 사람 있으믄 나와 보라고 해유. 솔직히 형님이 승질이 좀 머해서 그렇지. 제가 보기에는 이날 이때까지 형님이 이유 없이 사람을 괴롭히거나, 나쁜 짓 하는 거 단 한 번도 못 봤슈. 야들아 내 말이 틀렸냐?"

짱구가 경훈에게 술을 따라 주고 나서 술병을 자기 앞에 내려놓으며 짝눈과 꺽다리를 번갈아 바라보았다.

"에이, 큰형님은 너무 착해서 탈유."

"만약, 형님이 건달처럼 사신다면 저 솔직히 봉숙 씨하고 합칠 생각도 못 했슈. 막말로 지가 부모가 있슈, 아니믄 피를 나눈 형제가 있슈. 평택 큰집에 큰아부지하고 큰어머니나 사촌들이 살고 있기는 하지만 서울 올라옴서 인연 끊고 살아유. 어머가 돌아가시기 전에만 해도 틀림없이 고등학교까지 가르치고 장가까지 보내 준다고 약속했던 사람들이…… 어머가 폐병으로 돌아가시고 나니까, 집이며 땅이며 재산은 다 큰아부지 앞으로 해 놓고…… 학교 문턱은 초등학교 오 학년 때까지만 밟았슈. 그라고 바루 지게 맞춰서 나무하러 다니고 겨울에 사촌들은 방에서 떠들고 노는데, 나 혼자 마당 눈 쓸고…… 몸이 아파서 일을 못 하면 꾀병 부린다고 지게 작대기로 개 패듯 패고…… 밥이나 많이 주나. 밥 많이 먹으면 식충이가 돼서 게으름만 피운다고 맨날 지덜이 먹고 남은 찬밥만 주고……."

주인이 소주병을 들고 들어왔다. 분위기가 착 가라앉아 있는 것을 보고 얼른 밖으로 나갔다. 꺽다리가 더 이상 말을 못 하고 고개를 푹 숙이는가 했더니 닭똥 같은 눈물을 뚝뚝 떨어트리기 시작했다.

"찬식 씨……."

봉숙이가 눈알이 빨개지도록 눈물을 흘리며 휴지를 접어서 꺽다리의 눈물을 닦아 줬다.

"짜식, 그런 일이 있었으믄 진작 나한테 말을 하지……."

짝눈은 눈물을 참으려고 천장을 바라보며 볼을 실룩거렸다. 짱구가 손등으로 눈물을 닦으며 울음 섞인 목소리로 중얼거렸다.

"너는 새꺄! 억울하게 유치장 구경은 안 했잖아. 나는 반 년 동안이나 월급을 못 받고 일했어. 가만히 사장 낌새를 보니까 월급 받기는 틀렸다는 생각이 들어서 하루는 술을 먹고 작심을 했구먼. 사장한테 그랬지. 계속 월급을 안 주면 더 이상 일 못 하겠다. 일을 시켰으면 월급을 주는 것이 당연한 것 아니냐. 최소한 삼 개월 치라도 줘라. 안 그러면 내일부터 일 안 하고, 가게 앞에서 월급 줄 때까지 진 치고 있을 거라고 말여. 그랬더니 월급 당장 줄 테니께 조용히 기다리라고 하데……. 그래서 마음속으로 '우는 놈 떡 하나 더 준다는 말이 맞구먼. 진작 세게 나왔으면 월급 밀리는 일은 없었을 거 아녀.' 하면서 돈 줄 때만 기다렸지. 그런데 사장 놈이 어디로 전화만 해 놓고, 영 돈 줄 생각을 안 하는 거여. 그래서 돈 언제 줄 거냐고 따졌더니, 가만있어 보라고, 돈이 와야 줄 거 아니냐고 돈 갖고 오기로 한 사람이 있으니까 술이나 한 잔 더 마시고 기다려 보라면서 소주 한 병을 내주길래 기분 좋게 마셨지……."

165

짝눈이 눈물을 닦고 나서 말을 하려다가 더 이상 말 못 하겠다는 얼굴로 술잔을 들었다.

"제가 그다음부터 말할게유. 돈을 갖고 온다고 하는 놈은 경찰서 형사였답니다. 형사가 가게 안으로 들어오자마자, 주인이 백팔십도로 변해서 저놈이 밤마다 물건을 빼돌린 도둑놈이라며 당장 잡아가라고 말하더랍니다. 짝눈이 깜짝 놀라서 내가 뭘 훔쳐 냈냐고 따졌더니, 주인이 금고 안에서 뭔가 적은 것을 형사한테 주더랍니다. 형사가 그 종이에 적은 것을 혼자 읽어 보고 나더니 다짜고짜 느닷없이 짝눈의 귀싸대기를 눈이 튀어나오도록 때리더랍니다. 그래서 왜 때리느냐고 대들었더니, 이번에는 이 도둑놈 새끼가 어따 대고 눈깔에 힘을 주냐며 구둣발로 정강이를 퍽 차더랍니다. 그때부터는……."

"그때부텀은 인정사정없이 개 패듯 패 버렸겠지. 짝눈은 매에 이기는 장사 읎다고, 무조건 잘못했다고 빌었겠지. 그래도 수갑을 채워서 경찰서로 끌고 가서 유치장에 한 이틀 가두어 두었다가, 다시는 물건을 훔치지 않겠다는 각서를 쓰고 풀려났겠지 머. 내 말 틀렸어?"

짱구의 말이 끝나기도 전에 경훈이 화가 난 얼굴로 빠르게 말했다.

"혀, 형님이 그걸 워티게 알아유?"

짱구가 놀란 얼굴로 짝눈을 바라봤다.

"저는 말한 적 없는데……."

"빽 없고, 배운 거 없고, 돈 없으면 인간 취급 못 받는 것이 현실여. 그랑께 여하튼 악착같이 돈을 모으는 수뺵에 읎어. 우리 같은 놈이 인제서 공부를 하겄어? 아니면 든든한 빽을 맨들 수 있겄어? 인간 대우 받고 살라믄 돈을 모으는 수뺵에 읎어."

경훈은 우리 형이 바로 그렇게 당했다는 말은 할 수 없었다. 술을 한 꺼번에 비워 버리고 안주도 먹지 않고 손등으로 입술을 닦으며 말했다.

"사지가 멀쩡한 놈들이 뭘 못햐. 나 같은 놈도 꿀릴 거 읎이 세상을 살아가는데. 안 좋은 경험은 한번으로 족햐. 앞으로는 잘못한 거 읎으믄 죽는 한이 있드래도 버텨야 하능 겨. 힘이 읎다고 맨날 당하기만 하믄, 평생을 돈 있고 권력 있는 것들 앞에서 시달리며 살 수벆에 읎어. 더구나 오일육 군사혁명으로 나라를 빼앗아서 독재정치를 하던 시대는 지났고 새 시대가 왔잖여."

"형님, 오일육 혁명 아뉴?"

경훈이 설교 삼아 다시 하는 말에 짱구가 눈치를 살피며 물었다.

"넌 신문도 안 보냐? 박정희 때는 오일육 혁명이었지만, 시방은 군사혁명이라고 하는 거여. 그기 무슨 말이냐믄 총으로 나라를 빼앗았다는 뜻여."

"형님 말씀 듣고 봉께, 맞는 말 가튜. 원래 이승만이 미국 하와이로 도망가고 부통령인 장면까지는 기억이 나는데, 그담에 어느 날 갑자기 군인들이 설치기 시작했잖유. 꺽다리, 큰형님 말씀 잘 들었지? 시방은 옛날하고 달라서 열심히 노력하믄 얼매든지 잘살 수 있는 나라라는 거여. 무슨 말인지 잘 알아들었지?"

"예, 형님."

짱구의 말에 꺽다리가 눈물을 닦으며 고개를 조아렸다.

"우리는 형님들만 있으면 됩니다. 형님이 이 세상에서 제일 든든한 빽입니다. 야들아 내 말 맞지?"

짱구가 대단하다는 표정으로 주먹을 내밀어서 엄지손가락을 펼쳐 보였다.

"그람유."

"여부가 있슈?"

꺽다리와 짝눈이 앞다투어 대답했다.

"태어나지도 않은 자식 땜시 말이 엉뚱한 데로 흘러갔구먼. 시간도 오래됐고 헝께, 본론으로 들어가자. 먼저 제수씨한테 물어볼께유. 꺽다리하고 참말로 같이 살 거유?"

"저한테 물어보지 말고 찬식 씨한테 물어봐야죠. 저는 호박이 넝쿨째 굴러들어 왔는데……."

초저녁부터 얌전하게 꺽다리하고만 작은 목소리로 말을 주고받던 봉숙이가 고개를 숙이며 말했다.

"저야말로 호박이 넝쿨째 굴러들어 온 셈유. 애써 딸내미 날 필요도 없슈, 인제 제우 세 살인데도 벌써 나한테 아부지, 아부지 하는데 얼마나 귀여운지 몰라유."

"둘 다 호박이면 나는 수박인가?"

짝눈의 말에 웃음을 참고 있던 모두가 와하하 웃었다.

"봉숙 씨는 그래도 중학교 물이라도 먹었잖유. 그래서 묻는 말유."

"남녀 사이에 사, 사랑만 있으면 되지, 학력이 뭐가 필요하데요……."

"제수씨 말이 틀린 말은 아니구먼. 그려 남자하고 여자 사이에는 사랑만 있으면 되능 겨. 형님, 더 이상 물어볼 필요 읎는 거 같은데?"

철용이 봉숙이를 가만히 바라보고 있다가 고개를 끄덕이고 나서 경훈에게 시선을 돌렸다.

"꺽다리 너도 생각이 가텨?"

경훈이 만족한 미소를 지으며 물었다.

"솔직히 톡 까놓고 말해서 누가 나 같은 놈한테 시집을 오겠슈. 막말로 저한테 시집올 여자 면사포를 얹어 줄 능력도 안 되잖아유."

"암마, 그건 순전히 형식여. 서로 사랑하는 맘이 진짜로 중요한 겨. 하지만 면사포가 그렇게 중요하다면 낼이라도 사진관에 가서 면사포 쓰고, 나비넥타이 매고 사진 한 방 찍어. 사진 값은 이 형이 줄 모양잉께."

철용은 문득 금순에게 면사포를 얹어 주지 못했다는 것이 생각나서 다분히 감정적으로 쏘아붙였다.

"말이 그릏다는 거지. 철용이 형님도 그냥 사시는데 우리가 먼 놈의 면사포유. 저는 봉숙 씨가 저를 사랑해 주는 것만 해도 참말로 감지덕지유."

"참말로 잘됐구먼. 난 제수씨가 미안해할 거 가텨서 그동안 물어보지 않았는데, 어채피 낼부터는 한 지붕 밑에서 살게 될 거잖유. 그람 최소한도로 서로가 워티게 사는지는 알고 있어야 하잖유. 친정에는 누가 있슈?"

경훈이 묻는 말에 봉숙이 대답을 못 하고 꺽다리를 바라봤다.

"친정이 경기도 문산인데 아부지는 어릴 때부터 누군지 모른대유. 어머니하고는 집 나와서부터 인연 끊고 살고 있어서 지금은 어디 살고 있는지도 모른대유……"

"그래도 낳아주고 길러 준 어머닌데, 결혼식은 올리지 못해도 최소한 연락은 해 줘야 하는 거 아닌가?"

철용이 경훈을 바라보며 말했다.

"내 생각도 그려. 어디 취직을 하는 것도 아니고, 사위 될 사람을 소개시켜 주는 거는 당연하다고 생각하는데……."

"형님, 이런 말하기 뭐한데 속사정이 있다고 합니다. 그러니까, 그 문제는 제수씨한테 맡겨 두는 것이 좋을 거 같은데……."

짱구는 봉숙의 어머니가 미군들을 상대로 몸을 팔던 여자라고 말할 수가 없었다. 어깨를 으쓱거리며 민망한 얼굴로 경훈에게 말했다.

"그려, 그람 그건 나중에 꺽다리하고 둘이 해결하기로 하구 그 머셔, 포장마차를 한다고 그랬냐? 그거 갖고 자식들 크고 그라믄 공부나 지대로 갈치겄어? 차라리 식당 같은 걸 해야 장차 희망이 있지 않을까?"

"내 생각도 형 생각하고 가텨. 포장마차라는 것이 낮에는 손님이 읎고 밤에만 있잖여. 사람 골병은 골병대로 들고, 오래 할 장사는 못 될 거 가텨. 식당은 머한 말로 경거니만 입에 맞게 해 줘도 알뜰히만 하믄 자식들 공부 갈치고, 먹고사는 데는 지장 읎을 껴."

"그, 그런 걸 차릴라믄 돈이 많이 들어가잖유. 그래서 우선 포장마차로 시작해서 돈을 벌면, 차차 식당을 넓혀 갈 생각유."

꺽다리가 봉숙의 손을 끌어다 잡고 짱구의 눈치를 살피며 말했다.

"그람 이라는 것이 어뗘. 꺽다리 니 앞으로 적금 들어 놓은 것이 백만 원짜리잖여. 거기다 내가 오십만 원을 빌려 줄 모양잉께, 첨부터 식당으로 해 봐. 이 동리서 백삼십만 원이믄 식당을 할 만한 방 딸린 가게를 구할 수 있을 거여. 식당을 하는 데 필요한 냉장고며, 주방 기구는 나하고 철용이하고 짱구하고 짝눈이 얼매씩 걷어서 해 줄 모양잉께, 이십만 원 밑천 갖고 시작해 봐. 어뗘?"

"형님!"

꺽다리는 감격의 눈물을 흘리느라 말을 못 했다. 짱구가 얼른 무릎을 굵고 감격 어린 목소리로 경훈을 향해 고개를 숙였다.

"왜 그랴? 그냥 공짜로 돈을 주었다는 것도 아니고, 우리찌리 거둬서 주는 건데. 그라고 난중에 꺽다리가 갚아야 할 빚여. 제수씨도 명심해야 해유. 그냥 도와주는 것이 아니라는 걸."

"아주버님, 정말 열심히 살겠어요."

봉숙이도 가만히 앉아 있을 수가 없었다. 태어나서 이 나이가 되도록 한 번도 받아보지 못한 인간의 따뜻한 정을 느끼는 것 같았다. 이런 것이 바로 가족의 정이구나, 라는 생각이 들어서 짱구처럼 무릎을 꿇고 앉아서 눈물을 흘렸다.


민초예는 요즘 하루가 어떻게 가는지 모를 정도로 바빴다.

예전에는 새벽에 일어나서 잠자리에 드는 밤 10시까지 하루가 고래 심줄처럼 길기만 했다. 그럴 수밖에 없는 것은 바깥 날씨가 비 오고 눈 오고 바람이 불거나 햇볕이 뜨겁다는 식으로 변해도 식당 안의 하루는 일 년 삼백육십오 일 똑같은 일들이 반복되고 있기 때문이다. 물론, 가끔은 이상한 손님들이 웃기는 농담을 툭 던지고 나가기도 하고, 하찮은 일로 싸움이 벌어지기도 하고, 직원들 사이에 냉랭한 기류가 흐르는 것을 감지하고 그것을 중재하느라 색다른 시간을 보내기도 했다. 식당 홀 안에 설치된 컬러텔레비전도 매일 보다 보면 그게 그 프로고, 그게 그 노랫소리로 들려서 별다른 감흥을 주지 못했다.

요즘 들어서 젊은 손님들은 자리에 앉기만 하면 프로야구 이야기로 꽃을 피운다. 지난 3월 23일 출범한 프로야구는 개막전부터 대통령의 시구를 보기 위해 인산인해를 이루었다. 삼성과 MBC의 경기였는데 삼성

은 대구 제일모직과 경산 제일합섬에 근무하는 여공 7백 명을 버스 17
대에 실어 날랐다.

평생 야구장 한 번 가 보지 못한 여공들은 1주일 동안 하루 5시간씩
허리가 휘도록 연습해서 카드섹션 응원을 펼쳐 관중들의 인기를 모았다.
일본 NHK TV는 경기를 위성중계하고 1천여 명의 일본 관중도 비행기
를 타고 넘어와서 경기를 지켜봤다. 인기가 높은 만큼 표를 구하기도 힘
들었다. 5천 원짜리 내야석은 1만 원에, 2천 원짜리 외야석은 6천 원에
암거래되는 지경이었다.

민초예는 원래 운동에도 취미가 없었지만 텔레비전에서 야구 경기를
해도 규칙을 이해할 수가 없었다. 아니, 이해하고 싶지도 않았다. 저녁에
가수들이 나와서 노래를 부르는 프로보다 재미있고, 기다려지는 시간은
유정과 함께하는 시간이었다.

그녀는 아예 자신의 호적에 넣어서 이름까지 민유정이 되어 버린 유
정이 오기 전까지는 흑백텔레비전처럼 세상을 건조한 시선으로 바라봤
지만, 유정과 한 지붕 아래서 생활하고부터는 컬러텔레비전처럼 형형색
색의 세상으로 변해 버렸다.

"안직도 숙제 안 끝난 거여?"

민초예는 점심 장사가 끝나고 한가한 시간을 틈타 2층으로 올라갔다.
유정은 자기 방 책상 앞에 앉아서 노트에 뭔가를 쓰고 있었다. 벌써 4학
년이 된 유정의 뒷모습을 바라보는 것만으로도 얼굴에 웃음이 번졌다.

"숙제는 아까 끝났슈. 오늘 공부한 거 복습하고 있어유. 어머니는 쉬
러 올라오신 거여유?"

유정은 의자에서 일어나 길게 기지개를 하고 민초예를 향해 돌아섰

다.

"우리, 유정이 혼자 있으믄 심심해 할 거 가텨서, 어머가 같이 놀아 줄라고 올라왔구먼. 뭣 좀 줄까? 오렌지 주스 한 잔 따라 줄까?"

"제가 컵에다 따라 올 팅게 어머니하고 같이 마셔유."

"그려, 공부 너무 열심히 하믄 머리 아풍께 쉬었다가 하는 것도 좋은 겨."

민초예는 거실에 앉아서도 유정에게서 시선을 뗄 수 없었다. 걸음을 걷는 모습도 예쁘고, 냉장고를 열고 오렌지 주스 병을 꺼내는 모습도 예쁘고, 입을 앙증맞게 다물고 컵에 오렌지 주스를 따르는 모습도 예쁘다.

"내 짝 있잖유. 박종미라고 말여유."

유정이 민초예에게 얌전히 오렌지 주스가 들어 있는 컵을 내밀면서 입을 열었다.

"그려, 즈 아부지가 시청에 댕긴다고 하든 그 짝 말하는 거여?"

"예, 바로 가유. 가가 지가 볼 때 좀 이쁘기는 하거든유."

"우리 유정이보담 이뻐?"

민초예는 유정이 학교에서 있었던 일을 미주알고주알 말해 줄 때가 가장 좋았다. 마치 유정의 친구라도 되는 것처럼 다정스럽게 물었다.

"솔직히 말씀드리면 가가 더 예뻐유. 가는 선생님 모르게 화장도 해 유. 표시 나게 하는 것이 아니구유. 표시 안 나게 입술에다 살짝 루주 같 은 것도 바른대유. 제가 볼 때는 안 바른 거처럼 보이는데, 가 말로는 즈 언니가 표시 안 나게 발라 주는 기술이 있대유. 그래서 그런지 모르지만 남학생들이 가를 엄청 좋아해유. 근데유, 어머니."

유정이 비밀 이야기라도 하는 표정으로 갑자기 목소리를 줄이며 민초예에게 바짝 다가붙었다.

"응."

민초예는 유정이 벌써 사춘기를 겪고 있는지도 모른다고 생각하며 다정하게 대답했다.

"가를 좋아하는 남자는 대충 세어 봐도 다섯 명은 넘어유. 근데유. 종미가 진짜로 좋아하는 남자는 반장이거든유. 근데 반장은 딴 여학생을 좋아해유."

"그, 그럼 머여? 벌써부텀 삼각관계라는 거여?"

"삼각관계가 뭔지는 모르지만유. 반장이 저를 좋아하는 건 사실 가튜."

"뭐라고? 반장이 우리 유정이를 좋아한단 말여? 그 반장 아부지는 머하는 사람여?"

민초예가 깜짝 놀란 얼굴로 물었다.

"어머니두 참, 지가 시집이라도 가는 줄 아셔유. 저는 반장이 저를 암만 좋아해도 눈 깜짝 안 해유. 왜 그런지 아셔유?"

"그려, 우리 유정이는 공부를 열심히 해서 나중에 큰사람이 될 거니께 딴 데 신경을 쓰믄 안 되지."

민초예가 마음속으로 가슴을 쓸어내리며 말했다.

"맞아유. 어머니가 그랬잖아유. 어머니는 열심히 장사를 하는 것이 어머니가 할 일이시고, 저는 학생잉께 딴 데 한눈팔지 말고 공부를 열심히 하는 것이 본분이라고 말여유. 인제 저 공부해도 되쥬?"

유정이 빈 컵을 챙겨 들고 일어서며 말했다.

"그려, 이 잔은 어머가 씻을 모양잉께 우리 유정이는 얼른 공부나 햐."

민초예는 유정이 들고 있는 컵을 받아 들었다. 너무 예쁘고 귀여워서 견딜 수가 없다는 얼굴로 바라보다 주방 앞으로 갔다.

그려, 이게 사람 사는 거여. 이렇게 살아가는 거여.

개수대에 컵을 내려놓고 수도꼭지를 틀었다. 줄기차게 쏟아지는 수돗물도 유정이 집으로 들어오고 나서는 매일 다르게 보였다. 지금도 유정이 첫 등교를 하던 날을 생각하면 저절로 입가에 웃음이 인다.


유정이와 함께 생활하면서 가장 가슴이 뿌듯했던 순간은 한집에 살게 되고 나서 첫 등교를 하는 날이었다.

"어머니, 학교 다녀오겠습니다."

유정이 활짝 웃는 얼굴로 현관 앞에서 인사를 했다. 그 말은 승철이와 그렇게 오랫동안 살았어도 단 한 번도 들어 보지 못한 말이었다. 그래서일까, 분명 여덟 살짜리 유정의 입에서 흘러나온 말인데도, 하늘에서 들려오는 것처럼 들려서 뭐라고 대꾸를 할 수가 없었다.

"어머니, 학교에 댕겨 온다고 했잖유……."

민초예가 갑자기 표정이 변해서 반쯤 정신이 나간 얼굴로 멍하니 서 있는 모습을 보고 유정이 얼굴을 흐리며 중얼거렸다.

"그, 그려. 핵교 가야지. 우, 우리 유정이."

민초예는 마음속으로 눈물을 삼키며 허둥지둥 유정의 손을 잡고 현관을 나섰다.

"어제 학교에 가 봤잖유. 저 혼자 갈 수 있응께 집에 들어가세유."

유정이 계단을 내려가려다 말고 환하게 웃었다.

"아! 아녀. 어, 어머가 우리 유정이 워티게 핵교에 가는지 지켜봐야 하 잖여. 그, 그기 어머가 할 일여."

민초예는 너무 당황해서 아무 생각 없이 혀가 돌아가는 대로 말을 했 다. 말해 놓고 생각해 보니 어린 딸을 등교시키는 것이 당연히 엄마가 해야 할 일이라는 생각이 들면서 참았던 눈물이 났다.

"어머니, 제가 학교에 가는 것이 싫어유?"

"아, 아녀. 너무 좋아서 그랴. 우리 딸이 핵교 가는 것이 너무 좋아서 그랴. 어여 가자."

민초예는 유정의 첫 등교 날 주책없이 눈물을 흘려서는 안 된다는 생 각에 서둘러 눈물을 닦았다.

"저, 혼자 갈 수 있는데……."

유정이 식당 앞에서 걸음을 멈추고 민초예를 올려다봤다.

"아, 아녀. 저 앞에까지만 데려다 줄 껴. 그랑께 어여 가자."

민초예는 유정의 손을 잡고 걸었다. 죄를 지은 것도 아닌데, 유정이를 유괴해 온 것도 아닌데 사람들의 시선이 너무 부끄러워서 얼굴을 들 수 가 없었다.

"너무 좋아유. 지는 아부지가 학교에 댕겨서 어머니하고 같이 손잡고 학교에 간 적이 한 번도 없었슈."

"나, 나도 츰여."

"왜유?

유정이 작고 까만 눈동자를 깜박이며 민초예를 올려다봤다.

"유, 유정이하고 이렇게 같이 손잡고 갈라고 그동안 참았잖여. 참말이 여."

민초예는 뭐라고 할 말이 없어서 생각나는 대로 둘러댔다.

"어머! 진짜유?"

"그렇다니께."

"스님 말씀이 참말이구먼……."

"스님이 머라고 하셨남?"

"예."

"뭐라고 하셨는데?"

"어머니하고 저하고 전생에 부녀지간이라고 하셨슈. 친어머니보다 더 깊은 인연이라고 하셨슈……. 그랑께 어머니가 제 손을 잡고 학교에 보내실라고 참으셨잖유."

"돌아가신 어머가 보고싶제?"

"아, 안 보고 싶어유. 맨날 아부지하고 쌈만 하고……. 어머니는, 아부지 학교 출근하믄 동리 사람들하고 술만 마시고……."

유정은 말과 다르게 술에 취해 있는 어머니가 보고 싶었다. 하지만 일도 스님의 말처럼 돌아가신 어머니와의 인연은 바람 같은 것이고, 지금 어머니가 진짜 어머니라는 생각에 이내 마음을 고쳐먹었다.

"일도 스님이 그러시드라. 우리 유정이하고는 전생에 부녀지간이었다고 말여. 그렇지 않으믄 우리 유정이를 만나지 않았을 거라고 말여."

"어머니, 고마워유. 공부 진짜로 열심히 해서 어머니한테 효도할게유."

유정이 신호등 앞에서 걸음을 멈추고 민초예를 바라봤다.

"니가 효도가 먼지 알기나 햐?"

"부모님한테 잘하는 것이 효도유. 부모님한테 잘할라믄 말 잘 듣고,

공부 열심히 하고, 심부름 잘하고, 말썽 안 피우는 것이 효도라고 그전 학교 선생님이 말씀하셨슈."

"그려, 우리 유정이 참말로 똑똑하구면. 어머가 우리 유정이한테 배워야겠어."

신호등이 파란불로 바뀌었다. 민초예가 유정의 손을 잡고 횡단보도로 내려섰다.

"어머니, 저 혼자 갈 거유. 어서 들어가셔유."

유정은 민초예의 손을 뿌리치고 오른손을 번쩍 들었다. 학교에서 배운 대로 손을 들고 빠르게 횡단보도를 건너갔다.

저거시, 참말로 내 딸 유정이란 말여?

유정은 횡단보도를 건넜다. 곧장 학교가 있는 쪽으로 가지 않았다. 활짝 웃는 얼굴로 두 손을 번쩍 들어 흔들다가 꾸벅 인사를 하고 학교 쪽으로 향했다. 민초예는 마치 꿈을 꾸고 있는 것 같아서 걸음을 옮길 수가 없었다. 유정의 또래 아이들과 뒤섞여서 학교가 있는 길 쪽으로 꺾어 들어갔다. 이윽고 유정이 걸어가던 자리에 낯선 행인들이 채워져 있다는 것을 느꼈을 때서야 뒤로 돌아섰다.

민초예는 식당으로 돌아가는 걸음이 너무 가벼워서 언제 도착했는지 모를 정도였다. 순길이 엄마하고 영식이 엄마가 주방에서 해장국과 같이 내놓을 배추김치며 깍두기를 담고 있었다. 주방 안으로 들어가서 순길이 엄마 앞에 섰다.

"순길이 엄마, 나 좀 봐. 우리 유정이가 오늘 학교를 갔잖여."

"아까, 저두 봤슈. 유정이 핵교 가는 모습이 그렇기 뵈기 좋아유?"

순길이 엄마가 고춧가루 양념이 벌겋게 묻은 고무장갑을 벗으며 물었다.

"그걸 말이라고 하는 거여. 근데 머 하나 물어봐야겄어. 우리 유정이 가 이따 즘심때쯤 집에 올 거잖여. 그람 즘심을 멕여야 하는데, 해장국 을 줄 수는 읎잖여. 그만한 아들이 좋아하는 겅거니가 머 있을까? 요새 아들이 소시지를 좋아한다는데 그걸 사다 부쳐 줄까? 아녀, 계란말이가 좋을까? 옛날에 우리 춘임이는 그만한 아들이 좋아하는 겅거니를 잘 만 들었는데 난 도시 모르겄구먼."

"춘임이가 뉘유?"

"으, 응. 옛날에 우리 집에서 밥해 주던 아여."

민초예는 까맣게 잊고 지내던 춘임이 얼굴이 떠올랐다. 돌이켜 보니 착하기만 한 춘임이에게 못된 짓을 많이 한 것 같았다. 지금이라도 춘임 이를 만나면 그때 잘못한 점을 무릎 꿇고 사과하고 싶었지만 요원한 일 이라는 생각에 쓴웃음을 지었다.

"목포에서유?"

"그려. 그랑께 그쯤 알고 우리 유정이 좋아할 만한 거 머가 있을까?"

"걱정 마셔유. 지가 알어서 해 줄 모양잉께."

"아녀. 내 손으로 내가 직접 해 주고 싶구먼. 내 손으로 직접 맨들어 서, 내 손으로 멕여 주고 싶구먼."

"식모 두고 사셨담서, 맨들 줄은 알아유?"

"그건 순길이 엄마가 알켜 줘야지. 내가 워티게 알겄어."

"그래유. 그람 소시지를 계란에 묻혀서 지진 거하고, 쇠고기 장조림을 해 줘유. 그람 밥이 꿀맛 같을 규."

"유정이는 참말로 좋겄구먼……."

민초예가 소풍을 앞둔 국민학생처럼 좋아서 어쩔 줄 몰라 하는 모습을 보고 영식이 엄마가 자신도 모르게 길게 한숨을 내쉬었다.

"영식이가 생각나서 그랴?"

"아, 아녀유."

"걱정하지 마. 내가 영식이 줄 꺼까지 맨들어 줄 모양잉께, 즘심 장사 끝나고 얼릉 집에 댕겨와."

"사, 사장님 참말로 고마워유."

영식이 엄마가 민초예의 손을 잡고 눈물을 글썽거렸다.

"나한테 고맙다고 하지 말고, 우리 유정이한테 고맙다고 햐. 유정이가 읎으믄 내가 쇠고기 장조림을 할 일이 있었어?"

민초예는 점심 손님이 몰려오기 전에 시장부터 봐야겠다는 생각에 갑자기 마음이 바빠지기 시작했다.


민초예는 컵을 씻어서 찬장에 얹고 나서 발소리를 줄여 살금살금 걸어서 유정의 방 앞으로 가본다.

그려, 이기 꿈은 아니겄지.

유정은 책에 있는 무엇인가를 노트에 열심히 옮겨 적고 있었다. 그 모습이 너무 사랑스러워서 방에 들어가 안아주고 싶었지만 애써 참으며 돌아섰다.

# 불전함

그람, 츰부터 그렇게 말을 해야지.
난 불전함에 든 돈을 펑펑 쓴다는 말을 듣고 얼매나 놀랬든지.
그건 맞는 말여.
스님하고 음식점에서 밥 먹고 차비 하라고 주는 돈은 스님 돈이지,
부처님 돈이 아닌 거하고 같은 이치겠구먼.

기차가 서울역에 도착했다.

변쌍출은 길게 기지개를 하고 일어서서 선반에 있는 보따리를 내렸
다. 봄에 하 보살이 산에서 따 온 고사리 말린 거며, 작년 가을에 무를
썰어서 말린 무말랭이, 참기름, 들기름 등이 들어 있는 보따리다.

"인줘유."

하 보살이 보따리를 받아 들고 변쌍출의 손을 잡았다.

"손 꼭 잡아. 놓치믄 나도 책음 못 지니께."

변쌍출은 말과 다르게 하 보살이 손을 놓을지도 모른다는 생각에 꼭
잡고 기차에서 내렸다. 수백 명의 승객들이 물결처럼 계단 쪽으로 휩쓸
려 가고 있었다. 그들 틈에 합류를 했다. 가만히 서 있어도 뒤에서 밀려

오는 승객들 때문에 저절로 앞으로 나갔다.

"아부지!"

변쌍출은 출구를 지키고 있는 역무원에게 기차표를 내밀었다. 팔봉의 목소리가 들리는 곳으로 시선을 옮겼다. 팔봉이 손을 번쩍 들고 가까이 다가오고 있었다.

"어, 어여 가유."

하 보살은 마음이 급했다. 변쌍출이 잡은 손을 뿌리치고 팔봉을 향하여 급하게 걸었다. 그러나 사람들이 갑자기 밀려오는 통에 휩쓸려서 다른 쪽으로 밀려가기 시작했다.

"저, 저런 맹추 같으니……."

"어머, 그쪽으로 가면 안 돼유."

팔봉이 뛰어가서 승객들 틈을 헤집고 들어가 겨우 하 보살을 껴안았다.

"좌우지간 느 어머 데리고 워디 못 다니겠다. 내가 내동 내 손을 꼭 잡으라고 당부했는데도, 내 말을 안 듣다가 느덜이 산 집 귀경도 하기 전에 생이별할 뻔했구먼. 에이, 이래서 서울 같은 데는 나 혼자 댕겨야 한다니께."

변쌍출은 하 보살을 노려보다가 더 이상 상대하기 싫다는 얼굴로 홱 돌아섰다.

"아들이 저만치 있는데 워턱해유. 사람들이 갑자기 파도처럼 밀려올 줄 알았남. 그건 그렇고 참말로 집을 샀단 말여?"

"아, 집을 샀응게 이렇게 올라오시라고 했잖유. 원래는 지가 차를 갖고 모시러 갈라고 했는데 바쁜 일이 있어서 고생만 시켰구먼유. 그리고 아부지가 내동 손을 꼭 잡고 계시라믄, 꼭 잡고 계셔야지. 손을 놓으면 워턱하시겠다는 거유. 이런 데는 영동하고 달라유. 한번 길을 잃어버리믄 코앞에서도 집을 못 찾는 데가 바로 서울이라는 곳이유. 어서 가유."

팔봉은 하 보살이 들고 있는 보따리를 받아 들었다. 하 보살의 손을 깍지 껴서 잡고 사람들의 왕래가 적은 쪽으로 가서 걸었다.

"아따! 서울에는 사람들이 참말로 많기는 많구먼. 하긴, 우리 동리에서만 해도 서울에 몇 명이 올라 왔잖여. 영동군 사람들만 해도 천 명은 안 되겠냐?"

변쌍출은 서울 역사를 나와서 걸음을 멈췄다. 광장을 가득 메우고 있는 사람들하며 꼬리에 꼬리를 물고 가는 자동차, 길 건너편으로 보이는 고층 빌딩들을 바라보니까 머리가 어지러웠다. 고개를 흔들고 나서 눈을 질끈 감았다 뜨고 연신 감탄사를 터트렸다.

"내 생각에는 만 명은 넘을 거 가튜."

"만 명? 아! 영동군 인구가 오 만이 넘어. 서울은 내가 볼 때 백만 명, 아니 삼백만 명은 넘을 거 같구먼."

"서울 인구가 팔백만 명이 넘는대유. 영동에서 가차운 대전 인구가 육십만 명이라고 항께, 대전보다 열 배가 넘게 크다고 볼 수 있쥬."

팔봉은 부지런히 걸어서 택시 정류장으로 갔다. 택시를 타기 위해서 줄을 서 있는 길이가 오십 미터가 넘었다. 그 꽁무니에 서서 자랑스럽게 말했다.

"여기서 한참 걸리냐?"

하 보살이 팔봉에게서 떨어지지 않으려고 손을 꼭 잡고 물었다.

"택시만 타믄 금방 가유. 션한 거 하나 사 올까유?"

183

"아녀, 집에 금방 간다믄서 거기 가서 션한 물 한잔하믄 되지 머."

변쌍출이 주머니에서 담배를 꺼내 입에 물고 점잖게 말했다. 길 건너 편으로 황토색의 거대한 빌딩이 압도적으로 다가왔다. 몇 층인지 일 층 이 층 세어 보다가 눈이 아른거려서 세어 볼 수가 없었다.

"아부지 워딜 그렇게 쳐다보고 계셔유?"

"저기 저 건물이 대관절 무슨 건물이냐."

"저거 대우빌딩이잖유. 칠십육 년도에 완공한 건물유."

"저거는 대관절 및 층이나 되능 겨? 내가 볼 때 이십 층은 넘어 보이 느만."

"이십칠 층벆에 안 되는데 건물 전체 넓이가 사만 이천 평인가 그렇 게 된다드만유?"

"사, 사만 이천 평이믄 즌기세도 엄청 나오겠구먼."

"저기서 한 달 동안 사용하는 전기량이 의정부시 전체가 쓰는 한 달 양하고 같대유. 의정부시 인구가 십일만 명이랑께 어마어마한 거쥬."

"아따! 서울 온 보람이 있구먼. 순배 형님하고 평래 그 사람은 내가 대우빌딩 보고 왔다믄 못 믿을 거다. 느덜 집은 및 평여?"

"대지가 스물다섯 평에 건평이 스무 평인데 세 집이 살아유. 옆방하고 문간방은 전세를 줬거든유."

"허! 제우 세 가구가 사는 집이 스무 평인데, 저 건물은 사만 이천 평 이라면 대관절 및 명이 살고 있는 거여?"

"난 시방 너하고 느 아부지하고 먼 말을 하고 있는 줄 당최 모르겠 다."

하 보살은 대우빌딩을 바라보는 것만으로도 어지러워서 고개를 절레

절레 흔들었다.

"그거야 모르쥬. 열 평에 한 명씩만 잡아도……. 가만있어 보자…….
사천이백 명이 저 빌딩 안에 산다는 계산이 되겠네유……. 근데 대우빌
딩에 전세를 은을라면 최하 한 평에 이백만 원은 줘야 한대유."

"허. 한 평에 이백만 원만 잡아도, 세 평 전세 은을 돈이믄 육백만 원
짜리 집을 산다는 말이네."

"그런 셈이쥬."

팔봉은 택시에 탈 순서가 됐다는 것을 알고 입을 다물었다. 하 보살의
손을 꼭 잡고 있다가 가까이 다가와서 멈추는 택시 뒷문을 열었다.

팔봉이 남가좌동에 산 집은 버스 종점에서 멀지 않은 곳이다. 팔봉은
택시 운전사에게 집으로 들어가는 골목까지 가자고 해서 내렸다.

"가만있어 봐. 아무리 자식 집이라고 하지만 이사 간 집에 빈손으로
갈 수는 읎잖여."

변쌍출이 택시에서 내려 가게를 찾아 두리번거렸다. 골목 입구에 구
멍가게가 보였다.

"아이구, 딴 집에 가신다믄 몰라도 자식 집에는 그냥 가셔도 괜찮아
유."

팔봉은 구멍가게로 들어가려는 변쌍출의 손을 잡고 그냥 골목 안으로
들어갔다. 리어카 한 대가 드나들 수 있을 정도의 골목에는 보도블록이
깔려 있다. 정부에서 지은 시영 주택이라 크기며 구조가 모두 똑같은 몇
채의 건물을 지나서 새로 빨간색 페인트칠을 한 대문 앞에 멈췄다.

나왕 토막에 니스칠을 한 문패는 새것이다. 변팔봉이라는 이름을 칼
로 새긴 다음에 먹물을 칠했다. 주소는 새기지 않고 붓으로 작게 썼다.

변쌍출은 울컥 눈물이 치솟는 것을 느끼며 주름진 손으로 문패를 쓰다듬었다.

"여기가 니덜 집이여?"

하 보살은 대문 앞으로 갔다. 대문을 쓰다듬고 기둥을 쓰다듬다가 팔봉을 바라봤다.

"이름이 써 있잖유. 여기 변팔봉이라고."

팔봉은 자랑스럽게 웃으며 초인종을 눌렀다. 벨이 울리고, "희순이 아버지유?" 하는 박장옥의 목소리가 흘러나온다.

"그려, 아부지하고 엄마 모시고 왔응께 어여 문 열어."

팔봉의 말이 끝나자마자 덜커덩거리면서 대문의 빗장이 풀리는 소리가 들렸다.

"서울은 문도 전기로 여는구면."

변쌍출은 뒷짐을 지고 뒤로 물러섰다. 팔봉이 하 보살의 손을 잡고 대문 안으로 들어갔다. 그때서야 큼! 헛기침을 하고 뒷짐을 진 자세로 점잖게 대문 안으로 들어갔다.

"아버님 오셨슈? 어머님 올라오시느라 고생 많으셨쥬. 이 사람이 차를 갖고 모시러 가야 하는데 원체 여기 일이 바빠서 그냥 즌화만 드렸슈."

박장옥이 부엌에서 나와 반갑게 맞이했다. 이어서 거실 문이 열리고 희순이 타일을 바른 뜰로 내려섰다.

"할아부지, 할머니 오셨네유. 어서 들어오셔유. 여기가 우리 집여유."

"그려, 나도 알고 있구면. 어여 들어가자."

하 보살이 눈물을 글썽이며 희순의 손을 잡고 마루로 올라섰다.

"손자는 워디 갔냐?"

변쌍출이 마루 쪽을 기웃거리며 물었다.

"희수는 방위 산업체에 댕겨유. 거길 칠년 동안 댕기믄 군대를 안 가도 되거든유. 올개가 사년 째니께 삼 년만 더 하믄 끝나유. 그담부터 지가 방위 산업체를 그만두고 싶으면 그만둬도 되고, 딴 회사로 윙기고 싶으면 윙겨도 된대유."

"내가 알기루는 전문대학에 댕기는 걸로 알고 있는데, 거기는 졸업했냐?"

"일 년 댕기다가 그만뒀슈. 하지만 방위 산업체에 삼 년 이상만 근무하면 일반 사 년제 대학 야간에 들어가기는 쉽대유."

"이왕이믄 졸업을 시킬 일이지……. 나는 담배 한 대 피고 들어갈란다."

변쌍출은 살림이 어려워서 전문대학을 그만두었을 것이라는 생각에 길게 물어보지 않았다. 담배를 입에 물고 천천히 마당을 둘러보기 시작했다. 담벼락에 철조망을 친 마당의 넓이는 다섯 평 남짓하다. 대문 옆에는 변소와 창고가 있다. 그 앞으로 해룡이 부부가 사는 집처럼 처마에 잇대어 지붕을 하고 함석으로 벽을 만든 부엌 딸린 방이 있다. 그 옆으로 팔봉의 가족이 사는 방이 두 칸이다. 부엌은 마당보다 깊었다. 그 대신 부엌 위에 다락방이 있다. 마루 밑을 보니까 부엌을 통해 들어가는 지하실이 있는 것 같았다. 문간방은 옆방과 다르게 처마 밑의 연탄아궁이 옆에 찬장이 서 있다. 누군가 자취를 하고 있는지 신발이 한 켤레밖에 없다.

"아버님, 어여 들어가셔유. 즘심이 늦었구만유."

"그려, 들어가자."

변쌍출은 박장옥이 부르는 말에 돌아섰다. 처마 밑에는 파란색 타일을 깐 뜰이 보기 좋았다.

"여기가 희수 방유."

희순이 희수 방으로 들어가며 말했다.

"여기 이거는 텔레비여? 얼매나 잘살기에 방마다 텔레비가 있는 거여?"

하 보살이 희수 책상 위에 있는 컴퓨터를 만져 보며 물었다.

"그건, 텔레비가 아니고 컴퓨터라고 하는 거유."

희순이 자랑스럽게 말했다.

"커, 커, 컴이 머 하는 거여?"

"저거만 있으믄 뭐든 할 수 있대유. 계산이나 통신 같은 거 그런 거 있어. 할머니는 몰라도 되는 거여."

희순이도 컴퓨터에 대해 잘 모른다. 희수 말로는 컴퓨터는 뭐든 계산이 빨라서 1초 동안에 10억 번이나 계산할 수 있다고 했다. 사람이 10억 원의 돈을 한 사람당 1원씩 나누어 주는 데 10초씩 걸린다면 하루 8시간 일할 경우 1천 년이 걸린다는 다소 이해하기 어려운 설명만 기억날 뿐이다.

"그람 커, 컴, 이것이 얼매짜리여?"

"희수가 삼십만 원 내고 아부지가 삼십만 원 내고 해서 육십만 원 주고 샀대유."

"유, 육십만 원짜리를 방 안에 두고 있는 거여?"

"희수가 공장에서 컴퓨터를 하고 있는데, 난중에는 컴퓨터가 읎으믄 세상이 안 돌아간대유."

"별일도 다 있구먼. 얼매나 돈이 많은지는 몰라도, 장개도 안 간 아들 방에 육십만 원짜리 기계를 들여놓고……."

"희수가 그라는데 이건 기계가 아니고, 기계를 움직일 수 있는 거래 유."

"희수는 저 방에서 자고 너는 워디서 자냐?"

하 보살은 희순의 말이 너무 어려워서 알아들을 수가 없었다. 희수의 방에서 나가면서 희순에게 물었다.

"나는 다락방에서 자잖여. 한번 올라가 볼래유?"

희순이 다락방 문을 열고 자랑스럽게 말했다.

"그려, 이 할미가 서울까지 와서 우리 손녀가 워디서 자는지 안 보고 가믄 쓰겄냐."

하 보살은 희순이 이끄는 대로 다락방 위로 올라갔다. 일어설 수 없을 만큼 천장이 낮았으나 누워 자는 데는 부족하지 않을 만큼 넓었다.

"할머니, 비 오는 날 여기 둔너서 창문 밖을 바라보믄 얼매나 좋은지 몰라. 일루 와 봐."

희순이 창문 앞에 턱을 괴고 누워서 밖을 바라봤다.

"좋기는 한데 바닥이 마루라서 겨울에는 엄청 춥겠구먼."

"전기장판이 있잖여."

"전기장판이 머여?"

"전기로 장판을 뜨시게 만드는 거여. 한번 볼 텨?"

희순이 담요를 들추자 전기장판이 나왔다. 전기장판의 스위치를 켜고 하 보살의 손바닥을 장판에 댔다.

"참말로 신기하구먼. 전기를 꽂응께 금방 장판이 뜨거워지네. 이런 것

은 을매씩 하냐? 모산에도 이런 장판이 있으면 겨울에 불 땔 필요도 읎
겄네."

"이건 짝은 거라 만 육천오백 원이고 여러 명이 잘 수 있는 장판은 더
비싸유."

"어메, 만 육천오백 원짜리를 등허리에 깔고 잔단 말여? 산에서 북데
기 한 짐만 해 오믄 사흘은 뜨시게 잘 수 있는데."

하 보살은 만 육천오백 원이라는 말에 혀를 차며 전기장판은 언감생
심이라는 생각에 고개를 절레절레 흔들었다.

"할머니, 전기장판 좋으면 아버지한테 사 드리라고 할게."

"아니다, 아녀. 우린 그냥 불 때서 사는 방에 살란다. 즌기세도 보통은
넘겄는데 뭐."

하 보살은 팔봉이 사 준다면 한 장 정도 집에 있어도 좋겠다고 생각
하면서도 손을 흔들며 다락방을 내려갔다.

방에는 교자상 다리가 휘도록 음식이 가득 찬 상이 차려져 있었다. 쇠
갈비를 비롯해서 잡채며 버섯볶음에, 조기 구이, 계란말이, 채나물에, 꽈
리고추로 볶은 잔 멸치 볶음이며, 고춧가루 양념을 한 꼬막 무침에 무를
얇게 썰어 넣은 소고깃국이 모두 먹음직스러워 보였다.

"차린 것이 읎어서 입에 맞을란지 모르겄구먼유."

박장옥이 민망한 얼굴로 변쌍출 앞에 수저와 젓가락을 조심스럽게 놓
았다.

"차린 것이 읎다니, 이릏게 잘 차린 상은 난생 츰 보는구먼."

하 보살은 어떤 것부터 먹어야 할지 감이 잡히지 않을 만큼 눈이 휘
둥그레지도록 놀란 얼굴로 수저를 들었다.

"아부지, 반주 한잔하셔야쥬. 쇠주를 사 올까 하다가 암만해도 막걸리가 좋으실 것 같아서 막걸리로 사 왔슈."

"오냐, 우리 아들 덕분에 서울 막걸리 맛 좀 봐야겠다. 한 잔 따라 봐라."

변쌍출도 하 보살 못지않게 놀랐다. 가장 체면에 하 보살처럼 두 눈이 휘둥그레지도록 놀란 표정을 지을 수는 없었지만 마음속으로는 '허어, 우리 팔봉이가 참말로 성공했구먼.'이라는 감탄사가 저절로 터져 나왔다.

"어머도 한잔하실래유?"

"내가 원래 술을 안 좋아하지만 오늘 같은 날 술을 안 마시믄 부처님이 욕하실 거 같구먼. 아부지처럼 철철 넘치도록 따르지 말고 살짝 따라 봐."

하 보살은 망설이지 않고 팔봉이 내미는 술잔을 받았다.

팔봉이 변쌍출의 빈 잔을 다시 채웠다. 변쌍출은 순배 영감이며 박평래가 옆에 없는 것이 한스러웠다. 며느리가 차린 밥상을 그들이 봤다면, 서울 이야기만 나오면 죽을 때까지 서울 가서 참말로 잘 은어먹었다는 말을 할 것이다. 그들이 납득할 수 있도록 집을 산 내력을 자세하게 알고 내려가야 한다는 생각에 점잖게 물었다.

"딴 사람 앞으로 등기가 된 집도 아니고, 문패에 이름 석 자가 턱 걸린 아들 집에서 쇠갈비에 막걸리를 한잔 했응게 인제 원도 한도 읎구먼. 그래, 뭘 해서 팔백만 명이 넘게 산다는 서울 바닥에 집을 산 거여?"

"즌화로 말씀드린 것처름 팔백만 원에 이 집을 샀슈. 옆방 전세가 이백만 원유. 문간방은 백오십만원이구. 나머지 사백오십만 원은 그동안

번 돈으로 충당했슈."

팔봉은 사백오십만 원 중에 백오십만 원을 대출받아 샀다는 말은 할 수가 없었다. 그러나 죄스럽지는 않다. 홍제동에 차려 놓은 관음사는 하루가 다르게 번창하고 있는 중이다. 세입자들에게 내줄 전세금이며 대출금은 어렵지 않게 갚을 수 있다는 생각에 능청스럽게 말했다.

"그람 전세로 들어앉은 사람이 당장 낼이라도 나가겠다믄 그 돈은 워쩌? 그것도 일, 이십만 원도 아니고 삼백오십만 원이라는 큰돈을?"

변쌍출은 기분이 가라앉는 것을 느끼며 걱정스러운 얼굴로 물었다. 어느 틈에 입안에서 살살 녹던 쇠갈비의 맛도 감쪽같이 사라져 버렸다.

"그런 일은 절대로 벌어질 수가 없슈."

"전세를 은은 사람이 갑자기 나가게 되믄 이 집을 도로 팔아야 된다는 야기를 하는 거유. 시방?"

"허어! 방정맞기는 이를 데가 읎구먼, 한번 집을 사믄 평생 살아야지, 전세금이 읎다고 팔았다가, 전세 들어올 사람이 있으믄 다시 사고 그라는 물건이 아니잖여……."

변쌍출은 혀가 돌아가는 대로 하 보살의 말을 반박하기는 했지만, 세입자가 집을 나가겠다고 고집을 피우면 그럴 수밖에 없을지도 모른다고 생각했다. 슬그머니 입을 다물며 팔봉의 눈치를 살폈다.

"옆방에서 이백만 원 주고 전세로 들어왔잖유. 딴 데로 이사를 갈라믄 복덕방에 방을 내놔서, 딴 사람이 들어와야 나갈 수 있슈. 딴 사람이 전세로 들어올라믄 이백만 원을 내놔야 항께, 집 쥔은 가만히 있으믄 되는 거유."

"워낙 그런 수가 있응께 전세를 끼고 집을 샀지. 느 아부지 말처름 집이 물건도 아닌데, 전세 때문에 그때마다 팔았다가 다시 살 수는 없을 껴."

하 보살이 그러면 그렇지, 하는 얼굴로 잠시 눈을 감고 나무아미타불 관세음보살을 읊조렸다.

"내가 내동 뭐라고 했남? 다 방법이 있다고 했잖여."

변쌍출은 하 보살을 노려보면서도 마음속으로는 안도의 한숨을 쉬었다. 자신도 모르게 쇠갈비 쪽으로 젓가락이 갔다.

"천호동에 살 때는 에미하고 희순이하고 돈을 벌었잖여. 여기서는 안 벌어도 되는 겨?"

하 보살이 손으로 쇠갈비 살점을 뜯어서 변쌍출의 밥 위에 얹어 주며 물었다.

"그동안 고생 많았응께 인제 집에서 편히 살라고 했슈. 지가 벌어도 우리 네 식구 충분히 먹고살아유. 희수도 방위 산업체 훈련생이기는 하지만 지 밥벌이를 하고 있잖유."

"듣던 중 반가운 말이구먼. 무슨 장사를 하는 거 같지는 않고, 무슨 공장에 댕겨서 네 식구를 먹여 살리기에는 특별한 기술이 있는 것도 아닌 걸로 알고 있는데. 워티게 돈을 벌길래 그리 큰소리를 치는지. 한번 들어나 보자."

"홍제동에 관음사라는 절이 있슈. 그 절 사무장유. 월급도 솔찮고 일도 편해유."

"큰 절에는 스님들만 계시는 것이 아니고 월급을 받고 일하는 직원들도 있다고 하는데, 대관절 절이 얼마나 크길래 월급을 그리 많이 준다는 겨?"

"쪼맨해유. 주지 스님하고 저하고 둘밖에 읎슈. 하지만 신도들이 많아서 벌이가 좋아유."

"에미야, 시방 희수 애비가 먼 말을 하는 거냐? 서울에서는 스님들이 돈도 버냐?"

하 보살이 국에 밥을 말다 말고 흠칫 놀란 얼굴로 박장옥을 바라보며 물었다.

"스님이 돈을 버는 것이 아뉴. 스님이 앉아서 천 리를 보시는 분이거든유. 신도들이 이런저런 고민이 있으믄 스님을 찾아와서 상담을 하거든유. 상담이 끝나고 나믄 부처님 앞에 있는 불전함에 돈을 넣는 액수가 많다는 거쥬."

"그래도 그 돈은 불사 하는 데 써야 하는 거 아녀? 내가 알기루는 불전함 돈을 사사로이 썼다가는 죽어서 지옥 가는 걸로 알고 있는데?"

하 보살은 눈앞으로 보이는 온갖 음식들이 하나도 보이지 않았다. 지금 내가 무슨 꿈을 꾸고 있는 것인가 하는 생각으로 팔봉과 박장옥을 번갈아 봤다.

"절을 구입할 때 지가 돈을 절반 정도 투자했거든유. 스님이 나머지 절반을 투자하고…… 그랑께, 그 절이 공동 명의로 되어 있다는 거쥬. 불사를 할 때는 하드라도 절에 투자한 돈이 있응게 먹고살 월급은 챙겨야 할 거잖유."

"난, 도시 먼 말인지 모르겠구먼. 절에 시주를 하믄 그만이지. 그 돈을 종잣돈 삼아서 월급을 갖고 온다는 것이 말이나 되능 겨? 당신 생각은 어뗘유?"

"어머도 참 답답하시네. 서울은 영동 같은 데하고 달라유. 당장 절을 사고팔잖유.”

"절을 사고파는 거야, 서울만 그런 기 아녀. 모산에 있는 송림사 공혜
스님도 나이가 들어서 절을 딴 사람한테 팔았잖여.”

변쌍출도 하 보살 못지않게 혼란스러웠다. 팔봉이 절을 사고판다는
말을 하니까 조금씩 실마리가 보이기 시작해서 일단 운을 떼 놓고 다시
말하기 시작했다.

"복잡하게 생각할 필요 읎구먼, 뭘 그리 복잡하게 생각해서 골머리를
앓아. 내가 먹고살 돈으로 절을 졌응께, 절에서 월급을 주는 것은 당연
하잖여. 그것도 공짜로 주는 것이 아니라잖여. 스님이 신통력이 있어서
신도들 사주도 봐 주고 점도 봐 주고 풍수도 봐 주는 모양이구먼. 그랑
께 신도들이 불전함에 돈을 쏟아붓지. 내가 알고 있는 금산의 무슨 절
스님도 신통력이 있어서 운전사를 두고 자가용을 타고 댕긴댜.”

"참말로 세상은 요지경여. 워티게 스님이 불전함의 돈을 갖고 자가용
을 타고 댕긴댜?”

하 보살은 도무지 이해할 수가 없었다.

"말이 불전함에 넣는다는 거지. 봉투에 넣어서 스님 책상 위에 올려놓
고 가는 신도들이 더 많아유. 그 돈은 불전함에 들어갔다 나온 돈이 아
니고, 순전히 스님 개인 돈이잖유. 안 그려유?”

"그람, 츰부터 그렇게 말을 해야지. 난 불전함에 들어간 돈을 펑펑 쓴
다는 말인 줄 알고 얼매나 놀랐는지. 그건 맞는 말여. 스님하고 음식점
에서 밥 먹고 차비 하라고 주는 돈은 스님 돈이지, 부처님 돈이 아닌 거
하고 같은 이치겠구먼.”

하 보살은 비로소 팔봉의 말을 완전히 이해했다는 얼굴로 벙긋 웃고

나서 국에 밥을 말기 시작했다.

"난 당장 내일 죽어도 원이 읎다. 기팔이 아들 중에 둘째가 선거 때 어찌어찌하여 집 지을 땅을 샀다고 하드라. 하지만 즈 형이 통일주체국 민회의 대의원 선거에서 떨어지는 통에 안직까지 집을 못 졌다. 그것이 문제가 아니고, 경훈이 식구는 지난 팔십 년에 광주에서 뭔 꼴을 봤는지 정신이 왔다 갔다 하는 통에 미장원도 그만두고 빵집인가 머를 한다고 하드니, 기도원에서 기도를 하다가 둘째를 유산했다고 하는 소문을 들었다. 기팔이 자식 형제는 앞으로도 별 볼 일 읎을 끼다. 춘셉이 아들 철 용이하고 구장 딸내미하고 결혼식도 안 올리고 살면서 돈을 좀 버는 모 양이지만, 집을 샀다는 소문은 못 들었다. 내가 알기루는 모산뿐이 아니 고 학산면 통틀어서 서울에 집이 있는 사람은 이동하랑 너뿐에 읎는 거 같다. 그 양반이야 원체 가진 재산이 많응께, 서울 아니라 미국에도 집 을 살 수 있응께 제쳐 두면 니가 츰이다. 니가 첨으로 서울에 집을 샀다 는 말이여. 츰으로……."

변쌍출은 앞뒤 상황을 재 보니까 팔봉이 집을 산 것이 틀림없다는 생 각이 들었다. 밥을 먹다 말고 방바닥을 쓰다듬고 벽을 어루만지며 감격 의 눈물을 흘렸다.

"그 관음사 스님이 그렇게 신통방통한 분이믄 기도나 올리고 가야겄 다."

"시, 시방은 스님이 안 계슈. 부산으로 출장을 갔슈."

하 보살이 관세음보살을 읊조리고 나서 팔봉을 바라봤다. 팔봉은 펄 쩍 뛰도록 말리면서 다음에 오면 반드시 청운하고 독대를 할 수 있도록 자리를 만들겠다고 약속했다.

가을바람이 제법 성가시게 부는 저녁나절이다. 둥구나무거리에 있는 박태수의 집 마당에는 온 동네 사람들이 나와 있었다. 한여름처럼 방문을 열어 놓기에는 방 안 공기가 서늘한데도 방문이 활짝 열려 있었다. 방 안에는 순배 영감을 비롯해서 노인들과 상규네가 앉아 있었다. 뜰에는 황인술과 김춘섭이며 윤길동이 앉아 있거나 서서 방 안을 바라보고 있었다.

"대단하구먼, 참말로 이건 보통 일이 아녀. 이건 자네 집안의 경사만 아니고, 우리 동리 전체의 경사여, 경사도 보통 경사가 아녀. 청와대가 옛날로 치믄 임금님이 사시는 대궐 아녀. 우리 같은 촌사람이 대궐 안으로 들어가기는커녕, 곁에서 귀경만 하는 일도 천하에 둘도 읎는 영광 아녀……."

"상규야, 참말로 느 어머가 대통령한테 훈장을 받는다는 겨?"

박평래가 순배 영감이 눈을 지그시 감고 변사가 대사를 읊는 것 같은 목소리로 하는 말을 끊으며 물었다.

"아, 벌써 및 번째나 묻는 거유? 상규만 말한 것이 아니고, 즘심나절에 군청 직원이 직접 왔다 갔잖유. 며느리가 요번에 대통령한테 새마을유공자 훈장을 받게 됐다고 말유."

상규네 옆에 앉아 있던 청산댁이 답답하다는 표정으로 박평래를 바라봤다.

"할아부지, 내가 등신유. 읎는 말을 집에 와서 하게? 더구나 어머가 새마을유공자 훈장을 받게 되었다는 말을 워티게 함부러 한다?"

"상규야, 이 할애비는 진작부터 알아들었구먼. 내가 그걸 왜 몰라? 순배 형님이나 팔봉이 아부지도 그 일 땜시 축하해 줄라고 여기 앉아 있다는 것도 알고 있단 말여.”

“그런 것까지 다 아는 사람이 왜 자꾸 묻는 거유?”

청산댁이 이해할 수 없다는 얼굴로 박평래에게 물었다.

“나라두 우리 팔봉이가 대통령한테 훈장을 받는다믄 못 믿을 껴. 그기 보통 일인가?”

“형님두 갖다 붙일 사람을 갖다 붙여야지. 팔봉이를 워티게 태수 처한테 붙인데유?”

장기팔이 어이없다는 얼굴로 말하고 마당 쪽으로 시선을 돌렸다. 박태수네 집 마당에 이렇게 사람이 많이 모인 것은 두 번째다. 어느 핸가 상규가 월남 가서 미군들이 먹는 음식이며, 라디오며 포탄 껍데기를 상자에 잔뜩 넣어서 부쳤을 때보다 더 많은 사람들이 모인 것 같았다.

“우리 팔봉이가 워뗘서. 채비만 달랑 갖고 서울 가서 자식 대학 공부 시키고, 그만큼 살면 성공한 거지.”

“하여튼 우리 동리 터가 좋은 거는 사실로 드러났구먼. 이 동리 사람 치고 객지 나가서 성공 안 한 사람이 읎고, 객지 나가서 병들어 죽은 사람 읎고, 죄짓고 수갑 차고 감옥 간 사람 읎응께, 참말로 복 받은 땅여. 내년 고사 때는 이 집에서 돼지 한 마리 내야겠구먼.”

순배 영감은 기침이 나와서 담배를 중간쯤 피우다가 눌러 껐다.

“돼지가 문제가 아뉴. 오늘 태수가 합동정미소에 무슨 볼일을 보러 갔잖유. 지가 합동정미소로 즌화를 했잖유. 태수가 그 말을 듣더니, 당장 학산 고가로 즌화를 해설랑 막걸리 닷 말을 시키라고 하데유. 안주는 지가 영동에서 택시 타고 옴서 돼지괴기를 삼사십 근 끊어 갖고 온댔슈.”

"그 양반이 참말로 돼지괴기를 삼사십 근이나 끊어 온다고 그랬슈?"

황인술은 상규네가 도지사상을 받을 때는, 자신의 군수상에 재를 뿌리는 것 같아서 술이 아니라 불로주를 받아 준다고 해도 거부할 생각이었다. 하지만 대통령한테 상장도 아니고 훈장을 받는다는 말을 듣고 나니까, 자신은 감히 상규네의 상대가 아니라는 것을 알았다. 그럴 바에는 철저하게 고개를 숙이는 것이 좋다고 생각하던 중이었다. 문고리를 만지작거리며 이제나저제나 말할 기회를 찾고 있다가 이때다 하는 얼굴로 끼어들었다.

상규네는 훈장하고 나하고는 아무런 관련이 없다는 얼굴로 앉아 있다가 황인술의 말에 귀가 번쩍 뜨였다.

"제우, 돼지괴기 삼사십 근여. 날이라도 돼지를 한 마리 잡고, 막걸리도 한 섬이나 있어야 동리 사람들이 종일 마실 거 아녀."

"아버님, 어른들 앞에서 지가 드릴 말씀은 아니지만유, 머 대단한 일을 했다고…… 훈장을 탄다믄 지가 아니라 아버님이 타시는 것이 원측이잖유. 나이도 많으신 분이 그 겨울에 손등이 얼어 터지고 손가락이 갈라지도록 자갈을 주서 내고, 삼태기로 들어 나르신 걸 생각하믄, 훈장보다 더한 것 받으셔야 할 분이잖유."

"아녀, 아녀! 그건 절대 아녀. 니가 그 또랑을 개간하자는 생각을 못 했으믄, 내가 워티게 거기다 사과나무를 심을 줄 알았겠냐. 자고로 낫놓고 기역 자도 모른다고, 눈앞에 천만 원짜리 수표가 있어도 그기 돈인 줄 모르믄 벤소에서 쓰는 휴지에 불과한 거여. 그랑께 이후로는 당최 쓸데없는 야기는 일절 하지 마라."

박평래가 엉덩이까지 들썩이면서 입술 가에 거품이 일도록 천부당만

부당한 말은 하지 말라는 표정을 지으며 돌아앉았다.

"아녀유, 지가 암만 그런 머리를 쓰고 싶어도 아버님이 반대했으믄 시방도 거기는 또랑유. 그라고 사라호 태풍 때 그 난리가 났어도, 아버님께서는 저보다 백배 천배는 더 낙심하셨을 텐데도 싫은 내색 한 번 안 하시고 물 빠지고 낭께 진규랑 바지게 지고 나가셨잖유. 그때 상규 아부지는 나 몰라라 영동으로 나갔었잖유. 머한 말로 서방도 싫다고 나간 땅을 아버님께서는……."

상규네는 그때를 생각하니까 새삼스럽게 가슴이 저며 오면서 눈물이 났다. 손수건이 없어서 손으로 눈물을 닦느라 고개를 돌렸다.

상규네가 코맹맹이 소리로 눈물을 훌쩍거리니까 박평래도 그동안 고생했던 장면이 짠하게 떠올라서 눈시울이 뜨거워졌다. 동네 사람 눈치를 살피느라 큼! 헛기침을 하며 천장을 바라보는데 눈물이 그렁그렁하게 차올랐다.

"내 참, 너는 먼 말을 그렇게 하능 겨? 순배 영감님이나 팔봉이 아부지가 듣기에 나는 온 식구가 또랑에서 자갈 주서 나를 때 따신 방에서 낮잠만 자는 사람으로 뵈이겄구먼."

그 모습을 지켜보던 청산댁이 눈꼴셔서 더 이상 봐 줄 수 없다는 얼굴로 매몰차게 쏘아붙였다.

"무슨 말씀을 그렇게 하셔유. 어머님이 중심을 잡고 계셨응께 온 식구들이 열심히 일을 했는데……."

"알믄 됐다. 이따 애비가 돼지괴기를 삼사십 근 끊어 온다고 했으믄 가마솥이라도 씻어 놔야 하능 거 아니냐?"

청산댁이 상규네의 말을 엎드려 절 받기 식이라는 얼굴로 끊어 버리고 물었다.

"그냥 어른들 모시고 밥이나 한 끼 드시면 되는 걸 갖고……."

황인술은 상규네가 하는 말을 듣고 저런 여자 처음 봤다는 얼굴로 김춘섭을 바라봤다. 김춘섭은 상규네 성격 모르냐는 눈빛으로 황인술을 바라보며 소리 없이 웃었다.

"츠, 과수원으로 돈을 끌어모응께, 인제 돈에 아주 눈이 뒤집혔능개비구먼. 나는 우리 해룡이가 훈장은 언감생심이고 면장 상만 탄다고 해도 소를 잡겄네."

"해룡네? 시방 미쳤어?"

동네 사람들 틈에 섞여 있던 해룡네가 투덜거리는 말에 철용네가 주먹을 쥐고 흔들어 보였다.

"해룡네 말도 영 틀린 말은 아니구먼. 지난번에 도지사 상을 탔을 때도 의원님 아니면 대충 끝낼라고 했잖여. 이번에는 도지사가 아니라 순배 영감님 말처름 임금님이 계신 대궐에서 훈장을 받는데……."

광일네가 팔짱을 끼고 자라처럼 잔뜩 목을 움츠리고 있다가 해룡네를 거들었다.

"내 말이 바로 그 말여. 언진가 구장님은 삼일절 날 군수상을 탔을 때도 돼지를 잡았잖여. 우리나라에 도가 및 군데여. 얼른 세 봐도 충청북도, 충청남도, 경상북도, 경상남도……."

"떼보 엄마 시방, 떼보 공부 갈치고 있는 거여? 기냥 임금님 같은 대통령님한테 받는 상이라고 하믄 되잖여."

"가, 가만있어 봐."

해룡네가 아낙네들이 작은 목소리로 주고받는 말을 끊으며 시선을 끌었다.

"또 먼 귀신 씻나락 까먹는 소리를 할라고?"

철용네가 말을 안 들어 봐도 알조라는 얼굴로 방 안쪽으로 시선을 틀었다.

"지난번에 광복절 날 육영수 여사님이 총 맞고 돌아가셨을 때 말여."

"이 여핀네가 아닌 밤중에 홍두깨 식으로 시방 먼 야기를 할라고?"

광일네가 말과 다르게 솔깃한 표정으로 해룡네를 바라봤다.

"그때 상규 어머가 문상을 갔잖여. 그래서 훈장을 주는 거 아닐까?"

"내 이럴 줄 알았구먼. 나이를 처먹었으믄 나잇값을 할 줄 알아야지. 제우 생각하는 것이 그거여? 상규네가 하는 말이 전국에서 수십만 명이 문상을 갔다고 하든데, 그람 그 사람들한테 죄다 훈장을 줬단 말여?"

"워짜튼 저 지랄로 생각 읎이 지끼고 싶은 대로 지낄까. 요번에 훈장을 받은 사람이 영동, 옥천, 보은군에서 상규네 혼자라고 내동 말했잖여. 그람 영동, 옥천, 보은, 삼군에서 상규네 혼자만 문상을 갔다 왔다는 거여?"

"먼 말을 그렇게 야박하게 한댜. 나는 영동, 옥천, 보은 삼군에서 상규네 혼자 문상 갔다는 말은 한 적 읎는데."

해룡네는 앞뒤에서 아낙네들이 쏘아붙이는 말로 협공을 해도 눈 하나 깜짝하지 않았다. 팔짱을 풀지도 않았다. 고개를 뻣뻣하게 세우고 쫑알거렸다.

"귓구녁으로 들은 겨? 콧구녁으로 들은 겨?"

"아, 콧구녁으로 워티게 말을 들어. 상규네가 너무 엄청난 상을 받는다는 말을 듣고 낭께, 너무 신기해서 요리조리 한번 재 본 말 갖고, 온 동리 여자들이 날 못 잡아먹어서 한이구먼."

"두 번만 재 봤다가는 상규네를 통싯간에 집어넣고 말겠구먼."

"해룡네가 왜 남의 경사에 재를 뿌리는지 알았어. 상규 아부지가 막걸리를 닷 말이나 시켰다고 하는 말을 듣고 저라는 모양여."

"남 속을 그렇게 잘 알믄 향숙이처름 점쟁이로 나서지 그랴?"

"해룡네 시방 머라고 했어? 터진 것이 아가리라고, 맘대로 지낄 껴?"

원래 안 좋은 말은 개미만 한 목소리로 해도 들리는 법이다. 아무 생각 없이 방 안을 바라보고 있던 모리댁이 작지만 날선 목소리로 물었다.

"저기 택시 들어오는구먼. 상규 아부지가 탄 택신가?"

해룡네가 모리댁이 쏘아붙이든 말든 한가한 목소리로 말했다. 그 말에 아낙네들이 일제히 해룡네 집 쪽으로 시선을 돌렸다. 어두워서 택신지 트럭인지는 모르지만 자동차 라이트가 방천길을 막 꺾어서 동네 쪽으로 들어오고 있는 것이 보였다.

"태수가 오능개비구먼."

방문 앞에 서 있던 황인술의 말에 상규네가 일어서서 밖으로 나갔다. 아낙네들이 약속이나 한 것처럼 일제히 길을 터 줬다.

"참말로 상규 아부지구먼."

둥구나무거리에서 멈춘 차는 택시였다. 택시 조수석 문이 바쁘게 열리고 태수가 모습을 드러냈다. 몇몇 아낙네와 남정네들이 택시를 에워쌌다.

"이기 머유?"

상규네가 박태수가 신문지에 싼 무언가를 들고 있는 것을 보고 물었다.

"여핀네가 밤길을 달려온 서방님한테 인사할 생각은 안 하고……. 머 긴 머여. 빈손으로 오기 머해서, 아부지 드릴라고 한산도 담배 한 보루 사 왔지."

박태수는 퉁명스럽게 말하며 마당에 모여 있는 사람들에게 인사를 했다. 사람들이 인사를 받기는 받는데 모두 뚱한 표정으로 고개를 갸웃거리거나 옆 사람을 바라보며 이상하다는 표정을 짓는다.

"구장님이 그라는데, 자네가 돼지괴기를 삼사십 근 끊어 온다고 했다며?"

박태수가 내 얼굴에 뭐가 묻었나 하고 얼굴을 쓰다듬고 있는데 김춘섭이 박태수에게 속삭였다.

"아! 구장님한테 즌화를 받고 의원님한테 말씀을 드렸잖여. 여차여차 해서 집사람이 새마을 유공훈장을 받게 됐다고 했드니 아, 의원님이 깜짝 놀래시믄서, 그런 일이 있다면 동리잔치를 해야 되는 거 아니냐. 내가 직접 자네 처를 만나서 축하해 주는 것이 원측이겠지만, 오늘 저녁에 꼭 만나야 할 사람이 있다. 그래서 부득불 날 내려가서 축하해 주는 수뺑에 읎는 거 같다. 그러시더라구."

박태수는 김춘섭에게 말을 하며 방문 앞으로 갔다. 방문 앞에 멈춰서 방 안에 있는 어른들에게 꾸벅 인사를 하고 구두를 벗었다.

"그거하고, 돼지괴기하고 먼 상관여?"

막걸리 닷 말에 돼지고기를 삼사십 근이나 삶아 내거나 국을 끓여 내면 보통 동네잔치는 됐다. 동네 사람들 앞에서 우쭐거릴 상상에 젖어 있던 청산댁이 김빠진 목소리로 물었다.

"의원님이 이백 근짜리 돼지를 한 마리 잡으래유. 술은 막걸리 한 섬을 보내 줄 팅께, 낼은 동리 사람들찌리 잔치를 하시래유."

박태수가 방구석에 앉으며 하는 말에 박평래의 입은 활짝 벌어지다 못해 입꼬리가 귀에 닿을 지경이었다.

"그 낭보를 한 시간이래도 빨리 전해 줄라고 영동에서 비싼 택시를 대절해 왔슈?"

상규네가 박태수 옆에 앉아서 한심하다는 표정으로 바라봤다.

"야 좀 봐. 아, 오늘 같은 날 대절 택시를 안 타 보믄 언지 타 봐. 그라고 꼭 그런 말을 으런들 앞에서 해야겄어? 볼일 보러 간 것은 잘 보고 왔남?"

청산댁이 금방이라도 머리를 쥐어박을 것처럼 주먹 쥔 손을 흔들어 보였다.

"별거 아뉴. 지가 근무할 때 장부가 잘못돼서 갔었는데 착오래유. 그 래서 술이나 한잔 하고 왔슈."

"죄송해유, 하지만 택시를 타고 와서 전해 줄 말은 아니잖아유……."

상규네가 순배 영감이며 변쌍출 앞에 고개를 조아리며 말꼬리를 흐렸 다.

"어르신들이 집에 와 계실 줄 알고 뭣 좀 사올라고 했는데 만만한 것 이 읎어서 한산도 한 보루 사 왔슈. 한 갑 씩 피세유."

상규네를 마뜩잖다는 표정으로 바라보고 있던 박태수가 담배를 싸고 있는 신문지를 풀었다. 포장을 뜯어서 한산도 한 갑씩을 순배 영감에게 부터 돌렸다.

지정신이 아니구먼. 한산도 한 갑이믄 백오십 원이잖여. 무슨 장한 일 을 했다고 백오십 원짜리 담배를 돌리는 거여.

상규네는 허허 웃으면서 담배를 돌리는 박태수에게 말은 못 하고 구경만 하고 있으려니까 화가 나서 견딜 수가 없었다.

"태수, 그람 내가 학산서 돼지 장사를 하는 곽 씨에게 즌화를 해야 하는 거 아녀. 낼 잔치를 할라믄 새벽에 돼지가 와야 하잖여."

김춘섭이며 윤길동에게는 담배가 돌아가지 않았으나 황인술은 담배를 한 갑 받았다. 황인술이 들뜬 목소리로 물었다.

"지가 방앗간에서 즌화를 했슈. 마침 곽 씨 집에 있는 돼지가 이백 근에서 약간 넘든지, 십여 근 모지라든지 할 거래유. 날 날 새는 대로 자전거에 실어 가지고 온다고 했응께, 춘섭이가 단도만 갈아 놓으믄 될 꺼유."

"날은 날이고, 오늘은 목이라도 축여야 되는 거 아녀?"

박태수의 말이 끝나자마자 박평래가 점잖게 물었다.

"그람은유. 어르신들은 여기 앉아 계셔유. 지가 해룡네 집에 가서 안주 될 만한 거하고, 술을 보내 드릴 팅께유."

박태수가 연신 터져 나오려는 웃음을 참지 못해 볼을 실룩거리며 일어섰다.

"죄다 태수가 하는 말 들었쥬? 낼은 이백 근짜리 돼지를 잡아서 동리 잔치를 할 뀨. 그랑께, 낼은 급한 일은 새벽부텀 해치우고 오랜만에 배창시에 기름기 좀 넣어 보자구유. 그렇게들 알고 인제 그만 집으로 가보셔유. 낼 죙일 술 마시고 놀라믄 오늘 푹 자 둬야 하잖유. 말이 나온 김에 공지 사항 한 가지만 말씀드리겠슈. 이거 참, 신새벽부텀 마이크로 떠들 수도 읎는 노릇이고, 들에서 일하고 즘심 먹으러 집에 와 있을 때 방송하기도 민망한 일이고, 즈녁때는 죙일 일하고 둔너 있는 사람들에게 방송하기도 곤란한 일이라 말 못 하고 있었는데 여기서 잠깐 말씀드릴게유. 딴기 아니고 말여유. 타작 끝난 지가 얼추 보름은 넘는데 안직까지 구장 수곡을 안 낸 집이 절반은 넘어유. 공사가 다망해서 안직 안 주는 걸로 알고 있지만, 여기 서 있는 구장 사는 형편을 생각해서 날은 신경 좀 써 줘유. 이상입니다.”

황인술이 뭔 말을 할까 하고 서 있던 사람들은 구장 수곡 말이 나오자 흩어지기 시작했다. 둥구나무거리에 서 있는 가로등 불빛 안으로 들어가는 남정네나 아낙네들은 모두 구장 수곡을 안 낸 사람들이다. ‘어이! 거기 뉘 은제 구장 수곡 낼 텨?’하고 큰 소리로 물어볼까 하다가 그만두었다.


이튿날 새벽안개를 뚫고 돼지를 자전거에 실은 곽 씨가 둥구나무거리로 들어섰다. 자전거 짐받이 위에 길게 누워 있는 돼지는 앞다리와 뒷다리를 함께 모아서 새끼로 꽁꽁 묶인 채로 허연 거품을 질질 흘리고 있었다.

“저울로 달아 봐유. 딱 이백서 근짜리유.”

곽 씨가 돼지가 꼼짝달싹하지 못하도록 칭칭 동여맸던 고무 바를 풀면서 말했다.

“당연히 달아 봐야지.”

황인술이 둥구나무에 기대어 놓았던 대저울을 들고 왔다.

“요새 생괴기 한 근에 얼매씩여?”

박태수가 돼지를 들어 올릴 길이 삼 미터 정도의 말목을 대저울 고리에 끼면서 물었다.

"생돈 일 킬로에 육백이십오 원여."

곽 씨가 돼지를 불끈 들어 올려서 땅바닥에 내려놓았다.

"오 원 나투리는 빼 줘. 육백이십 원씩만 하지."

"사람 잡는 소리 하고 있구먼. 한 근에 오원 씩 빼면 이백 근이믄 얼마여? 이오 십, 천 원씩이나 빼달라는 것이 말이나 되는 겨?"

곽 씨는 미리 준비해 가지고 온 새끼로 된 소 고삐로 돼지 다리를 묶은 사이를 걸어서 저울 고리에 매달았다.

"그래도 깎는 재미가 있어야 하잖여. 내가 집에서 계산해 봤는데 이백서 근이믄 십이만 육천팔백칠십오 원이드만, 칠십오 원 나투리를 빼고 십이만 육천팔백 원만 줘."

황인술이 저울추를 저울대에 끼고 눈금에 묻은 먼지를 닦아냈다. 그는 곽 씨 옆에서 저울추를 백 킬로 지점으로 옮기며 말했다.

"하나, 두울……"

윤길동과 김춘섭이 말목을 어깨 안쪽에 걸치고 무릎을 반쯤 구부리고 용을 쓰면서 선창했다.

"셋!"

김춘섭이 후렴을 하며 구부리고 있던 무릎을 반듯하게 세웠다. 돼지가 땅바닥에서 번쩍 공중으로 치켜 올라가며 꽥! 하고 비명을 질렀다.

"꼬, 꼭 잡고 있어!"

공중으로 치켜 올라간 돼지가 몸부림을 치며 꽥꽥거리며 내지르는 비명 소리가 새벽안개를 뚫고 온 동네로 퍼져 나갔다. 저울대 끝이 하늘로 치켜 올라갔다. 황인술이 얼른 저울대를 수평으로 세우며 말했다.

"자 봐. 딱 백이십일 점 팔 그램이잖여."

곽 씨가 저울대가 수평을 이루자 저울추가 있는 지점을 손가락으로 가리키며 황인술을 바라봤다.

"사둔, 정확해유?"

김춘섭이 말목이 돌아가지 않도록 두 손으로 꽉 움켜잡고 용을 쓰느라 시뻘겋게 달아오른 얼굴로 물었다.

"어련할라고, 내가 확인했응께 인제 내려놔도 괜찮여."

황인술의 말에 김춘섭과 윤길동은 동시에 공중으로 들고 있던 돼지를 땅바닥에 내려놓았다.

"암놈이라 맛이 기가 맥힐 뀨."

땅바닥에 내려앉은 돼지가 다시 한 번 꽥 요동을 치고 잠잠해졌다. 곽 씨가 이제 돈을 받을 순서라는 얼굴로 박태수를 바라봤다.

"돼지가 거품을 잔뜩 물고 있는 걸 봉게, 오늘 돼지 낸다고 밤새 먹였구먼. 내장에 똥이랑 먹이가 꽉 찼을 껴. 그걸 빼믄 댓 근은 줄어들 껴. 팔백 원도 떼 버리고 십이만 육천 원에 할라믄 하고, 말라믄 말고……."

곽 씨가 담배를 피우려고 주머니에서 담뱃갑을 꺼냈다. 황인술이 먼저 한 개비를 꺼내 입에 물며 말했다.

"나도 먹고살라고 학산서 여기까지 똥 빠지도록 자전거 몰고 왔슈. 삼백 원 빼 드릴 팅게 십이만 육천오백 원만 내슈."

곽 씨가 황인술이 입술에 물고 있는 담배에 먼저 불을 붙여 주며 타협안을 제시했다.

"내가 돼지를 한두 마리 사 보는 것도 아뉴. 그라고 우린 한번 입으로 뱉은 말은 안 주워 삼키는 승질여. 오백 원 떼냐."

"구장님 나도 먹고삽시다. 이까짓 돼지 한 마리 팔아서 을매나 남는다고 팔백 원씩이나 깎아유."

"곽 사장, 그러지 말고 아싸리 이렇게 합시다. 우린 이백 근짜리만 필요항께, 서 근은 단도 칼로 끊어 가유."

박태수가 주머니에서 준비해 온 돈을 꺼내며 말했다.

"내 참 모산 사람들한테 번번이 당하는구먼. 좋아유, 팔백 원 깎아 줄 모양잉게 해장술이나 한 잔 사슈. 신새벽부텀 이백 근짜리 돼지를 태우고 십 리가 넘는 길을 왔드니 배가 홀쭉해졌구먼."

곽 씨가 돈을 받으며 너스레를 떨었다.

"자, 우리도 빈속에 돼지를 잡을 수는 읎응게, 배부터 채우자구."

김춘섭이 즐겁게 말했다.

돼지를 잡고, 아침 이슬이 마르면서 태수네 집 앞에 가마솥이 걸리고, 둥구나무 아래 멍석이 깔리고, 막걸리가 배달되고, 사람들이 한두 명씩 들에서, 산에서, 집에서 나와 시끌벅적해지면서 둥구나무거리가 조금씩 들썩이기 시작했다. 들판에서 불어오는 바람이 쌀쌀한데도 사람들은 술잔을 돌리거나 돼지고기를 먹으면서 별로 우습지도 않은 말에 목젖이 보이도록 웃어 젖히며 둥구나무 가지도 서서히 취해 갔다.

"하여튼, 세상은 오래 살고 볼 일여. 내가 이 나이가 되도록 이런 술, 저런 술 다 읃어 마셔 봤지만 훈장 술은 요번이 츰이구먼."

순배 영감이 오랜만에 먹어 보는 돼지고기를 잘금잘금 씹어 삼키고 나서 넉넉한 얼굴로 말했다.

"이러다, 동리 앞에 공덕비를 한 개 더 세워야 할지도 몰라."

"에이, 제우 훈장 한 개 탄 거 갖고 먼 공덕비여……."

변쌍출이 던지는 말에 박평래는 실현 가능한 말이 아니더라도 기분이 좋다는 얼굴로 말하며 장기팔에게 술잔을 돌렸다.

"저기 의원님 아녀?"

장기팔이 술잔을 받으며 둥구나무거리를 바라봤다. 검은색 승용차가 멈추고 낯이 익은 이동하의 운전사가 재빠르게 내렸다. 운전사가 차 뒤로 돌아가서 뒷좌석의 문을 열었다.

"아이구! 의원님이 오셨구먼."

박평래는 장기팔의 잔에 술이 차지도 않았는데 주전자를 내려놓고 벌떡 일어섰다. 뜰에 있는 고무신을 꿰어 신는 둥 마는 둥 이동하 앞으로 달려갔다. 둥구나무 밑에는 갑자기 찬물을 뿌려 놓은 것처럼 일제히 정적이 감돌았다.

"의원님, 참말로 고맙구만유. 의원님 덕분에 온 동리 사람들이 포식을 하고 있슈."

박평래가 정적을 깨고 황송해서 어쩔 줄 모르는 얼굴로 손을 비비며 연신 굽실거렸다.

"태수 아부지 축하해유. 집안에서 훈장을 받는다는 것이 보통 일유? 태수 처는 워딨슈? 지가 직접 축하해 줄라고 시간 내서 내려왔슈."

이동하가 한 손으로 박평래의 손을 잡고 흔들면서 박태수의 집 쪽을 바라봤다.

"우, 우신 탁배기라도 한잔 하셔유. 며느리는 집에 있슈."

박평래의 말이 떨어지기도 전에 상규네가 잰걸음으로 이동하 앞으로 다가왔다.

"의원님 오셨구만유……."

"축하드려유, 나도 대통령 각하한테 훈장을 받아 봤지만, 청와대에 들어가서 훈장을 받는다는 것이 보통 일은 아뉴."

이동하가 상규네의 손을 두 손으로 잡고 말했다.

"아니, 의원님도 훈장을 받으셨슈?"

이동하가 왔는데 방 안에서 멀뚱멀뚱 바라볼 수가 없는 순배 영감이며, 변쌍출과 장기팔도 나왔다. 박평래가 놀란 얼굴로 물었다.

"아! 명색이 국회의원을 및 번씩이나 한 사람이 훈장을 못 받았다는 것이 말이나 된다고 생각해유?"

이동하는 별것도 아니라는 듯 대수롭지 않다는 얼굴로 말하면서도 사람들의 눈치를 살폈다. 모두가 하나같이 놀라는 얼굴로 서로의 얼굴을 바라봤다.

촌것들은 허파에 바람이 들어가믄 눈에 뵈는 것이 읎는 벱여. 태수 처가 훈장을 탔느니 머니 해서 허파에 바람이 들어가믄, 국회의원도 별거 아니라고 헛소리들을 지껄이겠지.

사람들의 반응은 예상했던 대로였다. 이래야 상규네가 받은 새마을 훈장의 가치가 하락할 것이라고 생각하며 속으로 싸늘하게 웃었다.

"그람, 훈장을 받으셨다고 말씀을 하시지 그랬슈. 동리 사람들이 돈을 모아서 잔치라도 벌이며……."

상규네는 놀란 표정을 짓지 않고 그럼 이만 가 보겠다며 슬그머니 뒷걸음을 쳤다. 상규네 옆에 서 있던 박평래가 받아만 먹어서 어찌해야 좋으냐는 얼굴로 쩔쩔맸다.

"그람 의원님도 태수 처츠름 새마을 훈장을 받으셨다는 말씀인가?"

"글씨……."

변쌍출이 작은 목소리로 묻는 말에 순배 영감이 당신이 모르는 걸 내가 어떻게 아느냐는 표정으로 이동하를 바라봤다.

"저는 새마을운동을 열심히 해서 받은 훈장이 아니고, 나랏일을 열심히 해서 받은 훈장유. 쉽게 말해서 새마을 훈장이 또랑가에다 과수원을 맨들고, 동리로 들어오는 길을 넓히기 위해 땅을 내놓고, 시부모한테 효도를 잘해서 주는 훈장이라믄, 나는 나라의 발전을 위해서 열심히 일했다고 주는 훈장을 받았슈. 그걸 구, 국민훈장이라고 하는 거유."

국민훈장은 정치, 경제, 사회, 교육, 학술 분야에서 공을 세워 국민의 복지 향상과 국가 발전에 이바지한 공적이 뚜렷한 사람에게 수여하는 훈장이다. 등급도 무궁화장, 모란장, 동백장, 목련장, 석류장의 다섯 등급이 있다. 이동하는 지난 1975년 2월 12일 유신헌법 찬반 국민투표에 공을 세웠다는 공로로 동백장을 받았다. 동백장이라는 말은 빼고 국민이라는 말에 힘을 주느라 더듬거렸다.

"국민들을 대표로 해서 받는 훈장잉게 국민훈장이라고 하는 거유?"

박평래는 이동하 앞에 서 있으니까 새마을훈장이 너무 초라하게 느껴져서 얼굴이 화끈거릴 정도로 부끄러워 말을 잃었다. 누군가 귓속말로 황인술에게 물었다.

"당연하지, 동리 새마을운동에 앞장서서 받는 훈장하고는 전적으로 질이 다르다는 거 모르고 묻는 말여?"

황인술은 역시 사람은 서울에서 놀아야 그릇도 커진다는 것을 새삼스럽게 깨달았다. 이동하가 훈장을, 그것도 국민을 대표로 받는 국민훈장을 받았다는 말을 듣고 나니까, 갑자기 새마을훈장을 받게 될 상규네가 우습게 보이기 시작했다.

# 해장술

내가 딸린 자식이 있남,
아니믄 일가가 있나?
만약 내가 워티게 되믄 말여.
이 집하고 텃밭은 해룡이한테 물려줄 생각여.
그라고 비석골에 있는 밭떼기 귀퉁이에다 뫼를 써 줘.


안개가 걷히고 바람이 불 때마다 밤을 꼬박 외롭게 지새운 둥구나무
가 눈물 같은 이슬을 툭툭 털어냈다. 어디서 날아왔는지 까치 두 마리가
요란스럽게 울었다. 까치 울음소리가 잠잠해지는가 하면 한 마리가 공
중으로 치솟아 올랐다가 가지에 앉았다. 다른 한 마리가 공중을 선회하
고 가지에 앉으면 또다시 요란하게 우는 소리가 박태수네 집 정지 안까
지 들려왔다.

상규네는 아궁이 앞에서 숯을 끌어내서 석쇠를 올려놓고 간고등어를
구웠다. 먹음직스럽게 익은 고등어를 접시에 담았다. 그것을 소쿠리에
담고 밥보자기로 덮은 다음에 상규네 집으로 갔다.

"애비는 일어났냐?"

상규의 아내 이옥순은 정지에서 밥상을 차리고 있었다. 상규네는 소쿠리 안에 담아 온 간고등어 접시를 박평래의 밥상 위에 올려놓았다.

"오늘 군청으로 출장 가기 전에 해 놀 일이 있다고 벌써 출근했슈. 고등어는 어디서 난 거유?"

"느 시아부지가 학산장에 갔다가 하도 맛있어 보이길래 두 손 사 왔다. 한 손은 나중에 먹을라고 소금 단지에 묻어 두고, 한 마리 꿔 왔다……. 해룡이가 식전부터 먼 일이냐?"

상규네는 누군가 마당으로 뛰어 들어오는 인기척에 고개를 돌렸다. 해룡이 마당 안으로 들어와서 무슨 말을 하려고 두 팔을 흔들면서 덜덜거렸다.

"먼 말을 하려고 하는 거여? 빨리 말할라고 하지 말고 찬찬히 말해 봐."

"수, 순배 영감이 누, 눈을……."

"머여! 해룡이 시방 너 머라고 했냐?"

박평래가 새벽부터 일어나 방 안에서 라디오를 듣고 있다가 해룡이 더듬거리는 소리에 거실로 나와서 물었다.

"수, 순배 영감…… 수……."

상규네는 상황이 심각하다는 것을 눈치채고 해룡의 말이 끝나기도 전에 마당을 빠져나갔다.

"야, 이 자식아! 순배 영감이 니 친구여? 명 짧은 놈 숨 떨어지겠네."

박평래는 상규네가 뛰어나가는 모습을 보고 다시 방으로 들어갔다.

"순배 영감이 워디 아프대유?"

청산댁이 이불 속에 웅크리고 누워서 라디오를 듣고 있다가 강 건너 불구경하는 목소리로 물었다.

"몰라, 무슨 말을 하는지 당최 알아들을 수가 있어야지."

박평래는 모자가 달린 외투를 입으며 도로 밖으로 나갔다.

어지는 얼굴을 못 봤나? 그저께는 해룡네 집에서 탁주 한잔 한 거 같은데······.

나이 칠순이 넘으면 밤새 안녕이라는 말이 있다. 순배 영감은 혼자 곡기를 끓여 먹느라 나이가 들수록 먹는 것이 부실해져서 몸이 많이 쇠약해져 있는 상태다. 그나마 해룡네 식구가 있어서 가끔 밥을 얻어먹는 덕분에 여간 다행스럽지 않게 생각하고 있는 중이었다. 오늘도 아침에 해룡이가 아침을 같이 먹자고 깨우러 갔다가 순배 영감이 안 좋다는 걸 알아차린 것 같았다.

어이구, 전생에 뭔 놈의 큰 죄를 졌길래 그놈의 팔자도 참 박복하기도 하지······. 무슨 팔자를 안고 태어났길래 젊어서 마누라 잃어, 다 키워 논 자식 형제는 전쟁통에 한날한시에 보내고······. 그래도 질긴 게 사람 목숨이라고 하드니······. 그 나이가 되도록 혼자 끼니를 끓여 먹으면서······.

박평래는 찬바람을 뚫고 제 딴에는 빨리 걸음을 옮긴다고 하지만 설렁설렁 걷는 해룡이와 보폭을 맞추기는 벅찼다. 순배 영감이 어떻게 됐는지는 모른다. 만약 잘못되었다면 어쩌나, 하는 생각이 들면서 밭고랑 같은 주름 위로 눈물이 주르르 흐르기 시작했다.

"아, 아침, 가, 같이 먹을라고"

"아침 같이 먹을라고 형님을 깨우러 갔다는 말이지?"

"응. 혀, 형님이 아, 안 일어나고, 수, 숨도 안 셔."

"야, 이 자식아 아무리 등신이라고 하지만 니 형님이 아니고 너한테는 할아부지뻘여. 그건 그렇고 참말로 숨을 안 쉬데?"

박평래는 남의 일이 아니라는 생각이 들면서 다리가 휘청거렸다. 갑자기 다리의 힘이 빠져 나가는 것을 느끼며 새마을운동 때 블록으로 쌓은 담벼락을 오른손으로 짚으며 해룡이를 바라봤다.

"응. 아, 암만 깨, 깨워도, 수, 숨 안 셔."

해룡이가 걸음을 멈추고 침을 꿀꺽꿀꺽 삼키며 말하느라 한 마디씩 끊어 말했다.

"너…… 너, 숨…… 숨이 먼지 알기나 하냐?"

박평래가 턱 밑으로 떨어지는 눈물을 닦을 생각도 잊어버리고 다리에 힘을 주었다. 해룡이 말대로라면 순배 영감이 죽었을지도 모른다는 생각에 빨리 직접 가서 눈으로 확인해 봐야겠다고 생각했으나 다리가 움직여 주지 않았다. 거친 숨을 내쉬는 사이에 입안이 바짝 말라 버렸다. 억지로 침을 모아서 삼키느라 더듬거리며 해룡이를 바라봤다.

"아, 알아! 헥, 헥!"

해룡이 두 팔을 늘어트리고 땡볕에서 뛰어온 개처럼 혀를 내밀고 숨 쉬는 흉내를 내 보였다.

"영, 등신은 아니구먼. 허긴, 영 등신이 아닝께 자식을 낳았겠지. 니가 직접 확인해 본 것이 틀림없지?"

박평래는 해룡네 말을 믿고 싶지 않았다. 하지만 믿지 않을 수도 없다는 생각에 해룡이 손을 잡고 어서 가자고 턱짓을 했다.

해룡이 아내 안성댁은 처마 앞으로 슬레이트 한 장 정도 잇대어 만든 부뚜막 앞에서 허리를 숙이고 무언가를 만들고 있었다. 바로 옆방에 사람이 죽었는지 살았는지도 모른다. 또, 동네 어른이 식전 댓바람부터 찾아왔으면 반찬을 만들다가도 돌아서서 인사를 하는 것이 당연하다. 분명히 귀는 먹지 않았는데도 아는 척도 안 하고 무심하게 반찬을 만들고 있는 안성댁의 뒷모습이 한심해 보이기도 하면서, 한편으로는 불쌍하다는 생각이 들었다. 상규네가 방에서 나오며 파랗게 질린 얼굴로 간신히 마당으로 들어서는 박평래를 보고 다가왔다.

워, 워티게 된 거여.

박평래는 말이 나오지 않았다. 눈물을 글썽인 채 상규네를 말없이 바라보며 마음속으로 물었다.

"잠깐 기진해서 쓰러지셨었나 봐유. 찬물을 서너 모금 드시고 나서 둔너 계슈. 해룡아, 너 우리 아들 상규네 집 알지? 거기 가서 우리 며느리 좀 빨리 오라고 햐. 일루 델고 오란 말여."

상규네는 박평래의 눈물을 보는 순간 가슴이 짠해졌다. 자신도 모르게 울컥 눈물이 솟아올라서 슬그머니 눈물을 닦으며 해룡이에게 말했다. 박평래가 가까이 다가오자 쪽마루로 올라서서 방문을 열고 들어갔다.

"좌우지간 늙으믄 북망산천으로 가야 햐. 먼 배짱으로 식전 댓바람부터 사람을 이렇게 놀라게 한댜."

박평래는 순배 영감이 잠깐 기절했었다는 말을 듣고 나니까 자신도 모르게 안도의 한숨이 튀어 나왔다. 순간적으로 머릿속이 하얗게 변했다가 캄캄해지는 것을 느끼며 눈을 질끈 감았다가 뜨고 방으로 들어갔다.

"왔구면. 아침부터 먼 일 있댜?"

순배 영감이 이른 아침에 상규네에 이어서 박평래까지 방으로 들어오는 것을 보고 일어나려고 옆으로 몸을 돌렸다.

"두, 둔너 계셔유."

상규네가 얼른 순배 영감의 어깨를 잡아서 도로 바닥에 눕혔다.

"허, 시방 이 형님이 머라고 하는 거냐? 난 도통 귀가 멀어서 이 형님이 먼 말을 하는지 알아들을 수가 없다⋯⋯."

박평래가 기가 막힌다는 얼굴로 상규네를 바라봤다.

"아침 자시고 저하고 영동병원에 좀 가 봐야겠슈."

상규네가 순배 영감의 허리에 걸쳐 있는 이불을 가슴팍까지 끌어 올려 주었다.

"누가?"

순배 영감이 다시 일어나 앉으려고 옆으로 돌아누우며 반문했다.

"누군 누구여. 형님이지. 며느리도 다 생각이 있어서 하는 말잉께, 이따 아침 자시고 병원에 좀 댕겨 와. 몸이 멀쩡해야 해룡네 집에서 탁배기도 한 잔씩 하고 할 거잖여."

"식전부텀 술 야기 항께 술 마시고 싶구먼. 나, 난 좀 일어날란다."

순배 영감은 상규네의 팔을 뿌리치고 일어나 앉았다. 벽에 기대어 머리맡에 있는 담배와 재떨이를 끌어당겼다. 담뱃불을 붙이고 다시 입을 열려고 입술을 달싹거리는데 박평래가 먼저 말했다.

"해룡이 말을 듣고 내가 얼매나 놀랬는지 알아유? 우리 며느리는 나보담 더 놀라믄 놀랐지, 들 놀라지는 않았을 껴. 마치맞게 며느리가 우리 집에 볼일이 있어서 다행이지. 안 그라믄 형님 큰일 났을지도 몰라. 그랑께 암말 말고 아침이나 드시고 병원에 가실 생각하고 있어유⋯⋯."

"어머님, 부르셨어유?"

방문이 열렸다. 방 안에 있는 사람들이 모두 방문 쪽으로 고개를 돌렸다. 상규 아내 이옥순이 순배 영감에게 먼저 인사를 해 보이고 나서 상규네를 바라봤다.

"너, 우리 집에 가서 밥 좀 차려 와라. 반찬은 다 맨들어 놨고, 된장도 끓여 놨구먼. 고등어 꿔 논 거 하고, 된장하고 해서 광주리에다 담아 와. 알겠지? 난도 여기서 밥을 먹을 모양잉께, 느 시아부지도 일로 오시라고 햐."

"예, 금방 차려 올게유."

이옥순은 순배 영감의 건강이 안 좋아졌다는 것을 직감하고 얼른 뒤로 돌아섰다.

"아! 아무거나 한술 뜨면 되는데 뭐하러 며느리를 귀찮게 햐. 난 암것이나 한술 뜨믄 됭께, 어여 가봐."

순배 영감이 기운 없는 목소리로 상규네를 꾸짖었다.

"하, 할아부지. 밥, 밥 먹어야쥬."

인기척도 없이 방문이 다시 열렸다. 안성댁이 해 웃는 얼굴로 서 있다.

"어이규, 착하기도 하지. 오늘 식전에는 안성댁이 참말로 큰일 했구먼. 안성댁이 영감님하고 아침 같이 먹을 생각 안 했으믄 해룡이가 이 방에 들어올 생각도 안 했을 거 아녀. 참말로 이뻐 죽겠구먼. 안성댁, 밥은 우리끼리 해 먹을 팅께, 오늘 아침은 해룡이하고 아들하고 시 명만 먹어. 알겠지?"

상규네는 가만히 앉아서 말할 수가 없었다. 문지방 앞으로 가서 안성댁의 물 묻은 손을 어루만져 주고 어깨를 두들겨 주었다.

"돼, 돼지괴기 구, 국 끓였슈. 두부 늫고, 파도 늫고, 음…… 마늘도 늫고, 꼬추가루도 너서 끓였슈. 하, 할아부지 맛있게 먹을 수 있슈."

안성댁이 손을 깍지 끼고 상체를 양옆으로 흔들면서 자랑스럽게 말했다.

"그려, 모산 아줌마들 죄다 안성댁을 등신이라고 생각해도 난 그릏게 생각 안 한다. 니가 생각이 모지란 거이지, 머가 등신여? 느 시어머니가 시키데? 맛난 것이 있으믄 영감님하고 같이 먹어야 한다고?"

"해룡네가 그런 식견이 있으믄 내 손바닥에 장을 지져."

상규네가 묻는 말에 박평래가 어림도 없다는 얼굴로 비웃었다.

"오늘이 첨이 아녀. 장, 별난 것이 있거나. 지가 맛있다고 생각하는 경 거니가 있으믄 즈덜이 먼저 먹기 전에 나를 불러."

순배 영감은 오늘따라 담배 맛이 썼다. 절반 정도 피우던 담배를 이따 다시 피울 수 있도록 조심스럽게 껐다.

"그람 니 생각여?"

상규네가 안성댁의 눈을 바라보며 물었다.

"아, 안성 하, 할아부지 학교 선생님 했었어유. 어머가 맛있는 거 있으 믄, 머, 먼저 하, 할아부지 드리는 거랬슈."

상규네는 안성댁이 더듬거리며 하는 말에 할 말을 잃어버렸다. 자신 도 모르는 사이에 눈물이 맺히는 것을 느끼며 침을 꿀꺽 삼켰다.

"아여, 느 할아부지가 학교 선생을 했었단 말여?"

박평래가 내가 언제 콧방귀를 꼈냐는 얼굴로 진지하게 물었다.

"예…… 도, 동리 사람들이. 교, 교장 선생님이라고 불러유. 히! 아, 아 부지도, 서, 선생님. 나, 남동생은 파, 판사님유. 서, 서울에서 판사님이라고 불러유."

"저, 저런! 저런!"

순배 영감은 안성댁이 거짓말을 하고 있을 것이라고 생각하지 않았다. 안성댁의 입에서 교장 선생이며, 선생님이나 판사님이라는 말이 나올 때는 동네 사람들이나 집에서 수시로 불렀을 것이라는 생각이 들었다. 한마디로 잘나가는 집에 정신이 모자란 딸이 있으니까, 멀쩡한 자식이 결혼하는 데 지장이 있을 것 같아서 얼른 시집보냈을 것이라는 생각이 들었다.

"니가 큰 짐을 지고 집을 나왔구먼. 느 아부지 어머가 니 동생 땜시 너를 내보냈지만, 잠 안 오는 동안에는 인간의 탈을 쓴 이상 니 생각을 안 하겠냐? 그랑께 느 부모 원망하지 말고, 남편하고 자식하고 편하게 살아. 그래야, 느 할아부지, 아부지, 어머한테 효도하는 거여. 에구, 불쌍한 거. 니가 무슨 잘못이 있겠냐? 이 세상이 잘못 돌아가고 있는 거이지."

상규네는 안성댁이 시집을 온 첫날, 해룡네에게 어머니라고 울부짖으며 안겨서 울던 때가 떠올랐다. 저것이 영 등신은 아니구먼, 이라는 생각이 들어서 측은지심에 안성댁을 껴안고 젖은 목소리로 말하며 등을 쓰다듬어 주었다.

"행여, 그럴 리야 읎겠지만 해룡네 앞에서는 입도 뻥긋하지 마. 집안 족보를 알았다가는 또 무슨 사단이 날지도 모릉께."

"형님 말씀이 옳아유. 암만 빵빵한 집안에서 태어나믄 뭐해유. 지 팔자가 해룡이한테 시집올 팔자벆에 안 되는데……"

순배 영감이 하는 말에 박평래가 새삼스럽다는 얼굴로 안성댁의 얼굴을 뜯어봤다. 말 한마디에 천 냥 빚을 갚는다고 했다. 그만큼은 아니지만, 안성댁의 집안이 면장댁 못지않게 양반집이라는 생각이 들어서일까. 안성댁이 영 등신처럼은 보이지 않았다.

"해룡이 아들이 공부를 잘하고, 즈 부모 알기를 하늘처럼 아는 이유를 인제야 알겠구먼유. 씨는 뿌린 대로 거둔다고 즈 어머를 닮아서 아가, 어릴 때부텀 그렇게 영민하고, 즈 아부지 어머가 좀 모자란 구석이 있어도 남부끄러워하기는커녕, 그 어린 것이 매냥 워틱하믄 즈 아부지 어머를 도와줄까 눈치만 보면서 살잖아요. 어여 들어가서 아들하고 남편 밥차려 줘라. 응? 어이구 착한 거……."

상규네는 이옥순이 밥보자기를 덮은 광주리를 머리에 이고, 박태수와 함께 마당으로 들어오는 모습을 보고 밖으로 나갔다.

"반주 하시라고 막걸리도 한 되 받아왔슈."

이옥순이 광주리를 상규네에게 넘겨주며 말했다.

"잘했다. 아주 잘했구먼."

상규네는 내동 순배 영감이 아픈 걸 보고 무슨 술이냐고 꾸짖으려고 하다가 이내 마음을 돌렸다. 이옥순도 나름대로 생각이 있어서 식전부터 해룡네 가서 막걸리를 받아왔을 것이라는 생각에 칭찬을 해 줬다.

"워디가 편찮으셔서 그래유?"

박태수가 팔이 없는 소매를 재킷 주머니에 넣고 지팡이를 짚으며 천천히 방문 앞으로 다가가서 물었다.

"아무 데도 아픈 데가 읎어. 해룡이가 식전부텀 먼 야기를 했는지 모르지만 괜히 느덜 식구만 귀찮게 만들고 있구먼."

순배 영감은 이불을 대충 접어서 뒷문 앞으로 밀어 버렸다. 베개를 이

불 위에 올려놓고 자신도 모르게 끙 소리를 내며 허리를 잡았다.

"많이 안 좋으시구먼. 노인들은 우수, 경칩을 지나믄 낙엽이 지는 가을까지는 문제 없이 살아가신다고 하든데……."

박태수가 윗목에 앉으려다 말고 일어서서 한 손으로 순배 영감의 손을 잡아서 아랫목에 앉혔다.

"나도 그렇게 생각하고 있구먼. 근데 니 처가 아침 먹고 영동병원에 좀 가 보자고 함께 자꾸 고집을 피우고 계시잖여. 안 가신다구 말여. 내가 볼 때도 많이 아픈 사람처럼 뵈이는데, 느 처가 볼 때는 더한 사람처름 보이능개벼. 오죽하면 병원에 가 보자고 했을까."

박평래가 예사롭지 않다는 얼굴로 순배 영감을 바라봤다.

상규네는 그동안 정지로 가서 평소 순배 영감이 밥 먹을 때 사용하는 개다리소반 대신, 봉황 두 마리가 박혀 있는 둥그런 포마이카 밥상을 들고 방으로 들어갔다. 서둘러 광주리에 있는 고등어자반 구이며, 된장찌개, 채나물, 김치에, 지난가을에 소금물에 절여 놓았던 깻잎에, 무말랭이, 콩자반 등에 간장, 고추장을 상에 차렸다.

"형님, 한잔하실 텨?"

"술 마다하믄 죽을 때가 됐다는 거 아녀?"

박평래가 묻는 말에 순배 영감이 손바닥으로 입술을 문지르며 상 앞에 당겨 앉았다.

"지가 한 잔씩 올릴게유."

"관둬라. 술은 내가 따를 모양잉께 넌도 한잔햐."

박평래는 팔이 한 짝밖에 없는 아들이 술을 따른다는 말에 가슴이 뭉클했다. 서둘러서 순배 영감의 잔에 술을 따르고, 이어 박태수의 잔에 따른 다음에 자신의 잔을 채웠다.

"고등어 좀 들어 보셔유. 상규 애비가 학산장에 갔다가 하도 맛있어 뵈이길래 사 왔대유."

상규네가 젓가락으로 고등어를 잘게 찢어서 순배 영감의 밥 위에 올려놓아 주었다.

"요새, 고등어 비쌀 텐데……."

상규네는 봉산댁과 더불어서 음식 솜씨 좋기로 모산에서 소문이 났다. 거기다가 오랜만에 맛보는 고등어구이까지 있으니까 순배 영감은 밥맛이 꿀맛 같았다. 평소보다 많은 분량인데도 막걸리 한 잔을 반주 삼아서 밥그릇을 말끔히 비워 버렸다.

"형님 밥 드시는 걸 봉께 병원 안 가 봐도 되겠구먼."

박평래가 술 주전자를 흔들어 봤다. 아직 한 잔씩은 더 따라 줄 수 있을 분량이 남아 있었다. 순배 영감의 잔에 따라주며 웃었다.

"내가 하고 싶은 말여. 안직 해장술 마실 기력이 남아 있는 것을 봐도 이 나이 되도록 몸이 멀쩡하다는 소리나 가텨. 그랑께 병원 가자는 말은 읊었던 말로 쳐."

"이따, 지가 구장님 댁에 가서 학산 택시를 부를게유. 술 한잔 찬찬히 마시고 쉬고 계시다가 택시 나오면 병원에 가 봐유. 택시비하고 병원비는 지가 댈 모양잉께, 돈 걱정하지 말고 병원 가서 진찰 한번 받아 봐유. 영양이 부족해서 그러신 건지, 워디 딴 데 아픈 데가 있어서 그러신 건지, 그것도 아니면 나이가 드셔서 그러신 건지 혼자 계신 분이 병은 알고 있어야 할 거 아녀유."

"태수 어머는 나 해장술 마시는 거 보고도 병원 타령여?"

순배 영감은 상규네의 호의가 고맙기만 했다. 하지만 정말로 아픈 데가 있는지도 모른다는 생각이 들기도 했다. 병원비도 병원비지만, 인생 막장을 병원에서 보낼 수는 없다는 생각에 고개를 흔들었다.

　"형님 내가 수백 번도 더 한 말이지만, 지는 이날 이때까지 살아오면서 며느리 생각이 틀린 것은 단 한 번도 못 봤슈. 며느리가 병원에 가시자고 할 때는 다 그만한 생각이 있어서 그라능 겨. 그랑께 돈 걱정 말고 못 이기는 체 병원에 댕겨와유. 아니, 그럴 것이 아니라 저하고 같이 가유. 병원에서 진찰받고 나와서 영산각 같은 데 가서 우동이나 짜장면 한 그릇씩 먹어유."

　"좋은 생각이네유. 저도 아버님 덕분에 오랜만에 입이 호강하게 생겼네유. 지는 그렇게 알고 구장님 집에 가서 즌화할께유."

　상규네가 결정을 했다는 얼굴로 밥상을 정리하며 말했다.

　"지가 볼 때 어르신은 요 며칠 기력이 떨어지셔서 그릏지 백 살까지 사셔도 될 정도로 건강한 체질유. 하지만 건강은 건강할 때 챙겨야 한다는 말이 있잖유. 떡 본 김에 지사 지낸다고, 이 사람이 병원에 한번 가 보자고 할 때 가 보셔유."

　박태수가 가만히 구경만 하고 있을 수 없다는 표정으로 거들었다.

　"허, 내동 괜찮다고 하는데도 온 집안 식구들이 달려와서 사정을 항께 할 수 읎이 영동 귀경 한번 해야겄구먼."

　"잘 생각하셨슈. 있는 사람들은 멀쩡히 뛰어 댕기다가도 무슨 일이 생기든 아프다는 핑계로 병원에 입원한다잖유. 나이 자신 양반이 혼자 사시는 것도 거시기한데, 아프기까지 하시믄 더 서러운 벱이잖유……."

　"잠깐 앉아 있어 봐. 내가 할 말이 있구먼……."

상규네가 상을 들고 일어서려고 하는데 순배 영감이 갑자기 심각한 얼굴로 불렀다.

"딴기 아니고 말여. 내가 언진가 딴 사람은 몰라도 태수 애비에게 꼭 할라고 했던 말인데 말여……"

순배 영감은 밥을 든든히 먹은 데다 아침부터 막걸리를 두 잔씩이나 마셨더니 배가 든든했다. 하지만 마음은 찹찹해서 말을 이어 나갈 수가 없었다. 아까 피우던 담배꽁초를 입에 물었다. 박평래가 말없이 라이터 불을 내밀었다.

"내가 날 모리믄 나이가 구십여. 내가 젊을 때만 해도 나이 구순까지 살면 임금님이 상을 내렸구먼. 참 오래 살았지?"

"에이, 구순이 될라믄 안직 몇 년 남았잖유."

"나이 일흔이 넘으믄 저승길이 등 뒤에 서 있는 벱여. 그래서 하는 말인데 말여. 만약 워티게 되믄 말여. 태수 애비가 책임지고 뒷일을 해 줘."

"혀, 형님 시방 먼 말을 하시는 거유?"

박평래가 담뱃불을 붙이다 말고 깜짝 놀란 얼굴로 순배 영감을 바라 봤다.

"아까 누가 말했던 것처름 우리 나이에는 밤새 안녕 하는 수가 있어서 하는 말잉께 이상하게 듣지 마. 내가 딸린 자식이 있남, 아니믄 일가가 있나. 만약 내가 워티게 되믄 말여. 이 집하고 텃밭은 해룡이한테 물려줄 생각여. 그리고 비석골에 있는 밭뗴기 귀퉁이에다 뫼를 써 줘. 춘셉이나 누구한테 밭을 부쳐 먹으라고 함서, 한식날 뫼 벌초나 해 주고 말여. 내가 워티게 되믄 벌초고 머고 다 필요 읎는 것이 되겠지만 말여,

그래도 내 얼굴을 알고 있는 사람들이 동리에 살아 있는 동안은 되도 살아 있어야 할 거잖여……."

순배 영감은 말을 하기 전에는 기분이 찹찹했지만 가슴에 담아두고 있던 말을 털어 내니까 속은 시원했다. 하지만 기분은 시원하지가 않았다. 죽은 자식 형제들의 얼굴이 오늘따라 선명하게 떠올라서 맥없이 담배 연기를 내뿜으며 방문을 물끄러미 바라봤다.

순배 영감의 말이 끝나도 누구 하나 말을 하지 않았다. 박평래는 측은한 얼굴로 순배 영감을 바라보고만 있었다. 상규네는 순배 영감의 말이 유언처럼 들려와서 눈물이 나오려고 했다. 고개를 들 수가 없어서 괜히 밥상 모서리를 매만지면서 방바닥을 내려다봤다.

"어르신도, 해장술에 취하셨을 리는 읎고 별말씀을 다 하시네유. 아! 지가 팔이 하나뿐에 읎응께 밭은 부쳐 먹을 수 읎지만 낫질은 할 수 있슈. 꼭 지가 아니드라도 이 동리서 어르신 되가 묵꾀 되는 거 귀경만 하고 있을 사람은 읎을 규. 지난번에 구장님네 경운기 사고로 동리 사람들이 편이 갈리기는 했지만, 어르신을 아부지처럼 생각하지 않는 사람은 단 한 명도 읎슈. 그건 지가 장담해유."

박태수는 멀거니 천장을 바라보고 있다가 순배 영감을 잠시 바라보았다. 얼굴에 저승꽃이 드문드문 피어 있기는 하지만 반주로 막걸리를 두 잔 씩이나 들이키는 것을 보니까 아직 몇 년은 더 살 것 같았다. 침을 꿀꺽 삼키고 나서 일부러 밝은 목소리로 말했다.

"나도 알고 있구먼. 늙으믄 노망이 든다고, 노파심에 한번 해 본 말잉께 그쯤만 알고 있으면 되는 거여."

순배 영감이 머릿속을 가득 채우고 있던 자식 형제들의 모습이 사라지는 것을 느끼며 소리 없이 웃었다.


　창문 밖으로 보이는 풍경은 가을에 축축하게 젖어 있었다. 비가 그친 보도블록 바닥에는 빨갛고 푸르고 노란 단풍잎들이 딱지처럼 달라붙어 있다. 바람이 불면서 나뭇가지가 몸을 떨었지만 떨어지는 낙엽은 서너 잎에 불과했다. 그 대신 나뭇가지에 남아 있던 빗방울들이 한 해를 보내는 아쉬움의 눈물처럼 벤치며 낙엽을 적셨다.

　문태영 교수의 연구실에는 외출 중이라는 팻말이 붙어 있었지만 문은 잠겨 있지 않았다. 진규는 열린 문을 열고 안을 들여다봤다. 문 앞으로 5인용 소파와 그 건너편으로 책상이 보인다. 책상 뒤 창문 유리에 어디서 날아왔는지 때늦은 은행잎 한 장이 찰싹 달라붙어 있다.

　진규는 연구실 문을 닫고 복도 반대편의 창문 앞으로 갔다. 창문에 등을 기대고 복도를 오가는 학생들이며 대학원생들을 할 일 없는 사람처럼 무심히 바라봤다. 가끔 아는 후배들이 걸음을 멈추고 인사를 했다.

　"진규 선배, 교수님 보러 오셨슈?"

　"응, 워디가?"

　"교수님 심부름으로 매점 가유. 선배 올해 논문 통과할 예정이라면서요?"

　현대문학을 전공하는 석사과정의 여학생이 걸음을 멈추고 물었다.

　"그럴 거 가텨."

　"그럼 내년 봄 학기부터 강의하시게 되나요?"

　"에이, 학위 땄다고 바루 강의를 잡을 수 있남? 시방 대기하고 있는 선배들도 을매나 많은데……."

"그래두 선배는 교수님들이 잘 보시는 것 같은데요?"

"쓸데없는 말은 일 절만 하고 어여 가서 볼일 봐. 저기 교수님 오시느만."

진규는 멀리서 문태영이 슬슬 걸어오고 있는 모습을 발견하고 여학생의 등을 떠밀었다.

"왜? 연구실 안에 들어가서 기다리라고 일부러 문 안 잠가 뒀는데."

올해 60세로 접어드는 문태영의 곱슬머리는 반백발이다. 그런 모습이 오히려 문학 평론가로서의 권위와 전문성을 더 살려 주고 있다. 문태영이 사람 좋게 웃으며 앞장서서 연구실 안으로 들어갔다.

"커피? 아니면 홍차?"

문태영이 책상 위에 책을 던져 놓고 돌아서면서 물었다.

"교수님은 홍차 드시쥬?"

진규는 연구실 구석의 창틀에 있는 커피포트를 들어 봤다. 비어 있었다. 익숙하게 커피포트를 들고 밖으로 나갔다.

진규가 물을 떠 와서 문태영에게 홍차 티백을 넣어서 권했다. 자기 몫으로 커피를 타서 소파에 앉았다. 문태영이 천천히 컵에 담겨 있는 티백을 흔들어서 차향이 퍼져 나가길 기다리며 말했다.

"그동안 고생했어."

"교수님이 많이 도와주신 덕분이라고 생각해유. 교수님이 아니셨으면 한 해 더 해도 부족했을 것이라고 생각합니다."

"아냐. 논문은 주제가 좋아야 하는데 주제도 좋았어. 다른 교수님들도 현대문학의 농민 소설에 나타나는 사회적 연구라는 주제가 독특하다고 하더군. 집에서도 부모님이 사과 과수원을 하신다고 했지?"

"예, 어머님이 앞장서서서 하천 부지를 개간해서 과수원으로 만드셨는데 시방은 아무리 비가 많이 와도 끄떡없슈."

"대단하시구먼. 언제 한번 구경시켜 줄 수 있지?"

"내년 봄에 사과꽃이 필 때 한번 가실래유? 과수원이 또랑가에 있어서 사과꽃이 피면 참말로 장관유. 가을에 사과가 빨갛게 익었을 때도 괜찮아유. 교수님이 원하시믄 언제든지 모시고 갈께유."

"그려, 그람 내년에 현대문학 연구회 학생들하고 한번 같이 가자구, 그리고 말야……."

문태영은 홍차 잔을 내려놓고 일어섰다. 자기 책상 앞으로 가서 진보적인 학자들이 발행하는 『울림』이라는 종합 교양지를 들고 와서 테이블 위에 올려놓았다.

"내가 왜 이 잡지를 가져왔는지는 알겠지?"

문태영이 지극히 걱정된다는 표정으로 진규를 바라봤다.

"글쎄유……."

진규는 말꼬리를 흐리며 『울림』이라는 필기체 제목이 써 있는 잡지를 끌어당겼다. 표지는 『울림』이라는 잡지의 성격을 말해 주듯 진보적인 화가의 거친 톤의 풍경화로 장식했다. 이달의 칼럼이라는 제목 밑으로 진규가 쓴 「사상계의 오적(五賊), 반공법 위반이 맞는가?」라는 글씨가 시선을 사로잡는다.

"물론 나도 사상계의 김승균 편집위원이 김지하 시인의 오적을 사상계에 실었다고 해서 반공법을 위반했다는 쪽에 찬성하지 않아. 그것도 십이 년 전의 일이 아닌가. 설령 십이 년 전에 반공법 위반을 했다고 하더라도 지금은 팔십 년대 아닌가. 그 당시에 위반을 했더라도 지금은 무

죄 판결을 내려 주는 것이 사회적인 통념이라는 쪽에 표를 던지고 싶어……."

"교수님께 죄송한 말씀이지만 저는 대학교 이 학년 땐가 김지하 시인의 오적을 읽었슈. 오적은 문학작품이잖아유. 문학을 문학으로 해석해야 하는데, 문학을 정치적으로 해석하면 안 된다고 생각합니다."

서울에 있는 울림출판사에서 원고 청탁이 온 것은 지난 9월 하순이었다. 9월 16일에 대법원 형사부는 월간지 『사상계』 편집위원 김승균 씨에 대한 반공법 위반사건 상고심 선거 공판을 기소된 지 12년 만에 열었다. 김승균의 상고를 기각하고 징역 1년, 자격 정지 1년에 집행 유예 2년을 선고한 원심을 확정했다. 그 점에 대한 칼럼을 써 달라는 내용이었다. 평소 진보 성향 원고를 자주 써 왔던 탓에 아무 생각 없이 원고를 써서 우송했다.

"자네가 지금 나한테 문학 지도를 하는 건가?"

문태영은 진규를 아끼고 있었다. 하지만 진규가 너무 진보적이라는 점이 늘 걱정스러웠다. 『울림』에 원고를 투고한 것도 안전기획부의 전화를 받은 교무처에서 알려 오지 않았다면 자신도 모르고 있을 뻔했다. 안전기획부는 지난 1980년 12월 31일 자로 바뀐 중앙정보부의 새 이름이다. 진규 역시 자신의 본심을 알고 있을 것이라 믿고 있으므로 목소리에 힘이 들어갔다.

"저는 그런 뜻으로 드린 말씀이 아니고, 교수님의 명예에 흠집을 내고 싶은 생각은 추호도 없다는 점을 말씀드리려고 했습니다."

"물론 자네의 뜻을 모르는 건 아냐. 하지만 학자는 학자의 길을 가야 하는 거야. 그것을 정도라고 하지. 학자가 학문하고 정치를 모두 잡으려면 배탈이 날 수밖에 없는 걸세. 지금 이 칼럼 때문에 무슨 일이 일어나고 있는지 아나?"

"무, 무슨 일이라뇨?"

진규는 '제 하찮은 잡문 때문에 무슨 일이 일어났습니까?'라고 물을 수가 없어서 더듬거렸다.

"다른 교수들이 논문을 통과시켜 주지 못하겠다는 거야. 그걸 박진규는 내가 책임질 테니까, 통과시켜야 한다고 고집을 피워서 통과시키기로 했다구."

"네, 교수님 실망시켜 드리지 않겠습니다."

"나도 자네한테 실망하고 싶지 않아. 일단 밥그릇부터 챙기고 나서 정치를 하든, 싸움을 하든지 해야 할 거 아냐? 박사 논문도 통과 안 했고, 강의 자리도 아직 안 얻었잖아. 내 말 무슨 뜻인지 알겠지?"

"네……."

진규는 문태영의 호의는 고마웠지만 마음은 편하지 않았다. 등 뒤에서 노크 소리가 들려서 뒤를 돌아다봤다.

"들어와요."

문이 열리고 이주희가 책을 가슴에 안고 들어섰다.

"어머, 진규 씨 여기 있었네요? 양금석 교수님이 논문 갖다 드리라고 해서 가져왔어요."

이주희가 뜻밖이라는 얼굴로 진규에게 웃어 보이고 나서 논문을 문태영에게 내밀었다.

"고맙군. 차 한잔 하겠나? 우리 박 군이 차를 아주 잘 끓이는데."

"아니에요. 다음에 마실게요. 그럼 가 보겠습니다."

이주희는 연구실 분위기가 굳어 있는 것을 느끼고 문태영에게 미소를 지어 보이며 나갔다.

"자네에게 충고해 주고 싶은 것은 세상이 자네가 보는 것처럼 호락호락하지 않다는 것일세. 두 마리 토끼를 잡으려 하지 말고, 한 마리만 택하게. 그럼 나머지 한 마리는 저절로 잡히게 되는 것이니까."

"교수님 말씀 명심하겠습니다."

"자네가 나를 믿고 있는 만큼 나도 자네를 믿고 있네. 내 생각에는 이주희가 지금 밖에서 기다리고 있는 것 같은데 어서 나가 보게."

진규와 이주희가 앞으로 결혼하게 될 것이라는 소문은 이미 공론화되어 버렸다. 문태영은 일부러 일어서서 진규에게 손을 내밀었다.

"감사합니다. 교수님."

진규는 두 손으로 문태영과 악수를 하고 나서 밖으로 나갔다. 이주희가 복도에서 서성거리고 있다가 손을 살짝 들어 보인다.

"무슨 일이 있었던 거 같은데?"

"우리 술 한잔 할까?"

이주희가 어깨를 붙이고 묻는 말에 진규가 활짝 웃으며 반문했다.

"좋지, 오늘 원고료 입금된 거 있는데 내가 한잔 살게."

이주희는 진규가 술집에서 속내를 털어 놓을 것이라는 생각에 진규의 등을 떠밀며 밖으로 나갔다.

그들은 학교 앞에서 택시를 타고 시내로 나갔다. 아직 술을 마시기에는 이른 시간이었다. 거리에는 가로수에서 떨어진 낙엽들이 파도처럼 휩쓸려 다니고 있다. 아카데미극장 근처에 있는 식당 골목으로 들어갔다. 아카데미극장에는 007시리즈 <유어 아이즈 온리>가 상영되고 있었다. 다음 상영 영화란에는 윤정희 주연의 <저녁에 우는 새> 간판이 붙어 있다.

"진규 씨는 나를 너무 배려하지 않는다는 생각 안 들어?"

진규가 허름한 식당 앞에서 걸음을 멈추는 것을 본 이주희가 물었다.

"선배를 무시하는 것이 아니고 우린 아직 실업자잖여."

"실업자가 아니고 학생들이라는 표현이 맞지 않나?"

이주희는 진규의 고집을 꺾을 수 없다는 생각에 어깨를 으쓱거리며 순댓국 집 안으로 들어갔다.

"내년 봄에는 틀림없이 결혼할 거야."

소주 한 잔을 시원하게 들이킨 이주희가 스스로에게 다짐하는 목소리로 말했다.

"부모님 성화가 대단하겠구먼. 하긴, 선배 나이에 시집을 갔으면 벌써 아들이 유치원에……."

"진규 씨 지금 누구 이야기 하는 거야?"

"이 선배."

"나하고 진규 씨 문제를 말하고 있는 거라구. 만약 내년 봄에도 진규 씨가 거절하면 영국으로 건너갈 생각이야."

이주희가 심각한 얼굴로 진규를 바라봤다.

"학위는?"

"학위가 중요한 것은 아니잖아. 내게는 진규 씨가 이 세상이라구."

"오늘은 죄다 이해할 수 없는 일들만 생기는구먼. 문태영 교수님이 뭐라고 말씀하신 줄 알아? 내가 울림이라는 잡지 시월 호에 칼럼 하나 쓴 것이 있거든. 오적땜시 반공법 위반에 걸린 사상계 편집위원 김승균 씨

235

한테 반공법 구형을 때린 것은 시대적 배경을 무시한 판결이라는 식으로 썼단 말여. 그것 땜시 요번에 박사 논문이 통과 안 될 뻔했다고 하시잖여."

"그럼, 이번에 논문 통과 안 되는 거야?"

"아녀. 교수님이 고집을 피워서 통과는 시켜 주시겠다고 하시드만. 하지만 학자는 학자의 길을 가야 한다며……."

진규는 더 이상 말을 할 수 없었다. 스스로 술잔을 채워서 훌쩍 마시고 나서 이주희를 바라보며 허탈하게 웃었다.

"문 교수님이 진규 씨를 얼마나 끔찍하게 생각하시는지는 학교에서 이미 소문난 사실이잖아."

"나도 그걸 알고 있응께 괴로운 거지. 교수님 말씀을 뿌리칠 수도 읎고, 세상을 등지고 강가에 앉아서 낚싯바늘 없는 낚싯줄이나 늘어트리며 세월을 보내고 싶지는 않고……."

"두 번째가 결혼 문제군. 그렇다면 이번에는 내가 이해할 수 없는 일이 생긴 거네. 진규 씨는 나를 사랑하기는 하는 거야? 나하고 결혼할 생각이 있기는 하냐구?"

"대학교는 내가 후배지만, 대학원은 내가 선배지?"

"이 시점에 한가하게 선후배 타령 하기야? 난 정말 심각하다구. 엄마는 내가 마음에 드는 남자가 없어서 그러는 줄 알고 한 달에 한 번씩 남자 사진을 들이밀고 있다구."

이주희는 진규가 소주를 따라 줄 생각을 안 하는 것을 보고 스스로 잔을 채웠다. 화가 난 얼굴로 술을 마시려고 하는데 진규가 손목을 잡았다.

"나, 이주희 사랑해. 이주희하고 결혼할 생각이야."

"어, 어머!"

이주희는 진규가 엄숙한 표정으로 하는 말에 술잔을 들고 있을 힘조차 없어졌다. 스르르 술잔을 내려놓았다. 생각 같아서는 진규의 옆 자리로 옮겨서 품에 안기고 싶었다. 뜨겁게 키스를 하고 싶었지만 그럴 수가 없어서 감격의 눈물을 흘리며 부르르 몸을 떨었다.

"하지만 이거 하나만 알아 둬. 난 주희와 동반자가 될 수는 있지만 남편 역할로는 많이 부족할 거여."

진규는 이주희의 길고 가는 손가락을 만지작거리는 순간 향숙의 얼굴이 그려졌다. 누나! 향숙에 대한 사랑은 평생 동안 변하지 않을 것이다. 그 사랑은 이성 간의 사랑이 아니라, 향숙이 말하는 오누이의 사랑으로 남아 있을 것이라고 생각하며 주희의 손을 놓았다.

"나는 박진규의 아내라는 자리만 다른 여자에게 빼앗기지 않으면 만족해."

"무슨 말을 그렇게 험하게 하능 겨?"

"내가 그동안 진규 씨를 다른 여자가 채 갈까 봐. 얼마나 가슴을 졸이며 살았는지 모르지?"

"에이, 그 말은 그짓말 같다. 내 생각에 머리가 정상인 여자는 나하고 결혼하고 싶지 않을 거여."

"맞아. 진규 씨는 나를 미치게 만드는 그 어떤 유전자가 있는 남자야. 그런 의미에서 이번 주 일요일 날 우리 집에 인사하러 와 주는 거지."

"너무 서둘지 마. 나도 집에 할아부지도 계시고 할머니하고 아부지, 어머니도 계시니께. 먼저 상의를 드려야 하잖여."

"진규 씨 혼자 말씀드리기 힘들면 내가 동행해 줄게. 그래도 되지?"

이주희가 마냥 행복한 눈빛으로 진규를 바라보며 속삭이는 목소리로 말했다. 진규는 글쎄, 라고 말꼬리를 흐리는데 또 향숙의 얼굴이 그려졌다.

제28장

1
9
8
3
년

# 맥주가 있는 풍경

내 참, 맥주를 맥주 맛으로 마시지.
맥주를 소주나 탁배기 맛으로 마시나.
어따, 우리 손녀 신랑이 사 온 맥주라 그런지,
입에 착착 달라붙는 것이 꼭 사이다를 마시는 기분이구먼.
잘사는 사람은 이런 기분으로 맥주를 마시는 거 가텨.


바람이 불 때마다 선술집의 유리 창문이 덜커덩 덜커덩 몸을 떨었다. 통행금지가 있을 때는 벌써 집에 들어가 있거나, 총총걸음으로 골목 안으로 숨어들어야 할 시간이다. 작년 1월 5일 통행금지가 전면적으로 해제되고 나서 밤 11시 반이 됐어도 술청에 앉아 있는 손님들의 표정은 느긋했다.

"그러니까, 봉숙이가 호적상으로 이혼이 안 돼 있단 말이지?"

"남편이 죽었다는 말도 그짓말이래유. 감옥에 가 있었던 모양유."

짱구가 면목 없다는 목소리로 말했다.

"내 생각에는 봉숙 씨가 일부러 그짓말한 것 같지는 않구먼. 짝눈 말을 들어 봉께, 봉숙 씨 남편이라는 놈이 술만 마셨다 하면 미친개가 된다고 하데. 그런 놈이 감옥에 갔응께 이혼할 생각으로 떠났겠지."

"그 남편이라는 새끼 이름이 박동팔이라는 놈인데, 사랑해서 결혼식을 올린 것도 아니래유. 봉숙 씨가 다방에서 주방을 봤었대유. 배달을 하거나, 손님 옆에서 차를 마신 것도 아니래유. 댕기고 있던 공장이 망하는 통에 당장 갈 데가 읎어서 며칠 동안만 있기로 하고 주방에서 심부름을 하고 있었대유. 거기서 그놈을 만난 모양유. 온갖 감언이설로 꾀는 통에 당장 놈의 자취방에 반강제로 갔다가 당했대유……."

"잠깐!"

꺽다리가 아이처럼 찔찔 눈물을 짜면서 하는 말을 경훈이 일단 끊었다. 잠자코 술을 마시고 나서 철용에게 시선을 돌렸다.

"박동팔이라는 놈이 봉숙 씨를 끌고 간 데를 알고 있다고 했지?"

"짱구 니가 안다고 안 했냐?"

경훈이 묻는 말에 철용이 짱구를 바라보며 물었다.

"정확하게 간 곳은 몰라유. 꺽다리가 대충 알고 있는 모양유. 여기로 오기 전에 살던 데가 신도림동이라고 하지 않았냐?"

"신도림동에 박동팔의 계모가 살고 있다는 말을 들은 거 가튜. 신도림동에서 구로 전철역으로 가는 중간이 무슨 큰 교회가 있대유. 그 근처에 살았다고 하데유. 계모하고 같이 산 것은 아니고, 그 근방에서 살았대유."

"야, 이 자식아 그만 울어. 남자 새끼가 마누라를 뺏기고 나서 찔찔 울고만 있을 껴?"

꺽다리가 계속 눈물을 흘렸다. 짱구가 답답하다는 표정으로 몰아붙였다.

"좋아. 그람 시방 봉숙 씨를 데리러 가자."

경훈이 마침내 결정했다는 얼굴로 철용을 비롯해서 일행을 바라보며 말했다.

"봉숙 씨 말로는 박동팔 그놈이 그 근방에서는 알아주는 깡패라고 하든데……."

"꺽다리 너는 한 가지만 말하믄 되능 겨. 봉숙 씨가 안직도 너를 사랑한다고 생각하냐?"

"보, 봉숙 씨 시방 임신 두 달째유……."

꺽다리가 고개를 꺾고 다시 흐느껴 울기 시작했다.

"너, 너 시방 머라고 했어?"

경훈은 임신이라는 말에 출산 오 개월을 앞두고 둘째를 유산한 아내 오숙자의 얼굴이 떠올랐다. 오숙자는 광주사태 때 두 눈을 뜨고 두 남동생을 잃어버린 충격에 정신이 오락가락했었다. 그것을 치유하기 위해 용하다던 기도원까지 갔건만 유산하고 난 충격으로 지금은 바깥출입도 못 하고 있다. 가슴이 짠하게 아파 오는 것을 느끼며 두 눈을 부릅뜨고 꺽다리를 노려봤다.

"너, 이 새끼 그렇게 중요한 말을 왜 인제 하는 거여?"

경훈이 화내는 이유를 알 것 같은 철용이 재차 다그쳤다.

"꺽다리 넌 일단 집에 가서 기다려. 우리가 밤을 새는 한이 있드래도 봉숙 씨를 데리고 올 모양이니까."

경훈은 오숙자를 위해서라도 봉숙을 납치해 간 놈을 도저히 용서할 수 없다고 생각했다. 마음속으로는 이를 갈면서도 겉으로는 점잖게 주인을 불러서 계산을 했다. 가죽 장갑을 끼고 미닫이문을 열었다. 벌판에서 있는 것처럼 찬바람이 몰아쳤다. 그런데도 포장마차 안에는 몇몇 손님들이 술을 마시고 있었다. 통행금지가 해제되고 나서 며칠 동안은 일부러 12시가 넘기를 기다렸다가 포장마차에 가서 술 마시던 때가 생각났다.

"이 시간에 워딜 가는 거여?"

경훈 일행이 택시를 타기 위해 포장마차 앞에서 택시를 기다리고 있을 때였다. 손기문이 메뚜기와 함께 포장마차에 가까이 다가와서 철용에게 물었다.

"신도림동 가는 중여."

"이 시간에 고물을 사러 간단 말여? 암만 통행금지가 없어졌다고 하드래도, 이 시간에 고물을 파는 데는 읎는 거 같은데?"

손기문이 관심이 간다는 얼굴로 경훈이 옆으로 가서 물었다.

"봉숙 씨라고 있잖여. 꺽다리하고 같이 살던……."

"잘 알지, 식당하고 있잖여. 봉숙 씨가 딸내미를 데리고 야반도주라도 했다능 겨?"

"그게 아니고, 봉숙 씨한테 원래 남편이 있었던 모양여. 시방까지 감옥에 있었댜. 워티게 알고 찾아 와서 지가 사는 데로 데리고 갔댜. 그래서 데리러 가는 길여."

"허! 우리나라가 아무리 살기 좋은 나라가 됐다 하드래도 그렇지, 남편 있는 여자하고 살림을 차렸으면 간통죄로 감옥 안 간 것이 다행이라고 생각해야지. 시방 머하는 짓여……."

손기문이 어깨를 으쓱거리며 이해할 수 없다는 표정을 지었다.

"살기 좋은 나라라서 삼청교육대에 끌려갔구먼. 아무런 죄도 읎고 잘

못한 것도 읎는데……. 저기 택시가 오는구먼."

철용이 손기문을 보고 어둠 속에서 하얗게 웃다가 달려오는 택시를 세웠다.

"우리도 귀경이나 갈까?"

"택시에 다섯 명벆에 못 타는데……."

경훈이 택시 앞자리에 탔다. 뒷자리에 철용이 먼저 탔다. 그 뒤를 이어 짱구가 올라타고 마지막 남은 짝눈이 난감하다는 표정을 지었다.

"아저씨, 요금 따불!"

손기문이 메뚜기를 먼저 택시 안으로 밀어 넣었다. 그 뒤에 짝눈을 밀어 넣고 마지막으로 힘을 주어 올라탔다.

"경찰한테 걸리면 책임 못 집니다."

택시 운전사는 건장한 남자 여섯 명의 기세에 어쩔 수 없이 출발하면서 경훈에게 말했다.

"작년부터 통행금지 없어지고 나서 경찰 빽도 반으로 줄어들었다는 거 몰라유? 경찰한테 걸리믄 우리가 벌금 물어낼 테니까 신도림동으로 갑시다."

경훈은 걱정 없다는 얼굴로 자신 있게 말하며 팔짱을 꼈다.

"요새 참말로 세상 좋아졌어. 통행금지가 있을 때는 이 시간에 돌아댕길 수 있는 사람이, 경찰하고 군인하고 신문기자들벆에 읎었잖여."

"아가씨들이 애인하고 밤을 보낼라고 통금 땜시 집에 못 들어간다고 전화했던 것도 옛날 말이 됐구먼."

메뚜기가 의자에 엉덩이만 간신히 걸친 자세로 말했다.

"남들이 들으면 메뚜기 여자깨나 꼬신 것처럼 들리네. 대관절 우리나라에 언제부터 통행금지가 있었던 거여."

"그걸 내가 워티게 알아. 철들고 봉께 통행금지가 있었는데……"

"나도 작년에 통행금지가 없어지고 나서 라디오에서 하는 말을 들어서 알고 있는데 말입니다. 해방되던 해 구월 칠 일 날 미군정 시절에 미국 사령관인 하지가 군정포고 일 호로 시작했다고 하데요. 딱 삼십육 년 만에 통금이 풀린 거죠. 근데 웃기는 게 뭔지 알아요?"

손기문과 철용이 주고받는 말을 듣고 있던 운전사가 끼어들었다.

"통금이 없어졌는데 뭐가 웃긴다는 거유?"

경훈이 가죽 장갑 낀 손의 깍지를 끼고 있다가 물었다.

"일본 놈들이 우리나라를 강압적으로 지배하고 있던 세월도 딱 삼십육 년이라는 겁니다."

"삼십육 더하기 삼십육은 얼매여?"

경훈이 철용을 바라보며 물었다.

"칠십이 아녀?"

"그럼 칠십이 년 만에 완전한 자유를 얻은 긴가?"

"자유 같은 말 하고 앉아 있구먼. 난 무식해서 잘 모르지만 말여. 자유주의 나라에서는 애먼 사람을 삼청교육대에 안 보내는 걸로 알고 있구먼."

"손님도 억울하게 삼청교육대에 끌려갔다 온 모양이네요. 내가 알고 있는 운전기사는 교대하고 집에 가다가 거리에서 경찰들한테 붙들려 가서 삼청교육대에 갔다 왔잖습니까. 여자는 남자가 바람이 나서 집을 나간 줄 알고, 맞바람을 피웠잖아요. 삼청교육대에 끌려가서 육 개월 만에 집에 와 보니까 마누라는 집을 나갔지, 애들은 고아원으로 들어가 있지.

한마디로 졸지에 가정이 풍비박산 난 거죠. 결국 택시를 몰고 한강 다리로 뛰어들었습니다."

"우리 형님은 삼청교육대 갔다 와서 장가갔슈. 오히려 잘된 거지."

"그건 사실이지……. 채소 가게 차려서 돈도 많이 벌고 물론 그렇다고 삼청교육대가 좋다는 말은 아녀."

메뚜기의 말이 끝나자마자 경훈이 차에서 내릴 준비를 하며 말했다.

"세상 사는 것이 다 그렇죠 뭐. 부자가 있으면 가난뱅이가 있고, 죽는 사람이 있어야 사는 사람도 있는 법이잖수. 우린 그렇게 생각해요. 지금 세상은 물인지 술인지 분간 안 하고 살아야지, 똑똑한 척 굴다가는 언제 어느 시에 아무도 모르는 곳으로 끌려갈지 몰라요."

운전사는 경훈이 말하는 곳에서 택시를 세우며 열두 시가 넘은 거리를 바라봤다. 낮과 다르게 한산한 도로를 택시들이 라이트로 어둠을 직선으로 녹이며 질주하고 있다.

"형, 이 근방 같은데. 저쪽에 큰 교회가 있잖여."

"잠깐, 이 거리는 내가 잘 알아. 그랑께 내 말대로 하는 것이 좋아. 우선 떼로 몰려댕기다가 신고 들어가믄 재까닥 잡혀갈 수가 있어. 그랑께 여기서 일단 흩어져서 찾아보자구. 통행금지가 없응께 아직도 술을 파는 데가 있을 거여. 그런 데 들어가서 가볍게 한잔함서 박동팔을 물어봐. 친구라고 하믄 알켜 줄 꺼여. 놈이 사는 집을 알면 즉시 이 교회 앞으로 와. 놈의 집을 찾든지 말든지 삼십 분 후면 무조건 모이는 거다. 메뚜기는 당장 불이 켜져 있는 저쪽 식당부터 들어가 봐."

철용의 말에 경훈이 뭐라고 말을 하려 할 때였다. 손기문이 자기 앞으로 모이라고 손짓했다. 일행이 손기문을 향해 빙 둘러섰다. 손기문이 작은 목소리로 빠르게 속삭이고 나서 불이 환하게 켜져 있는 근처의 식당을 가리켰다.

"내 예감에는 저 식당에 박동팔 놈이 있을 것 같은데."

경훈이 가죽 장갑 깃을 잡아당기며 어둠 속에서 회심의 미소를 지었다.

"장담하는 겨?"

"놈은 오늘 저녁에 술을 왕창 마실 거여. 마누라도 잡아다 집에 가둬뒀겠다. 출옥한 지 며칠 되지 않아서 한창 술에 굶주려 있을 때 아니겠어."

"그럴지도 모르지. 하지만 일단 흩어져서 걸어. 떼로 몰려댕기다가는 금방 경찰들 눈에 띨 수 있응께."

손기문은 경훈을 따라 걸으면서 다른 일행에게는 흩어져서 걸으라고 지시했다.

"나도 같이 가."

철용은 경훈을 따라붙어서 맞불어 오는 바람에 고개를 숙이고 빠르게 걸었다. 허름한 식당 안에는 30대 초반의 남자 세 명이 화덕에 고기를 구워 놓고 술을 마시고 있었다. 소주병이 대여섯 병이나 있는 것으로 봐서 초저녁부터 마시고 있는 것으로 보였다.

경훈이 손기문과 철용에게 바깥에서 대기하고 있으라고 눈짓을 보냈다. 심호흡을 한 뒤 식당 안으로 들어섰다. 술을 마시고 있던 세 명이 동시에 시선을 돌리며 경계의 눈빛을 보냈다.

"박동팔!"

경훈이 자세를 잡고 낮은 목소리로 다짜고짜 불렀다.

"뭐야?"

키가 일 미터 팔십 정도 되는 남자가 가운데 있는 남자를 바라보며 물었다.

"동팔이 너 아는 놈이냐?"

반대쪽 남자가 가운데 남자와 경훈을 번갈아 보았다.

"첨 보는 놈인데……."

박동팔이 술을 마시려다 말고 잔을 내려놓으며 일어섰다.

"그 자리에 앉아 있는 것이 좋을 겨."

철용이 상황을 눈치채고 손기문과 함께 식당으로 들어갔다. 경훈보다 먼저 걸어가서 단박에 키 큰 남자의 목에 갈고리를 갖다 댔다.

"어, 어디서 온 놈들여?"

박동팔이 빈 소주병의 모가지를 움켜잡고 쨍그랑거리는 소리를 내며 드럼통으로 만든 화덕 모서리를 때렸다. 칼날처럼 날카롭게 변한 깨진 병을 들고 일어섰다. 거의 동시에 손기문이 바람처럼 달려들어서 깨진 병을 든 손목을 잡고 화덕 모서리에 힘껏 찍어 눌렀다. 박동팔이 비명과 함께 금이 가 버린 손목을 잡고 주저앉았다. 다른 남자는 제 풀에 질려서 뒷걸음쳐 빈 의자에 가서 앉았다.

"나, 난곡동 날치다. 내가 왜 찾아왔는지 알겠지?"

"나, 난곡동 날친지 멸친지 모르겠지만. 임자 잘못 찾아왔구먼. 나 깜빵 갔다 온 놈이라구. 무서울 거 없어. 너 같은 놈들 한두 놈 죽이고, 또 깜빵 가면 그만여……."

박동팔이 부러져 버린 것 같은 팔목을 움켜잡고 일어서서도 기죽지 않고 이를 갈았다.

"저놈유?"

박동팔의 말이 끝나기도 전에 이미 상황을 눈치챈 메뚜기며 짱구와 짝눈이 식당 안으로 뛰어 들어 왔다.

"문 닫아!"

철용이 덩치의 목에서 갈고리를 떼지 않고 싸늘하게 말했다. 메뚜기가 재빠르게 문을 닫았다.

"제발, 그릇이랑 술잔 같은 것이나 깨지 말아 주슈."

나이 지긋한 주인이 산전수전 다 겪었다는 얼굴로 주방에서 지켜봤다.

"봉숙 씨 어딨어?"

"그, 그걸 왜 나한테 묻는 거야?"

박동팔은 반항해 봤자 이미 대세가 기울었다는 생각에 한풀 기가 꺾인 목소리로 말하며 경훈을 바라봤다.

"너, 이 새끼 착한 봉숙 씨 강제로 자취방에 끌고 가서 강간한 거 경찰에 데리고 가서 불어 볼까?"

"그, 그 말이 정말유?"

철용의 갈고리 때문에 바들바들 떨고 있던 덩치가 놀란 표정으로 물었다.

"네놈이 누군지 모르겠지만, 이놈하고 봉숙 씨하고 어울린다고 보는 거냐?"

"그, 그렇지 않아도 봉숙 씨 같은 여자가 제 엄마도 개 패듯 패는 놈하고 왜 살림을 꾸렸을까, 하고 궁금했습니다."

덩치가 박동팔 같은 놈하고 더 이상 상대하기 싫다는 표정으로 말했다.

"제, 제가 봉숙 씨 있는 집을 알려 주겠습니다. 야, 이 새꺄. 내가 아무리 신도림동에서 개차반으로 살아도 봉숙 씨처럼 착한 여자를 강간하지는 않는다. 너 같은 놈은 다시 깜빵에 가서 고생 좀 해 봐야 혀."

일찌감치 멀리 떨어져 의자에 앉아 있던 다른 무리가 이를 갈면서 일어섰다.

"감옥에 가서 고생할 때는 고생하더라도, 이 세상이 네놈이 생각하는 것처럼 만만하지 않다는 걸 몸으로 좀 느껴 봐야지. 여기서는 주인어른 말씀처럼 기물을 부술 우려가 있응께 골목으로 나가자."

"계산은 하셔야지."

철용이 비로소 갈고리를 내려놓으며 덩치의 옆구리를 쿡 찔렀다.

"아, 예, 예……."

"갑시다."

손기문이 박동팔의 뒤로 가서 허리끈을 단단히 움켜잡고 집을 알려 주겠다는 무리를 바라봤다.

"아이구, 형님들 제, 제가 봉숙 씨 있는 집을 알려 줄 테니 제발 살려 주십쇼."

박동팔이 밖으로 끌려 나갔다가는 개죽음을 당할지 모른다는 생각에 뒤를 바라보며 손기문에게 빌었다.

"이미 때는 늦었어. 감옥에서 그 고생을 했으면 정신을 차려야지. 감히 봉천동까지 와서 잘 살고 있는 봉숙 씨를 끌고 가?"

"야, 임마 봉숙 씨 지금 임신 이 개월야. 너하고 이미 끝난 거라구."

경훈의 말에 이어서 철용이 박동팔 앞으로 갔다. 갈고리로 허리끈을 잡아당기며 노려봤다.

"저도 명색이 주먹으로 먹고사는 놈입니다. 제발 살려 주시면, 두 번 다시 봉천동 쪽으로는 오줌도 갈기지 않겠습니다."

"당연히 그래야지. 일단 뜨거운 맛부터 보고 나서 결정해 보자."

경훈은 박동팔 같은 놈들을 수없이 보아왔다. 여자 앞에서 군림하려는 남자치고 간사하지 않은 놈은 없다. 놈이 뜨거운 맛을 봐야 두 번 다시는 봉숙이를 찾으러 오지 않을 것이라 믿고 어두운 골목 쪽으로 걸어갔다.

"죽지 않을 만큼 주물러 줘. 그래야 두 번 다시 봉숙 씨처럼 착한 여자 인생에 끼어들지 않지."

경훈은 철근을 쌓아 놓은 공사장 터로 박동팔을 끌고 갔다. 낮게 지시를 하자마자 짱구가 싱긋이 웃으며 다짜고짜 박동팔의 복부를 강타했다. 박동팔의 짤막한 비명이 밤하늘로 날카롭게 퍼져 나갔다. 이어서 둔탁한 발길 소리가 어둠 속에서 침묵을 동강 내기 시작했다.


박태수의 집 안방에서 방문을 열고 바라보면 둥구나무거리가 한눈에 들어온다. 방 안에서 둥구나무거리가 한눈에 보이는 만큼, 둥구나무 밑 너럭바위에 앉아서 박태수의 집을 바라보면 안방에서 무엇을 하고 있는지 훤히 보인다. 그래서 가족이 방 안에 있을 때는 한여름에도 여간해서 안방 문을 열어 놓지 않는다.

4월이라서 방문을 열어 놓을 만큼 덥지는 않다. 하지만 안방을 가득 매운 사람들 때문에 한여름처럼 앞뒷문을 열어 놓았다.

"그랑께, 북향이더라도 질을 앞에 두고 지어야 한다 이거유? 나는 이왕 새로 집을 지을 바에는 대청에서 바라보면 앞 들판이 훤히 보이도록 또랑 쪽을 향해 짓는 것이 좋을 거 같은데?"

뒷문 앞에 앉아 있는 박평래가 괜히 손바닥으로 방바닥의 먼지를 쓸어 내며 순배 영감을 바라봤다.

"내동 말할 때는 워디 갔다 왔댜? 새 집 짓고 삼 년이라는 말 못 들어봤어? 집을 짓는 것이 돈만 있다고 아무렇게나 짓는 것이 아녀. 향을 잡는 거야 당연히 남향을 바라봐야 하지만, 남향으로 집을 지을 수 없는 경우는 길을 보고 지어야 하는 법여. 왜 그런 줄 알아? 사람도 등 뒤에 누가 서 있으면 괜히 불안하잖여. 맘이 불안하믄 오장육부가 제대로 돌아가지 않아서 소화가 안 되는 법이고, 소화가 안 되면 만병의 근원이 되는 거여. 집도 마찬가지여. 암만 남향집이 좋드래도, 길이 북쪽에 있으면 북향으로 지어야 하는 거여."

"이 동리서 형님 말이 법잉게, 천상 이대로 똑같은 방향으로 지을 수 벆에 읎겠구먼. 에미 니 생각은 어뗘?"

"아부지는 왜 저한테는 안 물어보고 이 사람한테만 물어유? 과수원 일도 아니고 집을 새로 짓는 큰일을……."

김춘섭 옆에 앉아 있는 박태수가 불만이라는 목소리로 말하며 박평래를 바라봤다.

"당신 생각은 워뗘유?"

상규네가 얼른 물었다.

"좋은 것이 좋은 거라고, 시방 이대로 짓는 것이 좋지 머. 이왕 지을 바에 거실을 크게 늘리고, 작은 방은 네 개쯤 넣는 것이 좋을 거 가튜. 인숙이까지 시집을 가믄 즈 내외들찌리 모이믄 여덟 명이 모인다는 말

아뉴. 게다가 손자들을 한 명씩만 둔다 해도 열두 명이나 됭께, 거실을 마당처름 넓게 짓는 것이 좋을 거 같은데…….”

“그려, 요새는 거실을 넓게 짓는 추세여. 정지도 따로 짓는 것이 아니고 아파트처름 방 한쪽에 싱크대라는 걸 설치하는 추세여.”

박태수가 하는 말을 가만히 듣고 있던 김춘섭이 보충 설명을 했다.

“씨, 씽크대라는 것이 뭐유? 마을 회관에 있는 그걸 말하는 거유?”

상규네가 궁금하다는 표정으로 물었다.

“맞아유. 찬장도 새로 살 필요 읎이, 찬장이며 부뚜막이며 개수대며 나물을 씻는 통이 일체 구비되어 있슈. 보일러만 설치하믄 한겨울에도 바깥에 나갈 필요 읎이 뜨신 물로 밥도 짓고, 설거지도 하고……. 좌우지간 요새 영동만 나가도 죄다 싱크대가 집 안에 있어서 여자들은 살판 났슈. 변소도 집 안에다 짓는 것이 유행이라 도시에 있는 요새 양옥집은 아파트나 진배읎슈.”

김춘섭이 상규네가 깎아서 접시에 올려놓은 사과를 이쑤시개로 찍어 먹으며 말했다.

“겨울에는 왼 종일 집 안에서 살아도 되겄구먼…….”

변쌍출이 부러운 눈빛으로 박평래를 바라보았다.

“소내기가 내려도 우산 쓰고 변소 갈 일 읎응께, 만고 땡이쥬 머.”

“그렇게 질라믄 평당 단가가 얼매나 할까?”

박태수가 김춘섭에게 물었다.

“어떤 자재를 쓰느냐에 달렸지 머. 고급 자재로 쓰면 오십만 원도 갈 수 있고…….”

“머여? 평당 오십만 원씩이믄 서른 평짜리를 지면 천오백만 원이라는 말 아녀?"

변쌍출이 돈줄을 쥐고 있는 상규네를 바라보며 말했다.

"그건 도시에서 잘사는 사람들이 짓는 집이고, 이런 데서 고급 자재를 쓸 필요 있겠슈? 한 이십만 원짜리 자재를 써도 좋아유."

"이십만 원 잡아도 육백만 원이구먼. 근데, 서른 평씩이나 질 필요가 있을까유? 집이 크믄 암만해도 즌기세가 더 들어가도 더 들어가고, 물을 써도 더 쓸 거잖아유. 자식들이 죄다 장가가고 시집간다 해도, 상규네 집도 있응게 방을 네 칸이나 둘 필요는 읎다고 봐유. 한 스물다섯 평짜리 집에다 방 세 칸 늫고, 변소 늫고 하믄……."

상규네가 조심스러운 표정으로 김춘섭의 말에 덧붙였다.

"야 좀 봐라. 서른 평하고 스물다섯 평하고 제우 다섯 평 차이잖여. 즌기세가 더 나가믄 얼매나 더 나간다고 물을 더 쓰면 얼매나 더 쓴다고 그랴. 구장 야기로는 올가을이나 내년 봄에는 간이 상수도를 맨든다고 했잖여. 샘까지 물 길러 갈 필요 읎이 집에서 수도꼭지만 틀면 물이 쫄쫄 나오는데 이왕 질 거믄 서른 평으로 짓는 것이 백번 낫지. 죽을 때 돈을 싸 가지고 가는 것도 아닌데 대나가나 돈타령이구먼."

상규네의 말이 끝나기도 전에 사과를 야금야금 먹고 있던 청산댁이 한심하다는 표정으로 말했다.

"에미 말이 맞구먼. 남자들은 상규네 집에서 죄다 자고, 여자들은 새로 지은 이 집에서 자면 되겄구먼. 그리고 손자들이 장 집에 있는 것도 아니잖여. 평소에 두 내외만 생활하는데 집만 광장처름 넓어도 병이 나는 법여. 형님 내 말이 틀렸슈?"

박평래가 청산댁의 말을 무시해 버리고 순배 영감을 바라봤다.

"내 생각도 태수 처 말이 맞다고 봐. 집에는 사람 온기가 있어야 하는 벱여. 다 쓰러져 가는 초가집도 사람이 살고 있으면 백 년도 가지만, 고래등 같은 기와집도 일 년만 비워 봐. 지붕이 새고 방에 곰팡이가 피고, 벽에 바른 횟가루가 떨어지잖여. 돈이 문제가 아니고 둘이 살기에 적당한 크기가 좋을 껴."

"그람, 스물다섯 평짜리를 짓는 것으로 결정하쥬. 춘섭이 자네는 그렇게 알고 당장 낼부터 추진해 봐."

"집을 짓는 데 한 달이 넘게 걸리잖유. 그동안 살림살이는 상규네 집에 갖다 놓고 거기서 어머님하고 같이 살아야겠네유."

상규네가 박평래의 말에 볼이 통통 부어 있는 청산댁을 바라보며 살갑게 말했다.

"그걸, 왜 나한테 물어. 똑똑한 시아부지한테 물어야지."

청산댁이 박평래를 흘겨보며 쌀쌀맞게 말했다.

"저, 저런……. 소갈머리 봐라. 여기 형님도 계시고, 팔봉이 아부지도 있는데 말하는 꼬라지 좀 보라지. 썩는 물건도 아니고, 쉬는 물건도 아닌데 살림살이를 귀찮게 상규네 집까지 윙길 필요가 머 있어. 한쪽 구석에 싸 놓고 천막으로 덮어 놓으면 그만이지."

"우리 집에도 큰 방 하나가 비어 있잖유. 살림이 얼매나 되는지 몰라도 거기다 들여놔도 돼유. 팔봉이네는 안직 집 질 생각 읎슈?"

김춘섭이 갑자기 생각났다는 얼굴로 변쌍출에게 시선을 옮겼다.

"어! 우, 우리 말여? 지난번에 즈 어머하고 서울 올라갔다 왔잖여. 늦어도 몇 년 안에 양옥집으로 져 준다고 했응께, 올게나 내년에는 져 주겄지."

변쌍출은 둥구나무거리를 바라보고 있다가 김춘섭의 말에 대답은 자신 있게 했지만 입안은 썼다.

낼이라도 구장 집에 가서 넌지시 즌화를 한번 해 봐야겠구먼.

팔봉이는 지난 설에 왔을 때도 설탕이며 미원에 통조림 세트며 이런저런 선물을 푸짐하게 들고 왔다. 그런 걸 보면 요즘도 돈을 벌기는 버는 모양이다. 하지만 집을 지으려면 김춘섭 말대로 적게 져도 오백만 원은 있어야 한다. 팔봉이한테는 적지 않은 부담일 것이다. 그래도 아무 생각 없이 기다리고 있는 것보다는 전화를 해 보는 것이 좋을 것 같았다.

"저기, 누구여. 이 집 맏딸 내외 아녀?"

"인자하고 정 서방이 오는 거유?"

둥구나무거리를 바라보고 있는 변쌍출이 하는 말에 상규네가 놀란 얼굴로 일어섰다. 인자는 군청에 다니는 정만호와 작년 5월에 결혼하고 나서 농협을 그만두었다. 둥구나무거리에 도착한 포니에서 인자와 정만호가 내렸다.

"우리 왔어!"

인자가 손을 번쩍 들어 보였다. 정만호는 허리를 숙여 인사하고 트렁크 쪽으로 갔다.

"웬일여?"

박태수도 사위가 왔다는 말에 마당으로 나왔다.

"공일이라서 인사드리려 왔슈."

정만호가 트렁크에서 돼지고기와 맥주가 들어 있는 봉지를 꺼내 들고 박태수에게 인사했다.

"할아부지하고 할머니도 계시네. 안녕하셨슈? 저희들 공일이라 놀러 왔슈."

"그려, 잘 왔구먼. 그릏지 않아도 우리 인자가 워티게 사는지 궁금해 하던 참이었는데……"

청산댁이 박평래 앞에서 화를 낼 때와 다르게 반갑게 웃는 얼굴로 마당으로 나갔다.

"이거 어르신들 드시라고 사 왔습니다."

정만호가 싱글벙글 웃는 얼굴로 맥주와 고기를 상규네에게 내밀었다.

"그려, 어여 방에 들어가서 인사햐."

상규네는 듬직한 체구의 정만호에게서 얼굴을 뗄 수가 없었다. 고기를 받으면서도 연신 웃는 얼굴로 정만호를 바라본다.

"일일이 할 거 읎이. 한꺼번에 인사햐."

박평래가 방으로 들어와서 절을 할 자세를 취한 정만호를 흡족한 얼굴로 바라보며 말했다.

"한 가지만 물어보세. 자네 이 동리 사는 황광일이라고 알지?"

정광일이 넙죽 절을 하고 윗목에 무릎을 꿇고 앉았다. 변쌍출이 무릎을 슬슬 문지르며 정만호를 바라봤다.

"예, 처갓집 동네 사람이라서 잘 알고 지냅니다."

"광일이하고 자네하고 누가 높은 겨?"

"별걸 다 묻는구면……"

박평래는 변쌍출이 묻는 말에 토를 달면서도 궁금하다는 표정으로 정만호를 바라봤다.

"똑같아유. 둘 다 계장급입니다. 저는 총무과에 근무하고, 황 계장은 읍사무소 민원실에 근무하고 있습니다."

"광일이가 읍사무소로 갔남?"

박평래가 금시초문이라는 표정으로 물었다.

"올 일월 일 일 자로 진급되면서 그쪽으로 발령이 났슈."

"읍사무소라면 면사무소나 마찬가지 아닌가?"

변쌍출이 순배 영감을 바라보며 물었다.

"내 생각에도 그런 거 같은데?"

"면사무소하고 하는 일은 비슷하지만, 직원은 아무래도 훨씬 많아유."

"워녕, 그려. 광일이가 계장으로 진급했다면 구장이 워디까지나 자랑을 하고 댕겼을 거인데, 입도 달싹 안 하는 이유를 알겠구먼."

박평래는 그럼 그렇지, 하는 얼굴로 피식 웃으며 고개를 돌렸다.

"국회의원 선거 개표하는 날 영동까지 나갔었잖유. 저는 솔직히 굳이 거기까지 갈 생각은 읎었슈. 제가 거기까지 나가 있는다고 해서 당선 안 되실 분이 당선되고, 당선되실 분이 떨어지는 건 아니잖유."

"그려, 옳은 말이구먼."

박태수의 말에 순배 영감이 눈을 지그시 감고 고개를 끄덕거렸다.

"근데, 구장님이 딴 사람들은 몰라도 저하고 춘셉이하고 세 명은 꼭 나가 봐야 한다고 우기잖아유. 춘셉이도 남사스럽게 술 한 잔 읃어 마시겠다고 선거 사무실에 앉아 있는 건 모양새가 안 좋아 뵈인다고 안 갈라고 했슈. 근데 구장님이 딴 동리 사람들은 거기 가서 앉아 있고 싶어도 명목이 읎어서 못 가는데, 의원님 고향 사람들이 한 명도 뵈지 않으믄, 의원님 체면이 머가 되겄냐. 영동까지 가는 채비가 아까우면 내가 내겄다. 집에 있어봤자 특별히 할 일도 읎고 항께, 놀기 삼아 가 보자.

259

그렇게 해서 나간 거잖유."

"구장이 다 속셈이 있었구먼. 즈 아들 진급을 시킬라고, 너하고 춘셉이를 동원시켰구먼."

박평래가 그러면 그렇지, 하는 얼굴로 황인술의 집 쪽을 노려봤다.

"아여! 정 서방, 군청에서는 의원님 평판이 어뗘?"

변쌍출이 무릎을 꿇고 얌전히 앉아 있는 정만호에게 갑자기 물었다.

"평판이 어뜨신지는 우리 같은 사람은 잘 몰라유. 의원님이 군청에 오시는 날도 과장급은 돼야 얼굴을 맞댈 수 있지, 즈희들은 먼발치서 귀경만 해유. 딱히 의원님께 부탁드릴 것도 읎고, 의원님이 우리를 찾을 리도 만무하고…… 그라고 봉께 작년 겨울에 말유. 십일월인가? 그때는 황 계장이 민방위과에 근무하고 있었거든유. 우연히 창문 밖을 바라봉께 의원님 차가 군청 마당에 있드라구유. 근데 군수님하고 부군수님하고 총무과장이 의원님을 배웅하는데 황 계장도 끼어 있드라구요."

정만호가 갑자기 생각났다는 얼굴로 박평래와 박태수를 번갈아 바라봤다.

"그때는 황 계장이 아니고 황 주사였잖여. 그지?"

박평래가 황인술의 음흉한 속셈을 알아내고야 말겠다는 표정으로 정만호에게 물었다.

"올 일월에 진급했응께, 그때는 주사였쥬……"

상규네가 맥주잔과 안주를 상에 차려서 들고 방문 앞에 나타났다. 정만호가 얼른 일어나서 상을 받아 방 가운데 내려놓았다.

"정 서방이 사 온 맥주 좀 드셔 보셔유. 이왕이믄 정 서방이 한 잔씩 돌려. 인자는 워디 갔댜?"

"즈 새언니한테 간다고 갔구먼."

상규네가 정만호에게 묻는 말에 청산댁이 방으로 들어가면서 대답했다.

"우리는 맥주를 먼 맛으로 마시는지 모르겄어. 탁주라믄 차라리 배부르기라도 하고, 쇠주라면 독하기라도 하지. 맥주는 쓰기만 쓴 것이 영 무슨 맛인지 모르겄구먼."

"내 참, 맥주를 맥주 맛으로 마시지. 맥주를 소주나 탁배기 맛으로 마시나. 어따, 우리 손녀 신랑이 사 온 맥주라 그런지, 입에 착착 달라붙는 것이 꼭 사이다를 마시는 기분이구먼. 잘사는 사람은 이런 기분으로 맥주를 마시는 거 가텨."

변쌍출이 혼잣말로 중얼거리는 말에 박평래가 자랑스럽게 말하며 맥주를 마시고 나서 합죽 웃었다.

"진규는 박사 학위를 땄담서?"

김춘섭이 단숨에 맥주 한 잔을 비워 버렸다. 박태수가 따라 주는 맥주를 받으며 물었다.

"박사 학위 딴 거 인제 알았남?"

박태수가 대답하기 전에 박평래가 거들먹거리는 목소리로 말했다.

"진규하고 결혼할 아가씨가 대전에 있는 충일병원 무남독녀라는 거는 알고 있는지 모르겄구먼. 우리 인숙이가 그라는데 진규가 대학교 일 학년 때부텀 따라댕겼다는 겨."

"추, 충일병원이라믄? 대전에서 젤 큰 병원 아녀? 그 집 무남독녀가 진규를 대학교 일 학년 때부텀 따라댕겼다는 겨?"

변쌍출이 맥주를 마시고 나서 자신도 모르게 진저리를 치다가 앗 뜨거, 하는 얼굴로 박평래를 바라봤다.

"진규는 병원하고 아무런 상관도 읎데유. 그런 조건으로 만나고 있다고 하데유."

상규네가 강 건너 불구경하는 표정으로 말했다.

"추, 충일병원 집 무남독녀라믄, 장차 그 병원을 딸이 차지하게 되는건 당연한 거 아녀?"

"저도 그렇게 생각하는데유."

변쌍출이 묻는 말에 김춘섭도 제정신이 아니라는 얼굴로 반문했다. 충일병원은 대전에서 충남대 병원 다음으로 큰 병원이다. 하지만 시설은 충남대병원보다 더 잘되어 있어서 부자들만 가는 병원으로 소문나 있다. 영동읍에서 김 내과를 운영하는 김 원장만 해도 운전수가 딸린 고급 승용차를 굴리고 다닌다. 대전에서 최고로 시설이 좋은 병원이라면 최소한 그 백 배는 넘을 것이라고 상상해 봐도, 얼마나 부자인지 도무지 가늠할 수가 없어서 한숨만 나왔다.

"진규 가가 어릴 때부텀 보통은 넘는 아라는 걸 진작부텀 알고 있었지만 결국 박사가 되드니, 그렇게 어마어마한 집 사위가 되다니. 우리 동리 경사구먼. 경사여……."

"충일병원 원장이 이북 사람이라잖유. 단신으로 넘어와서 츰에는 쪼맨한 의원으로 시작했다잖유. 시방도 충일병원은 간호사며 직원들이 그렇게 싹싹하대유. 츰에도 병도 잘 고쳐 줬지만, 그 원장님이 그렇게 친절하게 환자들을 돌봤대유. 그기 소문나서 환자들이 벌 떼처름 모여들어서 충일병원을 세웠다고 하데유."

상규네가 북어포를 잘게 찢어서 순배 영감에게 권하며 지나간 이야기를 털어 놓는 목소리로 말했다.

"그 집 딸내미가 시인이래유. 시집도 냈다고 하데유. 시방은 박사 과정 댕기고 있대유. 진규가 박사를 딴 그 학과에서유."

"허! 호박이 넝쿨째 굴러 들어온 것이 아니고, 아주 산더미처럼 굴러 들어왔구먼. 진규 식구 될 사람이 시인에다 박사가 되믄, 더 이상 뭘 바라겠어?"

변쌍출은 박평래를 가만히 바라봤다. 주걱턱에 콧수염이 꾀죄죄하게 났다. 머리가 절반 정도 빠진 이마는 반질반질하고, 학산 장날 약장수가 끌고 다니는 원숭이처럼 둥근 귀가 복스러워 보이지 않는다. 이번에는 청산댁을 바라봤다. 상규네가 워낙 알뜰하게 모시는 덕분에 모산 같은 동네에 살고 있지만 복성스럽게 늙어 간다는 느낌은 들지 않는다.

대관절, 워디서 그렇게 어마어마한 복이 굴러 오는 거여.

사람은 순배 영감처럼 전문적인 지식이 없어도 누구나 50%는 관상을 볼 줄 안다는 말이 있다. 더구나 60년 넘게 살면서 이런저런 인연으로 수많은 사람들을 만나다 보면 반풍수 못지않게 관상을 볼 줄 안다. 그런 상식으로 미루어 보건대 박평래 부부는 아무리 살펴봐도 복이 굴러 들어올 만한 구석이 보이지 않는다. 복이라면 오히려 시간만 나면 염불을 외우고 있는 하 보살한테 굴러 와야 된다는 생각이 들면서 배가 짜르르 아파 오기 시작했다.

# 정오의 카바레

내가 왜 이런 무허가 카바레에서 처음 보는 남자에게
이런 모멸을 받아야 하나, 하는 생각이 들었다.
고현수가 평소에 자신에게 무관심하지만 않았다면 이런 데는 오지 않았을 것이다.
그렇다고 밑바닥까지 곤두박질칠 정도로 망가져서는
안 된다는 생각이 들어서 성난 표정으로 노려봤다.


고현수는 청와대로 직장을 옮기고 나서 집에 들어오는 시간이 더 늦
어졌다. 통행금지까지 없어져서 새벽 3시에 퇴근하는 날도 있고, 아예
집에 들어오지 않는 날도 많았다.

"오늘 부산에서 회의가 있어서 집에 못 들어와. 그렇게 알고 일찍
자."

고현수가 현관에서 구두를 신으면서 지나가는 말처럼 말했다.

"성찬아, 아빠 출근하신다. 어서 와서 인사드려……."

애자는 주방에서 설거지를 하다가 현관 앞으로 가며 성찬의 방문을
열었다.

"다녀오세요."

중학교 일 학년인 성찬이 방에서 책가방을 정리하며 큰 소리로 말했다.

"와이셔츠는 더 가지고 가지 않아도 되나요?"

고현수는 퇴근하지 않는 날을 대비해서 여분의 와이셔츠를 직장에 두고 있다. 애자가 고현수의 얼굴은 바라보지 않고 구두를 바라보며 물었다.

"이번 주 토요일까지 입을 거는 있어."

"다녀오세요."

애자는 건성으로 인사를 하고 복도까지 따라 나가지 않았다. 현관에서 있다가 고현수가 나간 다음에 무덤덤한 표정으로 문을 잠갔다.

"오늘 학원비 내는 날인데."

성찬이 학교 갈 준비를 하고 무표정한 얼굴로 애자 앞에 섰다.

"얼마 주면 되지?"

"엄마는 아들 학원비가 얼만지도 몰라?"

"영어하고 수학 두 과목만 받고 있잖아. 십만 원이지?"

"주고 싶은 대로 줘."

성찬이 아침부터 길게 하품을 하며 소파에 앉았다.

"응."

애자는 방으로 들어가서 손지갑을 들고 나왔다. 십만 원짜리 수표 한 장과 천 원짜리 다섯 장을 건네주고 성찬을 따라 복도로 나갔다. 하늘이 금방이라도 비를 뿌려댈 것처럼 어두웠다.

"엄마가 차로 학교에 데려다 줄까?"

애자가 건조한 목소리로 물었다.

"너무 좋아. 은영이도 함께 데려다 줄 거지?"

은영은 성찬과 같은 남녀 공학에 다니고 있었다. 성찬이 듣던 중 반가운 표정으로 물었다.

"그래, 엄마 옷 좀 갈아입고 나올 테니까 은영이한테 전화해."

애자는 안방으로 들어가다가 주방을 바라봤다. 설거지를 끝내지 않았다. 급할 것 없다고 생각하며 안방으로 들어가서 간단하게 바지와 겉옷만 걸치고 화장대 앞으로 갔다. 새벽에 세수를 하지 않았다는 것이 떠올랐다. 스킨을 손바닥에 듬뿍 부어서 대충 얼굴을 문지르고 루주는 진한 빨간색으로 발랐다.

"엄마, 은영이한테 전화했어. 엄마가 학교까지 차 태워 준다고 하니까 너무 좋아하는 거 있지."

성찬이 생기발랄한 목소리로 말하고 나서 애자보다 앞장서서 밖으로 나갔다.

"특별한 일 없으면 같이 갔다 올까?"

아파트 마당에는 은영이 박순자와 함께 서 있었다. 애자가 차 열쇠를 손지갑에서 꺼내며 박순자에게 고개만 까딱 숙여 보이고 물었다.

"그럴까?"

박순자는 그렇지 않아도 설거지를 끝내고 나서는 별로 할 일이 없었다. 마침 잘됐다는 얼굴로 애자 옆으로 갔다.

애자의 차는 마크 Ⅴ 82년식 신형이다. 가격만 해도 육백십육만 원으로 요즘 인기리에 팔리고 있는 포니보다 두 배 이상 비싸다. 아파트 단지 내에도 몇 대 되지 않는다.

"아이구, 사모님 아드님 학교 데려다 주러 가십니까?"

"아! 네."

애자는 같은 아파트에 살지만 이름이나 직업이 뭔지 모르는 남자가 반갑게 인사하는 통에 얼떨결에 고개를 숙였다. 하지만 당황하지는 않았다. 박순자의 입을 통해서 알게 모르게 고현수가 청와대에 다닌다는 소문이 아파트에 퍼지고 나서 생겨난 일상이다.

"애들아, 어서 타자."

박순자는 애자와 동행하면 아파트 주민들이며, 슈퍼 사장, 화장품 가게 주인까지 조선 시대로 말하면 머슴들이 주인을 대하듯 애자를 대하는 광경을 볼 때마다 괜히 어깨에 힘이 들어가는 것을 느낀다. 한껏 부드러운 목소리로 성찬과 은영을 뒷자리에 태웠다.

"너희들 숙제 다 했니?"

박순자가 조수석에 타서 성찬과 은영에게 물었다.

"너 영어 숙제 다 했어?"

성찬이 은영에게 물었다.

"오늘 영어 숙제 검사 안 하는 날이잖아."

"왜?"

"영어 선생님이 시집간다고 오늘부터 휴가잖아."

"그래도 다른 선생님이 오시기로 했잖아."

애자는 차 시동을 걸고 부드럽게 운행을 하면서 성찬과 은영이 주고받는 말을 엿들었다.

"너는 남자니까 몰라서 내가 말해 주는 건데, 시집가시는 선생님이 임시로 담임 맡을 선생님한테 숙제 내준 것까지 인계해 주겠니?"

"왜 안 해 주는데?"

"바보, 시집가는 데 정신이 팔려서……."

"어이구, 누가 은행원 딸 아니랄까 봐 약아빠지기는……. 그래서, 은영이 너는 숙제를 안 해 간다는 말이지?"

은영이 얄미울 정도로 똑떨어지게 하는 말을 듣고 있던 박순자가 기가 막힌다는 표정으로 물었다.

"내일부터는 해 갈 거야."

"그래, 숙제는 숙제 검사가 중요한 게 아니고, 학교에서 배운 것을 복습하거나 예습하는 목적이니까 꼭 해야 되는 거야. 성찬이도 잘 들었지?"

애자가 신호등 앞에서 브레이크를 잡고 룸미러로 성찬과 은영을 바라봤다.

"요즘 애들은 너무 영악해서 탈이야. 우리 학교 다닐 때는 중학교나 가야 이성을 알았는데 요즘은 유치원생들도 안다잖아요. 어제 아침에 케이비에스 에프엠에서 아홉 시부터 하는 가정의 희망 음악에서 들은 말인데요. 유치원 남자아이가 하는 말이 사랑하는 여자 친구가 있다고 하데요. 그래서 진행자가 상대방이 사랑하는 줄 어떻게 아느냐고 물으니까 눈빛만 보면 안다고 하는 말을 듣고 첨에는 얼마나 웃었는지 몰라. 나중에는 웃음이 안 나오고 소름이 쫙 끼치더라구. 유치원 다니는 남자애들을 목욕탕에 데리고 오는 엄마들이 많잖아요. 걔들이 벗은 우리 몸……. 어머머, 아침부터 애들 앞에서 내가 무슨 얘기를 하고 있는 거야. 하여튼 요즘 애들 보통이 아니라니까……."

박순자가 아무 생각 없이 수다를 떨다가 문득 뒤를 돌아다봤다. 성찬과 은영이 검은 눈을 반짝이며 자신의 말을 엿듣고 있다는 것을 알고 슬그머니 말을 돌렸다.

"텔레비전 때문에 그래. 오죽하면 텔레비전이 바보상자라는 말이 생겨났을까. 우리 성찬이도 중학생인데도 여섯 시부터 엠비씨 티브이에서 방영하는 호랑이 선생님을 안 보면 눈에 쥐가 나는 줄 안다니까."

"우리 반 애들 중에 텔레비전 있는 집 애들은 죄다 호랑이 선생님 본다고 아침에 학교 가면 그거 안 본 애들은 한쪽에서 가만히 앉아 있어야 된다니까."

"맞아, 맞아. 어제 나온 강문희 너무 이쁘지 않았니?"

"너는 여자가 여자를 예쁘다고 하냐?"

"그럼, 그저께 강문희가 입고 온 그거 우리 반에도 입고 다니는 애가 있어. 걔들 아버지가 국제상사에 다니는데 외국에 엄청……."

"은영아, 학교 다 왔으니까 내릴 준비해야지."

박순자는 은영이 아침부터 쓸데없는 말을 하고 있다고 생각했다. 행여 애자가 기분 나쁘게 들을지도 모른다는 생각에 점잖게 말을 끊었다.

"오후에 비가 오면 밖에 나오지 말고 은영이하고 함께 학교에 있어. 엄마가 데리러 올게."

"엄마는 내가 아직도 국민학생인 줄 알아? 비 오면 문방구에서 비닐우산 하나 사 쓰고 갈게."

"그러던지……."

학교 앞에는 몇 대의 자가용들이 와 있었다. 애자가 몰고 온 마크V 정도의 고급 차는 보이지 않았다. 애자가 차를 멈추자 박순자가 얼른 내려서 뒷문을 열어 준다. 애자는 차에서 내리지 않고 유리만 내린 채 성찬이에게 손을 흔들어 보였다.

"애자 씨, 오늘 집에 바쁜 일 있어?"

애자는 성찬과 은영이 교문 안으로 들어가는 모습을 지켜보지 않고 차를 출발시켰다. 박순자가 눈을 반짝이며 살가운 표정으로 물었다.

"아니."

"은영이 아빠가 성찬이 아빠 때문에 동기들 중에서 제일 빠르게 차장으로 진급했잖아. 그것도 일급 지점에 발령이 났다구. 명동 지점에 근무하고 있거든……."

"성찬이 아빠 말로는 은행에 전화 한 통 한 것밖에 없다고 하던데?"

"그 전화 한 통 때문에 은행이 발칵 뒤집혔었대. 당장 인사과로 오라고 하더니, 고현수 행정관님하고 무슨 관계냐, 학교 선후배 사이냐, 어떻게 알게 된 사이냐고 별별 걸 다 묻더래. 그러더니 일월 정기 승진 때 척 하니 차장으로 진급시켰잖아."

"청와대가 그렇게 대단한 데야?"

"어머, 자기 정말 남편한테 너무 무심한 거 아냐? 청와대면 옛날 말로 궁궐이잖아. 백성들 중에 평생 궁궐 구경 못 하고 죽는 사람이 얼마나 많은데. 요새는 더해. 당장 우리도 청와대 구경 못 했잖아."

"순자 씨 청와대 구경하고 싶어?"

"그걸 말이라고 하는 거예요?"

"갑자기 존댓말 쓰니까 내가 이상해지잖아. 우리끼리 있을 때는 친구처럼 지내기로 한 거 벌써 잊어버렸어? 내가 언제 성찬이 아빠한테 말해 볼게. 우리 둘이 청와대 구경 좀 시켜 달라고 말야. 가족들한테는 아무 때고 개방하는 거 같드라구."

"성찬이 엄마, 아니 애자 씨 정말이지?"

"싱겁기는. 근데 왜 시간 있느냐고 물었어?"

"은영이 아빠가 성찬이 아빠한테 고맙다고 양주를 몇 병 준비했거든. 우리도 해장 한 잔씩 하면 어때?"

"나쁘지 않네. 오늘 같은 날 청양고추하고 부추를 섞어서 전 부쳐서 한잔하면 딱 좋지."

애자는 마음속으로 쓸쓸히 웃으면서 겉으로는 남자들처럼 손가락을 딱 소리가 나도록 튕겼다.

"며칠 전에 청평댐에 다녀왔잖아."

애자가 아파트 마당에 차를 세우고 내렸을 때였다. 먼저 내려 있던 박순자가 다가와서 팔짱을 끼고 말을 걸었다.

"그때 참 좋았던 거 같아. 평일이라 차도 없었고 점심 먹으면서 마셨던 동동주도 좋았었어. 우리 다음 주에 다시 한 번 갈까. 이번에는 소주도 몇 병 사고, 고기 좀 사 가지고 가서 구워 먹자."

애자가 고개를 끄덕이며 여고생들이 비밀 이야기를 나누는 것 같은 얼굴로 속삭였다.

"소주 많이 마시고 운전하면 위험하지 않아?"

"순자 씨는 아직도 내 운전 실력을 못 믿는구나?"

"아냐, 아냐. 믿어. 더구나 평일날은 경춘가도에 차도 안 막히잖아."

"좋아, 약속하는 거다. 다음 주 월요일. 월요일에는 애들도 학교에서 늦게 오는 날이고, 성찬이 아빠도 십중팔구 열두 시 넘어서 퇴근하거든."

애자가 장난스럽게 박순자에게 새끼손가락을 내밀었다.

"콜!"

박순자는 기분 좋게 애자의 손가락에 손을 걸고 나서 이 층으로 올라가는 계단을 오르기 시작했다. 애자도 팔짱을 끼고 박순자와 함께 계단을 올라갔다.

"음, 이건 성찬이 아빠 몫……. 그리고 이건 우리 몫. 사실 네 명 모두 성찬이 아빠 몫이지만, 한 병은 우리가 삥땅 치는 거야. 이해하겠지?"

박순자의 아파트 문은 잠겨 있지 않았다. 박순자가 애자와 함께 아파트로 들어갔다. 안방에 들어가서 양담배 캔트 다섯 보루와 양주 네 병이 들어 있는 상자를 들고 왔다. 그중에서 한 병을 꺼내며 말했다.

"순자 씨 친정에 아버님 계시다고 했잖아. 이거 내가 받아서 우리 친정아버지 줬다고 할 테니까, 순자 씨 친정아버님 갖다 드려. 우리 집에도 양주가 수십 병이나 있고, 친정에도 양주며 양담배가 창고에 쌓여 있어. 미안한 말이지만 이거 성찬이 아빠한테 갖다 줘도 별로 감동 안 하거든."

"어머, 진짜 그래도 되는 거야?"

"그럼."

"역시 남편은 청와대에 다니고, 아빠는 국회의원 집이라서 우리 같은 사람하고 격이 다르구나. 이 술 한 병에 얼마씩 하는 줄 알아?"

박순자가 조니워커 블랙을 들어 보이며 감격에 몸을 떨었다.

"음, 삼만 오천 원 정도?"

"어머, 애자 씨는 역시 부잣집에 사니까 모르는 거 없구나. 이거 삼만 칠천 원씩 샀다구 하더라고. 세 병이면 이십만 원이 넘잖아."

"그렇다고 이거 팔아서 살림에 보탤 수는 없잖아. 그러니까 부담 갖지 말고 내가 주는 선물이라고 생각해. 그럼 편하잖아."

애자는 박순자가 부담스러워하지 않도록 가볍게 말하고 나서 죠니워커 블랙 한 병을 들고 주방으로 갔다.

"양주에는 얼음에, 과일 안주가 좋은 거 아닌가?"

"좋지."

애자와 박순자는 얼음을 탄 죠니워커를 한 잔씩 했다. 잔을 비우고 나서 누가 뭐라고 할 것 없이 약속이나 한 것처럼 힛 소리 없이 웃고 나서 다시 사이좋게 술을 따랐다.

"우린 참……."

애자가 술잔을 빙빙 돌리며 운을 뗐다.

"비참해……. 그런 의미에서 건배."

박순자가 애자의 다음 말을 이어받으며 술잔을 치켜들었다.

"우리, 카바레라는 데 한번 가 보지 않을래?"

애자가 사과를 껍질째 먹으며 물었다.

"카바레?"

"너무 답답하지 않아. 술을 마시니까 더 답답해지는 거 가텨. 미칠 거 같다구. 우린 도대체 뭐야? 우린 왜 사는 거야? 애들 때문에, 남편 때문에, 그럼 우린 어디 갔어. 우리, 나 미(me), 마이셀프(myself)는 어디 갔냐구."

애자는 카바레에 가고 싶다는 생각이 드는 순간 갑자기 감정이 격해졌다. 술이 확 오르는 것을 느끼며 자신의 가슴을 손바닥으로 두들기면서 설교하는 것 같은 목소리로 말했다.

"로보트라는 거 알아?"

순자가 이심전심이라는 표정으로 눈물을 글썽이며 물었다.

"만화에 나오는 인조인간?"

"그래, 우린 로보트들이라구. 남편 밥해 주고, 빨래해 주고, 애들 키우며 살림이나 하는……. 나 정말 은행에 다녔을 때 잘나갔어. 나하고 저녁 같이 먹자는 은행원들이며 증권회사, 투자신탁회사에 다니는 남자들 많았거든. 근데 결혼하고 나서 나를 인정해 주는 사람은 이 세상에 아무도 없어."

"내가 있잖아. 바로 여기 앉아 있는 애자."

"그래, 애자 씨한테는 박순자가 있구. 그런 의미에서 건배!"

애자는 격해지는 감정을 추스르려고 얼음물부터 마셨다. 왜 고현수처럼 일밖에 모르는 남자하고 결혼했을까, 하는 후회가 밀려왔으나 얼른 술잔을 들어서 술을 마셨다.

박순자가 말하는 카바레는 시장에 있는 마트 지하에 있었다. 마트에다 시장바구니를 맡기고 지하에 들어가면 카바레가 나온다.

"입장료가 오천 원씩이네?"

애자가 손지갑에서 신용카드를 꺼내 들고 박순자에게 속삭였다.

"이런 데서 신용카드 받겠어? 백화점이나 큰 음식점에서나 신용카드를 받잖아. 내가 돈 준비해 왔거든."

작년 6월부터 5개 시중은행에서 가계수표 발급을 줄이고 신용카드 발급을 권유하고 있다. 신용카드는 '신용'이라는 말이 말해 주는 것처럼 물건이나 음식을 외상으로 먹고 한 달에 한 번씩 은행에 사용 금액을 입금해 주면 된다. 돈이 급하게 필요할 때는 아무 은행이나 들어가서 카드를 내밀면 십만 원까지 신용 대출을 해 준다. 요즘은 백화점이나 고급 음식점에서 신용카드를 내밀면 괜찮은 직장에 다니거나 부자 손님으로 보는 추세다. 남편 때문에 초창기부터 신용카드를 사용하고 있던 박순자가 앞장 서서 계산을 했다.

카바레 안은 아직 오전인데도 컴컴했다. 천장에서 구멍이 숭숭 뚫린 조명등이 천천히 돌아가고 있었고, 귀를 쾅쾅 울리는 스피커에서 지르박 음악이 흘러나오고 있었다. 가운데 플로어에는 수십 명의 남녀가 짝을 맞추어 춤을 추고 있었다.

"텔레비전에서 봤던 것하고 다른데? 텔레비전에서 본 카바레에는 무대에서 연주를 하든데?"

플로어 양쪽 옆으로는 테이블과 의자가 있었다. 애자는 빈 의자에 앉아서 사방을 두리번거렸다. 맥주를 마시는 손님들도 보였다.

"나도 처음인데……."

박순자는 말과 다르게 과거에 은행에서 같이 근무하던 여 행원 출신들과 몇 번 와 본 적이 있었다. 종업원이 다가오자 익숙하게 마른안주와 맥주를 시키면서 천연덕스럽게 말했다.

"다들 춤을 잘 추는데, 이런 데 오려면 춤을 배워서 와야 하는 거 아닐까?"

"춤을 가르쳐 주는 교습소가 있다잖아. 하지만 그런 데서 춤을 배우지 않아도 춤 잘 추는 남자를 만나면 금방 배울 수 있다고 하든데."

종업원이 맥주와 마른안주를 가져왔다. 박순자가 익숙하게 맥주를 따르면서도 연신 테이블을 두리번거렸다.

"춤 한번 추실까요?"

박순자가 술잔을 비우기도 전에 훤칠하게 생긴 남자가 다가와서 애자에게 정중하게 말했다.

"저, 춤추러 온 거 아니에요. 그냥 구경 왔어요."

애자는 자신도 모르게 몸을 움츠리며 남자를 바라봤다. 조명이 어두워서 확실하게 알 수는 없지만 얼굴 윤곽은 잘생겼다. 하지만 처음 보는 남자와 손을 잡을 수 없다는 생각에 고개를 흔들며 박순자를 바라봤다.

"카바레에 오셨으면 춤을 구경하는 것보다 춤을 추는 것이 훨씬 스트레스가 많이 풀립니다."

남자가 애자 옆에 앉으며 톤이 깊은 목소리로 부드럽게 말했다.

"어머, 왜 제 옆에 앉는 거예요?"

"순진하시기는. 술 한 잔 얻어 마시려고 앉은 것 아닙니까. 술 한 잔 주시겠습니까?"

남자가 놀라는 애자를 아랑곳하지 않고 당당하게 박순자를 바라보며 말했다.

"어서 일어나 주세요. 아니면 웨이터를 부르겠어요."

애자는 남자에게서 풍기는 담배와 술 냄새를 맡는 순간 갑자기 자신이 비참하게 느껴졌다. 내가 왜 이런 무허가 카바레에서 처음 보는 남자에게 이런 모멸을 받아야 하느냐는 생각이 들었다. 고현수가 평소에 자신에게 무관심하지만 않았다면 이런 데는 오지 않았을 것이다. 그렇다고 밑바닥까지 곤두박질칠 정도로 망가져서는 안 된다는 생각에 성난 표정으로 노려봤다.

"젠장, 내가 카바레 출입 십 년을 해도 구경 왔다는 여자 처음 봤구면."

남자는 애자가 너무 강하게 나오니까 재수 옴 붙었다는 얼굴로 일어섰다. 박순자는 남자에게 술을 따라 주려고 맥주병을 잡았던 손을 슬그머니 테이블 아래로 내렸다.

"순자 씨, 우리 그만 가자. 너무 재미없다."

"그래, 나도 재미가 없네."

박순자는 모처럼 왔으니까 플로어에 한번 나가 보고 싶었다. 하지만 애가가 화내는 모습을 보고 서둘러 일어섰다.


지금이 몇 시인 줄 알 수도 없고 알아도 소용없는 시간이 흘러가고 있었다. 길게 기지개를 하고 창문 밖을 바라봤다. 창문 밖은 캄캄하다. 출근할 때도 새벽이라서 캄캄했고, 퇴근 시간이 정해져 있지 않은 지금도 캄캄하다. 승우는 검사 시보로 먼저 발령 나고, 임용돼서 서울 지검에 입성한 그날부터 지금까지 돌이켜 보면 해를 보면서 퇴근한 날이 손가락으로 꼽을 지경이었다.

"검사님, 오늘도 밤새울 생각이십니까?"

승우는 수사관인 박 계장이 뒤에서 묻는 말에 등을 돌리지도 않고 대답도 하지 않았다. 오늘은 일단 퇴근하고, 내일 새벽에 출근해서 수사 기록을 살펴보고 싶어도 과장이며 부장검사가 사무실을 지키고 있는 한 퇴근할 수가 없었다.

"오늘은 딸애 생일이라……"

"아, 예. 저도 이따 퇴근할 테니까 박 계장님 먼저 퇴근하세요."

승우는 딸애의 생일이라는 말에 가슴이 뭉클해지는 것을 느끼며 얼른 뒤로 돌아서서 부드럽게 말했다.

"죄송합니다. 같이 퇴근해야 하는데……"

"아닙니다. 이거, 케이크라도 한 개 사다 주세요."

승우는 40대 초반의 박 계장에게 만 원짜리 한 장을 건넸다.

"아닙니다. 먼저 가는 것도 죄송한 일인데……."

"받으세요. 제가 드리고 싶어서 드리는 돈이니까."

승우는 돈을 박 계장의 주머니에 집어넣었다. 이어서 박 계장의 등을 잡고 문 앞에까지 나가서 배웅을 했다.

혼자 사무실로 들어서니까 무섭도록 고독이 밀려왔다. 의자에 앉아서 산더미처럼 쌓여 있는 수사 기록들을 피곤한 얼굴로 바라보다가 '이규광 씨 전격 구속'이라는 텔레비전의 자막 쪽으로 시선을 돌렸다.

이규광이 태연한 표정으로 마크Ⅳ에서 내리는 모습이 텔레비전 화면을 가득 채우고 있었다. 수십 명의 사진기자들이 연신 플래시를 터트리고 있어도 태연하게 웃고 있다. 대통령의 처삼촌이라는 배경 때문에 그런지 건국 이후 최대의 어음 사기 사건을 일으킨 장영자의 배후 인물이라고는 도저히 믿어지지 않았다. 오히려 외국에서 나라를 위해 큰일을 하고 귀국하는 사람처럼 보였다.

작년 5월 20일 검찰이 발표한 장영자 사건의 전모에 따르면 대통령 전두환의 처삼촌 이규광(당시 광업진흥공사 사장)의 처제인 장영자와 육사 2기 출신으로 중앙정보부 차장과 유신 정우회 의원을 지낸 이철희 부부는 열심히 일해서 성공하려는 대한민국의 건실한 근로자들에게 비수를 박았다.

장영자는 권력의 후원을 앞세워 자기 자본율이 약한 일단의 건설업체와 접촉했다. 유리한 조건으로 자금을 제공해 주는 대신 담보 조로 빌려 주는 돈의 2배에서 9배에 달하는 액수의 어음을 받았다. 그것을 사채시장에서 할인 받아 자금을 조성하는 한편, 주식 투자를 하는 등의 수법으로 81년 2월부터 82년 4월까지 6,404억 원에 달하는 거액의 어음 사기 행각을 벌였다.

장영자가 자금을 조성한 또 한 가지 방법은 '권력형 부정 축재자'로부터 환수한 자금을 끌어들여, 1,700억 원 상당의 예금을 은행에 예치시켜 놓고 자신의 배경을 내세워 은행으로 하여금 자신과 관련된 기업에게 어음장을 주게 하고 거액의 무담보 대출을 하게 하는 것이었다.

이 사건으로 사회 전체에 엄청난 충격과 파문을 일으켜, 공영토건, 일신제강 등의 기업이 도산하는가 하면 조흥은행장, 상업은행장이 구속되는 등 금융가에 삭풍이 몰아쳤다. 국회에서는 '정치자금 수수설', '정경유착' 등을 둘러싼 일대 공방이 벌어졌다.

권정달 민정당 사무총장이 경질되고 내각 개편이 단행되는 등 권력 구조의 내부 개편이 이루어졌으며, 금융실명제 실시 방침으로 경제계에 파문이 일었다. 그런데도 이철희·장영자 부부에게는 법정 최고형인 징역 15년에 미화 40만 달러, 일화 800만 엔 몰수, 추징금 1억 6,254만 6,740원이 선고됐고, 이규광은 징역 1년 6개월에 추징금 1억 원이 선고되었을 뿐이다.

이규광은 대검 청사 12층 엘리베이터에서 모습을 드러냈다. 대기하고 있던 기자들에게 밤늦게까지 수고한다는 인사도 잊지 않았다.

이규광 사건에 대한 뉴스가 끝나고 구로구에 있는 동인산업이라는 봉제업체에 위장 취업을 한 대학교 졸업자들이 노조를 구성해서 불법 파업을 벌여, 전원 법정 구속되었다는 단신 뉴스가 흘러나왔다.

승우는 나라가 어지럽게 흘러 간다는 생각에 길게 한숨을 내쉬었다.

한숨 끝에 인숙의 얼굴이 떠올랐다.

"우린 서로 갈 길이 다른 거 가텨. 분명한 것은 너하고 나, 둘 모두 앞으로 가야 할 길이 정해졌다는 거지."

연수원을 졸업하고 검사 시보 생활을 시작하기 전에 인숙을 만났을 때가 생각났다. 대전에서가 아니라 서울 구로동에 있는 전철역 근처에 있는 설렁탕 집이다. 인숙에게서는 대전에서 봤을 때의 야학 선생님다운 순수함은 찾아볼 수 없었다.

"나는 우리가 동행할 줄 알았어. 언제부터? 중학교 다닐 때부터 나는 너만 바라보면서 살아왔어. 내가 서울대학교에 들어간 것도, 코피가 나도록 공부해서 사법 고시에 합격한 것도 너! 박인숙 때문이었어. 그런데, 이제 와서 우리가 가야 할 길이 다르다니……."

승우는 난생처음으로 인숙에게 분노를 느꼈다. 단순한 분노가 아니었다. 할 수만 있다면 인숙의 멱살을 잡고 흔들어 버리고 싶은 분노를 짓눌러 참으며 낮게 울부짖었다.

"약속은 혼자 할 수 없는 거여. 약속은 대상이 있어야 하고 상대성이 있지. 그건 둘째 문제로 치고, 난 승우 너를 도저히 이해할 수가 없구먼. 어째서 우리가 동행해야 한다는 생각을 한 거?"

인숙은 승우를 이해할 수 있었다. 하지만 승우의 환경과 자신의 환경은 도저히 합쳐질 수 없다는 생각에 웃음을 감추고 말했다.

"내가 묻고 싶은 말여. 왜 우리가 동행할 수 없다고 생각하는지 내가 이해할 수 있도록 말해 봐."

승우는 오직 인숙을 위해서 걸어왔던 길이 너무 힘겹게 되살아나서 분노를 느끼다 못해 절망에 사로잡힌 표정으로 말했다.

"절망할 필요 없어. 난 이미 절망에 익숙해 있으니까."

인숙은 승우 때문에 절망하는 것이 아니라, 세상에 절망하고 있다는 말은 할 수가 없어서 무거운 목소리와 다르게 웃으며 말했다.

"정미소에서 다친 아버지의 보상금 때문에 그러는 거야? 그 문제라면 내가 지금이라도 되돌려 놓을 수 있어. 그땐 솔직히 여러 가지 사정 때문에 내가 나설 수가 없는 상황이었어. 하지만 지금은 얼마든지 자신 있어."

"아녀, 아버지 문제는 시효가 지났구먼. 만약 문제가 있다믄 그보다 원초적인 문제여. 그러니까 우리 서로에게 상처 주는 말은 하지 말자."

"왜 상처만 생각하는 거지? 치유할 수 있다는 생각은 왜 못 하는 거야. 응?"

승우가 인숙의 손을 잡고 흔들면서 거칠게 물었다.

"우린 치유할 병도 없어. 처음부터 다른 길을 걸어왔을 뿐야. 그리고 여전히 우린 친구야. 앞으로도 내 마음은 변함이 없어. 그런 의미에서 축배를 들자. 정말 축하햐. 너는 훌륭한 검사가 될 수 있어. 나는 참말로 너를 믿구먼."

인숙은 승우가 잡은 손을 뿌리치지 않았다. 오히려 떼를 쓰는 동생을 달래는 누나처럼 인내심을 갖고 부드럽게 말했다.

"그래, 우린 친구지. 오늘은 심각한 말 하지 말고 축배나 들자. 솔직히 나 너한테 축하 받고 싶었거든."

승우는 인숙이 여유 있게 나올수록 자신이 한없이 비참해지는 것 같아서 약한 모습을 보여 줄 수 없었다. 종업원을 불러서 소주와 안주를 시키고 나서 인숙의 얼굴을 바라봤다. 흥분을 가라앉혀야 된다고 수없이 속으로 부르짖었지만 진정이 되지 않아서 그런지 말이 나오지 않았다.

"참말로 대단햐. 존경스러워."

종업원이 술과 안주를 가져왔다. 인숙이 승우에게 술을 따라 주면서 부드럽게 웃었다.

"구로동에서 하는 일은 뭐여?"

승우는 말없이 술잔을 비우고 빈 잔을 앞으로 내밀었다. 인숙이 기다렸다는 얼굴로 잔을 채워 줬다.

"내가 국문과를 나왔잖여. 노동자들에게 문학을 지도하고 있구먼. 노동자문학교실이 내 직장여."

"노동자라면, 공장에 다니는 사람들이 문학을 배우러 온단 말여? 하루 열 몇 시간씩 일을 하고?"

"그것이 문학의 힘여. 공장에서 근무하는 근로자들이나, 노동자들에게 문학은 희망이고 꿈이고 힘이지."

"문학을 이해하려면 어느 정도 학력이 필요한 것이 아닌가?"

"우리나라에서 유일하게 학력 차별이 있는 장르가 문학이잖아. 국민학교만 졸업하고 소설이나 시를 쓰는 사람들도 많아."

"하나만 묻고 싶어."

승우는 문학의 심오함이라든지, 문학의 힘이 얼마나 큰 것 따위는 관심이 없었다. 하루 열 몇 시간씩 노동에 시달리는 노동자들이 왜 문학을 하려는지 이해할 수 없었고, 이해하고 싶지도 않았다. 관심 없는 분야를 가지고 장차 동반자로 생각하고 있는 인숙과 시간을 소모하고 싶지도 않았다. 그보다는 인숙이 언제까지 노동판에서 머물 생각인지가 궁금해서 가볍게 한숨을 쉬고 나서 인숙의 눈을 응시했다.

"언제까지 이러고 살 거냐고 묻고 싶은 거여?"

"그걸 어떻게 알았냐?"

"다들 그러거든. 나를 아는 사람들이 나에 대해서 제일 궁금해하는 것이, 너는 언제까지 대학생처럼 살 생각이냐 하는 점이지. 궁금하면 대답해 줄게. 난 노동판에서 권력을 찾고자 하는 것이 아냐. 자본주들에게 핍박 받고 있는 어린 노동자들에게 꿈과 희망을 주고, 그들의 권리를 찾아 주고 싶을 뿐야. 결론적으로 말한다면 그들에게서 내 역할이 필요 없을 때 난 다른 길을 가게 될 거야."

"노동판에서 권력을 찾는다는 것이 뭐야?"

"일종의 우위성 같은 것인데 길게 말해 봐야 너는 이해하지 못할 거야."

"그러니까 나는 술이나 마시라 이거여?"

승우도 노동의 권력이라는 말이 뭔지 알고 있었다. 인숙이도 자신이 그 정도는 알고 있을 것이라 생각한다고 믿은 것이다. 그런데도 자신을 부르주아 취급하고 한쪽으로 제쳐 놓는 것 같아서 기분이 안 좋았다. 술잔을 단숨에 비우고 스스로 잔을 따르면서 코웃음을 쳤다.

"나는 승우 니가 가는 길을 알고 있지만, 승우 너는 내가 왜 이 길을 가야 하는지 이해하려 들지 않는 거여. 이해를 거부하는 사람하고의 대화는 갈등을 초래할 수밖에 없잖여. 난 너하고 갈등을 겪고 싶지 않단 말여. 그기 내가 너한테 내 길에 대해서 말해 주고 싶지 않은 이유여."

"우리의 이념이 다르다고 해서 인생을 동행하지 말라는 법은 없다고 생각햐. 서로의 길에 충실하면서도 사랑할 수는 있다는 거지. 그 점에 대해서는 어떻게 생각해?"

"승우야, 난 시방 니가 먼 말을 하고 싶어 하는지 알아. 나는 승우 너를 사랑햐. 옛날에도 그랬고 지금도 사랑해. 하지만 사랑한다고 해서……"

"그만. 거기까지만 듣고 싶어. 더 이상은 말하지 마. 나머지 말은 내가 나중에 기회가 닿으면 말할 테니께."

승우는 인숙이 무슨 말을 할 것인지 직감으로 알았다. 사랑한다고 해서 결혼해야 된다는 법은 없다는 말, 혹은 한 몸이 되어야 한다는 발상은 원시적인 발상이라는 말을 할 것이라는 생각에 인숙의 입을 손가락으로 가렸다.

전화벨이 울렸다. 승우는 가볍게 눈을 감았다가 떴다. 직속 과장인 허용택 과장의 목소리가 들려왔다.

"이승웁니다."

"그래, 요즘 매일 야근하느라고 힘들지? 퇴근 준비하고 십 분 후에 현관에서 만나세. 부장님이 오늘 한턱내실 모양이네."

"네, 알겠습니다."

승우는 긴장한 목소리로 전화를 할 때와 다르게 수화기를 내려놓을 때는 맥이 확 풀리는 것을 느꼈다. 시계는 10시를 가리키고 있었다. 한턱낸다면 강남에 있는 룸살롱으로 갈 것이다. 그곳에서 맥주와 양주를 섞은 폭탄주를 최소한 다섯 잔 이상은 마시게 될 것이다. 떡이 되도록 취해서 택시를 타고 종로에 있는 집에 가면 새벽 두세 시, 그래도 새벽이면 어김없이 일어나 출근을 해야 할 것이다.

국회에서 건설위원회 회의가 있는 날이다. 오늘은 다세대 주택 건축 개정안 등 10개 법안에 대한 정부 측 제안 설명을 듣고 법안 상정 여부를 결정해야 한다.

　이동하는 10시 정각에 시작되는 상임위원회에 참석하여 얼굴만 내밀고 곧장 밖으로 나갔다. 국회의원 선거에서 떨어져 건설업자로 사는 동안 국회는 많은 변화가 있었다. 그중 가장 큰 변화가 국회의사당을 여의도로 옮긴 일이다. 국회의사당이 세종로에 있을 때는 근처에 다방이나 식당이며 술집이 많아서 손님들을 만나기가 좋았다. 여의도에서는 밖에 나가려면 무조건 승용차를 이용해야 하는 불편이 있다. 하지만 땅값이 비싸기로 소문이 난 여의도 중앙, 10만 평 부지에 우뚝 솟아 있는 웅장한 국회의사당을 내 집처럼 드나든다는 자부심은 세종로의 그것과 비교가 되지 않았다.

　"자네는 여기서 기다리게."

　이동하는 국회의사당 근처에 있는 맨하탄 호텔 앞에서 내렸다. 호텔 앞 주차장에는 대한민국의 정치 1번지라 할 수 있는 국회의사당을 곁에 두고 있어서 고급 차며 외제 차들이 많았다.

　커피숍 안은 오전인데도 거의 빈자리가 없을 만큼 손님들이 많았다. 대부분 양복 정장 차림의 손님들 연령층은 거의 40대 이상으로 보인다.

　그래, 열심히 살아라.

　이동하는 커피숍을 차지하고 있는 손님들 대부분이 정치에 뜻을 두고 있거나, 국회의원을 만나서 무언가 청탁하거나, 은밀한 거래를 하기 위해서 와 있을 것이라는 생각이 들었다. 국회의원의 말 한 마디에 웃고,

울거나 절망하게 될 손님들이 가소롭게 보여서 피식 웃으며 두리번거렸다.

맨하탄 커피숍의 특징은 룸살롱처럼 룸이 있다는 것이다. 룸살롱에서는 젊고 예쁜 아가씨들의 몸을 더듬기 위해 룸이 필요하지만, 이곳에서는 욕망을 충족하기 위한 은밀한 대화를 주고받기 위해서 룸이 필요하다.

"여깁니다."

룸은 벽 쪽으로 붙어 있었다. 중간에 있는 룸의 문이 열리고 낯익은 얼굴이 고개를 삐죽이 내민다. 연립주택이자 빌라를 지어서 파는 우영돈이다. 우영돈은 우신건설이라는 아파트 전문 건설업체를 경영하는 우신국의 조카다.

이동하는 우영돈과 시선이 마주치는 순간 자신도 모르게 주변을 두리번거렸다. 자신의 얼굴을 알고 있는 손님들이 없다는 것을 확인하고 나서 뚱뚱한 체구에 어울리지 않을 만큼 빠르게 우영돈이 기다리고 있는 룸 안으로 들어갔다. 의자에 앉으면서 대뜸 우영돈을 노려보며 물었다.

"오늘 열 시부터 상임위원회가 열리고 있다는 거 알고 있슈?"

"아이구, 제가 그걸 왜 모르겠습니까. 하지만 워낙 사안이 바빠 놔서 죄송하게 됐습니다. 차 뭘로 하시겠습니까?"

"바쁜 거 알면 빨리빨리 용건만 알고 진행헙시다."

이동하는 커피 따위는 관심없다는 얼굴로 담배를 꺼냈다. 국산 담배가 아닌 미국산 켄트를 보란 듯이 꺼내서 거들먹거리며 입에 물었다.

"양담배를 피우시면?"

우영돈이 긴장한 얼굴로 속삭였다.

"한 대 피우고 싶어유? 일본 세미나 가는 길에 공항 면세점에서 산 거유."

이동하가 자랑스럽게 담뱃갑을 내밀었다.

"일본에 세미나도 가십니까?"

"일본 국회의원들하고 우리나라 국회의원들하고 공동으로 개최하는 세미나가 있슈. 그건 그렇고, 머가 그렇게 급하길래. 우신국 회장이 나한테 즌화를 했슈."

"큰아버님은 저한테 아버님 같은 존재입니다. 하도 답답해서 말씀을 드렸더니, 의원님을 만나 보라고 하시더군요. 바쁘신 것 같으니까 본론부터 말씀을 드리겠습니다. 제가 요즘 화곡동 쪽에 사 층짜리 연립 이백 호를 짓고 있지 않습니까?"

"호! 몇 평짜리유?"

"이십오 평짜립니다."

"허! 요새 그쪽에 연립주택은 평당 얼마나 해유?"

"작년만 해도 평당 육십팔구만 원 했는데, 올해는 오십 프로 올라서 백사만 원씩 합니다."

"오, 오십 프로나 오르다니!"

"요새 역삼동이나 평창동 같은 동네에 있는 빌라는 백사십만 원 줘도 못 만져 봅니다. 그쪽이 백사십만 원씩 하니까 강북 쪽도 백만 원은 넘게 받을 수밖에 없습니다."

"그람, 스물다섯 평짜리 연립 한 채를 살라믄 최소한 이천오백만 원이란 말유?"

"그렇죠."

"대, 대단하구먼."

이동하는 침을 꿀꺽 삼키고 나서 마음속으로 계산을 해 봤다. 열 채면 이억 오천, 백 채면 이십오억 원, 이백 채면 오십억 원이라는 생각에 깜짝 놀라며 다시 입을 열었다.

"그쪽 땅값은 평당 얼매나 하는 거유?"

"요새는 그쪽도 땅값이 많이 올랐습니다. 평당 구십만 원에서 백만 원은 줘야 합니다."

"그람 연립 한 채 값은 땅값으로 떨어져 나가고 나머지 삼 층은 그대로 남는다는 야기 아뉴? 건축비 오십만 원 제하고도 얼매가 남는다는 거유?"

"사 층짜리 일 개 동이 이십 호유, 즉 한 개 동에 땅값으로 다섯 개가 떨어져 나가니까, 열다섯 개는 땅값이 안 들어간다는 결론입니다……."

"그랑께, 그 머유. 땅값이니 건축비니 머니 해도, 이백 호를 지면 백 호 값은 이익으로 떨어진다는 결론 아뉴?"

"대, 대충 그렇기 잡으면 되지만, 소방서부터 시작해서 구청, 경찰서며 이런저런 데 뜯기고 나면 한 삼십 프로 이익으로 보면 됩니다. 백 프로 분양되었다고 가정해 볼 때 오십억 원 아닙니까. 오십억 원의 삼십 프로면 십오억 원이 남는 거죠."

"근데 뭐가 문제유? 그렇게 돈 잘 버는 분이?"

이동하는 영동에서 백날 건설업을 해 봐야 성공하면 도랑에서 메기나 잡는 식이라는 생각에 어이없다는 표정을 지었다. 서울에서는 상어나 고래잡이는 못 해도 메기는 생선 취급도 안 한다. 진작 서울로 사업체를 옮겨야겠다고 생각하며 물었다.

"분양은 팔십 프로 정도 됐슈. 잔금까지 다 받았는데 준공 허가가 떨어지지 않아 입주를 못 하고 있슈."

"구청에 떡값을 짝게 줬구먼."

이동하게 길게 물어볼 필요도 없다는 얼굴로 눈살을 찌푸리며 담배를 껐다.

"의원님 지금 바쁘시다는 점 잘 알고 있습니다. 톡 까놓고 본론만 말씀드리겠습니다. 연립주택을 짓는 대지 일부가 그린벨트에 묶여 있는 땅이라서 땅을 거의 시세의 절반에 샀습니다."

"그린벨트를 제외하고 건축 허가를 받은 다음에, 집을 지을 때는 그린벨트를 침범했다 이거유?"

이동하가 대충 감이 잡힌다는 얼굴로 속삭이듯 물었다.

"준공 허가를 내 주신다면 의원님께 연립 네 채를 드리겠습니다. 구청장 앞으로도 한 채 준비해 놓겠습니다."

"화끈해서 좋구먼. 구청장 빽 갖고 그린벨트를 풀 수 있다고 생각하슈?"

이동하는 졸지에 일억 원을 벌 수 있다는 생각에 흥분이 됐다. 그러나 겉으로는 조금도 내색하지 않고 차갑게 물었다.

"서울시에도 바쳐야 합니까?"

이동하보다 한 수 위에 있는 우영돈이 짐짓 곤란하다는 표정으로 물었다.

"그린벨트를 너무 쉽게 생각하는 경향이 있구먼. 내가 생각할 때는 일곱 채 정도는 챙겨 둬야 할 거유."

이동하도 만만치 않았다. 구청장은 돈 천만 원 정도 안겨 주는 것으로 끝내고 고현수를 통하면 간단하게 해결될 것이라는 생각에 회심의 미소를 지었다.

"알겠습니다. 열 채를 상납하는 한이 있더라도 하루라도 빨리 준공 허가가 나야지. 집이며 회사 앞에서 데모를 하는 통에 요즘 가족들은 시골 고향에 내려가 있고, 저는 여관에서 지내고 있는 실정입니다."

우영돈은 연립주택 일곱 채를 상납해도 남는 장사라는 생각에 뜸 들이지 않고 화끈하게 결정했다.

"내가 강남에 땅이 좀 있는데 말유."

"의원님도 강남에 땅이 있단 말유?"

우영돈이 자신도 모르게 침을 꿀꺽 삼키며 물었다.

"논현동하고, 방배동하고 서초동 쪽에도 땅이 쪼끔 있슈."

"연립주택을 지으려면 대략 오백 평이나 천 평 정도는 되어야 합니다. 강남 쪽에는 오십 평짜리 고급 빌라를 지으면 일 억은 충분히 받을 수 있습니다. 삼 층짜리 다섯 동만 지어도 십오억 원입니다. 다섯 동을 시공하려면 건평만 이백오십 평 아닙니까? 그쪽에 건폐율이 상업 · 준주거지역은 칠십 프로입니다. 주거 전용 지역은 오십 프로이고, 주거 공업지역이 육십 프로로 알고 있습니다. 주거 전용 지역은……."

"논현동 쪽에 천오백 평짜리 땅이 있는데 거기가 상업지역유. 난 거기다 빌딩을 지을 생각이구먼. 내 땅이 있는 데가 상업지역이란 말일씨. 천오백 평짜리에다 십오 층으로 올리고 싶은 생각인데……."

"의원님은 땅만 내놓으십시오. 제가 책임지고 건물을 올려서 전세를 놓겠습니다. 요즘 강북은 빌딩이 남아돌지만 강남은 아직 빌딩이 부족합니다. 요즘 시세로 쳐도 논현동 쪽에는 빌딩 전세가 평당 백오십만 원입니다. 월세 보증금은 평당 십오만 원에 월세가 만오천 원입니다. 천 평짜리 십오 층이면 건평이 만오천 평이라는 말 아닙니까? 만 오천 평의 오십 프로만 전세로 놔도…….”

우영돈이 품 안에서 재빠르게 휴대용 전자계산기를 꺼내서 내밀었다. 자고로 빌딩을 건설해 봐야, 빌딩이 생기는 법이다. 이동하는 강남에 빌딩을 갖게 되면 우신건설의 우신국 못지않게 성공할 수 있다는 생각에 침을 꼴깍꼴깍 삼키면서 손가락 끝으로 탁자를 톡톡 치기 시작했다.

“얼른 계산해 봐도, 보증금이 이백억 원은 넘구먼”

이동하는 말을 해 놓고 나서 마음속으로 ‘이, 백억 원이 넘는단 말여!’라고 고함을 질렀다.

“빌딩을 올렸다하면 단숨에 이백억 원을 모을 수 있다는 계산이 나오는군요”

우영돈이 이마에 진득하게 배어 나오는 땀을 손등으로 닦으며 이동하를 바라봤다.

“십오 층을 올릴라믄 건축비를 얼매나 잡아야 하는 거유?”

“그야, 정확히 계산해 봐야 알겠지만 건물 층수가 올라갈수록 건축비가 배로 뜁니다. 요새는 빌딩도 고급으로 짓는 추세라서 평당 백오십만 원씩 잡아도 한 층을 올리는 데 십오억 원을 계산하셔야 합니다.”

“십오 층이면 이백이십오억 원이구먼.”

이동하는 국회의사당에서 열리고 있는 건설 위원회 회의는 애초부터 없었던 것처럼 기억에서 흔적조차 없었다. 그보다는 나도 수백억 부자가 될 수 있다는 희망에 젖어서 부지런히 머리를 굴렸다.

“이런 말씀 드리기 송구스럽지만, 사무실이 임대되지 못하면 아주 안 좋은 일이 일어날 수도 있습니다. 하지만 상가지역이라면 완공이 되기도 전에 세입자들이 몰려올 것입니다. 논현동에 건평 만 오천 평짜리 빌딩 한 채만 있으면 대대손손 해마다 해외여행 다니면서 살아가실 수가 있습니다. 막말로 세금은 공지시가로 내는 거 아닙니까? 공지시가에 논현동 상가지역이라고 해 봤자, 사오십만 원도 안 됩니다. 하지만 빌딩을 올려놨다면 최소한 삼백만 원은 넘습니다. 평당 삼백만 원만 잡아도 만 오천 평이면……."

우영돈이 또다시 침을 꼴깍꼴깍 삼키며 전자계산기를 손가락 끝으로 톡톡 두들기기 시작한다.

이동하는 단순하게 계산했다. 한 층에 삼십억 원씩 열 층이면 삼백억 원, 그 절반은 백오십억 원을 더하면 사백오십억 원이라는 계산이 나온다. 우영돈이 열심히 동그라미를 치고 있는 사이에 이동하는 혼잣말로 중얼거렸다.

"사백오십억 원짜리 빌딩이라 이거구먼……."

"의원님 계산이 엄청 빠르시네요. 그 금액은 올해 금액입니다. 요즘 부동산 시세가 하루가 다르게 뛰고 있습니다. 대지 천오백 평에 십오 층짜리 같은 것은 현대나 럭키 같은 재벌 기업에서도 군침을 삼킬 만한 물건입니다. 몇 년만 있으면 천억 정도는 우습게 받을 수 있습니다."

"천……."

이동하는 천억 원이라는 말에 너무 놀라서 자신도 모르게 '아부지, 참말로 고마워유. 이 자식이 아부지가 하늘에서 보살펴 주시는 덕분에 천억 부자가 될지도 모르겠네유.'라고 기도를 하느라 억 소리는 입 밖으로 나오지 않았다.

"저 한번 믿어 보시고 빌딩을 올려 보시죠. 제가 최신 공법을 이용해서 논현동에서 가장 멋진 빌딩을 올려 드리겠습니다."

"땅이야 가만히 둔다고 썩는 것이 아니고, 세월이 흐른다고 색깔이 변하는 것도 아니고, 날씨가 덥다고 쉰내가 나는 것도 아니잖유. 내가 우 사장님 말대로 빌딩을 올리는 쪽으로 한번 계산을 해 보겠슈. 그렇게 알고 연립주택 짓고 있는 땅 번지하고 구청 담당 과장이며 국장이 누군지 적어 봐유."

이동하는 짧은 시간이지만 오랜 시간 동안 꿈을 꾼 것 같았다. 4선 의원에 환갑이 지난 나이인데도 변변한 상임 위원장 자리 하나 얻지 못했다. 세상에 돈 가지고 안 되는 것은 죽은 놈을 살리는 일밖에 없다. 고현수한테 물어봐서 상임위원회 구성에 영향력이 있는 작자들에게 일억 원씩만 안겨 줬어도 지금쯤 상임 위원장실을 차지하고 있었을 것이라고 생각하니 속에서 불이 나는 것 같았다.

"여기 있습니다. 그리고 빌딩을 지으실 때는 반드시 저한테 연락을 주십시오. 저도 솔직히 연립 같은 거 져 가지고는 성에 차지 않습니다. 연립이라는 것이 덩치만 컸지 실속이 없거든요. 빌딩을 한 채만 져서 분양을 해도 몇십억 원이 왔다 갔다 하는데, 연립주택 같은 것은 백 채를 져서 팔아도 십이삼억 원 남기기도 힘듭니다. 그런 데다 동네 공사를 하다 보니 동에 통장, 반장까지 달려와서 소주 값을 달라는 통에, 사람 손만 더러워집니다."

우영돈은 평소 빌딩 건축에 관심이 없었다. 이동하가 빌딩을 지으면 얻게 될 손익계산을 하다 보니 그동안 자신이 우물 안의 개구리였다는 사실을 깨달았다. 이동하를 등에 업고 빌딩을 건축하면 수없이 손을 벌리는 구청부터 시작해서 동사무소 통장, 반장이며 골목의 건달 청소부, 경찰서, 소방서, 등의 거머리들을 깨끗하게 떼어 낼 수 있으니 건축 비용도 줄어들 수 있을 것이다. 어떡하든 이동하에게 붙어야 한다는 생각에 마른침을 연신 삼켰다.

"내가 이래 봬도 서울 요소요소에 땅이 좀 있슈. 가락동하고 개포동에도 한 이천 평짜리 한 덩어리하고 삼천 평짜리를 갖고 있슈. 거기도 빌딩을 지을 생각으로 큰 덩어리를 사 놨슈."

이동하는 연립주택이나 지어 파는 우영돈 따위에게 빌딩 시공을 맡기고 싶은 생각은 없었다. 빌딩 건축에 따른 상식을 더 얻어 내기 위해 다시 낚싯밥을 던졌다.

"요즘은 가락 지구와 개포 지구가 대세 아닙니까? 거기 작년만 해도 몇만 원밖에 안 하던 땅값이 지금은 삼십만 원에서 요지는 오십만 원까지 갑니다. 그쪽에 오천 평을 갖고 계시다면 계속 갖고 계셔야 합니다. 제 생각에는 삼 년만 갖고 계셔도 돈 백만 원은 우습게 받을 수 있습니다. 제 말 명심하시고 절대로 파시면 안 됩니다. 그렇게 덩어리가 큰 땅은 우리 같은 조무래기들이 달려들지 못합니다. 기업체에서 달려들 테니까 양도세도 훨씬 적게 냅니다."

"그까짓 세금 몇 푼이나 된다고, 그리고 명색이 내가 이 나라의 법을 맨드는 국회의원인데, 세금을 남들보다 짝게 내면 되겠슈? 한 푼이라도 더 내는 방향으로 노력해서 국가 발전에 이바지해야지……."

이동하는 우영돈이 말만 하면 귀가 즐거웠다. 야산과 잡종지에 불과한 허허벌판 가락동과 개포동에 땅을 사 놓게 된 것은 건설 위원회에서 건설부에 자료를 요청해서 극비밀리에 얻은 정보 때문이다. 가락 지구와 개포 지구에 관한 개발 계획이 담긴 지도를 보고, 8차선 대로가 날 예정 지역을 찍어서 가락동에는 삼천 평짜리를 사 놓고, 개포동에는 이천 평짜리를 사 놨다. 그 땅이 지금은 삼십만 원씩 한다. 땅을 살 때는 만오천 원씩 샀기 때문에 거의 땅바닥에 누군가 버린 땅을 맨손으로 주운 것이나 마찬가지다.

"의원님, 오늘 저녁에 시간 되십니까?"

우영돈은 이대로 헤어질 수는 없다고 생각하며 눈을 반짝였다.

"저녁에 야당 의원들하고 건설부 간부들하고 술 한잔 하기로 했슈."

"그럼 내일은 시간이 어떻게 되십니까?"

"글씨, 비서관한테 물어봐야지. 하도 바뻥게 난 내가 뭘 해야 하는지 모를 지경유. 그래도 불편한 거는 읎슈. 비서관이 일일이 챙겨 주고 있응게. 만약 낼 시간이 있으면 워쩔 꺼유?"

"의원님, 녹각에서 나오는 사슴 피 드셔 본 적이 있으십니까? 제가 잘 아는 사슴 농장이 있습니다. 거기 가서 생피를 몇 잔 마시면 얼굴이 화끈거릴 정도로 힘이 납니다. 게다가 이제 막 대학에 들어간 스무 살짜리 여대생들이 시중을 들어 줍니다. 보약은 원래 깨끗한 처녀들이 따라 줘야 제대로 먹는 법이거든요."

"허! 사람을 워티게 보고, 그런 상스러운 말을……."

이동하는 처녀가 시중을 들어 준다는 말에 아랫도리가 뻐근해졌다. 그러나 우영돈을 점잖게 나무라며 자신도 모르게 손바닥으로 입술을 닦았다. 오랜만에 원갑룡 의원님을 모시고 가 볼까, 하는 생각이 들어서였다.

# 잃어버린 30년

어머님 며느리도 되잖아요.
어머님을 찾게 되면,
당신이
그동안 어머님에게 못 해 드린 효도를 제가 두 배로 해 드릴 테니,
어서 주무세요. 이러다 몸 축나면 어떡하려고…….

　새벽이 뿌옇게 밝아 오고 있는데도 민초예는 텔레비전 앞을 떠날 수가 없었다. 텔레비전 화면은 전국적으로 비가 내리던 어제 오전 여의도에 있는 KBS 정문 앞 광경을 내보내고 있었다. 비가 부슬부슬 내리고 있는데 우산도 쓰지 않은 60대 후반의 노인이 "성근아! 성근아!"라고 자식의 이름을 외치며 돌아다니고 있었다.

　저, 저런…….

　민초예는 마치 옛날부터 알고 있던 촌로가 슬퍼하는 모습을 보고 있는 것처럼 가슴이 찢어져 버리는 것 같았다. 눈물에 흠뻑 젖어 있는 손수건으로 눈물을 닦으면서도 시선을 옮길 수가 없었다.

　카메라는 KBS 공개홀 꼭대기 층을 비추고 있었다. 팔순이 넘어 보이

는 할머니가 소리는 내지 않고 주름진 얼굴에 눈물을 주르르 흘리면서 찾는 사람 이름이 적인 종이를 펼쳐 보이고 있다.

'○ 이병훈(61) 아들

－일정 시절 태평양 전쟁에 입대하여 이별, 눈썹 사이 뼈가 드러나 흉 터 있음.

○ 김기순(85) 인천 만수동'

카메라가 김기순 할머니를 줌인 하는 동안 민초예는 기어이 헉! 하는 울음소리를 토해 내며 손수건으로 입을 틀어막았다.

기, 기문아! 모, 못난 어머는 이렇게 잘 살고 있는데……

지난 6월 30일 밤 10시부터 방영하기 시작한 '이산가족 찾기'를 우연 히 시청하기 시작하고부터 언제 날이 새고, 장사는 어떻게 했는지, 언제 이 층으로 올라와 텔레비전 앞에 앉아서 KBS 채널을 틀었는지 기억이 나지 않았다. 밥을 먹었는지, 굶었는지도 생각나지 않았다. 떠오르는 것 은 텔레비전 화면 안에서 삼십 년 만에 만난 형제가, 모자가, 부녀가, 서 로 부둥켜안고 울고 있는 모습들뿐이었다. 텔레비전도 뉴스 시간만 제 외하고는 밤새도록 이산가족 찾기 방송만 방영했다. 그래도 한 시간을 보면 한 시간 내내 눈물이 나고 비슷한 장면이 계속 이어져도 싫증이 나지 않았다.

"어머니, 또 밤을 꼴딱 새우셨어유? 그러다 아프시믄 어쩌시려고…
…."

"아, 아녀. 인제 일어났구먼."

유정의 방문이 열리는 소리에 민초예는 얼른 눈물을 감추고 등을 돌 렸다. 화장실에라도 가려는 듯 유정이 잠옷 바람으로 걱정스러운 표정을 짓고 서 있다.

"어여 아침을 지어야겠구먼."

민초예는 유정에게 항상 제 손으로 지은 밥을 먹였다. 아직 아침을 짓기에는 이른 시간이다. 그런데도 유정이 걱정할 것 같아서 텔레비전은 틀어 놓은 채 주방 앞으로 갔다. 쌀을 일고 있는데 화장실 문이 열리는 소리가 난다.

"어머니, 기문이 오빠 생각이 나서 자꾸 텔레비전 보시는 거 알고 있구먼유."

유정은 화장실에서 나와 자기 방으로 들어가지 않았다. 뒤에서 민초예의 등을 껴안고 얼굴을 묻었다.

"아, 아녀. 기문이는 이산가족이 아니잖여."

민초예는 정곡을 찌르는 유정의 말에 쌀을 일던 손을 멈췄다. 기문이도 이산가족이라면 종이에다 손기문을 찾는다는 글씨를 써서 여의도로 달려갔을 것이다.

"국어 선생님이 그러시는데 이산가족이라는 말이 꼭 전쟁 때 헤어진 사람들만 말하는 것이 아니라고 하데유. 가족이 헤어진 것은 죄다 이산가족이래유. 시방은 육이오 특집으로 시작한 이산가족 찾기라서 전쟁 때 헤어진 가족만 찾아 주는데, 난중에는 헤어져 사는 가족들도 찾아 줄거래유."

"참말여?"

유정이 얼굴을 등에 묻고 눈물 젖은 목소리로 하는 말에 민초예는 자신도 모르게 홱 돌아섰다.

"참말이래유. 어머니도 생각해 보셔유. 꼭 전쟁 때 헤어진 사람만 있는 것은 아니잖아유. 이런저런 이유로 헤어져 사는 사람들이 더 많을지도 몰라유."

"그려, 니 말을 듣고 봉께 그렇구먼. 근데 유정이는 왜 우는 거여?"

"어머니가 며칠 동안 밥도 지대로 드시지 않고, 맨날 텔레비전만 보고 계시잖아유?"

"너도 어머, 아부지가 생각나는구먼. 미안햐. 명색이 어머라는 사람이 딸내미 생각은 안 하고 내 생각만 하고 있었구먼."

민초예는 유정을 와락 껴안으며 눈물을 흘렸다.

"어머니, 제발 울지 마셔유. 저는 암만 찾고 싶어도 친아부지와 친어머니를 찾을 수 읎잖아요. 하지만 어머니는 분명히 언젠가 기문이 오빠를 만날 것으로 믿어유. 그랑께 자꾸 슬퍼하지 마셔유. 그렇게 밥도 안 드시고 맨날 눈물만 흘리시다가 아프기라도 하신다면, 유정이가 얼매나 가슴이 아프겠어유."

"그려, 어머가 생각이 짧았구먼. 어머가 생각이 짧았어. 인제 두 번 다시 우리 유정이 앞에서 눈물 바람 안 일으킬 모양잉께 어여 들어가서 좀 더 자."

민초예는 유정의 얼굴에 흐르는 눈물을 닦아 주고 등을 돌렸다.

"아녀유. 잠이 깼응께 영어 단어나 좀 외다가 아침 먹어야겠슈."

"그려, 어머가 우리 유정이 좋아하는 계란말이 해 줄 껴."

민초예는 자기 방으로 들어가는 유정의 뒷모습을 바라보고 있으니까 또 눈물이 났다. 피는 물보다 진하다. 저 어린 것이 이산가족 찾기 방송을 들을 때마다 화마로 잃은 제 부모가 얼마나 보고 싶을까, 하는 생각에 가슴이 아팠다.

거실에서 혼자 떠들고 있는 텔레비전에서 하루에도 수십 번이나 들을 수 있는 설운도의 <잃어버린 30년>이라는 노래가 흘러나오기 시작했다.

비가 오나 눈이 오나 바람이 부나 그리웠던 삼십 년 세월
의지할 곳 없는 이 몸 서러워하며 그 얼마나 울었던가요
우리 형제 이제라도 다시 만나서 못다 한 정 나누는데
어머님 아버님 그 어디에 계십니까 목메이게 불러 봅니다

내일일까 모레일까 기다린 것이 눈물 맺힌 삼십 년 세월
고향 잃은 이 신세를 서러워하며 그 얼마나 울었던가요
우리 남매 이제라도 다시 만나서 못다 한 정 나누는데
어머님 아버님 그 어디에 계십니까 목메이게 불러 봅니다

<박건호 작사 / 설운도 노래>

설운도가 구성지게 부르는 <잃어버린 30년>이 끝나 갈 즈음 민초예의 얼굴에는 눈물이 가득 번져 흐르고 있었다.

점심을 먹으러 오는 손님은 이산가족 찾기 방송이 시작되면서 거의 반으로 줄어들었다. 손님들 대부분 근처에서 장사를 하거나, 노동을 하는 사람들이다. 길에서 생활하는 사람들은 식당으로 와서 텔레비전을 보지만, 가게에서 장사하는 사람은 자장면이나, 된장찌개, 만둣국 등 배달 음식을 시켜 가게에서 먹었다. 텔레비전에서 눈을 뗄 수 없는 탓도

있지만, 워낙 눈물을 짜게 만드는 장면이 많아서 다른 이들 보는 앞에서 울 수가 없어서 배달을 시켜 먹으며 울었다.

"에이, 이래서 내가 술을 끊을 수 없다니께."

홀에는 점심시간에도 빈자리가 많을 만큼 한산했다. 단골로 점심때, 저녁때 수시로 와서 해장국을 먹는 이불 가게를 하는 최 사장이 식당 문턱을 들어서며 큰 소리로 말했다.

"오늘은 또 뭘로 술 먹을 궁리를 맨든 거여?"

최 씨와 잘 어울리는 옷 가게 여 사장이 뒤따라 들어오며 물었다.

"아! 여기 소주부터 한 병 줘유. 아! 내가 내년이면 환갑 아녀. 옛날에 환갑 나이면 세상 살면서 볼 것, 못 볼 것 다 본 나이 아녀. 그래서 어지간한 것 같고는 성질을 내거나, 놀랠 놀 자를 쓰지도 않 잖여. 하지만 아까 신문을 보고 나서 환갑이 다 된 나이에 기절초풍하는 줄 알았당께?"

"신문에 뭐가 났길래, 이렇게 호들갑을 떠는 거여?"

영식이 엄마가 소주와 깍두기부터 먼저 갖다 주고 나서 궁금하다는 표정으로 옆에 서 있었다. 여 사장이 소주를 따라 주며 물었다.

"아, 글씨. 그렇지 않아도 어제 새벽 세 시까지 이산가족 찾기 방송을 봤잖여. 그래 놓고도 오늘 새벽같이 일어나 이산가족 찾기 방송을 보느라 머리가 지끈거리는 것이 영 개운치 않더라고……. 가만있어 보자. 내가 요 술을 한잔 하고 나야 맘이 좀 진정되려나……."

민초예는 최 사장이 하도 큰 소리로 떠들어서 카운터에 앉아 텔레비전을 바라보며 최사장 쪽으로 귀를 기울였다.

"서울에서 이십 년 동안이나 한 가게에서 일하던 사람들이, 알고 봉께 오누이였다능 겨."

"난 최 사장이 하도 큰 소리로 호들갑을 떨기에 기절초풍할 일이 벌어졌는지 알았드니. 별일 아니구먼. 그기 머 대단한 일이라고 해방이나 된 것처름 온 동리가 떠나가도록 떠드능 겨. 요번에 이산가족 찾기에서 그런 경우는 흔하잖여. 이웃사촌으로 지내던 사람이 알고 봉께 자매고, 또 어뜬 사람은 주인과 손님으로 이십 년 동안이나 알고 지냈는데, 알고 봉께 부녀지간이라는 것을 알고, 그 아부지가 너무 기가 막히고 놀래서 졸도를 했다잖여. 그런 일만 일어났는 줄 알아?"

"내 참! 조선 말은 끝까지 들어 봐야 똥인지 된장인지 알 수 있다는 말도 몰라? 문제는 세차장을 하고 있는 사장하고, 그 세차장에서 일하고 있던 여자 직원이 까딱하면 결혼할 뻔했다는 거 아냐."

"머여?"

"아니, 그기 참말유?"

최 사장의 말에 여 사장과 영식이 엄마만 놀란 것이 아니다. 최 사장의 말을 귓전으로 듣고 있던 모든 사람들이 깜짝 놀란 얼굴로 최 사장을 바라봤다. 주방에서 해장국 뚝배기를 카운터 위에 올려놓고 난 순길이 엄마가 깜짝 놀라 반쯤 벌어진 입을 다물지 못하고 최 사장을 바라봤다.

"그, 그기 진짜여? 오누이끼리 결혼할 뻔했다는 야기가?"

여 사장이 술잔을 홀짝 비우고 나서 사레가 들린 사람처럼 얼굴이 시뻘겋도록 재채기를 하고 나서 물었다.

워매 세상에 참말로 큰일 날 뻔했구먼.

민초예도 시선을 텔레비전에서 최 씨에게 옮기며 두 눈을 똑바로 뜨고 귀를 기울였다.

"아! 내년이면 환갑 되는 나이에 기절초풍할 뻔했다는 말을 괜히 했 겄어? 그기 워티게 된 일이냐믄 말여. 원래 그 세차장에 여동생하고, 그 여동생 남편 되는 남자하고 둘이 근무를 했다능 겨. 근데 오빠 되는 사 장이 볼 때 말여, 그 여동생이 너무나 맘에 들드라능 겨."

"하긴 그럴 겨. 남도 아니고 피붙이니께 얼마나 땡기겄어? 하다못해 먹는 음식이며, 좋아하는 취미까지 비슷하겄지."

구석 자리에 앉아 콩나물 해장국을 먹던 누군가가 처연한 목소리로 끼어들었다.

"그래서, 언지 날을 잡아서 사랑을 고백해야겄다, 그릏게 생각하고 금 반지까지 준비를 했다능 겨."

"그, 그래서?"

"근데, 같은 직원, 그랑게 시방은 매제가 되는 그 직원이 먼저 청혼을 하는 통에 시방까지 직원과 사장으로 지냈다는 거여."

"그래서 천륜은 어길 수가 읎다는 말이 생겨났나 벼. 좌우지간 빨갱이 들이 철천지원수들잉게. 육이오 때 빨갱이들이 쳐들어오지 않았다면 천 륜을 어길 뻔한 일이 벌어졌겄어?"

"아! 그래서 내가 대낮부터 술맛 난다는 말이잖여."

"최 사장 말 듣고 봉게 나도 은근히 술맛이 나는구먼. 아줌마 여기 쇠 주 한 병 더 줘유."

"아직 해장국도 드시지 않고 벌써 술 다 드셨슈?"

최 사장과 여 사장이 의기투합해서 술을 시켰다. 그때까지 옆에 서 있 던 순길이 엄마가 뒤늦게 정신이 든다는 얼굴로 말했다.

점심 장사는 이산가족 찾기 방송 때문에 일찍 끝이 났다. 다른 때 같

앉으면 저녁 손님이 올 때까지 식당 방에서 잠시 쉬거나 잠을 자기도 한다. 하지만 순길이 엄마하고 영식이 엄마는 약속이나 한 것처럼 설거지를 끝내자마자 홀로 나왔다.

"저, 저런!"

텔레비전에서는 계속 이산가족 찾기 방송이 진행되고 있었다. 순길이 엄마가 텔레비전 화면을 손짓하며 앞치마 말미를 들어서 눈물을 찍었다.

화면에는 71세의 아버지와 48세의 딸이 대전과 영동 사이에서 잃어버렸다가 찾은 42세의 아들이자, 남동생을 부둥켜안고 우는 장면이 방영되고 있었다.

"어릴 때 형의 이름이 세인이었구, 누나의 이름은 언년이었습니다."

"그래! 맞다, 맞아! 내가 바로 그 언년이여!"

아버지와 딸과 아들은 다시 한 덩어리가 되어서 껴안고 아이들처럼 엉엉 소리 내어 울기 시작했다. 방청석에 앉아서 찾아야 할 형제며, 아들, 누이의 이름과 신상 명세가 적혀 있는 종이를 들고 있던 방청객들도 어느 누구 하나 가릴 것 없이 눈물을 터트렸다.

"동생이 기차에서 떨어져 죽었다고 해서 장례까지 지냈는데, 꿈인지 생신지 모르겠습니다."

누나가 다시는 남동생과 헤어지지 않겠다는 듯 동생의 허리를 꽉 껴안고 눈물 섞인 목소리로 말했다.

"저는 누나와 아버지를 찾을 생각으로 이 방송을 보면서, 가수가 나와 노래를 부를 때만 용변을 봤습니다."

남동생이 아이처럼 팔뚝으로 눈물을 닦으며 하는 말을 듣는 순간 민초예는 새벽에 유정과 더 이상 울지 않기로 약속한 것을 까마득하게 잊어버리고 손수건을 찾아서 눈으로 가져갔다.

"사장님 또 우신다."

순길이 엄마가 영식이 엄마 옆구리를 찌르며 속삭였다.

"형님도 우시잖아유."

"그러는 영식이 엄마 눈은 왜 빨가?"

"눈물이 낭께 빨갛지……."

홀 안에 손님은 없었다. 벽걸이 선풍기만 저 혼자 맥없이 돌아가고 있
는데 세 명의 여자는 연신 눈물을 훔치면서도 텔레비전에서 시선을 옮
길 수가 없었다.

"사장님, 누가 그라는데, 꼭 육이오 때 헤어진 가족만 사연을 신청하
는 것이 아니래유."

순길이 엄마가 코맹맹이 소리로 민초예를 바라보며 말했다.

"이산가족이라는 뜻이 원래, 헤어진 가족을 뜻하는 말잉게. 그럴 날이
오겄지."

민초예는 새벽에 유정한테 들은 말을 써 먹으면서도 정작 손기문을
찾아 달라고 신청하지 못할 것 같았다. 벼룩도 낯짝이 있다고 철부지 어
린 나이에 고아원에 보낸 자식을 이제 와서 무슨 염치로 찾아 달라고
눈물 바람을 날릴 수 있겠냐는 생각이 들어서였다.


동네 안의 재건대 자리에 있는 손기문의 채소 가게에는 간판이 없었
다. 그래도 채소가 싱싱하고 가격이 싸다는 점이 소문나서 새벽부터 손
님들이 몰려오기 시작한다. 오전 손님은 인근에서 식당을 하는 사람들
이다. 그들은 대게 아홉 시 이전에 각종 채소를 도매금으로 사러 온다.

점심때는 손님이 뜸하다가 오후에는 가정주부들이 몰려오고, 저녁을 먹을 즈음에는 얼마 남지 않은 물건을 떨이로 팔았다.

"자! 밭에서 금방 따 온 오이가 세 개에 백 원, 온 식구가 푸짐하게 먹을 수 있는 상추가 한 보따리에 삼백 원씩! 거기 아줌마 오이 사 가. 아줌마가 오이 사 가면 한 개 더 줄게. 밭에서 금방 따 온 오이 세 개가 단돈 백 원! 우리나라에서 오이 세 개에 백 원씩 파는 가게 있으면 우린 돈 안 받아! 싱싱한 상추 한 보따리에 삼백 원! 싸요 싸! 아줌마, 배추 그거 아침에 한 포기에 칠백 원씩 팔던 건데, 딱 오백 원만 내고 갖고 가. 배추가 한나절 만에 썩거나 상하는 거 봤어? 배추 한 포기 사면 이백 원 남고, 두 포기 사면 사백 원 공짜로 버는 겨. 내 말 듣고 배추 사 가면 서방님한테 칭찬 들을 팅게 어여 사 가지고 가!"

손뼉을 쳐 가며 손님들을 부르는 역할은 메뚜기가 했다. 시장 안이 아닌데도 메뚜기의 구성진 목소리에 가게 앞을 지나가는 주부들은 구경 삼아 걸음을 멈췄다가 결국은 한 무더기씩 사 들고 갔다.

"자! 오늘도 마감하지."

날이 캄캄해질 무렵이면 각 가정에서도 저녁을 먹거나, 저녁을 지어 놓고 퇴근하는 남편을 기다리고 있을 시간이다. 채소 가게에도 아침에 먹을 반찬거리를 사러 오는 사람은 드물다. 손기문은 손뼉을 쳐서 하루 마감을 알렸다.

"오늘도 괜찮았쥬?"

메뚜기가 돈 관리를 하고 있는 강순녀를 바라보며 이마의 땀을 닦았다.

"제가 직접 말하지 않아도 새벽에 가져온 물건이 얼마나 남았는지 보면 알 수 있잖아요. 오늘 하루도 수고했어요."

강순녀는 하루 동안 판매한 돈이 들어 있는 자루를 챙겨 들었다. 하루 종일 고생한 다섯 명의 남자들과 집에서 기다리고 있을 강찬복이 먹을 저녁을 준비하려면 서둘러야 하기 때문이다.

"재고 남은 거는 따로 모아 뒀다가 팔아야 혀. 내일 새로 들어오는 물건하고 섞여 있으면 손님들한테 욕 먹응께."

강순녀가 저녁을 지으러 가 있을 시간에 가게에 남아 있는 남자들은 내일 팔 물건을 정리하거나, 가게 앞마당을 쓸거나, 배추나 상추며 시금치 같은 나물류 채소에 말라붙어 있는 것을 정리하기도 하고, 싱싱해 보이도록 물을 뿌려 놓기도 했다.

"형님 우리가 정리하고 들어갈 테니께, 형님은 얼른 집에 가서 큰 텔레비전으로 보는 것이 잘 보이잖여?"

가게 안에는 중고 텔레비전이 있다. 흑백인 데다 소형이지만 손님들이 없을 때 시간을 보내기 위해 들여 놓은 것이다. 요즘은 하루 종일 이산가족 찾기 방송을 내보내고 있다. 손기문은 물론이고 메뚜기며 콩새나 칠수도 혹시 아는 사람 얼굴이 나올지 모른다는 생각에 시간만 나면 텔레비전 앞으로 갔다. 그중에서 손기문은 다른 사람들이 볼 때 눈에 띨 정도로 텔레비전을 열심히 보고 있다. 그 사정을 알고 있는 메뚜기가 손기문의 등을 떠밀었다.

"아녀, 같이 들어가야지."

"에이, 우린 집에서 나온 놈들이지만 형님은 사정이 틀리잖유. 그랑께 얼른 들어가유."

"그람, 대충 정리하고 와. 오늘은 장사도 잘 됐응께 저녁 먹음서 술도 한 잔씩 하자고."

손기문은 칠수까지 거드는 통에 못 이기는 척 들어가기로 했다. 장갑을 벗어서 옷에 묻은 먼지를 털며 가게를 나섰다.

손기문과 강순녀는 결혼식을 올리지는 않았지만 혼인신고를 한 부부다. 다른 대원들은 가게 뒤에 있는 방에서 생활하지만 방 두 칸짜리 이층집 독채를 전세 얻어서 살림을 차렸다. 가게에서 멀지 않은 곳이지만 어머니가 자신을 찾고 있을지도 모른다는 생각에 마음이 급했다. 슈퍼에 들려서 소주 몇 병을 사 들고 서둘러 집으로 들어갔다.

"내가 종일 텔레비전 앞에 앉아 있었지만 손 서방 찾는 사람은 안직 안 나왔네."

손기문이 현관문을 열고 들어가자 거실 텔레비전 앞에 앉아 있던 강찬복이 말을 건넸다.

"저는 기다리지도 않아유."

손기문은 말과 다르게 허무가 가슴속에서 메아리치는 것을 느끼며 소주를 냉장고 안에 집어넣었다.

"내일부터는 장사는 우리가 할 테니까, 직접 방송국 앞으로 나가 보는 것이 어때요?"

손기문의 얼굴이 어두워지는 것을 본 강순녀가 말했다.

"그려, 그기 빨라. 저 사람들처럼 텔레비전 화면에 얼굴이 한번이라도 비치면 틀림없이 연락이 올 껴. 자고로 자식을 보면 부모 성품이 보이고, 부모를 보면 자식 얼굴이 보인다는 말이 있잖여. 자네가 겉으로는 대원들 땜시 대범한 척하지만, 요새 통 밤잠을 못 자고 있다는 거 다 알고 있구면. 그랑께 내일부터 여의도로 나가 봐."

"시방은 전쟁 통에 헤어진 가족만 찾아 준다잖아유."

"아녀, 방송국 앞에서 팻말 들고 있는 사람들 중에 부모님이 이혼하고 헤어진 동생을 찾는 사람도 보이고, 외갓집에 심부름을 갔다가 길을 잃어버린 아들을 찾는 엄마도 화면에 비치는 걸 봤구먼. 일단 방송국에 신청하고 기다려 봐. 사람들이 하도 많이 몰려서 당장 내일 신청을 해도 방송에 나올라면 언지 나올지 모른다는 겨. 어제까지 전국적으로 가족을 찾아 달라고 신청한 건수가 육만 건이 넘는다드만. 그중에서 삼백 열여섯 가족이 혈육을 찾았댜. 그렇게 희망이 영 없는 거는 아니지."

"그래도 안 돼유. 나갈라면 대원들 죄다 나가 봐야지. 저 혼자 나갈 수 있남유?"

손기문은 강찬복의 말에 마음이 끌리는 것을 느끼면서도 고개를 흔들며 목욕탕 안으로 들어갔다.

샤워를 하기 전에 습관처럼 거울 앞으로 갔다. 스스로가 보기에도 얼굴이 수척하다. 돌이켜 보면 메뚜기로부터 이산가족 찾기 방송 때문에 잠을 못 잤다는 말을 듣고 난 다음 날부터 거의 잠을 못 이루었다.

희미한 윤곽으로 남아 있는 어머니에 대한 그리움이 가슴속에서 샘물 솟듯이 차올라서 텔레비전에서 시선을 뗄 수가 없었다. 내일 장사를 하려면 일찍 잠을 자야 한다. 텔레비전 앞에 앉으면 '한 시간만 더, 한 시간만 더 보고 자야지.'하고 시간을 미루다 보면 어느새 새벽이다.

"어머니가 당신 이름하고 나이는 알고 계실 거잖아요. 제가 보은에서 고아원으로 보낸 손기문을 찾는다는 방송이 나오면 깨울 테니 어서 주무세요."

혼자만 밤을 꼬박 지새우는 것이 아니다. 강순녀도 덩달아 잠을 이루지 못하고 눈이 빨갛도록 눈물을 흘리며 텔레비전 앞을 떠나지 못했다.

"어머니가 날 찾을깨비, 방송을 보고 있는 것이 아니라고 몇 번이나 말했어. 세상에 나처럼 헤어진 가족들이 이렇게 많구나, 하는 생각이 들어서 잠을 못 이루는 것뿐이여."

"당신 말은 그렇게 하더라도, 얼굴에는 어머니가 너무 보고 싶어서 가슴이 찢어질 것 같다고 써 있구먼. 내가 누구예요?"

"누구긴 누구여. 나한테 하나밖에 없는 세상에서 제일 귀한 마누라지."

"당신 마누라면 되는 거예요?"

"우리 경재 엄마도 되지?"

손기문은 사랑이 깃든 눈길로 잠들어 있는 경재를 바라본다. 올해 돌이 지난 경재는 자신의 얼굴도, 강순녀의 얼굴도 닮지 않았다. 강순녀의 말대로 소식을 모르는 어머니를 닮았을지 모를 일이다.

"또?"

"장인어른 딸도 되지."

"또?"

"우리 대원들 형수도 되고……."

"어머님 며느리도 되잖아요 어머님을 찾게 되면, 당신이 그동안 어머님에게 못 해 드린 효도를 제가 두 배로 해 드릴 테니, 어서 주무세요 이러다 몸 축나면 어떡하려고……."

손기문은 강순녀의 말을 듣는 순간 가슴이 찌르르해 오면서 '아! 이것이 부부라는 것이구나. 피 한 방울 섞여 있지 않아도 서로 믿고 사는 부부라는 것이구나.'라는 생각이 들면서 눈물이 앞을 가로막았다.

"형수님, 저희들 왔슈!"

"어따, 이게 무슨 냄새여. 오늘 된장찌개 끓여유?"

"아버님, 집에만 계시지 말고 가게 좀 놀러 나오고 그러셔유. 장사하는 것이 얼매나 재미있는지 시간 가는 줄 모른당께유."

손기문이 샤워를 하고 방에서 편한 옷으로 갈아입고 있을 때 메뚜기며 콩새와 대원들이 자기 집처럼 떠들며 들어왔다.

"배고프죠, 어서 와서 앉아요"

강순녀는 부지런히 밥상을 차리기 시작했다. 나이가 어린 촉새가 주방과 밥상을 오가며 밥과 반찬을 나르며 심부름을 했다.

"형님, 아까 가게에서 우리끼리 결정을 했구먼. 그랑께, 괜히 승질 나게 토 달지 말고……."

손기문은 밥상 앞에 앉은 강찬복이며 대원들에게 반주로 마실 술을 돌렸다. 메뚜기가 강찬복을 의식하고 상체를 돌려 술잔을 홀짝 비우고 입을 열었다.

"낼, 여의도 케이비에스 방송국에 나가라는 말이믄 읎었던 걸로 쳐."

"사장님이 아니라, 형님과 아우로서 내가 말할게유. 형님, 우린 찾을 부모가 없는 사람들이잖아. 우리가 팻말을 들고 여의도에 가서 평생을 살아도 찾아올 아부지나 어머니도 없고, 형이나 누나도 없잖여. 하지만 형은 알고 있잖여. 보은에서 어머니하고 산 기억이 있다고 했잖아유. 어머니가 부석에 밀가루도 꿔 주고, 감자도 꿔 주고 했던 일을 시방까지도 형님은 기억하고 있잖유. 그랑께 우리 모두를 대신해서 형이 방송국에 나가 줘유……."

촉새가 목이 메어서 더 이상 말할 수 없다는 얼굴로 말꼬리를 흐리며,

311

화가 난 얼굴로 수저로 밥을 듬뿍 퍼서 입안이 터지도록 밀어 넣었다.

"그려, 나도 같은 생각여. 대원들이 전부 친형제처럼 살고 있잖은가. 맏형이 대표로 나가서 어머니를 찾아보는 것도 좋은 일여. 동생들한테 희망을 주는 일이기도 하잖여. 그랑께, 이번에는 자네가 동생들 뜻을 받아들이는 것이 좋겠네."

"장인어른 말씀도 틀린 말은 아니라고 생각해유. 하지만 만약 부모님을 찾아야 한다믄 나이가 어린 촉새 너부텀 찾아야 하잖아. 그기 맏형으로서의 도리라고 생각하구먼."

"형님, 우리가 삼청교육대 끌려갔을 때 형님은 솔직히 안 끌려갈 수도 있었잖아. 하지만 우리가 거기 끌려간 걸 알고 형님 혼자 도망칠 수 읎다고 함서, 일부러 지서까지 제 발로 걸어 들어가서 그 고생을 했잖아. 형님만 우리 동생을 생각하는 것이 아니라는 걸 알아 줬으면 좋겠어. 맨날 형님 고집만 앞세우지 말고, 이럴 때는 우리 맘도 좀 알아 줘유. 그런 의미에서 건배해유."

메뚜기가 술잔을 들고 내밀었다.

"나가 봤자, 소용도 읎을 낀데……"

"손 서방, 나중에 '그때 한번 헛일 삼아 나가 볼걸.'하고 후회하는 것보다는 백번 낫네. 그러니까, 이번에는 동생들 말대로 내일부터 아침 일찍 먹고 방송국으로 나가 보게."

"장인어른이 그렇게 말씀해 주시게 안 나가 볼 수도 읎구먼유."

손기문은 대원들의 뜻이 너무 고마워서 눈물이 날 것 같았다. 눈물을 보일 수가 없어서 얼른 술잔을 비우고, 강찬복에게 빈 잔을 권했다.

"그려, 잘 생각했구먼. 부모 앞에서 자식은 환갑이 지나도 자식이고,

자식은 환갑이 지나도 부모 앞에는 어린아가 되는 법여. 그렇게 용기를 내서 내일부터는 가게 일은 동생들한테 맡기고 열심히 한번 찾아 봐."

강찬복은 손기문이 말은 못 하고 있지만 속은 새카맣게 타들어 가고 있을 것이라고 생각하며 술잔을 받았다.

"생각 잘하셨어요. 텔레비전 보니까 그 근처에 밥 사 먹을 때도 없는 것 같아요. 제가 도시락을 두 개 싸 줄 테니까 힘내서 돌아다녀 봐요. 텔레비전서 보니까 한자리에 가만히 서 있는 것보다는 어머니를 찾는다는 광고문을 판자에다 써서 높이 들고 다니는 것이 효과가 있을 거 같아요."

"백지장도 맞들면 낫다는 말이 있잖유. 우리 저녁 먹고 같이 머리를 맞대고 광고판을 만들어 보자구유. 누가 보더라도 한눈에 딱 알아 볼 수 있게 써야 하잖아유. 광고를 쓸 판때기는 내가 시방 가게에 가서 맨들어 올께유."

다른 사람들보다 밥그릇을 가장 먼저 비운 칠수가 손기문이 말릴 틈도 주지 않고 벌떡 일어서며 말했다.


이튿날이다.

손기문은 어제저녁에 대원들과 만든 광고판을 트럭에 실었다. 눈삽 모양으로 만들어서 들고 다닐 수 있게 만든 광고판의 내용은 비교적 짤막하게 썼다.


'충청북도 보은에서 헤어진 어머니를 찾습니다.
이름: 손기문

나이: 39세

보은에서 서울에 있는 고아원으로 보내진 후 소식을 모름.'


손기문이나 강순녀, 대원들이 볼 때 그 광고판은 오직 어머니만 알아볼 수 있는 내용이라는 점에서 마음에 걸렸다. 하지만 덧붙이고 싶어도 덧붙일 내용이 없었다. 한강 물에 떨어진 바늘 찾기보다는 쉬울 것이라는 희망을 가질 수밖에 없었다.

"우선 용산시장에 들러서 물건부터 받아. 난 거기서 택시를 타고 갈 모양잉께."

칠수가 운전대를 잡았다. 가운데 메뚜기가 타고 그 뒤에 올라탄 손기문이 말했다.

"그랴. 물건은 암만해도 일찍 받는 것이 싸고 싱싱항께 용산까지만 같이 가는 걸로 하자구."

칠수가 시동을 걸면서 라이트를 켰다. 라이트 불빛에 바람이 일렁거리는 것이 보였다. 메뚜기가 걸레로 유리창의 이슬을 닦으며 말했다.

"새벽에 텔레비전을 봉께 날이 컴컴한데도 우리처럼 맨든 광고판을 들고 댕기는 사람들이 있데유."

"아예, 집에 안 가고 거기서 먹고 자는 사람들이 천 명은 넘는다고 하드만. 정이라는 것이 뭔지……."

손기문에게 어머니를 찾을 것이라는 희망은 천분의 일도 없었다. 강찬복의 말처럼 나중에 후회라도 안 할 생각으로 나서기로 했다. 하지만 막상 일 톤 트럭이 새벽안개를 뒤로 밀어내며 달리자 가슴이 설레기 시작했다.

"정이 뭐긴 뭐유. 사람을 살아가게 만드는 힘이지……."

"어쭈, 칠수 너 철학적인 말도 할 줄 아는구먼. 그려, 니 말대로 우리가 정이 읎으면 무슨 낙으로 살아가겄냐. 부모 자식 사이에만 정이 있는 것이 아니잖여. 우리끼리도 정이 있응게 이렇게 모여 살고 있는 거고 사장님은 워티게 생각하능 겨?"

"그려, 정이 읎으믄 착하게 살 필요도 읎을 거 가텨. 느덜도 앞으로 장가를 가겄지만, 장가를 가 봐라. 우리가 왜 이 세상을 착하게 살아야 하는지 저절로 알게 될 팅게……."

"우, 우리는 장가 언지 보내 줄 낀데?"

메뚜기가 마른침을 삼키며 더듬거리는 목소리로 물었다.

"느덜 둘이 결혼식 올릴 거는 아니잖여. 한 살이라도 더 먹기 전에 짝을 찾아 봐. 혼자 먹고사나 둘이 먹고사나 사는 것은 마찬가지여. 이 형님이 책임지고 살림 내 줄 모양잉게 부지런히 구해 보란 말여."

"젠장, 우리 같은 재건대원 출신을 어느 집에서 사위로 맞아들이겄어. 평생 이렇게 살다 홀아비로 죽는 거지 머."

칠수가 횡단보도 앞에서 정지했다. 와이퍼를 작동시켰다. 와이퍼가 습기를 닦아 내면서 멀리 새벽하늘이 보인다.

"나는 재건대 출신이 아니고 해병대 출신이냐? 우리 장인어른이 하시는 말씀이 뭔지 알아? 사람은 과거보다 미래가 중요한 법이랴. 과거에 힘들게 살았다고 미래까지 힘들게 살라는 법은 읎다는 거여. 내가 생각해도 참말로 명언이여. 재건대 딱지는 떼어 버리고, 앞으로 워티게 열심히 살아갈까, 그것만 생각해 봐. 내 꿈이 먼지 알아?"

"아들딸 낳고 잘 사는 것이겄지 머."

메뚜기가 퉁명스러운 말투와 다르게 궁금하다는 표정으로 바라봤다.

"어머님 찾아서 효도하는 거?"

칠수가 차를 출발시켜며 반문했다.

"아녀, 내 동생들 모두 장가간 다음에 우리 다섯 명이 합동결혼식을 올리는 것이 꿈여. 솔직히 느덜한테는 츰 하는 말이지만, 순녀 씨한테는 첨부터 말했구면. 시방은 면사포 씌어 줄 때가 아니라고 내 동생들 모두 짝을 찾으면, 그때 합동으로 결혼식을 올리자고 그렇게 참말로 좋은 생각이라면서, "내가 왜 대장님을 좋아하는지 알아요? 바로 그런 점 때문에 대장님을 좋아하는 거예요."라고 말하드라."

"형님, 내가 왜 형님을 우리 아부지나 어머보다 더 좋아하는지 알아유?"

칠수가 감격한 목소리로 물었다.

"우리를 친형제보다 더 좋아하니께."

손기문이 대답하기 전에 메뚜기가 능글맞은 목소리로 먼저 대답했다.

여의도에도 아침이 밝아 오고 있었다. 멀리 높게 서 있는 아파트 사이에서 떠오르는 햇살을 받고 있는 수천 명의 사람들에게도 희망이 번져 가고 있었다. 부모나 형제를 찾는 팻말을 목에 건 사람, 옷에 쓴 사람, 서커스단의 어릿광대처럼 앞뒤 판자에 써서 목에 걸고 다니는 사람, 손기문처럼 광고판을 들고 있는 사람, 흰 종이에 써서 박스에 붙여 두 손으로 높이 쳐들고 다니는 사람, 젊은 남자, 젊은 여자, 중년, 노인이, 혼자서 혹은 여럿이 줄을 지어서, 시골에서 상경했는지 중절모를 쓰거나, 이곳에서 밤을 새웠는지 까치 머리를 하고 있거나, 며칠째 돌고 있는지 수염이 덥수룩하거나, 옷에 땟국이 줄줄 흐르는 여자들이 각양각색의 옷을 입고 방송국 앞 광장을 누비고 있었다.

광장 가운데는 베니어판을 시옷 자 형태로 눕혀서 담장처럼 세워 놓았다. 누구든지 그곳에 가족을 찾는 사연을 쓴 종이를 붙일 수 있도록 한 배려다.

"어머니를 찾습니다."

손기문도 방송국과 적십자 측에서 나누어 주는 종이에 어머니를 찾는 사연을 적었다. 어제저녁에 광고판에 붙일 글자는 강순녀가 썼다. 오늘 직접 어머니라는 말을 쓰고 나니까 눈물이 콱 쏟아졌다.

엄마!

자식은 환갑이 되더라도 부모님 밑에서는 어린애라고 했던 강찬복의 말이 불현듯 생각났다. 그동안 남모르게 가슴으로 엄마라는 이름을 얼마나 많이 불러 보았는지 수를 헤아릴 수가 없다. 고아원을 탈출하던 그 겨울날 굴뚝을 껴안고 잠을 자기 전에 컴컴한 하늘을 바라보며 부르기도 했었고, 비바람이 몹시 부는 여름날 동냥을 하지 못해 허기진 배를 맹물로 채우면서도 엄마를 불렀었다.

"어머니를 찾는 모양이구먼. 희망을 가져 보게."

손기문이 손바닥으로 어머니라고 쓴 글자를 쓰다듬으며, 소리 없이 흐느껴 우는 모습을 바라보고 있던 백발의 노인이 등을 두들기며 말했다.

"고마워유……."

"지성이면 감천이라는 말이 있지 않은가. 나도 이북에서 같이 피난을 나왔다가, 부산 자갈치 시장에서 잃어버린 자식을 찾으러 왔다네. 이 늙은이도 희망을 가지고 사는데 젊은이가 희망을 잃으면 안 되지……."

317

"어르신 말씀 명심할게유."

손기문은 눈물을 닦으며 말하기는 했지만 어머니를 꼭 찾을 수 있다는 희망은 없었다. 하지만 온몸이 조각나는 한이 있더라도 이산가족 찾기 행사가 끝날 때까지는 지켜보리라 생각했다.

손기문은 서울역 앞에서 "주를 믿으소서!"하고 십자가를 앞세운 채 전도하는 교인들처럼 엄마를 찾는 안내판이 붙은 각목을 움켜잡고 걸었다. 어느 곳으로 가야 할지 생각이 나지 않았다. 다른 사람들처럼 무조건 걸었다. 방송국의 벽이며 나무, 심지어 아스팔트 바닥에도 사람을 찾는 광고가 빈틈없이 붙어 있었다.

# 참새와 허수아비

니 말을 듣고 가만히 생각해 봉께,
참새와 허수아비라는 노래가 우리 신세하고 똑같구먼.
노래에도 석양에 노을이 물들고, 들판에 곡식이 익을 때면,
노오란 참새는 날 찾아와 주겠지 라는 부분이 있잖여.
우리 사둔 다시 봐야겄네. 예술 감각이 있다는 말이 헛 말이 아니구먼

철재는 저녁을 먹고 방에 엎드려서 라디오를 들었다. 설거지를 끝낸 철용네가 방으로 들어가는 소리가 들렸다. 잠이 가물가물 와서 깜박 잠이 들었다. 어디선가 개 짖는 소리가 아련하게 들려와서 눈을 뜨고 시간을 봤다. 아홉 시가 다 되어 간다. 저녁을 배부르게 먹었는데도, 배가 출출하다는 것을 느끼며 천천히 일어섰다. 벽에 걸려 있는 재킷을 걸치고 밖으로 나갔다.

"사둔네 집에 갈라고?"

철용네가 인기척에 방문을 열지 않고 물었다.

"예."

철재는 하늘을 바라봤다. 별이 총총 떠 있다. 바람 한 점 불지 않는데

도 둥구나무 가지가 천천히 흔들리고 있다. 어스름한 윤곽으로 보이는 너럭바위를 바라보며 언덕길을 천천히 오르기 시작했다.

황인술네 철 대문의 쪽문은 활짝 열려 있었다. 마당으로 들어가자 개집 안에서 캐리가 나와 킁킁거리며 반갑게 꼬리를 흔든다. 가까이 다가가서 머리를 쓰다듬어 준다.

"좌우지간 내 기억으로 술 안 먹고 들어온 날이, 일 년 삼백육십오 일 중에 및 일인지 손가락으로 셀 수도 있을 껴. 그렇게 허구한 날 술을 마셔도 질리지도 않은지, 참말로 신기햐. 똑같은 겅거니가 밥상에 시 번만 올라와도, 맨날 먹는 겅거니만 내놀 거냐고 귀신같이 알아차리는 양반이, 술은 밥 삼아 먹어도 안 질리는 것을 보믄, 전생에 술하고 무슨 원수가 졌거나, 뭔 일이 있었던 것이 틀림읎구먼……."

광일네가 중얼거리는 말 뒤에 황인술이 코를 고는 소리가 마당까지 새어 나왔다. 철재는 발소리를 줄여서 뒤안으로 돌아갔다. 갓방의 불이 환하게 켜져 있다. 방 안에서 때아닌 <회심곡>이 흘러나오고 있다.

"왜 인제 오는 겨?"

광배가 전축 앞에서 <회심곡>을 틀어 놓고 카세트테이프를 고르느라 뒤를 돌아다보지 않고 물었다.

"배가 꺼져야 술이 들어가든지 말든지 하지."

철재는 고무신을 벗고 방으로 들어가서 광배 옆에 앉았다. 전축은 금성이나 삼성 같은 브랜드 제품이 아니다. 폐차하는 자동차에서 떼어 낸 카세트테이프 레코더에 스피커 두 개만 연결해 놨지만 브랜드 전축 못지않게 소리가 쾅쾅 울린다.

"궁상맞게 머 이런 노래를 듣냐?"

"야, 이 노래가 얼마나 슬픈데, 이런 노래를 들어야 인생을 어떻게 살아야 하는지 알 수 있는 거여."

"난 현철의 앉으나 서나가 좋드라. 그 노래 틀어 봐."

"너, 참새와 허수아비 듣고 싶다고 했지? 내가 이거 오늘 학산 장날 가서 사왔다."

광배가 조잡한 그림이 붙어 있는 카세트테이프를 철재에게 내밀었다. 테이프는 거의 정품이 아니고 시장이나 길에서 파는 불법 복제품들이지만 음악을 듣는 데는 지장이 없었다.

"회심곡 끝나고 이거 한번 틀어 봐."

철재가 광배가 내밀었던 조정희 테이프를 다시 내밀었다.

"그랴."

광배는 현철 노래가 끝나기를 기다렸다가 조정희 테이프를 레코더에 밀어 넣었다. 밖으로 나가서 낮에 사 온 네 홉들이 소주와 새우깡을 들고 방으로 들어갔다.

"이 노래 작년에 대학가요제에서 대상 받은 노래……."

전축에서 <참새와 허수아비> 노래가 흘러나오기 시작했다.

"가만있어 봐, 노래 나오기 시작한다."

<참새와 허수아비> 반주가 흘러나오기 시작했다. 광배가 술을 따르며 하는 말에 철재가 손을 흔들며 눈을 감고 벽에 몸을 기댄다.


나는 나는 외로운 지푸라기 허수아비
너는 너는 슬픔도 모르는 노란 참새
들판에 곡식이 익을 때면

날 찾아 날아온 널 보내야만

해야 할 슬픈 나의 운명

훠이 훠이 가거라 산 너머 멀리멀리

보내는 나의 심정 내 님은 아시겠지

석양에 노을이 물들고

들판에 곡식이 익을 때면

노오란 참새는 날 찾아와 주겠지

훠이 훠이 가거라 산 너머 멀리멀리

보내는 나의 심정 내 님은 아시겠지

내 님은 아시겠지

<임지훈 작사/ 박 철 작곡/ 조정희 노래>


<참새와 허수아비>가 끝나고 작년 대학가요제에서 동상을 받은 <잃어버린 우산>이 흘러나오기 시작했다.

"노래가 좀 청승맞지 않냐? 난 니가 이 노래 좋아하는 이유를 모르겠다."

광배가 술잔을 들고 말했다.

"넌 예술 감각이 없어."

철재는 소주를 단숨에 마셔 버리고 잔뜩 인상을 쓴 얼굴로 새우깡을 집어 들었다.

"놀고 앉아 있네. 어디 그럼 니 예술 감각으로 나를 이해시켜 줘봐."

철재가 따라 주는 술을 받으며 광배는 코웃음을 쳤다.

"야, 사둔."

"사둔이면 사둔이고, 친구면 친구지. 야! 사둔은 어느 나라 말이냐?"

"내 말 들어 봐. 난 저 노래를 라디오에서 첨 듣는 순간 허수아비가 내 신세하고 똑같다는 생각이 들더라. 우리가 농사를 짖기 시작할 때는 꿈이 있잖아. 올해 농사를 잘 져서 가을에는 돈 좀 만져 보겠지, 라는 생각을 안 하면 농사지을 기분이 나겠냐?"

"하긴, 틀린 말은 아니구먼. 가을에 타작해 봐야, 차 띠고 포 띠고 나믄 개털이지만 봄에는 그런 생각이 안 들지."

"내 말이 바로 그 말여. 봄부터 타작할 때까지 외롭고 힘들게 농사를 짓는 것이 허수아비라고 생각해 봐. 참새는 희망이란 말여. 그 희망이라는 것이 가을 타작이 끝나믄 참새처름 도망가 버리잖여. 희망이 읎어졌다고 새끼 들고 산에 올라가서 목 매달겄냐?"

"아니지, 올게는 별 볼 일 읎지만 내년에는 잘되겠지……. 니 말을 듣고 가만히 생각해 봉께, 참새와 허수아비라는 노래가 우리 신세하고 똑같구먼. 노래에도 석양에 노을이 물들고, 들판에 곡식이 익을 때면, 노오란 참새는 날 찾아와 주겠지라는 부분이 있잖여. 우리 사둔 다시 봐야겄네. 예술 감각이 있다는 말이 헛 말이 아니구먼."

광배가 새우깡을 먹으면서 철재의 새로운 면을 발견했다는 표정으로 말했다.

"에이그……. 이런 촌구석에 살면서 백날 예술 감각이 있으면 뭐하겠냐? 우리도 이러다 오 씨 아저씨처름 평생 홀아비로 살아가는 거 아녀?"

철재가 소주 한 컵을 달게 마시고 새우깡을 먹으며 한숨 섞인 목소리로 말했다.

"그럴지도 모르지. 요새는 촌에 사는 여자들도 농사짓는 놈한테는 시집 안 간다고 하드라. 농사져서 때꺼리 걱정 없이 먹고사는 농사꾼보다, 도시에서 한 달에 십만 원씩 월급 받아서 간신히 먹고사는 놈을 좋아한댜."

광배가 철재의 잔을 채워 주고 자신의 빈 잔을 채우며 덩달아 한숨을 내쉬었다.

"한 달에 십만 원씩 벌어도 나가는 돈은 욚잖여. 우린 십만 원 벌라믄, 비료대며 농약대에 자재 값 이며 최소한 이십만 원은 나가야 십만 원 버는 판국이니까, 농사를 짓는 부모를 둔 딸은 무조건 농촌 총각은 싫다고 하겠지."

"나라도 농사꾼한테는 딸 안 주지……."

광배는 취기가 은근하게 얼굴을 덮는 것을 느끼며 길게 한숨을 내쉰다.

"이럴 줄 알았으면, 나도 작은형처럼 이발 기술을 배우든지 진작 서울로 올라갔어야 하는데……."

"내가 하고 싶은 말여. 나 군대 가기 전에 서울 금순이 누나 집에 갔었잖여. 그때 금순이 누나가 남자가 미용 기술을 배우면 그때 돈으로 한 달에 삼십만 원은 너끈히 번다고 하드라. 그때 삼십만 원이면 요새 삼백만 원 쯤은 되잖여. 근데 아부지가 영 마땅찮다는 얼굴로, 일단 군대나 갔다 오라고 미루는 통에 시방은 요 모양 요 꼴로 살잖여."

"광배야, 우리 두 눈 딱 감고 서울로 올라갈까?"

"농사는 누가 짓고?"

"아! 이가 욚으면 잇몸으로도 씹는다는 말이 있잖여. 우리 욚어도 논 묵히는 일은 욚을 껴."

"하긴, 요새는 환갑 지난 노인들도 경운기 몰고 댕김서 일하는 동리가 쌨잖여. 참말로 우리 대전이나 서울 같은 데로 뜰까?"

"뜨는 거야. 당장 내일이라도 뜰 수 있잖여. 이왕이믄 대전보다는 서울이 났지. 우리 서울 가서 뭐 할까? 당장 미장원에 찾아갈 수 읎잖여."

"미장원으로 갔다가는 아부지가 당장 내려오라고 노발대발하시겠지. 서울로 올라가믄 당분간 아무도 모르는 데로 가야겠지."

철재는 술병을 들어서 전등불에 비쳐 봤다. 둘이 한 잔씩 하면 될 정도의 분량이 남아 있다. 광배의 잔에 먼저 채워 주고 자신의 잔에 따랐다.

"너 서울 어디 아는 데 있냐?"

"내가 아는 데가 워딨어. 서울역에도 안 가 본 놈이……."

"나는 서울에 가 보기는 가 봤지만 당최 어디가 어딘지 모르겠더라. 일단 신문을 구해서 읽어 보자. 신문에 보면 우유 배급소 판매원이라든지, 무슨 관리소장 모집하는 광고 같은 것이 많이 나와 있드라. 또 어떤 데는 뭐하는 덴지 모르지만, 야간 관리원을 모집하는데 적립금 백만 원을 채우면, 한 달에 삼십만 원씩 준다고 하는 데도 있드라."

"야, 우유 판매원 같은 데는 몰라도, 적립금 백만 원을 채우면 한 달에 삼십만 원씩 준다는 데는 순 사기여. 니가 생각해 봐라. 한 달에 삼십만 원씩이면 석 달이믄 구십만 원이잖여. 당장 넉 달만 근무하믄 적립금보다 많잖여. 그런 데는 뭔 꿈수가 있을 껴."

"서울 가는 거는 꿈 깨라, 꿈 깨. 서울이 어딘데 우리처름 촌에서 농사만 짓는 놈들한테 호락호락 품을 벌려 주겄냐. 우리 아부지도 팽팽 사기당하고 나가떨어지는 데가 서울이잖여."

"젠장, 서울 가는 것도 틀렸으믄 별수 읎이 농사만 지을 수백에 읎다는 말이구먼. 술 읎냐. 제우 입맛 좀 다실라고 항께, 술이 떨어졌구먼."

"해룡이네 집에 가서 막걸리 받아 올까?"

"시방 몇 시여? 해룡이 어머 잠 안 들었을까?"

"그람, 오늘은 그만 마시자. 또 막걸리하고 쇠주하고 짬뽕하믄 안 좋잖여. 가만있어 봐. 나한테 좋은 수가 있구먼."

광배가 새우깡 봉지에 남은 부스러기를 모아서 입안에 털어 넣다가 내려놓고 철재를 향해 바짝 붙어 앉았다.

"왜? 워디 쇠주 숨겨 놓은 거 있어?"

"술은 떨어졌다고 했잖여. 우리 송아지 한번 키워 볼래? 요새 송아지를 키우면 돈 번다고 하드라."

"옛날부터 배냇소라는 것이 있었잖여. 송아지 한 마리를 얻어서 키워서 송아지를 낳으면, 송아지는 원래 주인에게 갚고 큰 소를 판 돈을 주인하고 배냇소를 얻어 키운 사람하고 절반씩 노나 가지는 것이라고 하드만. 하지만 요새 배냇소를 놓는 집이 워디 있냐? 의원님댁은 농사일에 손 뗀 지 오래잖여. 그렇다고 하늘에서 송아지가 떨어지냐? 아니믄 범골같은 데 가서 잡아 와서 키우는 것도 아니잖여."

철재는 방바닥에 벌렁 누웠다. 팔베개를 하고 벌렁 누운 자세로 오른쪽 무릎에 올려놓은 왼발을 흔들거리면서 남 이야기 하는 목소리로 말했다.

"우리 아부지가 그라는데 영동 축협에서 송아지 입식 자금을 대출해 준다고 하드라."

"송아지 입식 자금이 머여?"

철재가 눈을 감고 다리를 흔들면서 물었다.

"축협에서 송아지 살 돈을 대출해 준다는 거여. 일 년 동안 송아지를 키워서 큰 소가 되믄, 그 소를 팔아서 송아지 값을 갚으면 된다는 거여. 암송아지를 사서 새끼를 낳으면 큰 소는 그냥 떨어지는 거잖여."

"야! 그거 괜찮겠는데? 요새 암송아지 한 마리가 얼매나 하나?"

철재가 일어나 앉아서 방바닥에 있는 새우깡 조각을 입안에 털어 넣으며 반짝이는 눈빛으로 광배를 바라봤다.

"요새 너도나도 송아지를 키우느라고 하루가 다르게 오른다고 하드라. 아부지가 지난 장날 일부러 우시장에 찾아가서 물어봤다능 겨. 작년만 해도 백만 원 아래였던 것이 올해는 백만 원 한 장은 줘야 한다드만."

"큰 소는 얼매라?"

"암소 사백 킬로짜리가 백오십만 원 정도 한다니께, 송아지 한 마리만 나면 백오십만 원은 그냥 떨어지는 거여."

"야! 그거 괜찮겠는데, 송아지에서 사백 킬로 정도로 키울라믄 얼매나 걸리는 거여?"

"내가 소를 키워 봤냐? 아버지가 새마을 교육을 받으면서 들은 말인데 소가 하루에 평균적으로 살찌는 것이 칠백 그람씩이랴. 쉽게 말해서 열흘이믄 칠 킬로가 찌는 거지."

"그람 백 일이면 칠십 킬로가 큰다는 말이구면. 보통 송아지가 백 킬로는 넘잖여. 송아지 근수를 백 킬로만 잡아도 사백 킬로짜리가 될라믄 사백 일은 넘게 키워야 한다는 말이구면. 장난이 아닌데?"

"야, 아침에 또랑에 끌고 가서 매놨다가 저녁이면 끌고 들어오고, 겨

327

울에는 흔해 빠진 짚단이나 사료에 섞어 먹여서 사백 일 키운 뒤에 백오십만 원 떨어지면 놀고먹는 장사 아녀. 송아지 두 마리를 키우면 삼백만 원이 떨어진다는 거여. 거기서 사료 가격이 얼마나 할지는 모르지만 최소한도로 백만 원씩은 떨어진다는 말이잖여."

"세 마리면 삼백만 원이라는 야기가 되는 거여?"

철재는 생각만 해도 신이 났다. 풀이야 앞 도랑에 지천으로 깔려 있다. 요새는 풀만 먹이는 것이 아니고, 소를 빠르게 살찌우려고 사료를 섞어 먹인다고 한다. 사료 값이 얼마나 할지 모르지만, 일하는 틈틈이 부업으로 소를 사육하면 그대로 남는 장사라는 결론이 나오니까 신나지 않을 수가 없었다.

"우리, 송아지 키워서 돈 벌면 포도밭을 만들어 보자. 요새 학산 어디는 포도로 돈 좀 만진다고 하드라. 솔직히 나락 농사 져서 인건비도 못 건지잖여. 포도 농사는 최소한 평당 만 원 이상은 떨어진다고 하드라. 이백 평이믄 이백만 원이라는 결론이잖여. 닷 마지기믄 천만 원여. 엄청나지?"

"그려, 포도 농사 져서 장가도 가자. 농사짓는 놈한테 시집올 여자 읎다고 하지만, 양옥집 져 놓고, 집에 텔레비며 냉장고며 다 들여놓으면 생각이 달라질 껴. 당장 내일 아부지한테 말씀드려서 영동 나가서 송아지 입식 자금 대출 받아야겄다."

"너 몇 마리 살 생각여?"

"두 마리는 사야 되지 않겄어?"

"난 시 마리 들여놔야겄다."

광배는 송아지 세 마리를 잘 키우면 금방 여섯 마리가 되고, 여섯 마리가 열두 마리가 되는 것은 문제가 아니라고 생각했다. 촌에서 소 스무 마리만 있으면 시집올 여자가 줄을 설 것이라는 생각이 들면서 은근히 어깨에 힘이 들어가는 것을 느꼈다.

　빵집의 하루는 새벽 다섯 시쯤에 시작된다. 아침에 가게를 찾는 손님들에게 따끈따끈한 빵을 제공하려면 어제 적당하게 숙성시켜 놓은 반죽으로 새벽에 빵을 만들어야 하는 까닭이다.

　경훈이 운영하는 빵집은 큰길가에 있어서 아침에도 제법 손님이 드는 편이다. 그래서 경훈은 새벽부터 출근 시간이 지날 때까지는 정신이 없다. 오숙자는 아침에는 비교적 정신이 온전한 편이다. 아침을 짓고 영철이를 학교에 보내는 정도는 해결하지만 빵집은 신경 쓰지 못해서 온전히 경훈의 몫이다.

　경훈은 새벽안개가 걷히기 전에 자전거를 타고 집을 나섰다. 빵집까지는 자전거로 5분 정도 걸린다. 새벽 운동 삼아서 천천히 페달을 밟으며 가는 길은 늘 같지만 떠오르는 생각은 매일 다르다. 오숙자가 비교적 상태가 좋을 때는 오직 오늘 빵을 얼마나 많이 팔까, 하는 생각만 한다. 오숙자의 상태가 안 좋으면 빵집 같은 것은 팔아 버리고 모산에 내려가서 농사나 지으면서, 병을 낫게 해 볼까 하는 생각을 하게 된다. 어느 때는 영철이 요즘 공부를 안 하는 것이 걱정되기도 하고, 생기를 잃어버리고 식물처럼 살아가고 있는 시훈을 생각하면 저절로 한숨이 나오기도 한다.

　빵집 앞에 도착해서 자전거를 세우고 습관처럼 간판을 바라본다. '학산제과'라는 간판의 글씨가 오늘따라 희망차게 읽혔다. 왠지 오늘은 장

329

사가 잘될 것 같은 생각이 들어서 심호흡을 하며 문을 열고 들어갔다. 빵 굽는 냄새가 고소하게 풍겨야 하는데 싸늘한 냉기만 고여 있다.

"형, 워티게 된 거여?"

제빵 기술자 송재만의 조수를 하며 기술을 배우고 있는 시훈이 혼자 앉아서 새벽부터 소주를 마시고 앉아 있다.

"도망간 거 가텨. 집에 가 봐도 불이 꺼져 있드라······."

시훈이 소주를 병째 마시고는 어제 만든 크림빵 조각을 떼서 입안에 집어넣었다.

"그렇다고 아침도 먹지 않고 새벽부터 쇠주만 마시고 있으믄 워쩌겄 다는 거여."

경훈은 시훈이 앞에 있는 소주병을 들고 가게 안쪽에 있는 공장으로 들어갔다. 병에 남아 있는 소주를 개수대에 쏟기 시작했다. 송재만의 얼굴은 떠오르지 않았다. 그 대신 근처에 있는 중앙제과 최 사장이 회심의 미소를 짓고 있는 모습이 떠올랐다.

"형, 혹시 중앙제과 최 사장 그놈이 송 씨를 데리고 간 거 아냐?"

작년에도 장사가 한창 잘되고 있는데 최 사장이 제방 기술자인 이 씨를 빼 갔다. 경훈은 최 사장이 또 농간을 부리고 있을지 모른다는 생각에 혼잣말로 중얼거리며 시훈을 바라봤다. 술병을 빼앗겼으면 화를 낼만도 하다. 그러나 아무 일도 없었다는 얼굴로 빵을 잘게 찢어서 먹고 있다.

"형 딴 데 가지 말고 여기 가만히 앉아 있어. 혹시 빵 사러 오는 손님이 있으면 어제 만든 빵밖에 없다고 말하란 말여. 알았지?"

경훈은 일단 중앙제과에 가 봐서 송재만이 있으면 결판을 내야겠다고 생각하며 시훈의 손을 잡고 말했다.

"응."

시훈은 의식적으로 경훈을 바라보지 않으려고 벽 쪽을 향하며 대답했다.

경훈은 어차피 오늘부터 기술자를 구할 때까지는 빵집 문을 닫을 수밖에 없다고 생각하며 밖으로 나갔다. 자전거를 타고 중앙제과 쪽으로 가면서 이를 갈았다.

이번에도 중앙제과에 있다면 두어 달 쓰다가 쫓아 버리겠지…….

제빵 기술자의 월급은 자격증이 있으면 이십만 원 정도다. 송재만처럼 경력이 있는 기술자는 최소한 이십오만 원 이상은 줘야한다. 중앙제과 최 사장은 열심히 일하고 있는 이 씨에게 월급을 삼십만 원씩 주겠다는 조건으로 빼 갔다.

이 씨가 멀리 간 것도 아니고 한동네에 있는 중앙제과로 출근한다는 말을 듣고 찾아갔다. 뭐가 불만이 있어서 그만뒀냐고 물으니까 최 사장이 월급을 삼십만 원으로 올려 주겠다는 조건을 거절할 수 없었다고 말했다.

"사장님이 인간적으로 좋으신 분이니까 이십팔만 원만 주신다면 도로 학산제과로 가겠습니다."

"요새는 장사가 잘되는 계절이잖여. 하지만 과일이 나오기 시작하는 여름에는 가겟세 빼기도 힘든데 이십팔만 원씩은 무리여. 하지만 여기서 삼십만 원씩 주기로 했당게 잘됐구먼. 이 씨도 빨리 돈 많이 벌어서 나이 한 살이라도 더 먹기 전에 독립해야 하잖여. 축하햐."

제빵 기술자뿐만 아니다. 모든 기술자가 월급을 많이 받는 쪽으로 갈 수밖에 없다는 생각에 가슴이 아프기는 하지만 웃는 얼굴로 악수하면서 헤어질 수밖에 없었다.

이 씨가 다시 찾아온 것은 송재만이 근무를 하고 있을 때였다. 빵집이 아닌 고물상으로 찾아와서 하소연했다.

"사장님 죄송합니다. 알고 보니까, 최가 놈이 사장님 가게 장사 안 되게 하려고 저를 속였습니다. 한 달도 안 됐는데 빵에서 머리카락이 나왔다면서 해고를 하지 뭡니까. 사장님도 제가 빵을 만들면서 머리카락은 커녕 실오리라도 하나 들어갈까 봐 얼마나 조심하시는지 잘 아시잖습니까. 그런데 머리카락이 이삼 일에 한 번씩 나오더라구요."

"머리카락이 송 씨 꺼는 맞고?"

"아, 제 머리카락이야 공장 방 한 번 쓸면 얼마든지 구할 수 있는 거 아닙니까?"

"그람, 최가 놈이 일부러 반죽에다 머리카락을 넣었단 말여?"

경훈은 반신반의하는 표정으로 물었다. 공장 한쪽에는 휴식을 취할 수 있는 방을 만들어 두거나, 군인들이 사용하는 야전침대 따위를 갖다 두기도 한다. 빵 반죽을 오븐에 집어넣은 후에 짧게는 삼십 분 길게는 두 시간 이상 빵이 구워지기를 기다리는 시간 동안, 주문량이 많아서 새벽 2시나 3시부터 빵을 만드는 날 집에 갔다가 출근하기가 번거로우니까 잠을 자는 용도로 사용한다.

"아, 사장님 빵집에서 근무하는 동안 단 한 번이라도 머리카락이 나온 적이 없잖습니까. 그런데 거기서는 한 달도 안 되는 기간에 세 번이나 나왔다는 것이 말이나 됩니까? 이건 명백한 모함입니다. 더러워서 못 있겠다고 하니까 월급을 못 주겠답니다. 오히려 나 때문에 손님 끊어졌다며 돈을 물어내랍니다. 그래서 월급도 못 받고 쫓겨났습니다."

"얼매나 일했는데 월급도 못 받고 쫓겨났다는 겨?"

"딱 이틀 부족한 한 달 일했습니다. 그래서 삼분의 이라도 달라고 사정했더니, 겨우 돈 삼만 원 주면서 이거라도 받으려면 받고, 안 받으려면 그냥 나가라고 배짱을 부리지 뭡니까? 그래서 더러워서 잘 먹고 잘 살라며 삼만 원을 내던지고 나왔습니다."

"먼가 이상한 냄새가 나는 거 같구먼."

"제 생각이 틀림없습니다. 사장님 가게 장사 안 되게 하려고 저한테 낚싯밥을 던졌습니다. 저는 그것이 쥐약인지도 모르고 덥석 물었지 뭡니까. 사장님, 다시 사장님 가게서 일 좀 하면 안 될까요? 앞으로는 그 어떤 놈이 백만 원을 준다고 해도 안 나가겠습니다."

"답답한 양반이구먼. 이 씨를 생각하면 딱하기는 하지만 일 잘하고 있는 송 씨를 내보낼 수는 읎잖여. 이왕 여기까지 왔응께 술이나 한잔 하고 가. 그라고 담부터는 워디에 취직을 하든지, 사람은 의리를 지켜야 하능 겨."

"사장님한테 면목 없습니다……."

이 씨는 풀 죽은 목소리로 중얼거리며 돌아섰다. 술 한잔 하러 가자고 손을 잡아끌었으나, 당장 일 자리를 구하는 것이 급하다며 잡은 손을 뿌리치고 힘없이 걸어가는 뒷모습을 바라보고 있으려니까 최 사장에 대한 분노가 치밀어 올랐다. 생각 같아서는 달려가서 혼을 내 주고 싶었지만, 증거가 없는 상황에서 혼내 줄 명분이 없었다.

한 번 속지, 두 번 속나 봐라…….

경훈은 중앙제과 앞에 자전거를 세웠다. 가게 문은 잠겨 있었지만 빵

굽는 냄새가 코끝을 자극했다.

"문 좀 열어 봐."

경훈은 송 씨가 오늘부터 이곳에서 일을 시작했다면 최 사장도 분명히 있을 것이라고 판단했다. 빵 굽는 재료가 있는 곳이며, 오븐 작동법이라든지 여러 가지 일러 줄 일이 많기 때문이다. 스테인리스 막대를 엮은 형태의 셔터 사이로 손을 집어넣어서 유리로 된 문을 흔들며 고함을 질렀다.

"문 안 열어 주면, 셔터 뜯어 버리고 들어간다!"

경훈이 유리문을 흔들기 시작하자, 부스럭거리는 소리가 나던 안이 조용해졌다. 셔터를 힘껏 흔들면서 문을 발로 차면서 다시 고함을 질렀다.

"어떤 놈이 새벽부터 남의 영업장에서 소란여!"

최 사장이 화를 내며 말했다.

"여기, 송재만이 와 있지?"

"송재만이라니?"

최 사장이 뜨끔한 표정으로 반문했다.

"송재만이 여기 와서 일하는 걸 본 사람이 있구먼. 그 안에 있는 송재만이 이리 나와 봐."

경훈이 셔터를 흔들면서 가게 안쪽을 노려보며 소리쳤다.

"장 사장 지금 제정신여! 송재만이 당신네 종여? 그 사람 제빵 기술자여. 자기가 일하고 싶은 데서 일할 권리가 있는 사람이라구. 새벽부터 남의 가게 앞에 와서 소란 피우면 영업 방해로 어떻게 되는지 알지?"

"송재만이, 나도 당신 여기서 일한다는 데 할 말 없는 사람여. 하지만 그만둘 때는 그만두더라도 악수나 하고 그만둬야 하는 거 아녀. 그랑께 잠깐 일루 나와 봐."

"송재만 씨는 당신 얼굴 보기 싫대. 그러니 경찰서에 신고하기 전에 조용히 물러가라구."

"좋아. 송재만! 당신 거기 숨어 있는 거 다 알고 있어. 하지만 시방부터 내가 하는 말 똑똑히 들어. 당신이 우리 빵집에 오기 전에 최 사장이 우리 가게에서 일하던 이 씨를 빼 간 적이 있었어. 그 사람은 월급을 삼십만 원 준다는 조건으로 여기로 옮겼어. 하지만 빵에서 머리카락이 나온다는 핑계로 한 달 동안 죽어라 일만 하고 월급도 못 받고 쫓겨났단 말여. 당신도 이 씨 신세처럼 안 될라믄 머리카락 땜시 안 내보낸다는 각서 같은 것이라고 받아 놔야 될걸."

"당신 지금 어디 와서 헛소리를 하고 있는 거야! 내가 이유 없이 이 씨를 자른 줄 알아? 당신도 빵에서 머리카락 나와서 손님 끊어……."

"사장님, 그게 정말입니까?"

최 사장의 말이 끝나기도 전에 밀가루 범벅인 작업복을 입은 송재만이 가게로 나왔다.

"내가 언제 거짓말하는 거 봤어? 송 씨 월급 삼십만 원으로 올려 받는 조건으로 여기 와 있다는 걸 내가 어떻게 알겠어. 당신도 이 씨처럼 낙동강 오리알 신세 안 될라믄 정신 똑바로 차려야 할 거여."

"너 이 새끼, 자꾸 신소리하면 명예훼손죄로 고소할 줄 알어."

최 사장이 더 이상 참을 수 없다는 얼굴로 셔터 앞에 바짝 붙어 서서 삿대질을 했다.

"당신 내 말 똑똑히 들어. 아까도 말했지만 송재만 씨가 여기 와서 일하는 점에 대해서는 내가 할 말 읎어. 하지만 이 씨처름 빵에서 머리카락이 나왔네, 머네 하는 꼬투리를 잡아서 한 달 만에 자르면 내 주먹이 가만히 안 있을 줄 알아."

경훈이 기다렸다는 얼굴로 셔터 안으로 손을 집어넣어서 최 사장의 멱살을 단단히 움켜잡고 이를 바드득 갈았다.

"나, 월급 삼십만 원 필요 없으니까 그만둘래유."

송재만은 경훈이 거짓말하는 게 아니라고 판단했다. 까딱하면 큰일 날 뻔했다는 얼굴로 작업복을 벗어서 어제 팔다 만 빵 위로 던져 버렸다.

"잘 생각했구면."

경훈이 최 사장의 멱살을 잡고 있던 손을 풀었다.

"이, 이런 경우가 어딨어."

최 사장은 피가 얼굴에 몰려서 홍시처럼 빨개진 얼굴로 캑캑거리며 송재만을 잡으려고 허우적거렸다. 송재만은 공장으로 들어가서 출근할 때 입고 왔던 재킷을 들고 뒷문을 통해 밖으로 나갔다.

"사장님 죄송합니다. 사장님 아니면 큰일 날 뻔했습니다."

"늦었어. 오늘 장사하려면 빨리 서둘러야 할 거여."

경훈은 최 사장이 셔터를 열려고 허둥거리는 모습을 뒤로 하고 자전거에 올라탔다.

"야! 거기 안 서?"

최 사장이 셔터를 올리고 밖으로 나가서 송재만을 잡으려고 뛰어갔다.

"송 씨는 어여 가서 빵 만들어. 저놈은 내가 손 좀 보고 갈 모양잉께."

경훈은 자전거를 세웠다. 새벽바람을 가르며 뛰어오던 최 사장이 우뚝 멈췄다. 경훈이 최 사장이 서 있는 쪽으로 자전거를 돌렸다. 주춤주춤 뒷걸음을 치던 최 사장은 경훈이 달려오는 모습을 보고 가게를 향해 도망치기 시작했다.

"억울하면 경찰서에 고소햐. 얼매든지 받아들일 팅께."

경훈은 최 사장을 향해 달려가다 멈췄다. 경훈이 멈추자 최 사장도 걸음을 멈추고 경훈을 향해 섰다. 경훈은 가소롭다는 표정으로 한마디 해주고 나서 자전거에 올라탔다.

"형, 또 술 마신 거여?"

경훈이 빵집으로 들어가니까 시훈이 말은 하지 않고 혀로 입술을 핥으면서 쩝쩝거리고 있다. 경훈은 맥이 탁 풀리는 것을 느끼며 시훈이 앞으로 갔다. 술병은 어디다 감췄는지 보이지가 않았다.

"하, 한잔했구먼."

시훈이 비틀거리며 일어서려고 했지만 다리에 힘이 풀려서 다시 주저앉았다.

"일단 방에 들어가서 자. 술 깨면 얘기하자구."

경훈은 이미 취한 시훈과 말해 봐야 소용이 없다고 생각했다. 술에 취해서 빈속으로 잤다가는 일어나자마자 또 술을 찾을 것이다. 속을 채워야 그나마 술을 덜 찾을 것이라는 생각에 냉장실에 있던 우유 한 개를 가지고 와서 뚜껑을 열어 내밀었다.

"사장님 죄송합니다. 앞으로는 어떤 놈이 와서 아무리 좋은 조건을 제시해도 절대로 넘어가지 않겠습니다."

가게로 돌아오자마자 빵을 만들고 있던 송재만이 경훈의 목소리를 든고 나와서 고개를 조아렸다.

"송 씨한테 머라고 하고 싶은 생각은 읎어. 나라도 삼십만 원 준다면 생각이 달라질 거여. 하지만 그놈은 질이 나쁜 놈이라구. 내가 진작 그놈에 대해서 말해 주지 않은 것이 실수지 머. 이쪽에서 형 팔 좀 잡아 줘."

경훈은 시훈이 우유 먹기를 기다렸다가 시훈의 오른쪽 팔짱을 끼며 일으켜 세웠다.

"이상하게 너무 조건이 좋다는 생각을 못 한 것은 아니지만, 그놈이 그런 식으로 사람을 갖고 놀 줄은 몰랐습니다. 참말로 사장님 아니었으면 큰일 날 뻔했습니다."

송재만이 왼쪽에서 시훈의 팔짱을 끼면서 허리를 굽실거렸다.

"좋은 야기도 아닌데, 그 일에 대해서는 두 번 다시 언급하지 말았으면 좋겠구먼."

경훈은 시훈을 바라봤다. 눈이 반쯤 감긴 시훈은 술만 마시면 맥을 못 쓴다. 그런데도 틈만 나면 술을 찾는 통에 낮에는 고물상에서 데리고 있을 때가 많다.

"이런 말씀 드리기 뭐하지만, 알콜 중독 치료소 같은 데 입원시켜야 되는 거 아닙니까?"

시훈은 공장 구석에 있는 방에 들어가자마자 길게 누웠다. 경훈을 바라보는 눈에 눈물이 글썽하게 맺혀 있다. 경훈은 시훈도 자신의 처지를 알고 있을 것이라는 생각에 잠자코 눈물을 닦아 줬다. 송재만이 걱정스러운 얼굴로 경훈을 바라보며 속삭였다.

"알콜 중독이 아니고, 마음의 병여. 한숨 자고 나면 또 괜찮아지겠지."

경훈은 터져 나오려는 한숨을 참으며 시훈의 배 위에 이불을 덮어 주었다. 내가 시방 천벌을 받는 건가, 하는 생각이 들면서 서상철의 얼굴이 떠올랐으나 이내 고개를 흔들었다. 서상철에게는 정당한 대가를 받은 것이지, 강탈한 것은 아니라는 생각이 들었기 때문이다.

"겨, 경훈아!"

경훈이 방 밖으로 한 발을 내딛었을 때 시훈이 기운 없는 목소리로 불렀다.

"왜?"

"하, 할 말이 있응께 들어와 봐."

시훈이 눈물을 닦으며 억지로 일어나 벽에 상체를 기댔다.

"뭔데?"

경훈은 방문을 닫고 시훈 앞에 쪼그려 앉아서 바쁘다는 표정으로 물었다.

"나, 모산에 내려가서 소나 키울란다. 아부지가 그라시는데, 요새 구장네 아들 광배하고, 철용이 동생 철재가 소를 키운다고 하드라."

"소를 키울라믄 송아지를 사야 할 거잖여. 송아지 살 돈은 있구?"

경훈은 시훈이 모산에 내려가면 몸이 좋아질 것이라는 생각을 늘 하고 있었다. 아무래도 부모님 밑에 있으면 술도 덜 마시게 될 것이고, 서울과 다르게 공기도 좋다는 생각에서였다. 듣던 중 반가운 말이라는 생각에 퍼질러 앉았다.

"요새 축협에서 송아지 입식 자금이라는 걸 대출해 준다고 하드라. 가들도 대출 받아서 샀다능 겨. 광배는 시 마리를 키우고, 철재는 두 마리를 키운댜. 나도 내려가서 시 마리 정도는 키울 수 있구먼."

"생각 잘했구먼. 고향에 가면 옛날에 형수님이 살던 방도 있잖여. 내가 외양간은 져 줄 모양잉께, 모산에 내려가서 술도 적당히 마시고 열심히 소를 키워 봐. 모산은 풀이 많아서 사료 값도 덜 들어갈 거여. 당장은 세 마리 갖고 시작해도, 새끼를 낳고 하면 금방 여섯 마리가 되잖여."

"고맙다. 내가 여하튼 정신을 차려서 일을 해야, 너도 맘이 편하고 영호 엄마도 고생을 덜 할 거잖여."

"알았응께. 이따 즘심 먹으면서 형수님하고 찬찬히 상의해 보자구. 형수님도 좋아하실 거여. 형수님은 서울서 쌀가게를 함서 조카들 공부 갈치고 형은 모산에서 소를 키우면 금방 자리 잡을 수 있지 머."

"그런 의미에서 딱 한 잔만 더 하믄 안 될까?"

"형, 술 마시고 싶어서 소 키우러 내려간다는 거는 아니지?"

"내가 아무리 술을 마셔도 너한테 헛소리하는 거 봤냐?"

"아녀, 형이 하도 좋은 생각을 해서 한번 해 본 말여. 딱 한 잔만 하고 자는 거다?"

"그려."

시훈은 힘없이 대답하고 눈을 감았다. 통일주체국민회의 대의원을 하던 장시훈이 영동에서 쫄딱 망해서 서울로 올라가더니, 서울 살림이 여의치 않은지 소 키우러 고향에 내려와 있다는 소문은 어디까지 퍼질 것이다.

그려, 시방 자존심이 문제가 아녀.

통일주체국민회의 대의원에 출마하지 않았다면 영호도 대학에 보낼 수 있었을 것이다. 팔자에도 없는 정치 바람에 휩쓸려서 영호는 대학물도 먹어 보지 못하고 공장에 다니다가 군대에 갔다. 작은 회사의 경리로

다니는 선미가 제대하면 오빠 학비를 책임지겠다고 나서는 판국에 자존
심보다는 하루라도 빨리 정신을 차려서 가정을 일으켜 세우는 것이 중
요하다고 생각했다.

— 12권에 계속 —

대하장편소설 금강 제11권

**초판 1쇄 발행** 2014년 9월 24일

**지 은 이** 한만수

**펴 낸 이** 최종숙
**펴 낸 곳** 글누림출판사

**책임편집** 이태곤
**편    집** 박주희 권분옥 이소희 박선주 오정대
**디 자 인** 이홍주 안혜진
**마 케 팅** 박태훈 안현진
**관    리** 구본준

**주  소** 서울시 서초구 동광로46길 6-6(반포4동 577-25) 문창빌딩 2층(우137-807)
**전  화** 02-3409-2055(대표), 2058(영업), 2060(편집)
**팩  스** 02-3409-2059
**전자메일** nurim3888@hanmail.net
**홈페이지** www.geulnurim.co.kr
**등록번호** 제303-2005-000038호(2005.10.5)

**정  가** 13,000원
ISBN 978-89-6327-248-1 04810
    978-89-6327-237-5(전15권)

**표지 디자인** · 디자인밥 **출력/인쇄** · 성환C&P **제책** · 동신제책사 **용지** · 에스에이치페이퍼

*이 도서의 국립중앙도서관 출판시도서목록(CIP)은 서지정보유통지원시스템 홈페이지(http://seoji.nl.go.kr)와
  국가자료공동목록시스템(http://www.nl.go.kr/kolisnet)에서 이용하실 수 있습니다.(CIP제어번호: CIP2014026070)